紅樓夢真相大發現【三】

紅樓夢的真相

◆南佳人 著

目次

陳序（百代紅學允獨步）

《紅樓夢》研究之所以與其他古典小說研究大不相同，不外是大家都在各自猜謎，猜《紅樓夢》背後究竟隱藏世間何種真相，因而掀起陣陣熱潮，遂成為一門顯學。但是猜了兩百多年，各家都因證據太薄弱，無法令人信服。所以最近三十年紅學界又轉變為主張《紅樓夢》是純虛構的小說，這樣就和《西遊記》、《水滸傳》等其他古典文學名著沒有什麼不同了，好像是場玩笑而已。

曾任北京紅樓夢研究所所長的大陸知名紅學家劉夢溪在《紅樓夢與百年中國》一書中，檢討二十世紀百年來的紅學研究成果說：「研究隊伍如此龐大、不時成為學術熱點的百年紅學，所達成的一致結論並不很多。相反，許多問題形成了死結。我曾說紅學研究中有三個『死結』：一是芹係誰子；二是脂硯何人；三是續書作者。這三個問題，根據已有材料，我們只能老老實實說不知道。…所謂真理越辯越明，似乎不適合《紅樓夢》。倒是俞平伯先生說的『越研究越糊塗』，不失孤明先發之見。」又說：「《紅樓夢》研究中，…另有四條不解之謎。」第一條不解之謎是元春判詞，要點是判詞中的「二十年來辨是非，…虎兔相逢大夢歸」兩句，「簡直索解莫從」。

第二條不解之謎是《紅樓夢曲》中寓寫秦可卿的《好事終》一曲，要點是其中的「箕裘頹墮皆從敬，家事消亡首罪寧」兩句，與書中的情節不能吻合（第三條、第四條從略不論）。上述三個死結，都是胡適考證派曹家新紅學的核心論點，既然經過近百年的全力研究，都考證不到江寧織造曹寅家族中有曹雪芹（或云本名為曹霑）這個人，也考證不到批書人脂硯齋及續書作者係何人？那麼以嚴格的學術觀點來看，胡適曹家新紅學的說辭應該不能成立，似乎可就此打住。至於以上兩條不解之謎，經過純虛構小說派三十年的全力研究，都無法合理詮釋表面故事的賈元春在那個二十年間，究竟明辨什麼是非？又不能合理詮釋表面故事的秦可卿身為一個宗法制度下沒什麼重要地位的媳婦，竟然會牽涉到百年富貴大族賈家「箕裘頹墮皆從敬，家事消亡首罪寧」這樣關乎消亡的大事。那就證明了：以《紅樓夢》為純虛構小說的說法，事實上是無法解決書中重大情節矛盾不通問題的一條無尾之路。

就在百年紅學走到各種背後真相說法證據都極度薄弱，而難以獲得認同，純小說派又未能解開重大不通情節的謎團，兩大派都陷入困境的當口，南佳人李瑞泰兄的《紅樓夢真相大發現》新說異軍突起，他所破解出的《紅樓夢》故事真相，證據非常充足確鑿，達到人、事、時、地都符合的程度，又可以解決長期存在的重大情節矛盾不通問題，足以補救以上兩大派的嚴重缺失，可說是百年紅學振衰起弊的大著作。茲舉兩個例子，以略窺其概況。譬如他不但破解出第三回林黛玉入榮國府會見外祖母賈母、寶玉的主題故事，是寓寫鄭成功於順治十六年率領舟師進攻長江、南京的歷史事跡，還詳細到將林黛玉進入及退出榮國府賈母後院的路線，與鄭成功舟師進攻及退出長江、南京的路線，製作了一張長江地圖的「對照示意圖」，一一標示林黛玉一路所走過的榮府正門、西角門、垂花門、穿堂、儀門等所對應的長江實際地點，而且形狀特色都能符合，如儀門喻指長江門戶的崇明島，垂花門喻指形狀如曲尺狀下垂的揚中島等，這種對於書中地點考證到可以一一對應到地圖上之實際地點的情況，是歷來考證《紅樓夢》真相的論著所做不到的創舉。他又考證出第二回「黛玉年方五歲」，是暗指林黛玉所影射的鄭成功延平王朝第五年，也就是永曆十三年、順治十六年，這樣便更有力證實林黛玉初會賈寶玉的小說故事是寓寫順治十六年鄭、清南京大會戰的事跡。且因而發現書中角色的年齡常是寓指某王朝年號的年份，因此第二回林黛玉五歲（寓指延平王朝五年），至第三回初見比他大一歲的表哥賈寶玉是「一個輕年公子」（寓指順治十六年很年輕），這樣表面小說故事上的年齡矛盾不通問題，也順勢迎刃而解了。又如他破解出第五回元春判詞的真相，是寓示留在北京當人質的吳三桂長子吳應熊的事跡命運。而對於判詞中的「二十年來辨是非，……虎兔相逢大夢歸」兩句，考證出「二十年來辨是非」的謎底，即指吳應熊自從順治十年（一六五三年）八月，與順治之妹建寧公主結婚而顯貴起，直至康熙十二年（一六七三年）十一月二十一日吳三桂在雲南起兵反清時，這二十年來，始終明辨君臣禮法的大是大非，而未曾隨同吳三桂一起反叛清朝。又考證出「虎兔相逢大夢歸」的謎底，即指吳應熊在虎年（寅年）與兔月（四月）相逢的時間，即康熙十三年甲寅年的四月十三日，被清康熙下令處死，猶如長睡作大夢般地魂歸西天死亡的事跡。像這樣對於書中故事的時間考證到可斬釘截鐵地對應到歷史真事之實際發生時間的情況，更是歷來考證《紅樓夢》真相的論著所做不到的創舉。連帶百年紅學第一條不解之謎，「簡直索解莫從」的元春判詞之謎，也都渙然冰釋了。

歷來考證《紅樓夢》真相的論著所以無法令人信服，還因為有兩個大缺點，其一是只能證明書中故事與實際真事大略輪廓相似而已，而不能一一證實書中某角色、某情節就是實際真事中的某真人、某真事。即使是最轟動、影響最久的胡適派曹雪芹家事說，也只能證明書中賈家由富貴變貧窮的故事，其大致輪廓約略相似於曹家由富貴變貧窮的事跡，而始終無法一一證實書中的賈寶玉、林黛玉、王熙鳳、脂硯齋等角色及其重要命運情節，究竟是對應到曹家的那個真人、那件真事。其二是所考證出來的真相不能與多數脂批融會貫通，脂批既是紅學界公認為深知《紅樓夢》故事內情的批書人所留下的評點文字，則考證出來的真相當然要能與深知內情的脂批互相融會貫通，纔可能是正確的，然而歷來考證《紅樓夢》真相的著作，不是根本不徵引脂批來印證，就是只徵引極少數的脂批，自然難以令人信服。而南佳人的系列著作，對於《紅樓夢》真相的破解，採取逐句逐段的注解、破譯，對於書中的角色、情節都考證得極為明確，全面性一一指明其所對應的歷史真實人物與事跡。例如在人物方面，在第一回他考證出甄士隱，通諧音「真事隱」或「真嗣隱」，影射天下皇帝真正嗣統即將衰敗隱去的明末崇禎帝或崇禎王朝；而賈雨村，通諧音「假語村」，影射專講「為明朝臣民代報君父之仇」假話騙人，而入關竊取天下的滿清。在第三回他考證出林黛玉影射鄭成功或鄭軍，賈寶玉影射清順治帝，或以他為代表的清軍，王熙鳳影射在鄭、清南京大戰中打敗鄭軍的清崇明總兵梁化鳳。在第五回他考證出賈寶玉影射吳三桂，警幻仙姑影射滿清領袖多爾袞，秦可卿暗通諧音「秦可傾」，影射「秦人（李自成）可以傾覆之對象」的明崇禎帝或崇禎王朝，以及所有金陵十二釵的真實身分（如賈惜春影射陳圓圓）等等。除了這些主要角色之外，他對於看似虛幻的神話性角色—一僧一道、空空道人、神瑛侍者、絳珠草、警幻仙姑、癩頭和尚、跛足道人等，也都一一考證出其世間真實身分。對於百年來紅學傾全力仍考證不出的所謂《石頭記》作者「石頭」、披閱增刪者曹雪芹、抄閱再評者脂硯齋，他竟然也都明確地考證出其真實身分。又如在故事情節方面，他考證出第一回甄士隱與賈雨村在中秋節月下對飲故事的真相，是寓寫崇禎十四年八月中秋節期間，明、清兩軍在山海關外松山大戰的事跡。考證出第三回林黛玉初會賈寶玉故事的真相，是寓寫鄭軍與清兵在南京大會戰的事跡。又考證出第五回賈寶玉夢中隨警幻仙姑進入太虛幻境，享受美酒佳餚及歌舞豪宴招待之故事的真相，是寓寫吳三桂在山海關事件中，受到滿清多爾袞許諾晉封為藩王的誘惑，而投降歸入大清國境，引清兵入關消滅漢族政權，建立大清王朝，而獲得滿清賜封雲南藩王，享受藩王歌舞豪宴富貴生涯的事跡。不但破解出歷史真事的主題，連其分支脈絡也考證得非常翔實明確。在破解第一回的第一冊，原文只有六千多字，脂批約二、三千字，而南佳人的破解、詮釋文字竟然超過十二萬字；在破解第二、三回的第二冊，原文只有七千多字，脂批約二、三千字，他的破解、詮釋文字竟然超過十五萬字；在破解第五回的第三冊，原文只有六千多字，脂批約一、二千字，他的破解、詮釋文字竟然超過二十萬字，可見其證據的豐富及詮釋的詳盡程度實在驚人，誠乃空前之作。他並且大量徵引脂批，第一冊徵引脂批約一百九十條，第二冊徵引脂批約一百八十條，第三冊徵引脂批約一百二十條，合計約五百條，而且所破解出的歷史真人真事，都能與這些大量脂批的評點觀點融貫無礙。綜合而言，南佳人對於《紅樓夢》故事真相的研究，一掃前人紅學研究的重大缺失，採取逐句逐段的全面性破解，證據極度豐富，考證極度精詳，連時間、地點都能明確對應到歷史真事的實際發生時間、地點，詮釋得主題支脈都極度具體明確，而且都能與大量的脂批融會貫通，因而所破解出書中角色、情節的真相與歷史真人真事的密合度，幾乎達到一彎一曲、一坑一凹都印合得如出一轍的地步，因此南佳人所破解出《紅樓夢》故事的真相，足以使人信服無疑，他的新說當然足以確立，從而沉埋近三百年的《紅樓夢》真相也終於能夠水落石出，真相大白。尤其是南佳人的新說同時也能順利解開歷來《紅樓夢》表面故事所長期存在的所謂「死結」、「不解之謎」，理順眾多前人無法解決的重大情節矛盾不通問題，既掃除《紅樓夢》的重大污點，又能增加其璀璨光輝。故南佳人這一系列的《紅樓夢真相大發現》三書，實是近三百年來的紅學驚世大發現，是對於《紅樓夢》價值貢獻最大的空前傑作。

歷來研究《紅樓夢》的論著固然也發掘出很多《紅樓夢》的高超筆法，但也只是高超而已，還達不到超乎想像之外、令人難於捉摸的神奇莫測境地。南佳人系列著作所發掘出的《紅樓夢》筆法，則真正是詭奇莫測的神奇筆法。例如第一回作者描寫女媧補天未用而拋棄在青埂峰下的一塊頑石，向遠來的一僧一道苦求攜入紅塵享受富貴溫柔，於是那僧人便大展幻術，將那塊頑石變成一塊鮮明瑩潔的美玉的故事，南佳人發掘這是寓寫愚頑如石頭的吳三桂在山海關事件中，由於貪圖紅塵藩王富貴溫柔生涯，被遠來的滿清多爾袞（僧人）施展如夢幻般的詐術（幻術），而剃髮降清，其前腦被剃光得潔白明亮，猶如一塊鮮明瑩潔的美玉的事跡，像這樣把吳三桂剃成滿清髮式的潔白明亮的光禿前腦，比喻為一塊鮮明瑩潔的美玉，真是令人無法想像得到的千古妙喻。又如第五回作者描寫賈寶玉隨警幻仙姑進入其居處太虛幻境之後，來到一座「孽海情天」宮內，遊觀了「朝啼司」、「夜哭司」、「薄命司」等的故事，南佳人發掘這是作者以警幻仙姑所居仙境—太虛幻境，竟然暗設有類似地獄陰司的出奇筆法，來暗寫吳三桂（賈寶玉）隨滿清多爾袞

（警幻仙姑）投降入大清國境（太虛幻境）之後，便引清兵攻佔北京皇宮建立清朝，進而展開血腥征服，殘殺無數漢族同胞，漢人「朝啼」、「夜哭」，哀鴻遍野，所有抗清志士都失敗而落入薄命悲慘的境地，由此歸結評論這個北京清朝皇宮，是個由於吳三桂因痴戀陳圓圓之情如天般高（情天），而導引滿清入北京所建立，從而製造罪孽如海樣深（孽海）的朝廷宮殿（孽海情天宮），既痛罵了清朝，又痛罵了吳三桂，更妙的是作者故意安排製造罪孽的吳三桂賈寶玉親自來觀看自己所製造的「朝啼」、「夜哭」、「薄命」等悲慘景象，真是古今第一神筆。像這樣不可思議的神奇筆法，在南佳人系列著作中俯拾皆是，真乃珠璣遍地，美不勝收，可以說將《紅樓夢》的小說神奇技法提高到古今中外無人可以企及的至高無上境地。

歷來《紅樓夢》研究最關心、最急切想瞭解的核心問題，是《紅樓夢》、《石頭記》的旨義為何？在第一冊，南佳人於破解第一回楔子石頭過往今來故事的真相中，揭露《石頭記》的旨義是描寫頑劣愚蠢如石頭的吳三桂，在山海關事件中剃髮降清，引清兵入關滅漢，創作出世人被剃髮成前腦光禿如石頭的滿清髮式之清朝的記事。在第三冊，南佳人從破解第五回賈寶玉夢遊太虛幻境，享受警幻仙姑所提供美酒佳餚及歌舞豪宴招待之故事的真相中，揭露《紅樓夢》的旨義，就是描寫吳三桂在山海關事件中，因為追求藩王紅樓歌舞富貴溫柔的美夢，而背明降清滅漢，獲得滿清賜封雲南藩王圓了夢之後，又遭撤藩，藩王紅樓富貴夢破碎，於是聯合台灣鄭經等復明勢力反清，夢想恢復朱明王朝紅色樓閣殿堂天下的歷史事跡。這樣紅迷大眾、紅學專家近三百年來夢寐以求而探索不到的《紅樓夢》、《石頭記》之旨義，如今終於被南佳人破解出來，而真相大白，所以南佳人《紅樓夢真相大發現》三書，可以說對於《紅樓夢》研究具有劃時代的貢獻。

我因興趣廣泛，舉凡考據、義理、經世、辭章之學，無不涉獵；歷年在各大學中文系所開之課程，幾乎經、史、子、集，均曾講授過，其間對於《紅樓夢》也頗為醉心，在早歲所撰《千載稗心》中有〈論紅樓夢絕句五首〉云：

其一

賈家或謂係曹家，赫赫揚揚百載誇。樹倒猢猻終散去，石頭如夢記生涯。

其二

貴族世家多惡德，淫邪剝削恣胡為。形形色色描心貌，一部紅樓儘可窺。

其三

夢阮年輕經驗富，萬般知識悉精通。崇高美學成悲劇，寶黛愛情難善終。

其四

人物內心成世界，葛藤對立苦糾纏。合情入理神來筆，妙造精微典範傳。

其五

補本雖無多著墨，才情工力亦相當。零箋散稿應供目，全璧完成自有光。

己卯（民國八十八年）初冬，方子丹教授邀請我為其在國立臺灣師範大學綜合大樓所舉辦的《方子丹九十歲以後古近體詩三百首》新書發表會作講評後，第二場有幸聆聽到南佳人所宣布之《紅樓夢》的神奇真相，記得當時對其空前的獨到創見，宛如石破天驚，與會貴賓皆精神猛然為之一振，久久不已。從此深知南佳人瑞泰兄對於《紅樓夢》有突破性的大發現，故於去年四月間特別邀請他來淡江大學驚聲大樓國際會議廳演講，講演中他深入淺出地揭露第五回「紅樓夢」故事及第一回那首「滿紙荒唐言」標題詩的神奇真相，使得聽眾們驚歎《紅樓夢》果真神奇到不可思議的地步，其演說甚獲好評與認同。於是調寄〈玉樓春〉，倚聲致謝云：

君生「佳里」《紅樓》覓，第一「寶」書真相出。《石頭記》「賈雨（假語）村」言，「甄士（真事）隱」神奇揭密。　吳三桂叛降心迹，拆字諧音尋線索。夢中「蝴蝶（胡諜）」醒為周，論斷空前驚妙筆。

後來，因緣際會，臺北市大安長青學苑要我開設「《紅樓夢》詩文之研究」，於是在首堂宣講時，口占〈玉樓春〉詞一闋云：

《紅樓「夢」》裏原非夢，人物感情心事重。真能作假有還無，藝術語言今諷頌。　詩詞聯語追唐宋，黛玉葬花哀且慟。《西廂》警句暗傳揚，才子佳人宜受用。

如今瑞泰兄大作《紅樓夢真相大發現（一）、（二）、（三）》三書同時付之剞劂，蒙殷殷囑咐贅述數語為序，不得以課忙推辭，且一向稱賞其發現《紅樓夢》真相的驚世創獲；深信其創發應該較紅學博士，更具博士資格；較紅學專家，更富專業精神；來日還會比紅學教授更為權威，而且更享有國際高知名度。姑就愚見所及撰文舉薦如上，並作〈玉樓春〉詞一闋，以示我對百年來紅學真相考證派專家的觀感云：

《紅樓夢》若尋真假，神似達文西密碼。從來破解訟紛紜，高下誠難論定也。　眾家辭騁無傷雅，別出奇峰來黑馬。人間至味孰知嘗？滿紙辛酸憐作者。

《紅樓夢》的真相究竟如何？除非能起原作者於地下。今瑞泰兄敢提出如此「大發現」，蓋本於其證據空前豐富，而其論證空前精詳，誠可謂歷來考證《紅樓夢》真相的空前之作，將與「紅學」同享其不朽，謹殿以古風一首贊曰：

原來黛玉入榮府，謁見賈母和寶哥。影射鄭清大會戰，進出長江動干戈。
地圖對照似吻合，層層標示不拉雜。姓名年歲藏玄機，穿鑿竟然有解答。
應能明辨大是非，廿載婚姻禮無違。三桂叛清乃問斬，正好逢虎魂夢歸。
人物事跡全考出，旁徵博引但求實。融貫無礙洵空前，馳論能破又能立。
真相大白超神奇，妙手巧將造化移。滿眼珠璣俯拾是，鴻撰容當天下知。
從此開派衍家數，百代紅學允獨步。

中華民國九十七（二〇〇八）年五月吉日　淡江大學中文系教授　陳冠甫（慶煌）　謹序於心月樓

邱序

邱序

《紅樓夢》之所以造成轟動，成為今日的一門顯學，一方面是本質上《紅樓夢》背後隱藏有某種神秘真事，而吸引眾多學者索解其謎底，形成一種猜謎競賽；另一方面是學術界有頂尖的學者，因所索解謎底不同，而引發爭論，吸引其他學者加入論戰，帶動學術界的參與，吸引廣大讀者的注目，因而推波助瀾形成陣陣熱潮。二十世紀民國初期，由於北京大學蔡元培與胡適的紅學論戰，而發軔大陸紅學的大論戰，國民政府遷台初期，在一九五〇年代，又由於臺灣師範學院（後改為大學）潘重規教授與胡適的紅學論戰，而掀起臺灣紅學的大轟動。胡適考證派新紅學由北大中文系傳薪至臺大中文系，臺師大國文系的潘重規則傳承了蔡元培的索隱派紅學，被稱為新索隱派，當時臺師大與臺大實為啟動臺灣紅學發展的兩個大本營。

我在一九五〇年代初期就讀臺灣師範學院，曾修習潘重規老師的《紅樓夢》課程，後來並曾奉潘師之命，抄錄整理過古本《石頭記》的脂硯齋評語（習稱脂批或脂評），對《紅樓夢》一度很著迷。民國四十（一九五一）年五月二十二日，潘師應臺大中文系學生會的邀請，赴台大演講「民族血淚鑄成的《紅樓夢》」，講詞並在當年五、六月份的《反攻雜誌》第三十七、三十八期，以潘夏的筆名發表。由於文中「認為《紅樓夢》原作者不是曹雪芹，全書不是曹雪芹的自敘傳，後四十回也不是高鶚偽作」，完全否定胡適曹家新紅學的核心論點，嚴重挑戰胡適的權威性，寄居美國紐約的胡適按捺不住，而於同年十月在《反攻雜誌》第四十六期，發表「對潘夏先生論紅樓夢的一封信」，展開反攻，除再度確定其原先的紅學主張之外，並批評潘師的考證方法，還是他三十年前稱為「猜笨謎」的方法。此後兩人又陸續在雜誌上發表文章，互相批駁，直到民國五十一（一九六二）年胡適逝世前，還餘波盪漾。潘胡兩位文學界巨擘大論戰的結果，一如三十年前蔡胡大論戰一樣，胡適曹家新紅學獲得勝利，潘師的新索隱派紅學被認為是不夠科學的猜謎式紅學，而逐漸式微。

至今四、五十年過去了，回顧紅學的實際發展，胡適曹家新紅學的核心論點，其中《紅樓夢》為曹雪芹自敘傳的論點，早就被紅學界所推翻。至於後四十回是高鶚偽作的論點，在一九五九年發現乾隆抄本百二十回《紅樓夢稿本》之後，已經不攻自破；批書人脂硯齋為曹雪芹親近之族人的論點，一直查不到確實證據；作者為曹雪芹（本名曹霑）的論點，則在江寧織造曹寅的氏族譜中，始終查不到有這個名字，也是查無實證。對於這三點，大陸著名紅學家劉夢溪在所著《紅樓夢與百年中國》一書中，稱為紅學研究中的「三個死結」。顯然可見，胡適曹家新紅學已處在被完全推翻的危機之中。反觀潘師當初在臺大演講時，對胡適曹家新紅學的以上三項批評，事實證明都是具有先見之明的正確看法，所以潘師紅學中有關破胡適舊說的部份，可以說反而獲得最後勝利。

至於潘師創立新說的部份，即《紅樓夢》為反清復明的民族血淚史的說法，從《紅樓夢》字裡行間所流露的民族沉痛，若隱若現，如泣如訴，也應該是正確的。只不過潘師的論證太過籠統，未能進一步精細考證，將《紅樓夢》的主要人物與故事情節，一一對應上反清復明歷史的相關真人真事，證據不夠充分確鑿，不免有點猜謎的方式，而難以令人信服。關於這一點，牽涉到潘師研究紅學的基本態度，潘師一直認為領悟《紅樓夢》根本要義在於喚醒反清復明的民族意識最為重要，至於書中某人影射某人，則不甚重要。他當初在臺大的演講詞中就說：「談到書中某人影射某人，我以為尚屬次要。」到了民國五十九年十二月，他在回覆一位後輩紅學研究者靈鈞的信中，更進一步說：「至於書中人物，未必一一影射時人，似可不必探求。」潘師這一態度，很可能與他在反對胡適曹家新紅學之餘，也一併反對胡適派所主張脂硯齋、脂評深知《紅樓夢》故事內情的觀點有關。潘師在研究脂評之後，認為「批者心目中只把《紅樓夢》看成一部言情小說」，「脂硯齋僅是《紅樓夢》的一個普通讀者，他對於《紅樓夢》的涵義，也和尋常人同樣地揣摩猜測，而且可以發現他許多迂腐附會的評語，對於書中人名、物名任意附會。」由於對脂評持這樣的看法，又把握不到脂評之外，索解《紅樓夢》故事真相的其他具體線索，可能因而使得潘師對考證書中某人影射某人抱持消極態度。

現在門生南佳人李瑞泰君完成他的紅學研究著作──《紅樓夢真相大發現（一）、（二）、（三）》三冊，共六十餘萬言，可謂洋洋大觀。他自認為對於《紅樓夢》的真相，有發前人所未發的重大發現，並宣稱是直接研究《紅樓夢》原文、凡例、脂批，偶然觸機而領悟到的獨有心得。不過我翻閱過後，感覺還是有一些潘師紅學的影子。首先，他發現《紅樓夢》的真相為藉吳三桂降清叛清事跡為主線的明清交替歷史，以寄託反清復明思想的小說式歷史，這與潘師主張《紅樓夢》為反清復明的民族血淚史的說法，頗為近似。還有他認為賈寶玉影射的對象之一為傳國璽所代表的天下帝位，林黛玉影射的對象之一為明朝，薛寶釵影射的對象之一為清朝，這也與潘師的說法有部份雷同。雖然如此，瑞泰的紅學畢竟還是和潘師絕大部份不同。他篤信胡適派脂硯齋、脂評深知《紅樓夢》故事內情的觀點，特別注重根據脂批提示，一一考證《紅樓夢》人物與故事情節所影射的真人真事，幾乎逐句逐段全面破解，力求人、事、時、地都能符合歷史事實，證據極為豐富而確鑿，與前述潘師論證略顯籠統，貶低脂批，及不事探求書中某人影射某人的研究作風，恰恰相反。茲簡述兩個實例如下，以見一斑：

在第一冊破解第一回甄士隱與賈雨村故事的真相時，他從脂批切入，先從脂批對於甄費這一人名，評注說：「真，廢」，而領悟甄費通諧音「真廢」之意，暗示天下真王朝的明朝崇禎王朝被廢棄的意思。從脂批對於甄費字士隱，評注說：「託言將真事隱去也。」而領悟甄士隱通諧音為「真事隱」之意，暗示天下真王朝的明朝崇禎王朝，逐漸衰敗隱去的事。再從脂批對於賈化這一人名，評注說：「假話」，而領悟賈化通諧音「假話」之意，暗示擅長說假話，以圖滅亡明朝真帝統的勢力，包括宣揚「迎闖王，不納糧」之假話的李自成政權，與宣揚為明朝臣民「代報君父之仇」之假話的滿清政權。從脂批對於賈化別號雨村，評注說：「雨村者，村言粗語也。言以村粗之言，演出一段假話也。」再確認賈化、賈雨村是暗示出身西大荒陝甘僻野農村地區而擅長說假話的李自成政權，或出身東大荒遼東僻野地區而擅長說假話的滿清政權。然後進一步破解出甄士隱與賈雨村在中秋夜月下對飲故事的真相，是暗寫崇禎十四年八月中秋期間的夜晚，甄士隱所代表的洪承疇明軍和賈雨村所代表的皇太極清軍，爆發明、清松山大戰，而明軍大敗的事件。再破解出後面某三月十五日，葫蘆廟中炸供，油鍋火逸，引發火災，接二連三，牽五掛四，將一條街燒得如火燄山一般，將隔壁甄士隱家燒成瓦礫場之故事的真相，是暗寫明崇禎十七年三月十五日，糊塗治國的明朝廟堂（脂批葫蘆為「糊塗也」）北京一帶，發生李自成大軍於三月十五日攻下居庸關，十六日攻陷昌平，焚燒明朝十二陵，再一路焚掠，十七日攻抵北京，城上下砲火交發，引燒屋宇，火光際天，至十九日攻陷北京，滅亡明朝的事件。

在第二冊中破解第二回至第三回林黛玉入都初會賈寶玉之故事，他也是從脂批切入，先從脂批對於林黛玉之父林海（字如海）這一人名，評注說：「蓋云學海文林也」，而領悟林海是出身科舉的文林學士，再配合原文敘述，破解出林如海是影射出身科舉，曾任翰林院編修，並曾由陸地前赴海上（如海）舟山群島，擁護南明魯王政權的張煌言。另外，原已由第一回相關脂批，領悟由天界絳珠草降生的林黛玉，是影射衰降的朱明王朝（絳珠草），所衍生出來的延平王朝鄭成功。據此考證第二回描寫林如海四十歲，林黛玉五歲的時間點，發現林如海所影射的張煌言四十歲，是順治十六年，而林黛玉五歲所影射的鄭成功延平王朝五年，恰好也是順治十六年，又正好是鄭成功率領十幾萬舟師，深入長江進攻南京的年份。從第三回描寫林黛玉說：「（賈寶玉）頑劣異常，極惡讀書，最喜在內幃廝混；外祖母又極溺愛，無人敢管。」考證正合清順治帝少年就當皇帝，異常好動頑劣，極厭惡閱讀群臣上呈的漢文奏摺文章，最喜在皇宮內幃廝混，而其母孝莊皇太后極度溺愛，無人敢管的情況。又從原文描寫王夫人說：「縱然他（寶玉）沒趣，不過出了二門，背地裡拿著他的兩三個小么兒出氣。」考證正合曾入宮為順治講佛法的木陳忞老和尚所著《北遊集》中，記載順治帝「龍性難攖，不時鞭朴左右（太監）」的情況。綜合而證實第三回的賈寶玉是影射清順治帝或以順治帝為代表的清軍。再從而考證出林黛玉入都初會賈寶玉的故事，實是寓寫順治十六年，鄭成功率領舟師，深入長江，與清軍相會，而發生鄭、清南京大戰的事件。

《紅樓夢》自乾隆五十六年（一七九一），以木活字版印行以來，已成為家喻戶曉的人情小說。由於該書的情節結構，作者將民族文化與現實世家的生活融合，從神話虛幻世界寫起，到賈府大家族由盛而衰的描述，最後又由一僧一道將賈寶玉帶入虛幻世界，顯示人生的變幻無常，名之為《石頭記》、《情僧錄》、《風月寶鑑》、《金陵十二釵》，最後定名為《紅樓夢》，兩百多年來，多少讀者學者將精力投注其間，有關評點、題詠、專題、雜記、專著，以及索隱、考證等篇章，可說是浩如煙海。儘管多少紅學學者投注心力其間，《紅樓夢》依然是一部難以破解的說部。瑞泰君從清代歷史的背景，去探索《紅樓夢》的真相，其所得的成果，亦如前人所說的「一得之愚，只在取捨之間」。我看其勤奮著述，用力之深，對近代紅學的研究，也有他一席的成就和貢獻，因此願為他推薦，並為之序。

國立臺灣師範大學國文系所教授　邱燮友

二〇〇八年五月於研究室

自序

《紅樓夢》是中國小說金字塔頂的第一名著，而且是最神秘的一部小說。從《紅樓夢》在清朝乾隆初期（約當一七五〇年代）現世流傳起，大家就在探索其背後隱藏的神秘真事，而產生各種說法，最著名的有明珠家事說、順治痴戀董鄂妃而出家說、康熙朝政爭說、雍正奪位說、反清復明血淚史說、曹雪芹自傳（或曹家家事）說、反封建階級鬥爭說等七大派說法，這些紅學家可統稱為真事派。其中胡適及其門人俞平伯、周汝昌等所提倡的曹雪芹家傳（或曹家家事）說，一度被廣大讀者及紅學專家所普遍接受，幾乎成為經典的定論。但是經過數十年長期實際檢驗的結果，包括胡適派曹家新紅學在內的所有真事派說法，證據都不夠充分而確鑿，都不能合理詮釋《紅樓夢》原文的故事情節，更無法將《紅樓夢》書中的人物情節一一印對上所主張的世間真人真事，因而都不能使人信服。到了上世紀一九七〇年代中期，由於真事派的各種說法，一再讓讀者專家失望，紅學界遂逐漸大逆轉為認定《紅樓夢》只是作者曹雪芹以曹家家事或當時社會狀況為背景而寫作的純虛構小說，可稱為純（虛構）小說派。此後這種純小說派一躍而登上主流地位，專門從事《紅樓夢》文本故事情節的純文學考證工作，而極力排斥《紅樓夢》背後隱藏有任何歷史真事的說法，從前盛行的真事派反而被打入為邪魔歪道之流，只能在邊緣角落默默自行研究。

這種純文學考證工作，已經如火如荼進行了約三十年，雖然也取得了一定的成績，但是卻依然無法解決《紅樓夢》長期存在的許多重大故事情節矛盾不通問題。例如第五回元春圖畫判詞中的「二十年來辨是非」，究竟元春在那年至那年的二十年間，辨別什麼是非？又如第五回秦可卿命運簿冊的圖畫是「畫着高樓大廈，有一美人懸梁自縊」，預示她是懸梁自縊而死，但是第十、十一、十三回却寫她是生病而死，前後嚴重矛盾不合的問題。再如第五回紅樓夢曲的最後一支曲子〈收尾・飛鳥各投林〉，其起首兩句「為官的家業凋零，富貴的金銀散盡」，及末尾兩句「好一似食盡鳥投林，落了片白茫茫大地真乾淨」，意思很明顯是紅樓夢故事的結局是賈家最後徹底破敗，家財散盡，子孫流散，賈府富貴家業也在世間消失得乾乾淨淨；但實際上書中末尾所描寫賈家的結局是「沐皇恩賈家延世澤」，「將來蘭桂齊芳，家道復初」，前後的情節完全矛盾不合的問題。書中其他矛盾不通之處、不解之謎，還不勝枚舉。凡此種種矛盾不通現象，純小說派經過約三十年的全力研究仍然無法合理詮釋，矛盾的照樣矛盾，不通的依舊不通，所以把《紅樓夢》視為只是純虛構的小說來閱讀研究的道路，事實證明是一條走不通的死胡同。

最近幾年大陸紅學家劉心武提倡金陵十二釵中的秦可卿，是江寧織造曹家所偷偷抱養的康熙廢太子胤礽的女兒，而《紅樓夢》主題是寓寫廢太子胤礽、弘晳父子一派（曹家也牽涉在內），與雍正、乾隆父子當權派兩派之間爭奪帝位的秘史，頗受重視，號稱秦學，他的說法顯然又回歸到真事派的道路上。他於二〇〇五年四月起在中央電視台「百家講壇」上，一連串的「揭秘《紅樓夢》」演講，非常受到一般平民讀者大眾的歡迎，造成極大轟動的所謂劉心武現象。劉心武所提倡秦可卿為曹家所抱養廢太子胤礽之女兒的新說法，雖然被主流派紅學家批評為「毫無根據，是杜撰」，但是卻大受廣大非紅學專業的平民讀者的熱烈歡迎，這種現象顯示廣大紅迷大眾不能滿足於《紅樓夢》是平淡無奇之純虛構小說的說法，他們內心還是不時渴望著《紅樓夢》背後隱藏神秘真事的出現，故即使劉心武所描繪《紅樓夢》的秦可卿原型真事故事，只是一個極模糊不真的影子，還是大受歡迎而造成轟動。劉心武的秦學說法雖然轟動，但畢竟證據極度薄弱，紅學界以追求具體證據的學術尺度來衡量，其學術價值並不高。但是從他突破二、三十年來紅學主流派所構築的純虛構小說研究路線的圍牆，將紅學研究回歸到傳統的真事派道路上這個角度來看，則是值得熱烈鼓掌喝采的。

近年來另一個突破純虛構小說主流派圍牆，回歸到傳統真事派研究道路，而且更進一步企圖顛覆胡適曹家新紅學的紅學家，是大陸蒙古族吉林長春的一名教授土默熱先生。他的系列紅學文章見諸網路後引起軒然大波，大陸媒體愈吵愈熱，美國、日本、新加坡及台港澳的媒體也紛紛轉載，各方高人熱烈評論，後來整輯出版《土默熱紅學》一書。台灣佛光大學創校校長龔鵬程鑒於其書具有突破胡適曹家新紅學窠臼的重大意義，特別刊刻引進台灣。土默熱紅學的核心論點是，《紅樓夢》的作者是著作《長生殿》傳奇的洪昇，而曹雪芹只是披閱增刪者；《紅樓夢》的主題是洪昇對自己親身經歷之家難的追蹤躡跡式記載；大觀園的原型是洪昇的故鄉杭州西溪。《土默熱紅學》一書論證十分豐富而繁複，但證據還是不夠充分確鑿，詮釋還是不夠合理圓滿。例如關於洪昇著作《紅樓夢》而傳至曹雪芹披閱增刪才面世的說法，並無直接證據，大多憑藉《紅樓夢》與《長生殿》有某些類似，及洪昇和曹寅的交往關係，而加以推論、臆測，證據似嫌虛浮。故土默熱紅學要獲得學術界信服認同還有待嚴格考驗。土默熱本人也知道這個缺點，他在該書自序中就說：「本書中的很多問題還缺乏直接證據支持，需要進一步補充考證。」不過就其突破胡適曹家新紅學窠臼的角度來看，則意義極為重大，值得熱烈喝采。蓋胡適派曹家新紅學已統治紅學界約九十年，這麼長的時間都還考證不出曹雪芹著作《紅樓夢》的直接證據，或足夠合理的間接證據，而且除了曹家迎接康熙聖駕四次的事跡外，也考證不出曹家有任何人物事跡能夠對應上《紅樓夢》的任何角色情節的，故以講究確鑿證據的學術角度來看，曹家說早該光榮引退了。

劉心武揭秘紅樓夢造成紅迷平民大眾極大轟動，及土默熱紅學廣受國內外關心紅學的高人熱烈討論，共同反映大家已厭倦《紅樓夢》為純虛構小說的說法，而寧願相信《紅樓夢》背後隱藏有某種神秘的真事。土默熱紅學更反映甚多國內外關心紅學的高層人士，已不耐煩統治紅學近百年的胡適派曹家新紅學，渴望尋找更能合理詮釋《紅樓夢》故事情節的其他真事說法。引進土默熱紅學的龔鵬程，在該書「打開紅學新視野—『土默熱紅學』小引」一文中，就說：「把《紅樓夢》創作的時間提前，或在曹雪芹之外尋找原作者；……乃是現今紅學發展的新思路。」所以二十一世紀紅學研究的新動向，是既跳脫純小說派，又跳脫胡適派曹家新紅學的舊窠臼，而回歸到傳統真事派研究的道路上發展前進，企圖在曹家說之外，另尋其他更合理的說法，以期更合理詮釋《紅樓夢》的故事情節，而唯有如此紅學才可望再創新境界、新巔峰。而筆者自一九九七年開始紅學研究起，很巧合就是朝著這個方向進行，很幸運未掉入胡適派曹家新紅學的大染缸之中，如今才能有這麼多發前人所未發的心得可以發表。

本書根據《紅樓夢》第一回第一段說明甄士隱、賈雨村意義的文字，而悟知《紅樓夢》是一部以外表假語故事將真事隱去之雙重結構的小說。再根據庚辰本《石頭記》第四十三回的一則脂批提示說：「所以一部書全是老婆舌頭，全是諷刺世事反面春秋也。」而進一步悟知《紅樓夢》的所謂外表假語故事，就是充滿全書有如老太婆舌頭上絮叨的家常人情故事，所謂內裏隱去的真事，就是故事反面所寓寫的「全是諷刺世事」的「反面春秋」歷史，而對應到作者著書的清初時期，很顯然就是寓寫明朝最後由盛而衰的歷史。

本書採用破解《紅樓夢》故事真相的方法，主要都是領悟自《紅樓夢》原文、凡例、脂批的最有根據解讀方法。首先由凡例（或第一回）提示甄士隱意義為「真事隱去」，賈雨村意義為「假語村言」的文字，以及其他原文與脂批的提示，領悟出「諧音法」、「拆字法」、「通義法」三種方法，為解讀《紅樓夢》的首要秘訣。其次根據第一回脂批提示說：「開卷一篇立意，真打破歷來小說窠臼。閱其筆則是莊子離騷之亞。」而領悟出《紅樓夢》仿傚並翻新《莊子》、《離騷》的著名筆法，不但大量使用《莊子》寓言法，並由〈齊物論〉的莊周夢蝶情節，創新出「夢化蝴蝶（胡謀）」，醒復莊周」的神奇筆法；更仿傚屈原離騷中以「美人」二字影射楚國國君的美人筆法，而進一步翻新為以林黛玉、薛寶釵等金陵十二釵這些活生生的美人，來影射明清交替時期的帝王、國君、王侯或王朝、政權等。又根據王夢阮、沈瓶庵《紅樓夢索隱》所創悟「或數人合演一人，或一人分扮數人」的說法，經過實際驗證《紅樓夢》原文情節，確實不錯，而加以吸收變化為「一名多人」或「一人多名」的解讀方法。凡此種種方法主要都是源自原文、凡例、脂批、或前人驗方的最有根據、最有效的解讀方法，所以本書才會有這樣的《紅樓夢》真相空前大量發現。

本書採信胡適派及其他紅學家，公認脂批為深知作者創作《紅樓夢》內情者所作之評點文字的觀點，認為脂批是打開《紅樓夢》密室的唯一鑰匙，破解《紅樓夢》真相的無上法寶，所以大量採用，遵循脂批提示的線索，來破解《紅樓夢》故事的真相，是歷來採用最多脂批以破解《紅樓夢》真相的著作。本書還有一個獨樹一幟的特色，就是採取幾近逐句逐段的全面性破解。而所破解出的真相幾乎都能使得《紅樓夢》原文故事情節、深知內情的脂批、歷史事實三者，互相融會貫通得通暢無矛盾，且力求人、事、時、地都能互相符合，可以說是歷來破解《紅樓夢》真相最詳實最全面性的著作。

這一本第三冊破解的是第五回上下回全部故事的真相，總共約二十三萬字，其中原文六千多字，脂批約一百二十條、約二千字，筆者的破解、詮釋文字超過二十萬字。第五回是紅學家公認《紅樓夢》全書最重要的一回，因為這一回文章寫得如夢似幻非常精彩；而且其中的金陵十二釵命運簿冊的圖畫與判詞，及紅樓夢曲十二支，預示了本書主人公賈寶玉及最重要的一群女子金陵十二釵所影射之真人真事的一生命運及結局，也預示了本書所描寫主體的百年富貴家族賈家的最後結局，等於是概括了全書故事的精要內容。又古本《石頭記》「凡例」提示說：「如寶玉作夢，夢中有曲，名曰紅樓夢十二支，此則紅樓夢之點睛。」所以讀者若要瞭解《紅樓夢》的真正旨義，就得破解出第五回寶玉作夢故事的真相。由於有這三層重要因素，所以第五回當之無愧是整部《紅樓夢》最重要的一回。我們閱讀《紅樓夢》，若連《紅樓夢》的主旨、涵義都不懂，那就實在太遜了，所以各位紅迷讀者們務必把第五回多讀幾遍，然後再來參閱本書破解第五回故事真相的文字，才不致於枉然喜愛《紅樓夢》一場。本書所破解出的第五回故事的真相，主題是描述明末崇禎十七年春三月，李自成攻陷北京，崇禎帝自縊而明亡，吳三桂在山海關事件中聯清討李，因受到滿清許諾封為藩王，貪圖享受藩王歌舞富貴溫柔生涯的誘惑，而背明降清滅漢，受封雲南平西藩王，最後又因遭滿清撤藩，而聯合台灣鄭經等復明勢力反清的事跡；其間作者又藉機穿插入金陵十二釵命運簿冊的圖畫與判詞，以及紅樓夢十二支曲的大量文字，以提示全書主要人物賈寶玉及金陵十二釵所影射的與抗清相關的主要真人真事，及其一生命運和結局。由此而揭露《紅樓夢》的旨義，就是吳三桂在山海關事件中，因為追求藩王紅樓歌舞富貴溫柔的美夢，而背明降清滅漢，蒙滿清賜封雲南藩王圓了夢之後，又遭撤藩，藩王紅樓富貴夢破碎，於是聯合台灣鄭經等復明勢力反清，夢想恢復朱明王朝紅色樓閣殿堂天下的意思。這一回中的三個主要角色賈寶玉是影射傳國璽所代表的天下帝位，又影射吳三桂或其勢力；警幻仙姑是影射滿清攝政王多爾袞、滿清王朝或其領袖；秦可卿則是影射秦人李自成勢力可傾覆之對象的明崇禎皇帝、其王朝，或崇禎帝已亡後的明朝殘朝、反清復明勢力，或兼含復明勢力與吳氏雲南藩王府勢力的吳三桂反清周政權集團等。作者運其鬼斧神工之筆，將這場李自成攻陷北京，吳三桂背明降清，協助滿清征服漢族天下而晉封藩王，遭撤藩而叛清的嚴肅歷史事跡，巧妙轉化為賈府女眷家宴小集，賈寶玉夢見警幻仙姑，進入其仙境太虛幻境，享受仙姑所提供美酒佳餚及觀賞美女歌舞的豪宴招待，及許配其妹秦可卿成親等等，如夢似幻的小說情節。譬如作者將明崇禎十七年三月李自成大軍由西方進攻到東邊的北京城，與明朝軍隊在北京城遊走追逐交戰，最後明軍戰敗，崇禎皇帝在北京皇宮內苑煤山自縊而亡的事跡，轉化寫成「因東邊寧府中花園內梅花盛開（按『梅』字暗點諧音的『煤』山）」，賈母帶領西邊榮府女眷至東邊寧府會芳園遊玩觀賞梅花，並與寧府女眷家宴小集的小說故事。又如將山海關事件時，吳三桂受到滿清多爾袞許諾「封以故土，晉為藩王，…世世子孫長享富貴」的藩王夢的誘惑，而投降滿清的事跡，轉化寫成賈寶玉（影射吳三桂）在夢中，受到警幻仙姑（影射滿清多爾袞）邀請至其居處享受仙茗美酒及美女歌舞表演的誘惑，而隨警幻仙姑進入其居處太虛幻境（隱寓大清換形換朝國境）的夢幻式小說情節。再如將吳三桂後來真正受到清朝晉封為雲南藩王，享受藩王歌舞富貴生涯的事跡，轉化描寫成警幻仙姑攜帶賈寶玉到後面一間房室（寓指雲南），接受警幻仙姑（影射清朝）的豪宴招待，賈寶玉（影射吳三桂）在宴中鼻聞焚燒名為「群芳髓」之香油所散發的幽香，口喝名為「千紅一窟」的香茶及名為「萬艷同杯」的美酒，吃著豐勝餚饌，眼觀十二個舞女跳舞，耳聽舞女們歌唱新製「紅樓夢」曲十二支這樣的豪華歌舞宴會小說情節。更妙的是，作者更使用許多如「此香乃諸名山勝境內初生異卉之精，合各種寶林珠樹之油所製」之類的隱寓文字，來暗示「群芳髓」隱寓漢人群體抗清犧牲的芳魂骨髓；「千紅一窟（脂批：隱哭字）」隱寓千萬朱明王朝赤心抗清志士灑紅血而同聲一哭地戰死一大窟；「萬艷同杯（脂批：隱悲字）」隱寓萬千光艷日月之漢族烈士抗清犧牲的艷魄芳魂共同悲嘆；這樣來暗罵吳三桂（賈寶玉）享受雲南藩王富貴，所焚的香油，所喝的香茶及美酒，實際上是以萬千明朝漢族志士群體抗清犧牲的血淚骨髓、芳魂艷魄所換來的。不僅如此，幾乎整回都充斥著諸如此類的千奇百怪筆法，細細品嚐，猶如吃一頓燕窩、魚翅、鮑魚、熊掌滿桌的頂級豪華大餐，令人齒頰留香，心胸舒爽，三日不絕。

有兩件事特別值得一提，第一件是以上所說《紅樓夢》仿傚《莊子・齊物論》創新出「夢化蝴蝶（胡諜）」，醒復莊周」的極神奇筆法，如今筆者破解出第五回故事的真相，證實其中賈寶玉在夢中隨警幻仙姑進入其居處太虛幻境之情節的真相，就是賈寶玉所影射的吳三桂投降歸入大清國境，也就是吳三桂化為胡人滿清間諜作漢奸的事跡。從而便證實《紅樓夢》中確實採取了根據《莊子》「莊周夢蝶」情節所創新出的「夢化蝴蝶（胡諜），醒復莊周」的極神奇筆法，而其中的「夢化蝴蝶（胡諜）」的筆法，就是落實在第五回賈寶玉夢中隨警幻仙姑進入太虛幻境的情節之中。至於後半的「醒復莊周」的筆法，則是落實在第二十一回賈寶玉閱讀並續《南華經》（即《莊子》），及第二十二回賈母為薛寶釵作生日的情節之中，筆者將於下一冊再詳細破解證實。第二件是筆者這次破解出第五回故事的真相，順便也解決了許多長期困擾著紅學界的《紅樓夢》矛盾不通問題。尤其順利解開了大陸紅學家劉夢溪在《紅樓夢與百年中國》中，所提百年紅學「四條不解之謎」之中兩條的謎底。第一條不解之謎是元春判詞中的「二十年來辨是非，…虎兔相逢大夢歸」兩句，「簡直索解莫從」。對此本書已徹底解開其謎底，其中賈元春就是影射留在北京當人質的吳三桂兒子吳應熊。「二十年來辨是非」的謎底，就是指吳應熊自從順治十年（一六五三年）八月，與順治同父異母妹建寧公主結婚而顯貴起，直到康熙十二年（一六七三年）十一月二十一日吳三桂在雲南起兵反清時的二十年以來，吳應熊始終能辨別君臣禮法的大是非，而沒有隨同吳三桂一起背叛清朝。「虎兔相逢大夢歸」的謎底，就是指吳應熊在「虎年和兔月相逢的時間，猶如長睡作大夢般地死亡歸天了」。根據歷史記載，吳應熊在其父吳三桂叛清後，於康熙十二年十二月下旬被康熙下令逮捕囚禁，至次年康熙十三年四月十三日被康熙下令處死。而康熙十三年是甲寅年，亦即虎年，故吳應熊是死於虎（寅）年兔（四）月，正合這句元春判詞「虎兔相逢大夢歸」的意義（詳情請參閱本書第二章第三節）。第二條不解之謎是《紅樓夢曲》中評寫秦可卿的《好事終》一曲，其中的「箕裘頹墮皆從敬，家事消亡首罪寧」兩句，與書中的情節不能吻合。對此本書也已徹底解開其謎底，其中秦可卿就是影射明朝末年的崇禎皇帝或崇禎王朝，賈家寓指明朝，寧國府寓指在東邊北京的明朝崇禎帝或崇禎王朝，榮國府寓指在西邊雲南的吳三桂平西藩王或其政權。「箕裘頹墮皆從敬」，根據筆者考證「敬」暗通諧音「淨」字，暗指「淨身之人」，也就是閹割淨身過的太監或宦官，這一句的謎底就是作者評論說：「朱明王朝祖傳帝業的頹廢墮落，都是從『淨身之人』的太監亂政開始的」，這幾乎是眾多歷史學家對於明朝亡國原因的一致定評。至於「家事消亡首罪寧」這一句的謎底，就是作者評論說：「朱明王朝帝王事業的消敗滅亡，首先必須歸罪於東邊北京的崇禎王朝」，這也是很冷靜公正的歷史評論。蓋一般人說到明朝的滅亡，首先就想到都是因為賣國求榮、後來成為西方雲南藩王的吳三桂（榮國府）引清兵入關所致，所以都歸罪於吳三桂，其實吳三桂是在北京崇禎王朝被李自成傾覆之後才引清兵入關的，因此冷靜觀察明朝滅亡的原因，其實是崇禎王朝種種腐敗失政所造成，因此是首先必須歸罪的，其次才是吳三桂，因為他的引清兵入關導致後來連南方的朱明王朝也滅亡了（詳情請參閱本書第三章第三節）。除此之外，其他如紅學界極想知道究竟的鳳姐圖畫判詞「一從二令三人木」的確切意義；探春遠嫁海疆為王妃，究竟嫁到什麼地方；書中屢次提到的「三春」所指是那一年的三春等等，筆者也都已順利揭開謎底了，請讀者自行閱讀便知。由此可見只要能破解出《紅樓夢》故事內層的歷史真相，則外表故事情節的長期不解之謎，及眾多矛盾不通的問題，就可望順利解開或釐清。從另一個角度說，則任何紅學說法，都必須能夠證據確鑿地合理解決《紅樓夢》書中長期存在的不解之謎，及重大矛盾不通情節，尤其是最為關鍵的年月日、年齡、生日、年數等數字要能夠吻合，才能算確立，否則都只是無根空話而已。

有一點須要附帶說明，就是由於脂批與《紅樓夢》原文都極盡曲折隱微之能事，極度奧秘難解，要想悟通其主要情節背後約略暗寫些什麼歷史真相，已是千難萬難，更別說要透徹悟通其每字每句的細微末節的真相了。故本書對於《紅樓夢》故事真相的破解，一貫秉持真知則詳說，不知則不說的態度，不過在全面破譯的部份，偶而也會為了整體情節的連貫通達，對於其中某些詞句或片斷情節雖僅略知其梗概，而不得不勉力為之詮解圓順的，尚請讀者諒察。正因這種原文與脂批都極度奧秘難解的情況，筆者雖已盡力，但對於某些詞句、情節還是無法破解出真相，如秦可卿房中的一些華麗佈置，警幻仙姑賦的一些華麗詞藻等。即使是筆者已經破解出真相的部份，可能也沒能達到每一句話、每一細微情節都詮釋得精確無誤的程度，在細微末節的部份可能還是有些模糊的灰色地帶，不過自信已達到八、九不離十的正確程度了，尤其對於所影射歷史真事的主要脈絡，應該都很明確清晰，而不至於有所偏誤。

至此，筆者《紅樓夢真相大發現》系列已完成三本書，第一冊已破解出第一回前面楔子有關石頭過往今來故事的真相，是暗寫崇禎十七年明朝亡於李自成，如頑石般的吳三桂在山海關事件中剃髮降清，被滿清挾帶入關征服漢人天下後，受封藩王而圓了紅樓富貴的夢想，後來遭撤藩而起兵反清，終歸失敗的歷史事跡；又破解出第一回後面甄士隱遇見賈雨村，兩人於中秋節喝酒吟詩，甄士隱協助賈雨村入都考中進士高升府太爺，甄士隱反而家遭火災燒燬，淪落到農莊，最後隨瘋跛道人飄飄而去之故事的真相，是暗寫崇禎十四年八月中秋節期間明、清松山大戰，明軍大敗，隨後李自成攻陷北京高升皇帝寶位，而明朝滅亡，吳三桂引清兵入關驅逐李自成，滿清在北京建立清朝，並向南進擊南明，直到南明福州隆武王朝的柱石鄭芝龍投降清朝的歷史事跡。第二冊已破解出第三回林黛玉入都寄居榮國府，而與外祖母賈母、王熙鳳、賈寶玉相會的故事，是暗寫順治十六年鄭成功率領舟師深入長江，進攻南京，與清軍相會大戰，失敗後又順長江撤退回廈門的歷史事跡。第三冊已破解出第五回故事的真相，如前面所述。而第一回楔子有關石頭過往今來的故事，及第五回的故事都是概括全書故事的概要，因此已有充足證據足以證明筆者所主張《紅樓夢》的真相是暗寫以吳三桂降清叛清為主線的反清復明歷史的說法，確實可以成立。

或許發現《紅樓夢》這樣以吳三桂降清叛清事跡寄託反清復明思想的真相算不得什麼，因為時過境遷，今日滿族已經與漢族充分融合為中華民族。但是沒有破解出《紅樓夢》的真相，就發掘不出其神奇筆法的寶藏，就去除不掉其情節矛盾不通的污點，《紅樓夢》就發不出燦爛光芒，突顯不出其不朽的文學價值。這就好比希臘的荷馬史詩《伊里亞得（Iliad）》，它所暗寫木馬屠城的特洛依（Troy）戰爭歷史，至今時過境遷又有多少意義，但是荷馬史詩卻是西方文學永遠的靈泉活水，永遠的至高經典。又像屈原的《離騷》，它所寄託的強楚抑秦意識，至今時過境遷又有什麼意義，但是《離騷》卻是中國詩歌永遠的靈泉活水，永遠的不朽經典。所以各位《紅樓夢》的讀者們，尤其是紅學專家們，期望你們各自高舉你們的智慧之炬靠攏過來，認真仔細地嚴格檢視筆者這三本書，看看是否真的發現《紅樓夢》的真相，是否真的發掘到珍貴的神奇筆法，是否真的解決了許多長期解決不了的重大情節矛盾不通問題？如果不是，你們就以你們的智慧之炬把筆者這三本書焚燬作罷。如果是的話，則筆者殷望你們一起走上筆者發現的這條紅學新大道來，一起來瞻仰《紅樓夢》光芒萬丈的輝煌真身寶相，一起來讚嘆《紅樓夢》超乎想像的神奇筆法。甚至於一起來繼續探尋出《紅樓夢》千嬌百媚的神奇真相，挖掘出《紅樓夢》千奇百怪神奇筆法的無窮寶藏，在過去百年紅學已走到被專家評論為「形成許多死結」，「越研究越糊塗」的山窮水複疑無路的困境中，扭轉一個新方向，開發出柳暗花明又一村的紅學新境界，共同來增加《紅樓夢》的璀璨光芒，提升其文學藝術價值，使它成為華人小說、甚至全世界小說永遠的靈泉活水，真正不朽的至高典範。

台灣師範大學的名教授邱燮友，是我就讀台師大教育系時的國文老師，我對於中國文學的長期興趣就是當初受到邱師的濡染感發的，後來轉任必須經常寫文章的機要秘書職務，而需要加強中文程度時，又從購閱市面上邱師的文學、國學著作起步，再進一步擴充深入的。前年二〇〇六年中好不容易才打聽到邱師還在台師大任教的消息，而奉寄上拙作第一冊，恭請其審閱賜正，去年中才有幸再重逢。邱師曾上過著名紅學家潘重規老教授的紅樓夢課程，對於《紅樓夢》相當熟悉，對紅學動態也很關注，他對我的新說十分認同，因而慨允賜序，令我非常感激又感動，我的文學、紅學根源自邱師、台師大，能夠回歸到邱師、台師大獲得認同，最為窩心溫暖了。

名詩人陳教授冠甫（慶煌）兄，乃一代駢文大師成惕軒在政治大學所收的博士高弟，自從一九九九年十一月十二日，我在母校台師大國際會議廳舉辦發表會結識起，便是我《紅樓夢》新說的主要伯樂之一。到了去年二〇〇七年陳教授因所教授的「古典文學賞析」課程，榮獲教育部列為「卓越教學計畫」，而特許得以邀請學有專精的專家到其任教的淡江大學演講，而我只是一個民間業餘的《紅樓夢》研究者，竟辱蒙其盛情邀請，而得於去年四月十日至淡大驚聲大樓國際會議廳演講，講題為「淺談紅樓夢的神奇真相及詩詞的雙重意義性」。陳教授作引言介紹時，當場宣讀講解他所作的一闋詞，謬讚筆者三百年來首度尋覓出《紅樓夢》的真相。當時座上賓有紅學老前輩張壽平老教授（著有《紅樓夢外集》），及淡大《紅樓夢》專任教授陳瑞秀博士（著有《三國夢會紅樓》），一時使得筆者頗感惶恐。演講過後陳教授來電告稱聽眾反應十分良好，筆者才較感安心。陳教授當時所宣讀賜贈的一闋詞曰：

君生佳里紅樓覓，第一寶書真相出。
石頭記賈雨（假語）村言，甄士（真事）隱神奇揭密。
吳三桂叛降心跡，拆字諧音尋線索。
夢中蝴蝶（胡謀）醒為周，論斷空前驚妙筆。
（調寄玉樓春以記國際紅學專家南佳人驚世之嶄新發現）

尤其要感謝陳教授冠甫兄在百忙中，惠予賜序，使拙作增光不少。還有中華航空公司的老同事劉秘書欽銘兄，對於電腦的操作協助頗多，在此一併致謝。

筆者資質凡庸，學識淺薄，錯漏勢所難免，殷望紅學方家及廣大紅迷讀者，不吝惠賜批評指正。

南佳人　李瑞泰　謹識
中華民國九十七（二〇〇八）年五月
於台北市愚不可及齋

凡例

凡例

一、本書所採用的《紅樓夢》前八十回原文，主要是根據甲戌本《石頭記》的《乾隆甲戌脂硯齋重評石頭記》，台北，胡適紀念館出版，民國六十四年十二月十七日三版。並參酌採用庚辰本《石頭記》的《脂硯齋重評石頭記》，台北，宏業書局印行，民國六十七年十二月十日出版。間亦採用以庚辰本《石頭記》為主的《紅樓夢校注》，馮其庸等校注，台北，里仁書局印行，民國八十四年十月十五日初版四刷。所採用的後四十回原文，則主要是根據程甲本《紅樓夢》，並參酌程乙本《紅樓夢》。原文中的一些古用法的字詞，則斟酌修改為現今通用的字詞，如「一箇」、「不愿」、「偺」、「方纔」、「喫飯」等，分別改為「一個」、「不願」、「咱」、「方才」、「吃飯」等。至於一些今日看來顯然是錯誤的字詞，也斟酌修改為現今通用的字詞，如「到是」、「那里」、「隔壁」、「轉灣」、「不奈煩」等，分別改為「倒是」、「那裡」、「隔壁」、「轉彎」、「不耐煩」等。

二、本書所採用的脂批評點文字，主要是採用自甲戌本《石頭記》，其次是庚辰本、己卯本、靖藏本三種版本《石頭記》，以及甲辰本《紅樓夢》。其中甲戌本、庚辰本《石頭記》的脂批文字，係直接採自以上《乾隆甲戌脂硯齋重評石頭記》、宏業書局的庚辰本《脂硯齋重評石頭記》；而己卯本、靖藏本《石頭記》、甲辰本《紅樓夢》或其他評本的脂批文字，則係間接採自《新編石頭記脂硯齋評語輯校》，陳慶浩編著，台北，聯經出版事業公司出版，民國七十五年十月增訂再版本所輯錄的脂批文字。本書所採用的脂批都在前頭註明其出處，但為求簡明扼要起見，若某條脂批只出於一個評本，則只註明該評本，如「〔甲戌本夾批〕評注」、「〔甲辰本〕評注」等。若某條脂批出於兩個評本以上，而內容雷同，則只註明內容較詳實可靠的最主要評本，而不註明較簡略的次要評本，僅加一個「等」字加以表明，如某一條脂批出自《甲戌本》、《庚辰本》及《甲辰本》三個評本，而《甲戌本》較為詳實，《庚辰本》及《甲辰本》較為簡略，則註明為「〔甲戌本夾批〕等評注」，而不標出《庚辰本》及《甲辰本》，依此類推。讀者若想進一步瞭解脂批出處的詳情，請自行查閱以上陳慶浩所著《新編石頭記脂硯齋評語輯校》。

三、本書有關《紅樓夢》研究歷史的資料，主要是參引自《紅樓夢卷》，一粟編，台北，新文豐出版公司印行，民國七十八年十月台一版所輯錄的資料。

四、本書對於書中特殊事物、品名、詞句的釋義或典故，甚多參引自前人研究的成果，尤其是周汝昌主編的《紅樓夢辭典》，廣東人民出版社出版，一九八九年四月第二次印刷；

以上馮其庸等校注的《紅樓夢校注》，馮其庸編注的《紅樓夢》，台北，地球出版社，民國八十九年元月再版；及廣州日報社一九七六年出版的《紅樓夢注釋》等，而都詳細註明其出處。對於以上第一項至本項諸書，及其他本書所引錄之著作的發現者、編著者、或著作者，如胡適、周汝昌、馮其庸、陳慶浩、一粟等前輩紅學大師或歷史專家，特此敬致崇高的敬意，若沒有他們辛勤努力的豐碩成果，就不可能有本書的完成。

五、本書所敘述明、清歷史的年月日，是採用當時通行的陰曆（農曆），必要時加註西元紀年。

六、《紅樓夢》是猶如達文西密碼的一部小說式歷史的謎書，這是書中原文及脂批已經明白點示了的。開卷第一回第一段（或凡例）原文就說：「此（書）開卷第一回也，作者自云：『因曾歷過一番夢幻之後，故將真事隱去，而借通靈之說，撰此石頭記一書也。』故曰：『甄士隱』云云。但書中所記何事何人？自又云：『今風塵碌碌，一事無成，……又何妨用假語村言敷演出一段故事來，……。』故曰：『賈雨村』云云。」已很明白提示這是一部以外表假語故事隱藏內裡真事的小說。庚辰本《石頭記》第四十三回的一則脂批提示說：「所以一部書全是老婆舌頭，全是諷刺世事反面春秋也。」再進一步明白提示所謂外表假語故事，就是充滿全書有如老太婆舌頭上絮叨的家常人情故事，而所謂內裡隱藏的真事，就是故事反面所寓寫的「全是諷刺世事」的「反面春秋」歷史。既然是以小說假故事隱藏真歷史的書，則《紅樓夢》當然是必須透過小說假故事索解出所隱藏之真歷史的謎書。至於書中所使用的隱語密碼，從以上原文「甄士隱」通「真事隱」，

「賈雨村」通「假語村」；及從脂批於第一回針對原文葫蘆廟，批註說：「糊塗也」等處，很明顯是使用「諧音法」。從第五回針對香菱圖畫判詞「自從兩地生孤木」之句，脂批提示說：「折（拆）字法」等處，可見也使用「拆字法」。又從第一回原文「有絳珠草一株」，脂批提示說：「點紅字（按指絳字及珠字右邊的朱字，點出紅字來）」等處，可見也使用「通義法」。本書就是採取《紅樓夢》原文、脂批所明白點示的「諧音法」、「拆字法」、「通義法」，作為解開《紅樓夢》隱語密碼的首要方法，以破解出《紅樓夢》內裡所隱藏的歷史真相。

七、上述《紅樓夢》的本質特性及研究方法，是《紅樓夢》原文及脂批已經明白點示的，原應是對《紅樓夢》最正確的認識與研究方法。但很不幸的是，自從一九二〇年代，胡適批評蔡元培等索隱派紅學是「附會的紅學」、「猜笨謎」、「大笨伯」，強調他的曹家新紅學，才是科學的考證方法所獲得的正確結論，而蔡元培等索隱派恰好常使用諧音法、拆字法、通義法等來索隱《紅樓夢》所隱藏的歷史真相，因而此後眾多紅學家由於唯恐被打入不科學的行列，多不敢使用諧音法、拆字法、通義法來索解《紅樓夢》的歷史真相。到了一九七〇年代以後，紅學界更進一步轉而認定《紅樓夢》是一部純虛構的小說，而不是隱藏有任何真事的歷史文件。這兩種主張先後成為近百年來《紅樓夢》研究所遵循的主流路線，影響極為深遠。但是筆者要指出這兩種主張實際上都違背了上述《紅樓夢》原文及脂批，所明白點示《紅樓夢》是以小說假語故事隱藏歷史真事之謎書的事實，就《紅樓夢》研究的範疇而言，《紅樓夢》原文及深知內情之脂批的說法是最具權威的，所以筆者寧取《紅樓夢》原文及脂批的原始說法，而不採取以上後世的權威說法，這是本書獨樹一幟的特色。

八、有一點很值得順便一提，就是西方文學界索解文學名著所隱藏神秘真事、原意的兩件著名實例。第一件是，希臘的荷馬史詩產生在西元前九世紀左右，其中的《伊里亞得（Iliad）》一書中，描寫有木馬屠城的特洛伊（Troy）戰爭故事，研究者懷疑可能隱寓有神秘的遠古真正特洛伊戰爭歷史，因而展開長期的索解真相研究，直至十九世紀末，才由德國考古學家施里曼（Schliemann）在小亞細亞發掘到特洛伊古城遺址，而證實特洛伊戰爭真有其事。西方人歷經兩千多年的孜孜不倦努力，才終於發現這項歷史真相，其毅力之堅強真是令人佩服得五體投地。而其間人們對於研究者追索《伊里亞得》可能隱寓的歷史真事，並不認為是「猜笨謎」、「大笨伯」，事實證明《伊里亞得》可能隱寓有歷史真事這件事，更增加該書一股神秘的魅力，更能增加其文學價值。第二件是，猶太裔愛爾蘭人喬伊斯（James Joyce）在一九二二年著作的長篇小說《尤利西斯（Ulysses）》一書，由於作者宣稱在書裡設置有很多「迷津」，另外隱藏有「原意」，而誘引許多文學專家都來破解這些「迷津」，以索解該書所隱藏的「原意」，結果這本小說成為二十世紀迄今歐美首屈一指的小說。而近百年來人們對於研究者追索《尤利西斯》所隱寓的原意，並不認為是「猜笨謎」、「大笨伯」，事實證明《尤利西斯》包含許多「迷津」、隱寓有「原意」這件事，更增加該書一股神秘的魅力，更能增加其登峰造極的文學價值。反觀中國小說第一奇書《紅樓夢》，書中原文及原批已明白點示是以小說假語故事隱藏歷史真事的謎書，研究者以中國傳統詩文常使用的諧音法、拆字法、通義法來索解其隱藏的歷史真相，一時間有所偏差，就被譏笑為「猜笨謎」、「大笨伯」，探索不到三百年，一時間無法探解到正確的謎底，就洩氣得轉而認定《紅樓夢》是一部純虛構的小說，而沒有隱藏任何歷史真事，這相較於以上兩件西方人追索文學名著所隱寓之真事的深邃見識與堅忍精神，未免落差太大，非常值得我們深思。

第一章　賈寶玉夢中隨警幻仙姑進入太虛幻境故事的真相

第一節　寧府家宴賈寶玉欲睡中覺而由秦可卿帶引至上房內間故事的真相

◈原文：

因東邊寧府中花園內梅花盛開(1)，賈珍之妻尤氏乃治酒，請賈母、邢夫人、王夫人等賞花(2)。是日先携了賈蓉之妻，二人來面請(3)。賈母等於早飯後過來，就在會芳園遊玩(4)，先茶後酒，不過皆是寧榮二府女眷家宴小集，並無別樣新文趣事可記(5)。

一時，寶玉倦怠，欲睡中覺，賈母命人好生哄着，歇息一回再來(6)。賈蓉之妻秦氏便忙笑回道：「我們這裡有給寶叔收拾下的屋子，老祖宗放心，只管交與我就是了。」又向寶玉的奶娘丫嬛等道：「嬷嬷姐姐們，請寶叔隨我這裡來。」賈母素知秦氏是個極妥當的人(7)，生得嬝娜纖巧，行事又溫柔和平，乃重孫媳婦中第一個得意之人(8)，見他去安置寶玉，自是安穩的。

當下，秦氏引了一簇人來至上房內間(9)。寶玉抬頭先看一幅畫貼在上面，畫的人物固好，其故事乃是燃藜圖(10)，也不看係何人所畫，心中便有些不快。又有一副對聯(11)，寫的是：

世事洞明皆學問，
人情練達即文章。(12)

既看了這兩句，縱然室宇精美，鋪陳華麗，亦斷斷不肯在這裏了(13)，忙說：「快出去！快出去！」

◈脂批、注釋、解密：

(1)因東邊寧府中花園內梅花盛開：寧府，即寧國府。東邊寧府，前面第三回敘述鄭成功進攻南京的事件時，所寫位在東邊的寧國府是暗指江蘇省境長江東段北岸地區，這裡因為故事主題變了，所以東邊寧府所指的實際地點也跟著變了，改變為暗指位置在東邊的明朝都城北京地區。梅花，「梅」字通諧音的「煤」字，暗點北京皇宮內苑、明崇禎皇帝自縊的地點「煤山」，梅花則暗喻明崇禎自縊煤山事件的戰爭火花。梅花盛開，並不是真的有梅花到處盛開，而是喻寫明崇禎十七年三月李自成攻陷北京，明崇禎皇帝在煤山自縊的北京大戰，其情況兵馬奔馳，戰火處處爆開，有如梅花盛開一般。

〔甲戌本夾批〕等評注說：「元春消息動矣。」春，在傳統五行方位上是指東方，這裡是暗指位於中國極東地區的遼東滿清政權。而前面第二回針對元春的「元」字，脂批批示說：「原也」，也就是提示「元」字暗指「中原」的意思，所以「元春」就是暗指中原的王朝、勢力，包括自遼東入主中原的清朝。這則脂批「元春消息動矣」，就是提示這裡「因東邊寧府中花園內梅花盛開」所暗寫的李自成攻陷北京，明崇禎煤山自縊的事件，使使得「滿清進入中原建朝的消息啟動了」，可見後面的故事是接著暗寫明朝滅亡後吳三桂接引清兵入主中原的事件。

(2)

賈珍之妻尤氏乃治酒，請賈母、邢夫人、王夫人等賞花：這裡是假借外表寧府、榮府女眷家宴的故事，來掩護、暗寫內層李自成與明朝北京大會戰的事件，所以作者配合外表故事的架構，從寧府女眷中選出賈珍之妻尤氏、賈蓉之妻秦可卿，從榮府女眷中選出賈母、邢夫人、王夫人，來盼演內層的這場北京大會戰。寧府既是指位於東邊的明朝北京地區，榮府便是指西邊陝西、山西地區的李自成勢力。

賈珍，珍字通諧音「朕」，暗指皇帝，或通諧音「禎」，暗點明崇禎皇帝。尤氏，尤字通諧音「游」，尤氏即「游氏」，影射到處游走流動寇掠的流寇李自成闖軍，或暗喻明末崇禎王朝中內心游離浮動、不忠於明朝的文臣武將。賈珍之妻尤氏，暗喻明崇禎皇帝身邊猶如妻子般相伴左右的是姓尤、「游」氏的人物，也就是說他身邊充滿傾向到處游走的流寇李自成，內心游離浮動的官員將兵。賈母，寓暗李闖勢力的頂峰人物李自成。邢夫人，邢暗通諧音的「行」字，泛指李自成政權的行動部隊。王夫人，泛指李自成政權的王公大臣。由此可知「賈珍之妻尤氏乃治酒，請賈母、邢夫人、王夫人等賞花」，就是暗寫「因東邊寧府中花園內梅花盛開」的李自成圍攻北京大戰，明崇禎皇帝身邊充斥傾向流寇李自成，內心游離浮動的官員將兵，大家都不效忠明朝竭力作戰，所以情況就好像準備酒席請客一般地，請來賈母李自成，及邢夫人、王夫人等李闖行動部隊、王公大臣會集到寧府北京，來鑑賞這場如梅花盛開般的大戰，以評定勝負，及皇帝位的歸屬。

(3) 是日先攜了賈蓉之妻，二人來面請：賈蓉，賈珍的兒子，蓉通諧音「戎」，暗指兵戎、戎伍。是日，應是指北京外城破的三月十八日。賈蓉之妻，就是後面所寫的秦氏，秦字暗點出身秦地陝西的秦人李自成，賈蓉之妻秦氏就是暗寫如妻子般伴隨著軍隊戎伍的是姓秦人氏，也就是說明朝軍隊充滿傾向投降秦人李自成的人物。二人，指賈珍之妻尤氏及賈蓉之妻秦氏，此二人來面請賈母等賞花，就是暗寫明崇禎皇帝身邊游離思叛的官員，及明朝戎伍軍隊傾向投降李自成的人物，都暗中勾結上李自成，而去迎接、面請李自成軍隊。按李自成軍隊入北京確實是明朝不忠官員、軍隊迎接入城的，根據《甲申傳信錄》記載：

> **是日（三月十八日），巳刻（上午九時至十一時），陰慘，日色無光。已而大風，驟雨冰雹，迅雷交作。人心愁慘，至午後方止。賊攻彰義門，以叛監杜勳嘗射書城上，監軍太監曹化淳忽啟門迎闖，闖遂入，攻內城。①**

《明季北略》則記載日說：

十八日申刻外城陷……
賊攻西直門，不克。攻彰義門，申刻（下午三時至五時），門忽啟，蓋太監曹化淳所開。得勝、平則二門亦隨破。或云王相堯（亦太監）等內應也。②

另外《烈皇小識》則記載說：「十九日，丁未，陰雲四合，城外煙焰障天。宣武門守門王相堯，領內丁千人，開門迎賊。偽將劉宗敏整軍入，軍容甚肅。張縉彥（按為兵部尚書）守正陽門，朱純臣（按為成國公）守朝陽門，一時俱開，二臣迎門拜賊。③」不論是那一種說法，都是明朝心中游移不忠的人物（尤、游氏），及傾向投降秦人李自成的人物（秦氏），主動先行開門，當面迎請李自成軍隊進入北京城的，所以作者以小說筆法寫成說「（尤氏）先携了賈蓉之妻（秦氏），二人來面請（賈母、李自成等）」，真是妙極了。

(4) 賈母等於早飯後過來，就在會芳園遊玩：賈母等於早飯後過來，這是暗點李自成於三月十九日早飯之後過來北京城。對於李自成本人進入北京城的時間，各書都說是十九日午刻，即現代時間的上午十一時至下午一時，從德勝門進入北京城內，但過程多不詳。其中《甲申傳信錄》則有記載一些轉折的過程，說十九日黎明後，「自成騎兵破西直門，執襄城伯李國楨，馳至西華門」，想從那裡進城。軍師宋獻策進言「先安民，乃可入」，李自成於是先發箭傳令軍兵入城不得傷人。此時突然有黑氣從西華門內湧出，宋獻策又說「兇氣也，避之」，「因導自成以午刻由德勝門入（城）」④。可見李自成確實於早飯之後就過來北京西華門要進城，因傳令安民等事，而延至十一點過後，才改由德勝門入城。這裡寫「賈母等於早飯後過來（寧府）」，並未明寫「進入」寧府，所以還是很符合以上李自成早飯後就過來想要進城，遷延至午刻由德勝門入城的歷史事實。

會芳園，照字面本意是「會聚百花芳香的花園」，內裡則是喻指包括紫禁城皇宮的明朝京城北京。按北京城的內城紫禁城皇宮內確實有會聚了無數芬芳花草的花園，更會聚了全國最芳華絕代的國色天香，京城又是會聚了全國最出色芬芳的才智之士的園地，稱之為會芳園真是最適當不過了。遊玩，隱喻雙方人馬遊走追逐交戰猶如遊玩一樣。這兩句原文是暗寫賈母等李自成軍三月十九日早飯之後就過來北京城，於是西邊榮府賈母、邢夫人、王夫人等女眷所代表的李自成軍，與東邊寧府尤氏、秦氏等女眷所代表的明軍，就在北京城遊走追逐交戰，猶如遊玩一樣。

〔甲戌本夾批〕等評注說：「隨筆帶出，妙！字義可思。」這是針對會芳園，特別提示說：「作者隨筆就帶出會芳園，不加任何說明，真妙！但是會芳園的字義可有得思索琢磨之處。」用意是要讀者仔細進一步思索琢磨會芳園的特殊涵義，不要只當是會聚群芳的一般花園。

(5)不過皆是寧榮二府女眷家宴小集，並無別樣新文趣事可記：這是暗寫東邊寧府北京地區明朝，與西邊山陝地區榮府李自成政權雙方的會集大戰，事實上並沒有真正盡全力激烈作戰，尤其明朝軍隊只是裝模作樣對空發炮虛應故事，幾乎都準備迎敵投降，最後更是由太監頭子開門引入城，實際上是作戰劇烈程度很小的會戰，簡直像是同一家族兩府女眷逛花園的宴會小集一樣，而這是屬於漢族之間改朝換代的會戰，在歷史上是司空見慣的事，並無別樣新奇文章趣事可記述。

〔甲戌本夾批〕等評注說：「這是第一家晏（宴），偏如此草草寫。此如晉人倒食甘蔗，漸入佳境一樣。」這條脂批是特別提醒讀者說：「這場寧國、榮國二府女眷的家宴小集，其實是賈家寧榮二府第一大規模的家宴，只是作者偏偏故意這樣草草的簡單描寫（以掩人耳目）而已，因為漢族自家之間的改朝換代沒有什麼新奇。作者這種以小宴草草描寫第一等大宴，以小寫大，其所代表的意義，就是這個家宴小集，隱藏著有如晉人倒食甘蔗，漸入佳境一樣，由尾部吃起，先嘗到小甜頭後，又逐漸吃到根部，嘗到大甜頭這樣的故事。」「倒食甘蔗」的典故出自《世說新語》，該書「排調第二十五」中有一則記載說：「顧長康噉甘蔗，恆自尾至本。人問所以？云：『漸入佳境』。⑤」顧長康，即東晉大畫家顧愷之，字長康，為晉陵無錫（今江蘇無錫）人。晉人，晉朝人，或山西人。這裡批書人引用「晉（朝）人」顧長康倒食甘蔗的事，而把「晉人」改指「晉地」山西人，來暗指從晉地山西攻向北京的李自成農民軍。「晉人倒食甘蔗，漸入佳境」，是極其逼真地暗寫李自成農民軍是先攻佔離北京較遠的山西晉地南部，嘗到小甜頭，再逐步向晉北嚼食吞佔，嘗到更大甜頭，最後再轉東急攻，鯨吞朱明王朝根本命脈的北京，終於嘗到取代明朝天下的極大甜頭的實際情況。這一比喻真是令人拍案叫絕，可見本書批書人的評點筆法之妙，真是妙到無以復加，與之相比，金聖嘆之批《西廂記》只能是小巫見大巫。

(6) 寶玉倦怠，欲睡中覺，賈母命人好生哄着，歇息一回再來：寶玉，這裡轉為象徵玉璽所代表的天下帝位。賈母，這裡轉為代表決定歷史動向、天命、帝位歸屬的老天爺。「寶玉倦怠，欲睡中覺」，是隱述李自成攻陷北京，明崇禎帝在煤山自縊而亡，而李自成又未立即正式即位稱帝，天下帝位（寶玉）暫時無人，帝權功能陷入失能欲中止的狀態，有如人倦怠想睡中覺一樣。「賈母命人好生哄着，歇一回再來」，這兩句是以極微妙的筆調，評寫說：「老天爺對於明朝崇禎帝自縊而失天下，極感惋惜，故命天下人要像哄小孩似地好好護著明朝虛懸的帝位，使明朝皇位帝權（寶玉）稍微昏睡歇一會兒就再回復過來。」這裡作者所以這樣寫，是基於李自成入北京未立即登基稱帝，而明朝在崇禎帝自縊後，只是暫時中止，一個多月後又在南京擁立福王稱帝建朝。

(7) 賈母素知秦氏是個極妥當的人：秦氏，即秦地人氏，隱指在陝西西安自立為永昌帝，建立大順王朝的李自成農民軍勢力，又指失去崇禎帝而傾向於擁護秦人李自成的明朝崇禎殘朝，其中當然也包括崇禎帝、崇禎太子朱慈烺、吳三桂等。這句原文是暗寫賈母老天爺素來就知道這個包括李自成農民軍及傾向於擁護李自成的明朝崇禎殘朝的秦氏集團，是個安置寶玉皇帝位的極妥當人選，因為都是漢族自家人。

〔甲戌本夾批〕等評注說：「借賈母心中定評。」這是說作者假借賈母老天爺心中的想法，來評定這傾向擁李的漢人集團的秦氏，是個安置寶玉皇帝位的極妥當的人，因為不論是李自成繼承帝位，或明朝殘朝的崇禎太子等繼承帝位，都是漢人，都很妥當。

(8) 生得嬝娜纖巧，行事又溫柔和平，乃重孫媳婦中第一個得意之人：重孫，就是曾孫。按《紅樓夢》故事起始於滿清努兒哈赤掘起，為其父祖被明軍誤殺復仇的明神宗萬曆十一年，所以明神宗為第一代，光宗為第二代，熹宗天啟為第三代，思宗崇禎為第四代，第四代以家族輩份來算就是曾孫或重孫，又本書效法《離騷》美人筆法，多以美人來象徵帝王，所以改為重孫媳婦。第一個得意之人，暗指天下第一得意之人的皇帝。嬝娜，身材修長，體態婉轉柔美的樣子。原文這三句話是暗寫秦氏這個明朝崇禎殘朝，皇帝位虛懸而體質柔軟纖弱，就好像一個女子生得纖巧而婉轉柔美一樣，非常吸引人，而且這個殘朝不堅持忠心明朝，誰勢力大就靠向誰，好像一個人行事又溫柔和平，處處與人為善一樣，其內裡乃是猶如重孫媳婦般的明神宗第四代第一個得意之人的崇禎帝位。

〔甲戌本夾批〕等評注說：「又夾寫出秦氏來。」這是提示這幾句是又夾寫出秦氏具體性情的文字，讀者從此下手仔細體會，比較容易領悟秦氏所影射的真實對象。

(9) 秦氏引了一簇人來至上房內間：上房內間，最上等最內面的房間，就是喻指天下帝王所居至上至內的大內皇宮。這句是隱寫這個擁護秦人李自成的秦氏集團，引了李自成軍隊一大群人來到北京內城最上等最內面的大內皇宮。

(10) 寶玉抬頭先看一幅畫貼在上面，畫的人物固好，其故事乃是燃藜圖：寶玉抬頭，這是作者把「天下帝位」擬人化，化成一個稱為寶玉的人，而暗寫代表「天下帝位」的寶玉抬頭來觀察，尋找適當的人選、處所來寄託、落腳。一幅畫貼在上面，這是喻寫李自成農民軍攻陷北京的種種現象，就好像一幅圖畫貼在北京皇宮上面一樣。畫的人物固好，這是暗寫圖畫中所畫攻佔北京的李自成等人物，都是漢人，漢人統治漢人固然好。燃藜圖，這個圖的「題材來自六朝無名氏《三輔黃圖・閣部》所載故事：『劉向於成帝之末，校書天祿閣，專精覃思。夜有老人着黃衣，拄藜杖，叩閣而進，見（劉）向暗中獨坐誦書，老人乃吹杖端烟然（燃），因以見面。授五行洪範之文…至曙而去。請問姓名，云，我是太乙之精。』⑥」

藜，為一年生草本植物，莖高五、六尺，老莖可作枴杖，稱為藜杖。燃藜圖這個故事的主要圖像，是吹燃藜杖生煙火照亮黑夜，作者就是借用這一圖像，來影射李自成攻陷北京城時，曾於夜間放火焚燒北京城（撤離北京時，又於黎明縱火焚燒北京宮殿），火光照亮黑夜這一最突出的現象，真是比喻得唯妙唯肖！

(11) 其故事乃是燃藜圖…又有一副對聯：〔甲戌本眉批〕評注說：「如此畫聯焉能入夢？」這是提示說：「那代表天下帝位的寶玉來到李自成所佔領的北京皇宮，看到燃藜圖這樣的圖畫（呈現出李軍放火焚燒劫掠的景象），及這樣的一副對聯（反映民心不歸附李自成），那代表天下帝位的寶玉如何能在這裡安心睡覺，酣然入夢呢？」也就是說那天下皇帝位如何能安心地歸屬於佔領北京皇宮的李自成呢？

(12) 世事洞明皆學問，人情練達即文章：世事洞明皆學問，原意是能夠通曉世間種種事務，就都是學問，不見得要讀很多書才算有學問。不過內裡另有微妙的隱意，其中的「明」字，是隱指「明朝」的密碼。這句的隱意是「對於世間事能夠洞察、關心明朝（復興）的事，那就都是學問了。」人情練達即文章，原意是能夠熟練通達人情世故，就是寫得好文章，不見得要寫作好詩文才算是會寫文章。不過這句也是另隱意的，其中的「文」「章」二字，都是密碼。「文」字是暗點「文皇帝」清太宗皇太極，「章」是暗點「章皇帝」清世祖順治福臨。這句的隱意就是「要想熟練通達人情世故，見機行事，那就是要攀附上滿清文皇帝皇太極、章皇帝順治，勾結滿清。」

這副對聯掛在李自成佔領下的北京皇宮（上房內間）處，上面又有一幅燃藜圖，是隱示當時李自成佔領下的北京地區人民，由於看到李自成做出猶如燃藜圖般的放火焚燒劫掠行徑，使得民心形成兩大趨向，一邊是有如追求做學問的人，他們認為洞察世間有關明朝動態的事就都是學問了，也就是趨向想要恢復明朝；另一邊則是有如追求做文章的人，他們認為熟練通達人情世故，見機行事，去攀附上滿清文皇帝、章皇帝，就是會寫好文章，也就是趨向想要勾結滿清；但就是沒有人內心想要擁護李自成當皇帝的。

〔甲戌本特批〕等評注說：「看此聯極俗，用于此則極妙。蓋作（者）正因古今王孫公子，劈頭先下金針。」〔有正本〕「作」作「作者」。此聯極俗，批書人所以會批評這副對聯極俗，是因為這兩句話是古代當官的官僚們普遍銘記的修養經，提醒自己不要以為十年寒窗苦讀經史，作詩習文，考上科舉當官，就是有學問，會寫文章，須知洞明世事都是做學問，練達人情就是好文章，這兩層不通，事情就辦不通，書讀得再多，文章寫得再好，還是枉然。古今，暗指古朝明朝，今朝清朝。古今王孫公子，暗指曾經在古朝明朝當官，又投降今朝清朝當官的變節事敵的王孫公子，尤其是指吳三桂。下金針，金針就是中醫針灸用的金屬針，下金針就是針灸時按照病症對準穴道，用金屬針刺下去治病的意思，也就是對症下藥或對症下針的意思。這則脂批是提示說：「看這副對聯雖然是極其通俗的官僚修養經，但是用於這裡則有極微妙深意。蓋作者正因那原屬古朝明朝又投歸今朝清朝的王孫公子吳三桂，劈頭先刺下金針，治療他的病症。」也就是說這副對聯已預先針對吳三桂的病症而刺下金針治療，說得更明白一點，就是這副對聯預示、點破了後來吳三桂為了想恢復明朝而勾結清朝的心跡、病症，因為第一句「世事洞明皆學問」暗含恢復明朝的意思，第二句「人情練達即文章」暗含勾結滿清的意思，兩句合起來就是為了恢復明朝而勾結滿清，而這恰是後來吳三桂做出勾結清兵入關驅除李自成這個漢奸行徑的毛病所在。由此可知後面的故事情節是要接著暗寫吳三桂勾結滿清的山海關事件了。

(13)既看了這兩句，縱然室宇精美，鋪陳華麗，亦斷斷不肯在這裏了：這幾句是暗寫這個代表「天下帝位」的寶玉，既然看見了這兩句對聯所反映的民心復明或結清的趨向，縱然北京皇宮室宇精美，鋪陳華麗，也斷斷不肯在佔領皇宮的李自成這裏了。換句話說，明朝崇禎帝所遺留的「天下帝位」不願選擇佔領北京皇宮的李自成，李自成未登基稱帝，明崇禎餘勢的明朝軍民同胞也不歸心李自成，而紛紛到北京城以外的地區，從事復明的工作，最明顯的是不久之後吳三桂就在山海關勾結滿清要復明，再不久明朝軍民也在南京擁立福王建立南明王朝，展開復明行動。

這一段原文作者以「燃藜圖」影射李自成焚燒拷掠北京城的圖像，以「世事洞明皆學問，人情練達即文章」的對聯，寓寫李自成不得民心，藉這一圖一聯暗寫出李自成佔領北京時，人怨於下的景況；再以天下帝位化身的寶玉不快地急忙出城去，使天怒於上之情躍然紙上，生動暗寫李自成天怒人怨，而天命不歸，不敢遽然登基稱帝的情況。這種極度隱微奧妙，又如圖畫演戲般活龍活現的筆法，真是令人浩歎如何想得出來，《紅樓夢》作者實在是不折不扣的千古文章第一聖手。

在這一回中貫穿前後故事情節的主線，是由秦氏（可卿）引領去安置賈寶玉睡中覺的適當處所，隨後寶玉睡臥中作夢，夢見警幻仙姑，而把秦氏忘了，寶玉隨著警幻仙姑進入她住的太虛幻境，警幻以茶酒美饌，及舞女演唱紅樓夢仙曲十二支招待寶玉，宴畢，警幻送寶玉至其妹秦可卿的香閨，將她許配給寶玉，並立即成就好事，後來警幻攜他們兩人閒遊至一處萬丈迷津，迷津中攛出一個夜叉般怪物，撲向寶玉，嚇得寶玉失聲喊叫：「可卿救我」，因而從夢中醒過來。在這一主線中主要角色是秦氏、寶玉、警幻仙姑三人，如果能夠把握住這三個角色所影射的真實身分，則這一回故事情節究竟在暗寫什麼歷史事跡，就可以把握得八、九不離十了。不過，說起來容易，實際要破解這三個角色的真實身分，還是千難萬難的，因為作者文筆是狡滑到無以復加的。像秦氏和寶玉所影射的真實對象，隨著各段落情節的不同，其影射的真實對象也跟著變化成不同的對象。以寶玉來說，在前面這幾小段中，作者是把「天下帝位」擬人化，化成寶玉這個人，讓他像一個真實的人一樣，能看能說，也有喜惡，要選擇自己喜愛的房間去睡中覺，這是作者的一種玄妙筆法，一般人對於爭天下的觀念是「各豪傑人物或勢力爭取天下帝位」，而作者卻把它顛倒為「天下帝位（寶玉）在尋找它喜愛而合適的豪傑人物或勢力（房間），去寄託、歸屬」。其實，古代史書對於改朝換代，常寫成天命棄商歸周等說法，這裡作者這樣的寫法，就是對於這種天命歸誰的傳統寫史方法的翻新活用，一點也不奇怪，明白作者這種翻新天命歸屬的筆法，這些文章讀起來就容易瞭解，而趣味盎然了。不過稍後同一個寶玉，就由影射「天下帝位」逐漸改變為影射吳三桂了。前面賈母也是由影射李自成，突然改變為代表老天爺。同樣地，秦氏（可卿）也是一路在略作變化，相信讀者已經注意到了，請讀者自行體察。

總之，《紅樓夢》中主要角色的名號賈寶玉、林黛玉等，就像戲劇演員或電影明星的藝名一樣，在不同的戲劇中，就扮演不同的人物。如章子怡在「臥虎藏龍」一片中飾演某塞外俠女，在「藝伎回憶錄」一片中就改為飾演某日本藝伎。《紅樓夢》的情況也是一樣，賈寶玉、林黛玉等這些名號就是演員的藝名，書中的每一回或同一回的不同段落就是一齣齣不同的戲劇，因而這些藝名叫做賈寶玉、林黛玉等的演員，在不同章回或段落中就常扮演、影射不同的真實人物。所以就角色名號與其影射的真實人物關係來說，《紅樓夢》實是採取古時的梨園演戲法，也就是現代的舞台演戲法，或演電影法。所不同的是，《紅樓夢》中角色的每一個名號大都有它基本的特定涵義，所以某一個名號常是扮演、影射某一特定類別的人物，如林黛玉的特定涵義是明朝，所以常扮演、影射與明朝有關的人物或勢力，如崇禎帝、鄭成功等，或明朝、某反清復明勢力等，而比較不會扮演、影射這個特定涵義範圍之外的人物，但是戲劇、電影的演員則可能扮演任何類別的人物，不限定只扮演某特定類別的人物。

◈真相破譯：

某日因為位於東邊的寧國府所代表的明朝都城北京地區，發生了導致明崇禎皇帝在煤山自縊的北京大戰，戰爭火花處處爆開，有如花園內梅花盛開一般（按梅花的梅字暗點諧音的「煤」山），當時賈珍諧音「賈禎」所代表的明崇禎皇帝，其身邊猶如妻子般相伴左右的文臣武將，都是傾向於擁護那到處游走劫掠的流寇李自成，而內心游離不忠的人物，可以統稱為尤氏或「游」氏人物，這類游離人物不效忠明朝去竭力作戰，甚至投降李自成，結果是招引李自成大軍會集到北京來，其情況就好像準備酒席請客一般地，邀請賈母所代表的李自成，及邢夫人、王夫人所代表的李闖行動部隊、王公大臣會集到寧府北京，來鑑賞這場如梅花盛開般的大戰，以評定皇帝位的歸屬一樣。當天（按明崇禎十七年三月十八日）明崇禎皇帝身邊游離思叛的官員，事先携帶了賈蓉諧音「賈戎」所代表的明朝戎伍軍隊之中，如妻子般相伴左右的傾向投降李自成的人物，兩類人物來迎接、面請李自成軍隊。賈母所代表的李自成便於早飯之後（按三月十九日）過來北京城，於是明軍和李軍雙方就在北京城遊走追逐交戰，遊玩一番，好像先茶後酒的宴會一樣，不過是西邊榮府賈母、邢夫人、王夫人等女眷所代表的西邊山陝地區李自成軍，與東邊寧府尤氏、秦氏等女眷所代表的東邊北京地區明軍，雙方的會集作戰，其間作戰並不激烈，明朝軍隊只是裝模作樣對空發炮虛應故事，最後更是由太監頭子開門引李軍入城，實際上是作戰劇烈程度很小的會戰，簡直像是同一家族兩府女眷逛花園的宴會小集一樣，而這是屬於漢族之間改朝換代的會戰，在歷史上是司空見慣的事，並無別樣新奇文章趣事可記述。

一時之間，李自成攻陷北京，明崇禎帝在煤山自縊而亡，而李自成又未立即正式即位稱帝，天下皇帝位（寶玉）暫時無人，帝權功能陷入失能欲中止的狀態，有如人倦怠想睡中覺一樣，賈母所代表的老天爺感到極為惋惜，故命天下人要像哄小孩似地好好護著明朝虛懸的皇帝位，使明朝皇位帝權（寶玉）稍微昏睡歇息一會兒就再回復過來。這時瀰漫著擁護秦人李自成氣氛的兵戎軍隊（賈蓉之妻秦氏），便趕忙笑著回答說：「我們這裡有給寶玉所代表的天下皇帝位收拾下的屋子，老天爺放心，只管把寶玉天下皇帝位交給我安置就是了。」又向那些如奶娘丫嬛一般餵養扶持寶玉天下皇帝位的文武官員等說道：「你們這些文武官員們，請擁護著寶玉天下皇帝位隨我到這裡來。」賈母老天爺素來就知道這個包括明朝崇禎殘朝勢力，而傾向於擁護秦人李自成的秦氏勢力集團，是個安置寶玉皇帝位的極妥當人選，這個秦氏勢力集團皇帝位虛懸而體質柔軟纖弱，就好像一個女子生得纖巧而婉轉柔美一樣，非常吸引人，而且不堅持忠心明朝，誰戰勝勢力大就靠向誰，好像一個人行事又溫柔和平，處處與人為善一樣，其實質身分乃是猶如重孫媳婦般的明神宗第四代第一個得意之人的崇禎皇帝位，見他去安置寶玉天下皇帝位的繼承人，自是安穩的，因為雙方都是漢族自家人，誰當皇帝都可以。

當下，這個傾向於擁護秦人李自成的秦氏勢力集團，引領了李自成軍隊等一大群人來到北京內城最上等最內面的大內皇宮，那代表「天下皇帝位」化身的寶玉抬頭來觀察，尋找適當的人選、處所來寄託、落腳，首先看到一幅北京大戰後逐鹿中原已定局的圖畫貼在上面，所畫勝出人物的李自成是漢人，以漢人統治漢人固然好，可是其具體行事乃是有如一幅「燃藜圖」的景象，呈現出李軍於夜間放火焚燒北京城的不仁民愛物實況，因此也就不看這幅逐鹿中原已定局的圖畫，是何人所擘畫勝出，那「天下皇帝位」化身的寶玉心中就有些不快活，不太樂意降臨、寄託到即使是漢人的戰勝者李自成身上。又有一副對聯反映出兩種民心動向，寫的是：

世事洞明皆學問：追求對於世間事能夠洞察到明朝復興的事，那就都是學問了。

人情練達即文章：追求對於人情世故能夠熟練通達，見機行事，那就要攀附上滿清文皇帝皇太極、章皇帝順治，勾結滿清。

那「天下皇帝位」化身的寶玉，既然看見了這兩句對聯所反映的民心兩大趨向，不是復明便是結清（而沒有真心趨向擁護李自成當皇帝的），縱然北京皇宮屋宇精美，鋪陳華麗，那代表「天下皇帝位」的寶玉也斷斷不肯降臨、寄託在佔領皇宮的李自成這裏了，於是就急忙說：「快出北京城去！快出北京城去！」（按作者這樣描寫的背景，一方面是李自成攻佔北京時燒殺劫掠而不得民心，一方面是李自成未立即登基當皇帝。）

第二節　賈寶玉由秦可卿帶引至其房中睡中覺故事的真相

◈原文：

秦氏聽了笑道：「這裏還不好，可往那裏去呢？不然往我屋裡去罷(1)。」寶玉點頭微笑。有一嬷嬷說道：「那裏有個叔叔往侄兒的房裡睡覺的禮？(2)」秦氏笑道：「嗳喲喲！不怕他惱，他能多大了，就忌諱這些個！上月你沒看見我那個兄弟來了，雖然和寶叔同年，兩個人若站在一處，只怕那一個還高些呢！(3)」寶玉道：「我怎麼沒見過？你帶他來我瞧瞧。(4)」眾人笑道：「隔着二三十里，那裏帶去，見的日子有呢。(5)」

說着，大家來至秦氏房中。剛至房門，便有一股細細的甜香襲了人來(6)。寶玉便愈覺得眼餳骨軟，連說：「好香！(7)」入房向壁上看時，有唐伯虎畫的海棠春睡圖(8)，兩邊有宋學士秦太虛寫的一對聯，其聯云：

嫩寒鎖夢因春冷，
芳氣襲人是酒香。(9)

案上設着武則天當日鏡室中設的寶鏡(10)，一邊擺着飛燕立着舞過的金盤(11)，盤內盛着安祿山擲過傷了太真乳的木瓜(12)。上面設着壽昌公主於含章殿下臥的榻(13)，懸的是同昌公主製的連珠帳(14)。寶玉含笑連說：「這裡好！(15)」秦氏笑道：「我這屋子大約神仙也可以住得了。」說着，親自展開了西子浣過的紗衾(16)，移了紅娘抱過的鴛枕(17)。於是眾奶母伏侍寶玉臥好，款款散去，只留下襲人(18)、媚人(19)、晴雯(20)、麝月(21)四個丫嬛為伴(22)。秦氏便吩咐小丫嬛們，好生在廊簷下看着貓兒狗兒打架(23)。

◈脂批、注釋、解密：

(1)秦氏聽了笑道：「這裏還不好，可往那裏去呢？不然往我屋裡去罷。」寶玉點頭微笑：這是隱述象徵天下帝位的寶玉嫌北京李自成不好，要快快出去，於是李自成就未立即登基稱帝，引路的這個包括明朝崇禎殘朝勢力，而傾向於擁護秦人李自成的秦氏勢力集團提議往她屋裏去，崇禎帝所遺留的明朝天下帝位寶玉點頭微笑同意了。

(2) 有一嬤嬤說道：「那裏有個叔叔往侄兒的房裡睡覺的禮？」：侄兒的房裡指賈蓉的房間，而賈蓉與秦氏夫妻同房，所以這裡「侄兒的房裡」無異是說「侄媳婦（秦氏）的房裡」。而侄媳婦帶著叔叔往自己房裡睡中覺，豈不是會引起亂倫的非議，尤其是在封建社會，這是逾越禮教的大事，斷然不可能在一群下人面前公然這麼做的，所以這裡作者這樣的寫法，尤其借用某一嬤嬤說出「那裏有個叔叔往侄兒的房裡睡覺的禮」這句話，無非是想借機提醒讀者，這裡原文並不是真正寫一個侄兒媳婦在眾目睽睽之下，帶領其丈夫之叔叔往自己的房裡睡中覺，而是另有其他隱藏的涵義，讀者應該由這樣違背倫理的情節去起疑，去探索背後隱藏的真相。這裡寫寶玉是賈蓉秦氏夫妻的叔叔，這是外表故事所安排的輩份，而就內層歷史真事來說，寶玉代表的是崇禎帝所遺留的明朝天下帝位，而秦氏代表的是明崇禎帝自縊而亡後的明朝餘勢的綜合體（包括吳三桂勢力），當然寶玉輩份是要比秦氏高一層的。

(3) 上月你沒看見我那個兄弟來了，雖然和寶叔同年，兩個人若站在一處，只怕那一個還高些呢：我那個兄弟，即秦氏的弟弟秦鐘，暗指出身秦地陝西的李自成農民軍政權，秦鐘到第七回才正式出場，這裡只是伏筆文字。上月你沒看見我那個兄弟來了，指李自成於三月十九日來北京。由此可見此時秦氏明朝崇禎殘朝餘勢帶領崇禎帝所遺留的明朝天下帝位寶玉，到她的屋裡睡中覺的故事，其時間點是四月份。按李自成攻佔北京後，就於三月底派明降將唐通攜四萬兩銀，前往山海關犒賞吳三桂軍，並以封侯為條件招降吳三桂。吳三桂「忻然受命」，遂於四月初率軍前往北京，四月四日抵達半途永平沙河驛，遇到從北京逃出的家人，得知父親吳襄被捕，愛妾陳圓圓被李自成的大將劉宗敏掠奪去，不由勃然變色，衝冠大怒地返回山海關，與李自成反目成仇⑦，轉而想聯合清兵，假借恢復明朝的冠冕堂皇理由，向李自成復仇。既然秦氏帶領崇禎帝所遺留的明朝天下帝位寶玉到她的屋裡睡中覺的故事，其時間點是李自成攻佔北京的次月，可見這就是暗寫秦氏所代表的明朝崇禎殘朝餘勢綜合體（其中的主力為吳三桂軍），在四月份與李自成決裂，因而帶領寶玉所代表的崇禎帝所遺留的明朝天下帝位，要前往寄託在明朝餘勢主力的山海關吳三桂軍。同年，年歲相同，又科舉時代同一年參加科舉考試，同時考中秀才、舉人或進士的人，彼此互稱為同年。（秦氏兄弟）和寶叔同年，表面上是說秦鐘和寶玉相同年紀，內層上則是採取「同年」為同時進京考取進士的意義加以引申，按李自成於崇禎十七年正月一日在西安建國，國號大順，年號永昌，在同一年間和寶玉所代表的明朝崇禎帝位同樣是建立有王朝、京城的帝王，故稱秦氏兄弟與寶玉同年。「兩個人若站在一處，只怕那一個還高些呢」，這是暗喻秦氏兄弟秦鐘所代表的李自成勢力，與寶玉所代表的明崇禎王朝勢力，兩者如果站在一處比武，只怕那一個李自成軍還高出一些，因為事實上李自成已經戰勝明軍而佔領北京，而明朝崇禎皇帝已死亡，明崇禎王朝勢力顯然矮人一截。

〔甲戌本夾批〕等評注說：「又伏下一人，隨筆便出，得隙便入，精細之極。」這是提示這裡所寫秦氏兄弟與寶玉同年紀，又伏下一個人，作者隨筆便寫出，得空隙便趁機寫入，描寫得精細之極，讀者也應隨著去追查、領悟作者這些精細之極的文字，究竟在暗寫什麼極精微細緻的事情。

〔甲戌本眉批〕評注說：「伏下秦鍾（鐘），妙！」這是明白提示這裡秦氏兄弟的文字，已伏下後面的秦鐘，同時更是提示這個秦氏兄弟就是後文的秦鐘。

(4)寶玉道：「我怎麼沒見過？你帶他來我瞧瞧。」：〔甲戌本夾批〕等評注說：「侯門少年紈褲，活跳下來。」這是特別提示說出這句話的寶玉的真實身分，是一個侯門少年紈褲，也就是前面「凡例」所說那個「以往錦衣紈袴」、「飫甘饜美」的侯門少年紈褲子弟，後來「背父母教育之恩，負師兄規訓之德，以致今日一事無成，半生潦倒」的「石頭記」作者。而筆者在第一冊中已以極大篇幅，論證那個所謂「石頭記」作者的少年紈褲子弟，就是創作出天下人都剃光前腦，頭顱都變成有如寸草不生之石頭的滿清王朝記事（石頭記）的吳三桂。這裡更是批書人特意提示這裡的寶玉，已由前面代表崇禎帝所遺留的明朝天下帝位，轉移為代表崇禎王朝餘勢最主要軍事主力的侯門紈褲子弟吳三桂的山海關勢力。這裡「你帶他來我瞧瞧」這一句，寶玉想要瞧瞧秦氏兄弟，含有比個高下的意味，是暗寓吳三桂因陳圓圓被李自成軍所奪佔，而欲向李自成報仇比高下的意思。

(5)眾人笑道：「隔着二三十里，那裏帶去，見的日子有呢。」：隔着二三十里，當吳三桂率軍於四月四日抵達永平沙河驛時，距離李自成佈署在北京外圍的防衛部隊只有數十里路，可見這裡「隔着二三十里」就是暗寫吳三桂軍於四月四日抵達永平沙河驛時的情況。見的日子有呢，這是暗示寶玉所代表的以吳三桂為主力的明朝餘勢，與秦鍾所代表的李自成勢力，見面相鬥的日子有呢，因為兩者不久之後就在山海關會面大戰起來了。

(6)剛至房門，便有一股細細的甜香襲了人來：房門，暗指明朝的國門山海關門口，所以秦氏的房中就是山海關的關城中。香，暗指「香火」，即王朝宗廟香火之意；又暗指美人香。這裡文章意義極為奧妙，秦氏引領寶玉來至秦氏房中，就是暗寫明朝餘勢（秦氏），引領明朝的天下帝位（寶玉），來到明朝餘勢中的主力吳三桂軍所在的山海關（秦氏房中），也就是明朝餘勢的主力吳三桂（秦氏）率領部眾從永平回到山海關，號召討伐李自成恢復明朝，因而恢復明朝天下帝位的事（寶玉），就落到到吳三桂軍的山海關之中（秦氏房中）。所以這裡寫說「（大家）剛至房門，便有一股細細的甜香襲了人來」，就是暗寫吳三桂自從與李自成反目成仇，率領大隊部眾從永平只剛回到山海關門口，就呈現出一種氣氛來，即吳三桂為了痴戀陳圓圓的美人香，逼得他策劃以恢復朱明朝王朝香火作為出師的名義、藉口，所以恢復明朝香火就出現一線希望，而這對於代表明朝天下帝位的寶玉及其餘勢大眾而言，是一股甜香的感覺。

〔甲戌本夾批〕評注說：「此香名引夢香。」前面筆者已一再析證本書或脂批中的「夢」字常是暗通諧音「滿」字，代表「滿清」的密碼。故「引夢香」就是「引滿香」，招引滿清前來的香。脂批「此香名引夢香」是提示「秦可卿房中這一股逼襲人心的細細甜香，名稱叫做招引滿清的香。」我們都知道「招引滿清」是吳三桂所為，所以這則脂批是提示秦可卿房中這股襲人的細細甜香，就是襲擊、誘惑吳三桂「招引滿清」入關的香。而吳三桂

「招引滿清」入關的原因，表面上固然是吳三桂標榜要恢復明朝，骨子裡則是吳三桂「衝冠一怒為紅顏」，為了奪回陳圓圓的美人香所致。由此可見，這則脂批是提示秦可卿房中的甜香，就是導致吳三桂「招引滿清的香」，而其中主要包括恢復明朝香火的香，及豔伎陳圓圓的美人香。正因為這表裡雙重香味的誘導，吳三桂才會與李自成反目成仇，又由於本身兵力只約五萬，李自成至少有二十萬，實力嚴重不足，才轉而向關外的滿清借兵，而招引滿清入關，因此脂批稱之為「引夢（滿）香」，真是妙極！

另外，由這則脂批提示秦氏房中的甜香就是招引滿清的香，可見這裡秦氏所代表的明朝餘勢綜合體，已轉為特別偏重暗指明朝餘勢中的主力吳三桂關寧鐵騎復明勢力了，而寶玉所代表的明朝天下帝位，由於吳三桂的號召恢復明朝，而降落到吳三桂勢力上，所以秦氏與寶玉所代表的意義都會合到山海關的吳三桂勢力，兩者的涵義變得幾乎一樣。不過，由於恢復明朝天下帝位的事落到吳三桂勢力上，所以後面作者就順勢將寶玉由原先代表明朝天下帝位，轉變為代表提倡恢復明朝的吳三桂或其勢力集團。而由於秦氏房中有恢復明朝香火的甜香，秦氏這個名號又加入恢復明朝香火這一層新意義，所以後面作者便順勢將秦氏由原先代表包含吳三桂在內的明朝崇禎餘勢而傾向擁護秦人李自成的綜合勢力集團，轉變為代表明朝崇禎餘勢想要恢復明朝香火帝位的思想或運動，這樣秦氏的涵義就變成也兼有暗指寶玉原來所代表的明朝天下帝位的涵義了。這裡寶玉、秦氏涵義及影射對象的改變狀況，正是《紅樓夢》各主要角色名號運用的典型例子，粗看似乎很零亂，變幻莫測，而難以捉摸。當然故意造成變幻莫測而難以捉摸的狀況，原本就是作者的目的，以避免罹犯文字獄大禍。但也並不是就無法破解這些角色名號所影射的真正對象，最重要的秘訣就是要把握住這些角色名號所代表的基本特定涵義，如這裡寶玉代表天下帝位，秦氏代表被秦人李自成傾覆的明朝殘朝勢力等，再亦步亦趨地觀察在情節變化中，這些角色名號所代表的涵義或對象是否有變化。還有就是要認識作者運用這些角色名號的通則，就是一名多人，及一人多名，這樣才不會被作者狡滑筆法所欺瞞，弄得昏頭轉向，無所適從。

(7) 寶玉便愈覺得眼餳骨軟，連說：「好香！」：餳，音行，根據《康熙字典》的注釋，「餳，洋也；煮米消爛，洋洋然也」。眼餳，眼睛黏糊而情波盪漾的樣子，露出極為親媠狎褻的神態。骨軟，骨頭酥軟。這兩句是暗寫由於明朝餘勢的吳三桂山海關勢力（秦氏房中），被逼出、呈現出以恢復明朝香火為藉口，便使得寄託有恢復明朝天下帝位的吳三桂（寶玉）感到明朝恢復有望，並可搶回愛妾陳圓圓，興奮得好像聞到超級美人陳圓圓的香味，愈是感覺眼睛黏糊而情波盪漾，骨頭酥軟，口中連說：「好香」，極想一下就投入美人懷中似地，迫不及待地想要投入去進行這個借用恢復明朝香火為藉口，以向李自成報復的計策。

〔甲戌本夾批〕等評注說：「刻骨吸髓之情景，如何想得來，又如何寫得來。」這是讚嘆這裡作者將吳三桂在山海關陶醉於討李復明，搶救愛妾陳圓圓之計謀的狀況，描寫成一個男人被美女誘惑得眼迷骨軟，像是被刻骨吸髓的情景，這是如何想得來，又如何寫得來，真是神奇至極。

〔甲辰本〕評注說：「進房如夢境。」夢，通諧音「滿」，暗點滿清。夢境，即滿境，滿清國境。這句是提示這裡寫寶玉進入秦氏房中，就如進入滿清之境了，因為明朝天下帝位、天命民心（寶玉），既進入寄託在號召恢復明朝香火的吳三桂山海關勢力，而吳三桂兵力不足，勢必勾結清兵入關，其降歸滿清國境，是遲早的事。

(8)入房向壁上看時，有唐伯虎畫的海棠春睡圖：唐伯虎，即唐寅，字伯虎，是明朝極負盛名的江南才子，畫家，亦是文學家。海棠，落葉喬木，葉為心臟形，邊緣呈小鋸齒狀，春秋開花，花為淺紅色。海棠春睡圖，「《明皇雜錄》：『上（按即唐明皇）嘗登沉香亭，召妃子（按即楊貴妃）。妃子時卯酒未醒，高力士從侍兒扶掖而至。上皇笑曰：豈是妃子醉耶？海棠睡未足耳。』此圖是否實有，未能確知。⑧」雖然未能確知唐伯虎是否畫有這幅「海棠春睡圖」，但是由以上的記載，可見海棠春睡圖，大致是意指描畫楊貴妃醉酒後慵懶睡態，含春誘惑的美女香豔圖畫，另外從以上的典故，可知這幅圖的圖意表露出唐明皇寵愛、迷戀楊貴妃到了無以復加的程度，即使是醉酒睡未足，還讚美是海棠睡未足般的嬌媚動人。這裡秦氏房中有「海棠春睡圖」，是隱示在主張恢復明朝的崇禎餘勢陣營中，存在有類似唐明皇寵愛、迷戀楊貴妃那樣的愛情因素，這就顯然指向前述的吳三桂迷戀愛妾豔伎陳圓圓的因素了。除此之外，這裡「海棠春睡圖」應該還有另外一層隱密涵意，是從「海棠春睡圖」這名稱的字面引申出來的。海棠一詞隱藏雙重涵意，其一是代表中國疆圖，因其形狀像一片以山東半島為葉柄的心臟形秋海棠葉；其二是海棠通諧音「海塘」之意，隱指有如超大海塘的渤海，包含渤海灣邊的山海關、河西走廊一帶。「睡」的意義就是前面所說明崇禎帝自縊而亡後，天下無主，帝權無功能如人睡去的狀況。「春」是隱指崇禎帝自縊的時間在春季的三月十九日。故「海棠春睡圖」應是隱寓「疆圖形狀像海棠葉的中國，在崇禎帝春季白縊後，呈現一幅天下帝位無主，失去功能如睡去一般，而由於吳三桂痴戀美女陳圓圓的因素，發起討李復明運動，明朝天下帝位便暫時倚睡在有如海塘的渤海灣邊的山海關之吳三桂關寧鐵騎上。」由此推想，可見這裡唐伯虎也不是真的指大畫家唐寅，而是暗指吳三桂。蓋唐通諧音「塘」，暗指如大海塘的渤海，伯字為兄弟排行中的老大，虎比喻威猛的人物，唐伯虎三字合起來，應是暗指大海塘渤海邊威猛如大老虎的人物，即吳三桂。所以唐伯虎畫的海棠春睡圖，就是吳三桂策劃的海棠春睡的圖謀，也就是說吳三桂因為愛妾陳圓圓被搶的事，一手策劃讓春季亡國昏睡的明朝，前來倚睡在大海塘渤海邊的山海關，發起討李復明運動的圖謀。

這幅「海棠春睡圖」，點出時間「春」季，地點「海塘」渤海灣，及「美女的誘惑」因素，提供我們判斷秦氏房中的具體特徵、地點。另外，由於這裡秦氏房中有海棠春睡圖，標示出秦氏包含有類似唐明皇楊貴妃的吳三桂寵愛陳圓圓的愛情因素，故秦氏的涵義又增加暗通諧音「情」字的一層意義出來。

〔甲戌本夾批〕等評注說：「妙圖。」這是提示這幅「海棠春睡圖」是一幅「妙圖」，所以讀者應該深入體會其隱藏的妙意。

(9)「兩邊有宋學士秦太虛寫的一對聯，其聯云：嫩寒鎖夢因春冷，芳氣襲人是酒香」：秦太虛，「北宋詞人秦觀，一字太虛，乃蘇（軾）門四學士之一。詞風婉約媚麗，多寫男女情愛。這副對聯不見於其《淮海集》。⑨」這裡寫秦太虛的對聯是在海棠春睡圖的兩邊，所以是用以對中間的海棠春睡圖作更進一步的詮釋。首先秦太虛三字是一個簡單的總評，接著兩句對聯則進一步作更具體的詮釋。秦太虛的秦字，通諧音「情」，太虛，暗點太虛幻境，即大清國境，秦太虛即「情太虛」，用情、有情於大清國境的意思，就是標示秦氏房中的山海關吳三桂勢力呈現出用心攀交情、有情於滿清國的現象。這是對於海棠春睡圖所暗寫「吳三桂因為愛妾陳圓圓被搶的事，一手策劃讓春季亡國昏睡的明朝，前來倚睡在大海塘渤海邊的山海關，發起討李復明運動的圖謀」的情況，簡單歸納其總策略為「秦太虛」，即設法攀交情、有情於大清國，也就是勾結滿清。兩句對聯則進一步對這個勾結滿清的總策略，作更具體的詮釋。

嫩寒鎖夢因春冷，這副對聯是描寫「海棠春睡圖」圖意的，所以表面上是描寫美人春睡之情狀的。嫩意為輕微的，嫩寒就是輕微的寒冷。鎖夢是沉睡而鎖於夢鄉的意思。這句原意是說圖上畫著美人在微寒中貪睡而鎖於夢鄉，因為春天還冷著。不過，這句還有更深層的隱意。嫩寒，暗指吳三桂回到山海關的四月初夏時節，當地位置偏北，天氣還有輕微的寒意。夢，暗點滿清。鎖夢，暗指吳三桂的心思被向滿清借兵的想法鎖住了。春字，與海棠春睡圖的春字一樣，都是暗點明崇禎帝在春三月自縊，明朝亡國的事。春冷，暗指春季三月十九日李自成攻佔北京，明朝滅亡時，「微雨不絕，霧迷，俄，微雪，城陷⑩」，天氣還冷的情況；更是暗指春三月明朝滅亡，吳三桂等明朝餘勢境況淒冷，尤其更是暗諷春三月陳圓圓被李軍搶佔，吳三桂心境很淒冷。所以上聯這一句實是暗寫吳三桂在天氣微寒的時節（四月），心思鎖定向滿清借兵的計策，因為明朝在春三月滅亡，愛妾陳圓圓被搶，他的心境很淒冷。

芳氣襲人是酒香，芳氣即香氣，指圖中的睡美人人美而連呼吸的氣都是香的。芳氣襲人，描寫圖中睡美人呼吸的香氣，香濃得好像能撲襲看圖人的鼻子，連看圖人都聞得到。這句原意是說圖中美人吐著香氣，香濃得像要撲襲看圖人的鼻子，原來是她微寒喝酒入睡的酒香。這句也是另有隱意的。芳，通諧音「方」，暗指鎮守一方的藩鎮、一方諸侯。芳氣，暗指一方之雄的威氣、軍隊，這裡是暗指一方之雄的滿清軍隊的威氣。芳氣襲人，暗指代表滿清王朝香火的清兵為襲擊漢人而來。酒，通諧音「九」字，暗指滿清的「九王」多爾袞。香，與前面甜香的「香」字一樣，同是指王朝「香火」，這裡是特指滿清王朝香火。酒香，暗指九王多爾袞所率領的代表滿清王朝香火的清兵。所以這句實是暗寫此時恰巧聽聞一方之雄的滿清軍隊，威氣凜凜地為襲擊漢人而（向山海關）前來，原來是九王多爾袞所率領的代表滿清王朝香火的清兵。

另外，由這句也更瞭解「襲人」一詞的意義是「芳氣襲人」，暗指一方之雄的滿清軍隊威氣襲擊漢人的意思，逆推前面第三回寶玉大丫頭「花襲人」的涵義，其中「襲人」二字就是暗含「（滿清）襲擊漢人」的意思，而姓「花」暗指是「華」夏之人，所以花襲人暗指「襲擊漢人的華夏之人」，也就是漢臣投降滿清，反戈襲擊漢人的滿清漢軍。由此更可印證前面詮釋花襲人暗指滿清漢軍，應是正確的。

〔甲戌本特批〕等評注說：「豔極，淫極。已入夢境矣。」這好像是評論這副對聯將海棠春睡圖美女春睡的情狀，描寫得香豔極了，淫蕩極了。不過這副對聯描寫一個美女因春天寒冷而喝酒沉睡入夢，鼻子還吐出濃濃酒香，雖有點「豔極」，但並沒有什麼「淫極」的情狀，可見這是就內層真事而評論的。其實這是對於這副對聯所描寫吳三桂因春三月愛妾陳圓圓被搶、明朝滅亡，心境很淒冷，就鎖定去勾結滿清的情事，評論說，這樣的事實在「香豔極了，淫亂極了」，其中的「淫極」是指淫亂忠君愛族的禮教到了極點。「已入夢境矣」這句是提示這副對聯，是暗寫寶玉吳三桂「已進入勾結滿清的境地（夢境）了」。

還有一點很值得注意，那就是根據當代紅學大師馮其庸的《紅樓夢校注》，原文所說的海棠春睡圖，唐伯虎是否確實畫有此圖，未能確知（另一紅學大師周汝昌主編的《紅樓夢辭典》也持同樣說法），而且此圖兩邊那副對聯，也不見於秦太虛的《淮海集》中。由此可見作者不但特喜引用過去既有的種種典故，來間接暗喻某些歷史事跡，以敷上一層撲朔迷離的神秘氣氛，而且當遇到既有的典故不夠完整的情況，還會故意歪曲或杜撰部份典故，以補足典故意義的不足，俾便能完足他想要暗述的歷史事跡。令人驚奇的是，無論是作者照實引用既有的典故，或是故意歪曲、杜撰部份典故，都能既圓滿暗述內層的歷史真實事跡，又切合表面故事的情節發展，真是神乎其技，堪稱古今小說第一聖手。

(10)案上設着武則天當日鏡室中設的寶鏡：武則天，本名武曌，原是唐太宗的才人，後來成為唐高宗的皇后，其後更登基稱帝，改國號為周，是中國唯一的女皇帝，是個篡奪大唐李氏王朝正統帝位的人物，其本人宮闈生活甚為穢亂。「據說高宗時他曾造了一座鏡殿，四壁都安著鏡子（見清朱鶴齡注李商隱《鏡檻》詩）。⑪」

〔甲戌本夾批〕等評注說：「設譬調侃耳。若真以為然，則又被作者瞞過。」這是提示原文這句話，是作者假設的譬喻，以調侃秦氏房中所代表的山海關吳三桂勢力，就是喜歡武則天這種篡奪正統帝位的人物所擺設的華麗淫靡器物，讀者若真以為山海關有這些東西，則又被作者瞞騙過了。

(11) 一邊擺着飛燕立着舞過的金盤：飛燕，即趙飛燕，因身輕善舞，而稱飛燕，被漢成帝召入宮為婕妤，後立為皇后。「據樂史《楊太真外傳》引《漢成帝內傳》：『漢成帝獲飛燕，身輕欲不勝風，恐其飄翥，帝為造水晶盤，令宮人掌之而歌舞。』⑫」這裡顯然是作者將「晶盤」改為「金盤」，或許這樣改是為了暗點後「金」的滿清。趙飛燕極得漢成帝寵愛，她後來引妹趙合德入宮，晉封為昭儀，兩人不但穢亂宮闈，專擅後宮，而且計殺皇子，導致成帝無子繼承帝位，是個淫穢亂政的人物。

(12) 盤內盛着安祿山擲過傷了太真乳的木瓜：安祿山，唐代關外東北營州柳城胡人，平盧、范陽、河東三鎮節度使，唐玄宗天寶十四年冬，他以誅除楊國忠亂政為名，夥同史思明起兵叛變，攻入長安城，玄宗逃至馬嵬坡，士兵譁變殺死楊國忠，玄宗在要脅下處死楊貴妃，後來安史之亂雖被郭子儀所平定，但唐朝國勢卻自此而由盛轉衰。太真，即楊貴妃，本名玉環，道號太真，為唐玄宗明皇的寵妃，其堂兄就是楊國忠，因為專權亂政，而導致安史之亂。「安史之亂前，玄宗寵信安祿山，楊貴妃曾認安祿山為養子，關係曖昧。木瓜傷乳事，可能從《詩經・衛風・木瓜》『投我以木瓜』句聯想而來。又據宋代高承《事物紀原》『訶子』條：『貴妃私（通）安祿山，指爪傷胸乳之間，遂作訶子飾之。』擲瓜傷乳，因『擲』、『指』音同，『瓜』、『爪』形似，或即由此訛轉附會而來。⑬」安祿山擲瓜（或指爪）傷太真乳的事，是女人淫穢禍國的事跡，這個木瓜則是這一淫穢事跡的代表物。

(13)上面設着壽昌公主於含章殿下臥的榻：壽昌公主，「應是壽陽公主之誤。壽陽公主為南朝宋武帝劉裕的女兒。」「據《太平御覽・時序部》引《雜五行書》言：『宋武帝女壽陽公主，人日（舊曆正月初七）臥於含章殿檐下，梅花落公主額上，成五出花，拂之不去，皇后留之，看得幾時，經三日洗之乃落，宮女奇其異，竟效之。今梅花妝是也。』⑭」這是一個皇家公主豪華悠閒生活的事跡。

(14)懸的是同昌公主製的連珠帳：同昌公主，「唐懿宗李漼的愛女。」「唐代蘇鶚撰《杜陽雜編》描寫公主生前的奢侈生活。其中寫道：『堂中設連珠之帳，却寒之簾。…連珠之帳，續真珠以成也。』⑮」這是一個皇家公主奢侈生活的事跡。

(15)寶玉含笑連說：「這裡好！」：這裡寫寶玉最終含笑欣喜在秦氏房中睡臥，是暗寫吳三桂勢力考量一切因素後，欣然決定在山海關（秦氏房中）發起恢復明朝帝位（寶玉）的運動，所以這個寶玉是代表因號召恢復明朝，而披上恢復明朝帝位色彩的山海關吳三桂勢力，也可以說是代表明朝帝位與吳三桂的綜合形象。吳三桂是個因寵愛美女陳圓圓，貪圖富貴奢華生活，而禍國殃民的人物，所以這裡作者鋪陳出武則天、趙飛燕、楊太真三個歷史上家喻戶曉的紅顏淫穢禍國事跡的證物寶鏡、金盤、木瓜，來隱喻寶玉吳三桂就是喜好美色的禍國人物，另加上壽昌（陽）公主、同昌公主豪奢皇家生活的畫面，來隱喻寶玉吳三桂就是貪慕皇家富貴豪奢生活的人物。而全部事例都是皇家氣派，所以寶玉所代表的另一對象明朝皇帝位，自然也覺得這樣才夠氣派。所以這個代表明朝帝位和吳三桂綜合形象的寶玉，自然含笑連說：「這裡好！」這大概就是作者苦心引用這麼多歷史典故的目的吧？

〔甲辰本〕評注說：「擺設就合着他的意。」這是提示這些擺設就合乎寶玉的心意，所以寶玉含笑連說：「這裡好！」換言之，就是提示說，這裡作者引用的這些歷史事例、器物，正可以反映出寶玉所影射的真實人物（吳三桂）的心意、行跡。

(16) 親自展開了西子浣過的紗衾：西子，即西施，為春秋末越國美女。浣，洗也。衾，音欽，意為大被子。紗衾，輕紗大被。「傳說中有西子浣紗的故事，明代梁辰魚著傳奇《浣紗記》即本此。⑯」有關西施的故事，更為轟動的是范蠡向越王勾踐推薦浣紗美女西施，而與越王設下美人計，將她獻給吳王夫差，藏身吳宮作間諜，暗中進行對吳國的復仇，後來越國成功滅亡吳國後，傳說西施與范蠡相偕隱遁泛遊五湖。這裡西施浣過的紗衾，自然是準備好要與吳王夫差共眠合好用的，所以秦氏親自展開了西子浣過的紗衾，表面上就是寫秦氏展開大被子，要給寶玉蓋，又暗含要讓寶玉與另一美女同被共眠的意義。而寶玉代表的是吳三桂勢力，所以這是暗喻吳三桂要與某一勢力結合的意思，也就是說暗喻吳三桂勢力既決定在山海關進行復明運動，就展開與滿清同被共眠的結合行動。

(17) 移了紅娘抱過的鴛枕：紅娘，《西廂記》中女主角崔鶯鶯的丫嬛，是為崔鶯鶯與張君瑞拉紅線，促成兩人私通而結合成雙的角色。移了紅娘抱過的鴛枕，這句應是根據《西廂記》第四本第一折中，紅娘夜間帶著崔鶯鶯去西廂與張君瑞私會，紅娘抱著崔鶯鶯的衾枕，先把衾枕交給張生放在床上，再推鶯鶯入房，與張生如鴛鴦般共眠，私通而結合成雙的故事，因而將紅娘抱過的枕頭稱為鴛枕。故「移了紅娘抱過的鴛枕」，應是指張生移動了紅娘抱過的鴛枕，準備與崔鶯鶯同枕共眠的事，在這裡則應是暗含要讓寶玉與某一美女同枕共眠的意義，也就是暗喻吳三桂要與滿清如同鴛鴦般結合成雙。

〔甲戌本夾批〕評注說：「一路設譬之文，迥非《石頭記》大筆所屑，別有他屬，余所不知。」這是對於原文從「案上設着武則天當日鏡室中設的寶鏡」起，一路列舉七種譬喻的典故，評注說：「像這樣一路假設譬喻的文字，迥然不是《石頭記》大文筆所屑於這樣寫作的，這些譬喻一定別有他所屬意的涵義，不過究竟是什麼涵義，則是我批書人所不知道的。」這則脂批大致含有三層意思。第一是提示《石頭記》的文筆慣例是不屑於寫一些空無意義，而只是辭藻華麗的譬喻文字的。第二是提示這裡原文作者一路所寫的七個典故，都是一種譬喻性的文字，都另有作者屬意寄託的其他意義，所以讀者應該去追索作者所屬意的真正涵義。第三似乎是感慨作者列舉這些典故所譬喻的真正涵義，太過深奧，連他批書人也不知道，又似乎是故意推說其真正涵義是批書人所不知道的，或不好直說註明的，所以讀者應該自己去探究。

(18) 襲人：襲，襲擊。襲人，暗喻襲擊漢人的意思。在這裡寶玉房中有丫嬛襲人為伴，是暗喻寶玉吳三桂勢力既想要結合滿清，就伴生出入關襲擊漢人的意圖、氣氛。〔甲戌本夾批〕等評注說：「一個再見。」這是因為前面第三回已出現過寶玉的大丫嬛襲人，所以批注說這一個是第二次再見到的名稱。

(19) 媚人：媚，通諧音「滅」。媚人，暗喻消滅漢人的意思，也就是暗喻決定要勾結滿清的寶玉吳三桂勢力，就伴生出入關消滅漢人政權的意圖、氣氛。〔甲戌本夾批〕等評注說：「二新出。」這是註明這個寶玉的第二個丫嬛媚人是新出場的角色。

(20)晴雯：晴雯，似是通諧音「勤文」，勤於寫文章的意思，暗喻寶玉吳三桂勢力，就勤於寫文書與滿清聯絡，談判聯兵攻打李自成的事宜，以及勤於寫宣傳文字，揭示李自成逼死明崇禎皇帝，殺害他的父親吳襄，如何不仁不義，而他將起仁義之師討伐李自成，以報君父之仇，恢復明朝天下等等。〔甲戌本夾批〕等評注說：「三新出。名妙而文。」這是註明這個寶玉的第三個丫嬛晴雯是新出場的角色，她的名字很妙，而含有文雅、文章的意義。

(21)麝月：麝，音射，原意是指中藥材的麝香，這裡另通諧音「射」字，暗喻射擊的意思。月，在《紅樓夢》中「月」字常暗指已亡國，好像失去「日」的「明朝」。麝月，即「射月」，暗喻用大礮、弓箭射擊明朝的射擊部隊勢力，尤其是指大礮而言。〔甲戌本夾批〕等評注說：「四新出。尤妙。」這是註明這個寶玉的第四個丫嬛麝月是新出場的角色，而她的名字尤其妙（因為竟然把大礮擬人化為一個丫嬛的名字）。

〔甲戌本夾批〕等評注說：「看此四婢之名，則知歷來小說難與並肩。」這是評注說：「看這四個婢女的名字，叫做襲人、媚人、晴雯、麝月，而不用一般小說的紅香翠玉等字眼，就知道歷來小說難與《紅樓夢》一書並肩相比了。」言外之意是提示，一般小說的紅香翠玉等字眼都是不具有其人真正特性的俗麗字眼而已，而《紅樓夢》這些襲人、媚人、晴雯、麝月的名號，雖不用美麗字眼，卻都隱示該角色所代表真實對象的特性，具有真正生命力，那裡是一般小說能相提並論的。

(22)「於是眾奶母伏侍寶玉臥好，款款散去，只留下襲人、媚人、晴雯、麝月四個丫嬛為伴」一段：這裡寶玉房中「只留下襲人、媚人、晴雯、麝月四個丫嬛為伴」，是暗喻寶玉吳三桂勢力既想要勾結滿清伐李復明，就伴生出入關襲擊漢人、消滅漢人政權、進行聯清伐李的文宣、及整備大礮攻擊力量等等的意圖、行動。

〔甲戌本眉批〕評注說：「文至此，不知從何處想來？」這是讚嘆作者文章寫到這裡，竟然以寶玉房間「只留下襲人、媚人、晴雯、麝月四個丫嬛為伴」，來暗喻吳三桂勢力既想要勾結滿清伐李復明，就伴生出整備入關襲擊、消滅漢人政權的軍隊，及文宣、大礮等等行動，真不知從何處設想而來的？

(23)

秦氏便吩咐小丫嬛們，好生在廊簷下看着貓兒狗兒打架：小丫嬛們，比喻像小丫嬛般聽人使喚的官兵們。廊，暗點自山海關關外至寧遠、松山、錦州一線的遼西走廊。廊簷下，這裡是暗指遼西走廊起頭處緊貼山海關的關內地區，這個地區就是吳三桂軍與李自成軍交戰的地區。貓兒狗兒，貓可捕捉老鼠，狗可警戒防賊，都是家裡所飼養幫忙顧家的家畜，這裡是比喻漢族家庭內所培養護衛疆域的兩股勢力。貓兒狗兒打架，是以家裡飼養幫助顧家的貓兒狗兒互相打架，來比喻漢族家庭內所培養護衛疆域的兩股勢力互相內鬥，亦即暗指同是漢族的吳三桂與李自成兩股勢力互相內鬥。這兩句原文是暗寫吳三桂勢力正在進行勾結滿清伐李復明行動時，李自成已率大軍向山海關逼近，所以秦氏所代表的明朝餘勢，便吩咐所屬官兵們，要好好在像似遼西走廊廊簷下的山海關面向關內的地區，看管著漢人自家內吳三桂軍與李自成軍互相打鬥的事。

〔甲戌本夾批〕等評注說：「細極。」這是針對「看着貓兒狗兒打架」評注說：「連貓兒狗兒打架也要看管住，以免吵到寶玉睡中覺，這真是描寫得極盡細微末節。」同時更是提示讀者「看着貓兒狗兒打架」暗喻得極盡細微末節，讀者應深入瞭解，才能領悟這樣極細緻之事的真相。

◈真相破譯：

這個包括明朝崇禎殘朝勢力，而傾向於擁護秦人李自成的秦氏勢力集團聽了笑說道：「這裏李自成已勝出佔領的北京皇宮還不好，可往那裏去呢？不然往我的駐守地去吧！」那代表崇禎帝所遺留的明朝天下帝位的寶玉點頭微笑表示贊同。有一個代表不同意見的大臣說道：「那裏有個將如同叔叔般高輩份的代表崇禎帝北京皇宮明朝天下帝位的寶玉，遷往有如侄兒般低輩份的其他明朝崇禎殘朝勢力之地方勢力去安置，而使得天下帝位如睡覺般虛懸的禮法？」代表明朝崇禎殘朝餘勢綜合體的秦氏笑道：「噯喲喲！不怕他惱怒，他寶玉所代表的崇禎明朝帝位、勢力能多強大了，就忌諱這些個到我明朝地方勢力去暫時虛懸、寄託的事啦！上月（按指崇禎十七年三月十九日）你沒看見我那個同是漢族的兄弟李自成軍來了，雖然和寶叔所代表的明崇禎帝位、勢力都是同一年間具有帝王身分的人物（按李自成在該年正月一日在西安建國稱帝），兩個人若站在一處交戰比個高下，只怕那一個李自成軍還高些呢（按因事實上李自成軍已打敗北京明軍）！」那代表明崇禎帝位、勢力之主力部隊吳三桂軍的寶玉說道：「我怎麼沒見過？你帶他來讓我看一看、比個高下（按這句隱含吳三桂率軍至永平得知愛妾陳圓被李自成軍所奪佔，而欲向李自成報仇比高下的意思）。」眾人笑道：「隔著二三十里以上，那裏帶去，見的日子有呢（按不久後吳、李兩軍就在山海關相見大戰，故這麼說）！」

說著，包括吳三桂軍在內的明朝餘勢（秦氏）大家率領部眾從永平回到山海關，號召討伐李自成恢復明朝，等於大家引領明朝的天下帝位（寶玉）來到明朝餘勢的主力吳三桂軍的駐地山海關之中（秦氏房中）。只剛到山海關門口，吳三桂為了痴戀陳圓圓的美人香，就逼得策劃出以恢復朱明朝王朝香火作為出師的名義、藉口，要討李復明，這樣恢復明朝香火便出現一線希望，於是代表明朝天下帝位的寶玉及其餘勢大眾都感到有一股甜香撲襲而來。那寄託有恢復明朝天下帝位的吳三桂（寶玉）感到很有希望恢復明朝香火，並搶回愛妾陳圓圓，使好像聞到超級美人陳圓圓的香味，而愈覺得眼睛黏糊而情波盪漾，骨頭酥軟，口中連說：「好香！」進入山海關之中向牆壁上看時，有一幅明代大畫家唐伯虎所畫的海棠春睡圖，這幅圖畫寓示在山海關崇禎餘勢陣營中，存在有類似唐明皇寵愛、迷戀楊貴妃那樣的吳三桂迷戀愛妾豔伎陳圓圓的因素；更是隱示大海塘（唐）渤海邊威猛如大老虎（伯虎）的人物吳三桂，一手策劃出讓那疆圖形狀像海棠葉（海棠），而在春季亡國昏睡（春睡）的明朝，前來倚睡在大海塘（海棠）渤海邊的山海關，發起討李復明運動的圖謀（圖）。這幅圖畫兩邊有宋代蘇（軾）門四學士之一秦太虛寫的一副對聯，用以對吳三桂「海棠春睡圖」的圖謀作更進一步的詮釋，秦太虛三字是暗點這個圖謀的總策略，兩句對聯則是進一步點示這個總策略的具體情況。秦太虛的秦字，通諧音「情」，太虛，暗點太虛幻境，即大清國境，秦太虛即「情太虛」，用情、有情於大清國境的意思，標示吳三桂討李復明運動之圖謀的總策略是設法攀交情、勾結滿清。其對聯寫說：

嫩寒鎖夢因春冷：吳三桂在天氣微寒的時節（四月），心思鎖定向滿清借兵的計策，因為明朝在春三月滅亡，愛妾陳圓圓被李自成軍奪佔，他的心境很淒冷。

芳氣襲人是酒香：此時恰巧聽聞一方之雄的滿清軍隊，威氣凜凜地為襲擊漢人而向山海關前來，原來是九王多爾袞所率領的代表滿清王朝香火的清兵。

案桌上擺設著武則天當日由唐高宗為她建造，四壁都是鏡子的鏡室中所設的寶鏡；一邊擺置著東漢成帝所寵愛的皇后趙飛燕站立著跳舞過的，由成帝為她所造而令宮人掌持的金盤（按原典故為水晶盤），金盤內盛放著安祿山丟擲過，傷了唐明皇所寵愛之楊貴妃（道號太真）乳房的木瓜（按原典故為「（楊）貴妃私（通）安祿山，指爪傷胸乳之間」）。（按以上作者鋪陳出武則天、趙飛燕、楊貴妃三個歷史上家喻戶曉的紅顏淫穢禍國事跡的證物寶鏡、金盤、木瓜，應是藉以隱喻寶玉吳三桂就是喜好紅顏美色而禍國的人物）。上面擺設著南朝宋武帝劉裕的女兒壽陽公主（按原文壽昌公主應是壽陽公主之誤），在含章殿檐下躺臥過，而梅花飄落公主額上，拂之不去，成為宮女競相仿傚之梅花妝的那個床榻；床榻懸掛的是唐懿宗的愛女同昌公主，所製作穿連真珠而成的連珠帳（按以上作者鋪陳出壽陽公主、同昌公主皇家豪奢生活的畫面，應是藉以隱喻寶玉吳三桂就是貪慕皇家豪奢生活的人物）。看到以上圖畫、擺設，那代表明朝帝位與吳三桂之綜合形象的寶玉含笑連說：「這裡好！」（按以上海棠春睡圖、秦太虛對聯、歷代君王寵愛紅顏禍國事跡、及皇家豪奢生活的畫面、擺設，正合包含吳三桂之明朝餘勢借清兵討李復明的目的，又合吳三桂本人寵愛美女陳圓圓，及貪圖富貴奢華生活的私心，故代表明朝帝位與吳三桂之綜合形象的寶玉含笑連說這裡好。）包括吳三桂軍在內的明朝餘勢（秦氏）笑說道：「我這山海關的駐地大約那喜愛像神仙一樣享樂無憂的人物（按暗諷吳三桂）也可以住得了。」說著，決心恢復明朝的山海關明朝餘勢（秦氏，實亦即吳三桂勢力）就親自展開了西施浣洗過的輕紗大被，就好像西施要和吳王夫差同被共眠一般地，準備讓寶玉所代表之號召復明的吳三桂勢力，與另一勢力滿清進行同被共眠的結合行動；又像《西廂記》的張君瑞接移了紅娘抱過的鴛鴦枕頭，要和崔鶯鶯同枕共眠似的，準備讓寶玉所代表之號召復明的吳三桂勢力，與另一勢力滿清如同鴛鴦共眠般結合成雙。於是眾多如奶母般護持明朝的部眾，就伏侍著代表明朝皇帝位的寶玉在山海關吳三桂勢力中暫時虛懸睡臥好，而情意忠誠地緩緩散去，只留下吳三桂想要結合滿清入關討李復明，所伴生出的入關襲擊漢人政權（襲人）、消滅漢人政權（媚人）、勤於寫聯絡宣傳文字（晴雯通諧音「勤文」）、及整備大礮、弓箭等射擊關內明朝（麝月通諧音「射月」）的武器等意圖、行動，好像四個丫嬛一般地與那寶玉所代表的吳三桂部隊為伴似的。秦氏所代表的明朝餘勢，便吩咐所屬官兵們，要好好在像似遼西走廊廊簷下的山海關面向關內的地區，看管著好像是自家內貓兒和狗兒打架似的，漢族自家內吳三桂軍與李自成軍互相內鬥的事，因為李自成已率大軍向山海關逐漸逼近。

第三節　賈寶玉夢中忽見警幻仙姑走來故事的真相

◈原文：

那寶玉剛合上眼，便惚惚睡去，猶似秦氏在前，遂悠悠蕩蕩隨了秦氏至一所在(1)。但見朱欄白石，綠樹清溪，真是人跡稀逢，飛塵不到(2)。寶玉在夢中歡喜，想道：「這個去處有趣，我就在這裏過一生，總然失了家也願意(3)，強如天天被父母師傅打去(4)。」正胡思之間，忽聽山後有人作歌曰：

春夢隨雲散(5)，飛花逐水流(6)。
寄言眾兒女，何必覓閑愁(7)。

寶玉聽了是女子的聲音(8)。歌音未息，早見那邊走出一個人來，蹁躚嬝娜，端的與人不同(9)，有賦為証：

方離柳塢，乍出花房(10)。但行處，鳥驚庭樹(11)；將到時，影度迴廊(12)。仙袂乍飄兮，聞麝蘭之馥郁(13)；荷衣欲動兮，聽環珮之鏗鏘(14)。靨笑春桃兮，雲堆翠髻(15)；唇綻櫻顆兮，榴齒含香(16)。纖腰之楚楚兮，廻風舞雪(17)；珠翠之輝輝兮，滿額鵝黃(18)。出沒花間兮，宜嗔宜喜(19)；徘徊池上兮，若飛若揚(20)。蛾眉顰笑兮，將言而未語(21)；蓮步乍移兮，待止而欲行(22)。羨彼之良質兮，冰清玉潤(23)；慕彼之華服兮，閃灼文章(24)。愛彼之貌容兮，香培玉琢(25)；美彼之態度兮，鳳翥龍翔(26)。其素若何？春梅綻雪。其潔若何？秋菊披霜。其靜若何？松生空谷。其豔若何？霞映澄塘(27)。其文若何？龍遊曲沼。其神若何？月色寒江。應慚西子，實愧王嬙(28)。吁，奇矣哉！生於孰地，來自何方？信矣乎！瑤池不二，紫府無雙(29)。果何人哉？如斯之美也！(30)

◈脂批、注釋、解密：

(1)寶玉剛合上眼，便惚惚睡去，猶似秦氏在前，遂悠悠蕩蕩隨了秦氏至一所在：這一節是接著前面吳三桂勢力已決心勾結滿清討李復明，而李自成已率大軍向山海關逼近的情況，繼續暗寫吳三桂便派遣使者前往聯絡滿清借兵，而巧遇滿清攝政王多爾袞恰從遼東率軍前來山海關的事跡。寶玉，這裡是綜合代表明朝帝位與吳三桂勢力，往後則逐漸偏重、甚至專指吳三桂勢力。秦氏，這裡已轉為主要代表明朝香火帝位，或恢復明朝的思想，其次秦氏又通諧音「情氏」，還摻雜有吳三桂想要搶回愛妾陳圓圓的愛情因素。悠悠蕩蕩，原意是在空中搖動，不著實地的樣子；這裡則是暗喻了雙層意義，一方面是暗喻吳三桂派遣使者前往聯絡滿清借兵，使者快馬加鞭地飛馳在彎彎曲曲的遼西走廊上，看似離開地面而在空中悠悠飄蕩飛馳一般，另一方面是暗喻吳三桂的神思因而像幽靈悠悠蕩蕩般地飛馳的神態。至一所在，這自然是暗指吳三桂派遣使者到了滿清地境，但更是暗寫聯絡中獲得滿清多爾袞回書，許諾說：

今伯（按即平西伯吳三桂）若率眾來歸，必封以故土，晉為藩王，一則國仇得報，一則身家可保，世世子孫長享富貴，如山河之永也。⑰

於是吳三桂的神思也來到一個他私心憧憬的新境地。

這裡寶玉「惚惚睡去，猶似秦氏在前，遂悠悠蕩蕩隨了秦氏至一所在」，顯然是作夢的景況，而《紅樓夢》中常以「夢」代指諧音的「滿」清，故書中描寫的作夢情節大多是暗示遭遇滿清、遭滿清操弄、攻擊等情事，這裡寶玉作夢就是暗寫吳三桂在山海關遭遇、勾結滿清，進而被滿清操弄而降清的情況。這幾句是暗寫那寶玉所代表已失君半亡的明朝帝位剛安心地合上眼，倚臥、寄託在山海關的吳三桂勢力，亦即吳三桂勢力一決定了要討李復明，寶玉所代表的吳三桂勢力便好像恍恍惚惚睡去一般地神智恍惚迷茫起來（因為兵力不足），猶如秦氏所代表的恢復明朝思想及搶回陳圓圓的愛情因素在前面引導方向，三桂遂派遣使者騎馬悠悠蕩蕩地飛馳前往滿清地境聯絡借兵，而獲得滿清多爾袞許諾分土封藩，於是其神思也像幽靈悠悠蕩蕩般地飛馳，來到一個他私心憧憬的新境地。

〔甲戌本夾批〕等評注說：「此夢文情固佳，然必用秦氏引夢，又用秦氏出夢，竟不知立意何屬？惟批書人知之。」這是提示說：「這裡寶玉合上眼便惚惚睡去而作的這個夢，文辭情節固然都寫得很好，然而作者在這裡必用『猶似秦氏在前』引導寶玉入夢，到本回末尾又用『（寶玉）失聲喊叫（秦）可卿救我』而驚醒出夢，竟不知作者用意何在？只有批書人知道。」這是特別提示在這描寫寶玉作夢的文情並茂長篇大文中，讀者應特別重視作者寫寶玉作夢，「必用秦氏引夢，又用秦氏出夢」這個關鍵主線，並深入去探究作者的用意何在。其實這裡的秦氏主要是代表明朝香火或復明思想的意思；夢字暗點滿清；而寶玉則是影射吳三桂。所以，作者寫寶玉作夢，「必用秦氏引夢，又用秦氏出夢」的涵義，就是起初吳三桂在山海關時，因為號召驅除李自成恢復明朝（秦氏），而兵力不足，復明思想（秦氏）的情勢便引導他去聯合清兵，以致投降滿清，所以要寫其降清事跡，「必定要用恢復明朝的事（秦氏），來引導吳三桂歸降入滿清（入夢）的事」，而後來吳三桂受滿清封藩在雲南，到了滿清要撤藩，吳三桂又藉口要恢復明朝，而起兵叛離清朝，所以要寫其叛清事跡，「又得用恢復明朝的事（秦氏），來引導吳三桂脫出滿清（出夢）的事」。因此，這條脂批是極其迂迴地提示這一回寶玉作夢故事的主題，前面是暗寫寶玉吳三桂因為號召恢復明朝，而投降滿清的事跡，末尾是暗寫寶玉吳三桂因為遭撤藩，再藉恢復明朝，而叛離滿清的事跡。

(2)但見朱欄白石，綠樹清溪，真是人跡稀逢，飛塵不到：這就是對於寶玉作夢中隨著秦氏所到之所在的具體描繪，照說應是暗寫吳三桂派遣使者前往聯絡滿清之地遼西走廊的景況，但是作者卻是筆鋒一轉，轉而偏重暗寫此時吳三桂的心理狀態，描繪吳三桂獲得滿清多爾袞許諾分土封藩，心往神馳地憧憬得到封藩安享快樂無憂生活的美妙境地。朱欄白石，朱字暗點朱明王朝，白字暗點後金滿清，因為按照中國「木火土金水」五行的說法，金所對應的顏色是白色，石就是石頭，暗指前腦光禿如石頭般寸草不生的滿清人；這句是暗喻明清交界處的遼西走廊一帶，是朱明王朝的欄杆邊界，又是前腦光禿如石頭般的後金滿清人勢力範圍（其餘三句若用於描寫遼西走廊，似乎不太貼切）。「朱欄白石，綠樹清溪」，這兩句是簡單點描這個所在景緻既華美又清幽。「人跡稀逢，飛塵不到」，這兩句強調那是個遠離人間喧囂，無世俗塵勞的世外桃源，或人間仙境。綜合這四句的意義，是暗寫吳三桂獲得滿清許諾封藩，腦海中就浮現出一幅私心憧憬的藩王生活美景，擁有一片自己的地盤，永享富貴溫柔，就像居處在有華美的朱欄白石，有幽靜的綠樹清溪，這個地方在很偏遠的地方，所以人跡很稀少難逢，世俗飛塵勞煩也到達不了，逍遙悠遊如神仙的蓬萊仙境一般，這顯然是暗指後來吳三桂封藩在極偏遠而人煙稀少的雲南了。

〔甲戌本夾批〕等評注說：「一篇蓬萊賦。」蓬萊，中國神話傳說東海中有三座神仙所居住的仙山，即蓬萊、瀛州、方壺，其中以蓬萊最常被一般人及文人所提及，蓬萊仙境代表的意義是人們所憧憬安樂無憂、逍遙自在的理想生活景況。順便一提，台灣向來就被形容為蓬萊仙島。蓬萊賦，就是描述、讚嘆蓬萊仙境的華麗文章。這句脂批是提示這四句話實際上是描寫寶玉（吳三桂）所憧憬安樂無憂、逍遙自在之理想生活景況的蓬萊仙境。

(3) 寶玉在夢中歡喜，想道：「這個去處有趣，我就在這裏過一生，總然失了家也願意」：寶玉在夢中歡喜，由這句可見寶玉「惚惚睡去」之後就作夢，而隨秦氏所見的所在，都是夢中的事。而「寶玉在夢中歡喜」這句話是暗寫寶玉吳三桂在與滿清聯絡交涉中（夢中），得到好消息而感到歡喜，也就是得知大隊清兵恰巧遠遠向山海關前來，順利聯絡上清軍，而且獲得多爾袞許諾封藩的回信，陶醉在藩王夢中（夢中）。總然失了家也願意，家字暗指吳三桂原本所屬的漢人國家明朝，這句是暗寫吳三桂想到若能獲得滿清分土封藩，那麼聯清入關驅除李自成，縱然造成滿清乘勢佔領中原，滅亡明朝，因而失去自己漢人的國家明朝也願意。這幾句是諷刺吳三桂在與滿清聯絡交涉中（夢中），獲得多爾袞許諾封藩的訊息，內心越想越歡喜，不禁十分嚮往地想道：「這個分土封藩的去處真是有趣，若能在這滿清所封如仙境般的藩王國境裏過一生，縱然因而導致滿清乘勢滅亡明朝，失去自己漢人的國家明朝（失了家）也願意。」

(4) 強如天天被父母師傅打去：父母，指吳三桂父母之邦的漢人李自成政權。師傅，似是指吳三桂待如師輩的洪承疇所代表的滿清軍隊。這句是暗指吳三桂既與李自成反目成仇而帶隊回到山海關，則天天都可能被父母之邦的漢人李自成政權，或被師傅輩的洪承疇所代表的清軍所攻打，若投歸滿清可當藩王，總強過天天雙面受敵。

〔甲戌本夾批〕等評注說：「一句忙裡點出小兒心性。」這是提示原文這一句是作者在忙於敘述吳三桂降清的繁複因素中，點出其中的一個因素是吳三桂懷有小兒心性，害怕被父母之邦漢人李自成政權與師傅之軍洪承疇清軍的雙面攻打。弦外之音則是暗罵吳三桂把國家民族大事當兒戲，不能只因怕被打而輕率引清兵入關，而應與李自成交涉釋放其父吳襄及愛妾陳圓圓，彼此化解仇怨，共同抵禦滿清。

(5) 「正胡思之間，忽聽山後有人作歌曰：春夢隨雲散」：山後，指山海關之後的遼西走廊那邊。有人作歌，暗寫滿清那邊對於吳三桂借兵聯合攻打李自成的請求，有人（多爾袞）傳書過來，好像引吭高歌似地聲明其觀點、立場。

春夢隨雲散，這首絕句詩歌是後面才正式寫出名號的警幻仙姑所唱出的，所以表面上是以修道觀點勸誡世間男女勿執著情愛而生煩惱的勸世歌。春夢，春涼好眠而甜睡到作夢，比喻青春男女的甜蜜愛情美夢。這一句表面的意思是警示聽歌的寶玉說，青春愛情美夢跟隨浮雲很容易就散去。同時也是預示書中眾青春兒女相聚在大觀園吟詩作樂，追逐愛情的歡樂日子，將會像浮雲般短暫就散去。內層則另有深意。春字和前面「海塘春睡圖」及「嫩寒鎖夢因春冷」之中的「春」字一樣，都是暗指春季三月十九日李自成攻陷北京，明崇禎帝自縊殉國，明朝滅亡的事件。春夢，暗喻對於春季尚在之明朝的日思夜夢，及恢復春季尚在之明朝的夢想。雲，暗指李自成大順王朝，按李自成王朝的官服制度為「服領尚方，以雲為級，一品至九品，雲如其品」⑱，以方領上的雲品來標示其官位品級，同時也是李自成王朝官兵的標誌，所以本書就以「雲」字來作為代表李自成王朝、勢力的密碼。這一句內層真意是暗述滿清對於吳三桂借兵復明的請求，回信聲明說，你們所日思夜夢的春季還存在的明朝，早就隨著以雲為標記的李自成政權攻佔北京而散亡了（還夢想什麼恢復明朝）。

〔甲戌本特批〕等評注說：「開口拿『春』字，最緊要。」這是警幻仙姑所代表的滿清聲明立場中，「開口就拿定『春』字，咬定明朝已於春季亡於李自成，這是滿清最緊要的策略。」這是完全合乎歷史事實的，滿清自從攝政王多爾袞在山海關事件與吳三桂接觸，至順、康、雍各朝，都一再宣示明朝是亡於李自成，清朝則是得天下於李自成。這樣的基本策略，不但推脫掉清朝滅亡明朝的責任，而且還翻轉為清兵入關是代明朝報君父之仇，驅除明朝的禍害李自成，痲痺或降低明朝軍民的敵意，真是滿清最緊要、最厲害的入主中原謀略。這個謀略就是滿清開國首席謀略家范文程所獻入主中原十字方略中，位列第一位的「明敵」謀略。范文程的十字方略是「明敵、急進、招撫、弔民、悼明」。而所謂『明敵』，就是要認識「從現在起，我們的敵人已不是明朝，明朝已經滅亡，我們的敵人是李自成農民軍，是從李自成的手裏奪天下。」⑲

(6)飛花逐水流：原意是花雖嬌艷美麗，但最易凋零，被風一吹就會成為脫離枝葉而飄飛的花朵，一朵朵追逐著溪水漂流而逝。這一句表面的意思是警示聽歌的寶玉說，青春就好像嬌艷美麗的花朵，很容易就會飄飛而隨波逐流地逝去。同時也是預示書中眾青春兒女都是青春早逝的薄命角色。內層則另有深意。花，通諧音「華」，暗指華夏民族、漢人。飛花，這裡是以脫離枝葉而無根飄飛的花朵，比喻已失君亡國而無所依託的明朝遺民、遺勢。這一句內層是暗述滿清回信嚇唬吳三桂說，你們這些失君亡國無所依託的明朝殘餘勢力，就像那脫離枝葉而隨風飄飛的花朵，飄落而追逐水波流逝，也就是說很快就會被李自成消滅（還不趕快投靠我們滿清）。這其實就是前面多爾袞致吳三桂書，所說「今伯（平西伯吳三桂）若率眾來歸，……則身家可保」的文學藝術化神妙寫法。

〔甲戌本特批〕等評注說：「二句比也。」這是提示說：「前面這二句歌詞是一種比喻的文筆。」所以讀者應該進一步探究背後究竟比喻些什麼，才能瞭解它真正的涵義。

(7)寄言眾兒女，何必覓閑愁：寄言，囑咐、奉勸的意思。閑愁，閒著多事惹生的煩愁。這兩句表面的意思是仙姑基於前面情愛歡樂易散，青春易逝的道理，而奉勸世間眾男女，何必閒著多事自尋男女情愛的無謂煩愁（還不趕快看破澈悟，修道歸真）。內層上則是暗寫滿清多爾袞回信對吳三桂招降說，你們既已亡國，兵力又弱，敵不過李自成，所以我奉勸你們這些明朝眾兒女，何必自尋這種恢復明朝的無謂煩愁呢？還是率眾來歸降我們滿清吧！這就是前面范文程入主中原十字方略中的「招撫」策略。

〔甲戌本特批〕等評注說：「將通部人一喝。」這是提示說：「這兩句歌詞等於將整部書的人物一聲喝醒。」因為整部書表面上主題寫的是兒女情長的故事，這兩句歌詞等於是一聲棒喝，警示他們沉醉兒女情愛，互相爭奪妒忌，只是自尋煩惱，必無好結果，應該早早醒悟，修道歸真。在深層上則是提示說，這兩句歌詞等於將整部書的反清復明人物一聲喝醒，讓他們明白原來他們互相你爭我奪，及艱苦抗清，倒頭來都是自尋煩愁，因為最後都失敗，天下都歸於清朝。也就是迂迴地提示讀者，整部書所寫的人物，就是從事反清復明鬥爭，終歸失敗，徒然自尋煩愁一場的人物。

由這則脂批的提示，可見這首歌詞概括預示了整部書人物的命運，都是自尋煩愁，白忙一場的易散易逝人物，同時也開啟本回後面寶玉所翻閱簿冊中的「金陵十二釵」，都是屬於「薄命司」之人物的故事情節。更重要的是，這首歌詞揭示了本書外表故事的兩層基本主題結構，第一層主題結構是描寫少年兒女的愛情故事，為了愛情而互相爭奪忌妒，惹生種種煩惱與不幸，結局都是愛情易散，生命易逝的薄命人物。最突出的是林黛玉因賈寶玉別娶薛寶釵，而憂憤致死，薛寶釵雖勝利，卻婚姻不幸。第二層主題結構是描寫一些仙佛人物，如這裡的警幻仙姑、第一回的一僧一道、癩頭和尚、跛足道人等，時而穿插出現，藉著這些沉迷情慾所生的煩惱，點示這些人，尤其是賈寶玉，早早由情慾的煩惱中醒悟，而「留意於孔孟之間，委身於經濟之道」，或修禪悟真，最突出的是賈寶玉由於不能與真心相愛的林黛玉結婚，林黛玉憂憤致死，於是看破紅塵，與一僧一道飄然出家。所以歷來紅學家，對於《紅樓夢》全書的主題、大旨，或說是描寫男女愛情之書，或說是闡揚儒理之書，或說是點示悟空修佛的佛書，或說是指引修道悟真的道書，互相爭辯攻詰，議論紛紛，其實大可不必爭辯誰是誰非，因為各種說法都對，只是都對了一小部份。至於完整的全書外表故事主題，這裡作者已經假借修道成仙的警幻仙姑大聲唱給讀者聽了，而且批書人又明白提示此歌是「將通部人一喝」的概括全書人物命運的歌，可以說揭示得十分明白了。不過，即使瞭解全書外表故事的完整主題、大旨，那也只是瞭解《紅樓夢》外表的意義而已。當然這兩層外表的意義也是很深刻感人的，所以兩百多年來雖然《紅樓夢》的內層真事還未能成功探明，但是大家對於《紅樓夢》還是很著迷，《紅樓夢》還是成為中國小說第一名著。其實《紅樓夢》全書的真正結構、主題、大旨，是藉由描寫少年兒女沉迷愛情，滋生眾多煩惱不幸，經由仙佛人物的點示，於是看破紅塵出家的外表虛構故事，來暗寫內裡以吳三桂降清叛清為主線的反清復明（漢）失敗的歷史真事。

(8)寶玉聽了是女子的聲音：可見從山後傳出歌聲的是個女子，就是後面現身的警幻仙姑。（甲戌本夾批）等評注說：「寫出終日與女兒廝混最熟。」這裡女兒二字暗點女真人，女真人就是滿洲人原本的種族名稱，到了皇太極才創造出滿洲的名稱，而將女真（人）改稱滿洲（人）。這句脂批是借這裡寶玉聽到的是女子的聲音，而提示說：「這一句寫出寶玉終日與女兒廝混最熟（所以聽到的便是最熟悉的女子的聲音）。」這是迂迴地提示這個女子（警幻仙姑）的聲音，其實並不是寶玉陌生之人的聲音，而是寶玉終日廝混得最熟的女兒家的聲音，也就是提示說寶玉吳三桂駐守寧遠、山海關，終日與女真滿清交戰廝混最熟，這裡所聽到的女子（警幻仙姑）的聲音，就是他終日交戰廝混最熟的滿清女真人（多爾袞）的聲音。又由此可見本書中的「女子」、「女兒」字眼，有時還有暗點女真（滿清）人的涵義。

(9) 歌音未息，早見那邊走出一個人來，蹁躚裊娜，端的與人不同：蹁躚，舞姿旋轉的樣子。蹁躚裊娜，愉快跳舞，舞步輕盈雀躍，旋轉柔媚的樣子，暗喻多爾袞率領清兵，從瀋陽來到山海關時，迴繞渤海灣、遼西走廊，騎馬躍奔、迴轉飛馳的模樣。端的與人不同，表面上當然是描寫出現的這個警幻仙姑，是一個仙風道骨的仙女，真的與世間凡人不同；內裡則是暗寫滿清人真的與漢人不同，因為他們前腦光禿，腦後拖了一根長辮子，且滿清軍隊也真的與漢人軍隊不同，因為他們以鐵騎兵為主，善以騎射在曠野進行衝殺野戰，漢人一般以步兵為主，騎兵數量較少，慣於依賴城池固守，或以戰車、營壘抵擋而戰。

(10) 方離柳塢，乍出花房：塢，音物，小堡壘、村莊外防盜的土牆。柳塢，原意是種植柳樹或插列柳木圍成的圍牆、屏障，這裡則是暗指明朝在東北邊界的柳條邊。乍，乍然、突然。花房，原意是指栽植花卉的房屋，這裡則是通諧音華房，暗指華夏漢族的疆域、國境。按柳條邊是在邊界插柳結繩，或亦補以土牆，故稱為柳條邊。明朝在東北邊界的柳條邊，主要有三條，最西的一條，「南起山海關，迤邐往北偏東，即今熱河、遼寧兩者的邊界，至開原威遠堡，迤東抵達松花江（明清時稱為混同江）。[20]」中間的一條，是利用遼河水險，沿著遼河西岸插列柳木柵於內岸，復築土牆以為邊界屏障，這是最先修築的一條，而這條界牆及遼河是分隔遼東、遼西的界線。東邊的一條是北起開原，往南經撫順、清河，轉抵安東，這一條就是原本明朝與滿清的邊界㉑。後來滿清越過東邊邊界佔領整個遼東地區，明朝退而求其次，希望能夠憑遼河及沿河柳條邊牆固守遼西地區。到更後來滿清又越過遼河柳條邊，相繼佔領遼西的廣寧、錦州、松山，明朝再退而求其次，希望把滿清阻擋於山海關、寧遠的所謂重關之外，而把重任交到吳三桂手中。但由於吳三桂為了報復李自成的私仇，而引清兵入關，滿清終於衝破第三重柳條邊界，進入中原消滅了李自成與明朝，這大致就是滿清滅亡明朝的三部曲。

「方離柳塢，乍出花房」，這是暗寫警幻仙姑所代表的多爾袞清兵，方才離開遼河柳條邊界的遼東地區，就飛快地突然出現在華夏漢族地界的遼西走廊、山海關。

(11)但行處，鳥驚庭樹：但，只要。鳥驚庭樹，這是形容警幻仙姑美貌至極，連停在庭院樹上的鳥兒都驚豔飛起。這兩句內層上是喻寫警幻仙姑所代表的多爾袞清兵，人數眾多（約十萬），軍威壯盛，又騎馬奔馳，沙塵飛揚，所以只要是他們走過的地方，都引起極大騷動，連家家戶戶庭院中樹木上的鳥兒都驚叫飛起。

鳥驚庭樹這句，是從成語「魚入鳥驚」中的「鳥驚」二字轉化而來，而「魚入鳥驚」的典故，則出自《莊子．齊物論》所說：「毛嬙、麗姬，人之所美也。魚見之深入，鳥見之高飛，麋鹿見之決驟。四者孰知天下之正色哉？」原意是「像古代美人毛嬙、麗姬，是世人所認為的美人。但是不同類的魚見到她們卻嚇得深入水中，鳥見了卻嚇得高飛而去，麋鹿見了卻嚇得快奔離去。這魚鳥麋鹿四者又有誰知道天下真正的美色呢？」但是後世文人卻轉變莊子的本意，而以「魚入鳥驚」或「沉魚落雁」來比喻女子的絕頂美貌，相沿成習，而形成所謂的成語。

(12)將到時，影度廻廊：影度廻廊，這是形容仙姑翩翩降臨，迴轉移動的姿態曼妙無比，只見一個身影迴旋度過迴轉曲折的走廊。內層上，廻廊暗指迴環曲折的遼西走廊，這兩句則是喻寫警幻仙姑所代表的多爾袞清兵，在將到山海關時，加速策馬飛奔，快到好像只見到一個影子飛度過迴環曲折的遼西走廊一樣。

按滿清於三月底獲悉李自成攻佔北京後，就積極整頓軍隊欲入關競逐天下，四月九日多爾袞率領十萬清兵自瀋陽出發，由於軍陣太過龐大，每天只走約六十里，緩緩前進，約至四月十二日才渡過遼河柳條邊。至四月十五日才到達翁後（今遼寧北鎮附近），這時突然接到吳三桂使者疾馳呈上吳三桂「泣血求助」的書信，請求「速選精兵」相助共滅李自成，多爾袞顧慮吳三桂可能有詐，稍微加快到每天行進八十里。四月二十日中午到達寧遠北的連山驛城（今遼寧錦西縣興城北），忽見原使者郭雲龍又飛馬而至，遞呈吳三桂的緊急求救書說：「今賊親率黨羽，蟻聚永平一帶，……幸王速整虎旅，直入山海，首尾夾攻，逆賊可擒。」至此多爾袞瞭解李自成大軍已逼近山海關，吳三桂軍情緊急，於是下令急行軍，一晝夜疾馳二百里，於四月二十一傍晚，抵達山海關外約十五里之處休息㉒。所以這裡原文說「將到時，影度廻廊」，描寫速度快到不見身只見影的程度，真是把多爾袞大軍將到山海關，一晝夜騎馬飛奔二百里的形象，描繪得活龍活現之至。

(13)仙袂乍飄兮，聞麝蘭之馥郁：袂，音妹，衣袖也。麝，麝香，麝為一種鹿科的動物，雄麝的肚臍與生殖孔之間有一種腺體，在發情季節特別發達，而產生一種分泌物，乾燥後呈紅棕至暗棕色的顆粒狀，具有令人不快的臭味，但經高度稀釋後能放出特有的香氣，稱為麝香，為極名貴的香料，中醫用作開竅通絡的藥，主治中風痰厥，神志昏迷，心腹暴痛，跌打損傷等症。蘭，蘭草，是一種香草。放有麝香與蘭草的香包，為古代婦女常佩的香料。馥郁，香氣濃烈。這兩句是描寫仙姑步履旋迴移動，衣袖突然飄起，而使人聞到一股麝香蘭草的濃烈香氣。在內層上，麝，應是通諧音「攝」字，暗指攝政王多爾袞；麝香蘭草的香氣則是暗指滿清王朝香火。故這兩句是喻寫清兵騎馬躍奔，好像仙女的衣袖飄動一樣，而由攝政王多爾袞統帥，軍勢空前龐大壯盛，讓人聞到濃烈的滿清王朝香火威勢之氣息。

(14)荷衣欲動兮，聽環珮之鏗鏘：荷衣，「用荷花、荷葉製成的衣裳，神仙的一種服飾。屈原《九歌・少司命》：『荷衣兮蕙帶』。㉓」環，中間有圓孔的圓形玉器、玉飾。珮，即玉佩，佩戴在身上的玉，有裝飾及節制步伐的作用。鏗鏘，音坑腔，為金屬玉石互相碰撞的響亮聲音。這兩句是描寫仙姑行動中，波浪形的荷衣飄飄欲動，並聽到所佩戴的玉環玉珮搖擺互碰而發出叮叮噹噹的響亮聲音。在內層上，是喻寫清兵人馬極眾，兵器配備極多，奔馳行進間衣服飄動如波浪形，人與馬身上的配件，及刀礮等兵器互相碰撞，不斷發出叮叮噹噹的響亮聲音。

(15)靨笑春桃兮，雲堆翠髻：靨，臉頰上的酒渦。髻，音計，古時婦女常把頭髮挽起來，盤束在頭頂或腦後形成的髮結，稱為髻，或髮髻，因為形狀拳曲如雲，常被形容為雲髻。翠髻，形容髮髻烏黑到微泛翠綠色。這兩句是描寫這個仙姑酒渦帶笑的臉龐，猶如春天的桃花那樣鮮紅嬌艷，頭上堆疊如雲朵的髮髻，烏亮得微泛翠綠色。至於這兩句究竟暗寫多爾袞清兵的什麼具體情況，筆者未能悟通，所以不敢妄評。以下有許多句子也是同樣的情況，筆者只好單就表面意義稍加註解。

(16) 唇綻櫻顆兮，榴齒含香：綻，音站，裂開、開放的意思。櫻顆，就是顆粒狀的櫻桃。唇綻櫻顆，是形容仙姑的嘴唇豐厚紅豔欲滴，就像開放出一顆豐熟鮮紅的櫻桃似的。榴，石榴，果皮內包含許多大小幾乎相同的小果粒，稱為石榴子，果粒色質晶瑩剔透，呈淡紅色。榴齒，形容牙齒整齊晶瑩如一排石榴子。榴齒含香，是形容仙姑的牙齒像一排整齊晶瑩的石榴子，含吐著香氣。

(17) 纖腰之楚楚兮，廻風舞雪：楚楚，纖細柔弱的樣子。廻風舞雪，在風雪中廻旋舞動。這兩句是描寫仙姑的腰很纖細柔軟，走動起來體態搖擺飄忽，好像風雪在廻旋飄舞。

(18) 珠翠之輝輝兮，滿額鵝黃：珠翠，寶珠和翠玉。鵝黃，如幼鵝毛色的嫩黃色。這是描寫仙姑的頭髮上插戴著五光十色的寶珠和翠玉，光彩輝煌，照射得整個額頭都煥發出嫩黃色光彩。

(19) 出沒花間兮，宜嗔宜喜：嗔，音琛，發怒、生氣的意思。宜嗔宜喜，意思是無論生氣或喜悅都很宜人、很美。原意是描寫仙姑在花叢間自由穿行出沒，無論生氣還是喜悅都很宜人、很美。在內層上，花通華，暗指華夏漢族，這兩句則是暗寫多爾袞所率滿清大軍，軍威赫赫，穿行出沒在華夏漢族境地的遼西地面間，無論他們生氣或喜悅都很適宜得意，漢人都不敢吭聲干涉。

(20) 徘徊池上兮，若飛若揚：原意是描寫仙姑徘徊在池塘（邊）上，步履飄忽不定，好像不著地飛起，又好像在地面上揚手跳躍。在內層上，池，暗指如大池塘的渤海或遼東灣；若飛若揚，是暗寫前面所述多爾袞大軍有時騎馬奔馳若飛，有時緩速奔跑，若行人揚手跳躍一樣。這兩句是暗寫多爾袞大軍，在猶如大池塘的遼東灣上的遼西走廊，謹慎地依照軍事情報徘徊行進，前面階段唯恐吳三桂有詐，只騎馬緩奔而行，好像仙女揚手跳躍一樣，後面階段獲悉吳三桂軍情緊急，便策馬狂奔，好像飛起來一樣。

(21) 蛾眉顰笑兮，將言而未語：蛾，指蠶蛾，形狀類似蝴蝶，但較粗大，口器針管則較蝶類短，其觸鬚細長而彎曲。蛾眉，形容眉毛的形狀像蠶蛾的觸鬚一樣彎曲而細長，舊時代以女人眉毛彎曲細長為美，故以蛾眉形容女人眉毛之美，而且蛾眉一詞成為美人的代稱。將言而未語，意思是將要說話，卻又未說出口，吞吐扭捏之態。

前一句「蛾眉顰笑兮」，是暗寫多爾袞率領十餘萬大軍出征中原，將與陌生的李自成交戰，山海關又有吳三桂擋關，勝負難料，因而顰眉蹙額，心情十分沉重；但走到翁後突接吳三桂的請兵求助信，簡直是天助我也的大喜訊，不禁轉為樂觀，而寬心地眉開眼笑；但仔細一想，吳三桂原是明朝守關大將，長久與滿清為敵，信中也是表明請兵的目的是伐李以恢復明朝，又吳三桂會不會已投降李自成，而故意以書信誘敵，於是又顧忌煩惱起來，所以一路上憂喜參半地反覆不定，眉毛時顰時笑。

後一句「將言而未語」，是暗寫基於以上情況，多爾袞在飛奔抵達距山海關外十五里處之後，不立即開赴山海關救援，而採取隔山觀虎鬥的態度，以觀察吳三桂是否有詐，同時心中又盤算著利用吳三桂正與李自成先頭部隊交戰，存亡迫在眉睫的機會，逼迫吳三桂由復明轉為降清，所以對於吳三桂幾次派使飛奔求救，多爾衮都「將言而未語」，欲言又止地不肯爽快答應立即出兵援助。

按四月二十一日傍晚多爾衮大軍抵達距山海關外十五里處時，吳三桂因戰情緊急，「遣使往請，九王（即多爾衮）猶未信，請之者三，九王始信，而兵猶未即行。三桂遣使者相望於道，往返凡八次。㉔」經多次敦請，多爾衮才相信，於是下半夜才下令進軍，於二十二日黎明到達山海關外約五里處的歡喜嶺屯駐，但還是不立即進關。於是吳三桂又派使敦請，多爾衮便派范文程隨使者入關，促請吳三桂親赴歡喜嶺與多爾衮當面協商。雙方議定合作條件之後，多爾衮要求正式盟誓，又藉口吳軍與李自成軍同是漢人裝束難於區別，恐清軍參戰時誤殺，而要求吳軍剃髮成滿清髮式，吳三桂因戰況緊急而被迫答應，於是吳三桂本人當場剃髮，這樣多爾衮才正式發兵進入山海關㉕。由此可見，多爾衮這些作為真的是扭揑作態之至，詭詐之極。但是就爾虞我詐的爭天下角度而言，又不得不令人嘆服多爾衮真是計謀高妙得像魔術師一樣，這個逼使吳三桂及其部隊剃髮的招式，果真使吳三桂難以獲得明朝漢人同胞的認同，而終於不得不投降滿清，導致原本是李自成的天下，一下翻轉為滿清天下，多爾衮真是展現了「迴風舞雪」，使天下風雲變色的能耐。

(22) 蓮步乍移兮，待止而欲行：蓮步，形容美女走路的腳步好像水中蓮花搖擺生姿一樣，「語本《南史・齊東昏侯紀》：『鑿金為蓮華（花）以帖地，令潘妃行其上，曰：此步步生蓮華（花）也。』㉖」這兩句在內層上，是暗寫以上多爾衮清軍接近山海關時，接到吳三桂第二次緊急求助信，突然一晝夜狂奔二百里，但至離山海關只十五里至五里的階段，卻為了慎防誤中吳三桂詭計，及設謀逼迫吳三桂掉入剃髮降清的陷阱，而欲行又止的扭揑作態情況。

(23) 羨彼之良質兮，冰清玉潤：羨，羨慕。冰清玉潤，這是描寫仙姑的肌膚像冰那樣清淨，像玉那樣光潤。這裡所說的羨慕仙姑的人，自然是作夢夢見仙姑的賈寶玉，也就是吳三桂。所以這兩句及以下各句，大致上是從吳三桂角度來看多爾袞清軍，描寫吳三桂如何羨慕清軍的強大壯盛，若得其救援該有多麼美妙，是獨一無二的神仙救星等等，不盡羨慕、渴求的褒美文字鋪陳。

(24) 慕彼之華服兮，閃灼文章：文章，衣服上的花紋華貴不俗。閃灼文章，衣服上的花紋，閃閃爍爍地散發出華貴不俗的燦爛光輝。內層上，這樣的華貴衣服，是暗點多爾袞的「袞」字，袞是古代天子及三公的禮服，上衣有日、月、星、辰、龍、雉六種圖紋，下裳有宗彝、藻、火、粉米、黼、黻六種圖紋，合稱十二章文采，正是閃灼十二章文采的華服。所以這兩句是暗寫吳三桂羨慕那清軍的統帥多爾袞，其名「袞」字，及官職攝政王的禮服，都顯示出閃灼十二章文采的華貴衣服。

(25) 愛彼之貌容兮，香培玉琢：香培，用香料培育而成的。玉琢，用玉雕琢而成的。

(26) 美彼之態度兮，鳳翥龍翔：翥，音助，鳥類舉翼上飛。鳳翥，鳳凰振翅高飛。龍翔，龍騰雲翱翔。這兩句是描寫仙姑的體態風度，就好像龍翔鳳飛一般，威風飄逸之至。

(27) 其豔若何？霞暎澄塘：暎，音義均同映字，照也。這兩句是描寫仙姑的豔麗，就好像天上彩霞照映在澄澈池塘的倒影一樣，真是豔麗極了。

(28) 應慚西子，實愧王嬙：西子，即西施。應慚西子，是描寫仙姑的美貌仙姿，應該會使得美女西施自覺不夠美而感到慚愧。王嬙，名嬙，字昭君，漢元帝時宮女，因非常貌美而被挑選遠嫁關外匈奴王和番。實愧王嬙，是描寫仙姑的美貌仙姿，實在會使得美女王昭君自覺不夠美而感到羞愧。在內層上，這兩句是暗示這個仙姑身分高貴無比，絕不是浣紗女的西施，或和番匈奴的宮女王昭君所可比擬，因為她可是影射代替天子攝行政事的攝政王多爾袞；而其功業是消滅明朝漢族奪得天下的至高無上功業，相較之下，西施以美人計滅亡一方之國吳國，及王昭君和番使匈奴不入關侵犯漢朝，簡直是小兒科，實應慚愧自己功業太小，無法望其項背。

(29) 瑤池不二，紫府無雙：瑤池與紫府都是中國古代神話傳說中的仙境。瑤池，位於崑崙山上，是神話仙女西王母所居住的仙境。紫府，「在青丘鳳山，天真仙女曾遊此地。見《海內十洲記・長洲》。㉗」不二、無雙，都是獨一無二，絕對假不了的意思。這兩句是讚嘆這個仙姑絕對是來自仙境瑤池或紫府的仙女，絕不會是從第二或成雙的其他不是仙境的地方來的，所以才會這樣飄逸絕塵、素靜神豔。

(30) 果何人哉？如斯之美也：〔甲戌本眉批〕等評注說：「按此書凡例本無讚賦閑文，前有寶玉二詞，今復見此一賦，何也？蓋此二人乃通部大綱，不得不用此套。前詞卻是作者別有深意，故見其妙。此賦則不見長，然亦不可無者也。」這則脂批提示了幾個重點。第一是提示本書體例上本不用詞藻鋪陳華麗的讚賦閑文，而前面描寫寶玉的〈西江月〉二詞，及這裡的警幻仙姑賦則是例外，原因是這兩人是整部書故事的大綱領，不得不用這種套式，將這兩人特別加以詳細描寫，突出其重要性，讓讀者能夠從這樣的詳細描繪中，領悟這兩人的真實身分，那麼就能瞭解整部書故事的大綱、要旨所在了。

第二是提示賈寶玉及警幻仙姑二人，乃是《紅樓夢》整部書故事發展的大綱領，所以讀者不能不知道其真實身分。蓋賈寶玉影射吳三桂或滿清順治王朝，警幻仙姑影射滿清攝政王多爾袞或其他領袖，在明清改朝換代之際，他們二人是掀起世變風雲，滅亡李自成王朝及南明王朝，建立滿清王朝的兩個最主要人物，所以他們二人當然是《紅樓夢》整部書所暗寫明清改朝換代故事的大綱領了。又既然賈寶玉與警幻仙姑是整部書的大綱，那麼這一回第五回正是描寫這兩人初次會面，而且兩人相關情節最多的一回，可見得第五回就是《紅樓夢》整部書故事的大綱，所以特別重要。

第三是提示：「前詞（寶玉二詞）卻是作者別有深意，故見其妙。此賦則不見長，然亦不可無者也。」這是評示前面描寫賈寶玉的〈西江月〉二詞，文筆很妙，而這裡的警幻仙姑賦則看不見有特別長處，關鍵在於賈寶玉的〈西江月〉二詞，作者在外表文字之外，句句都另外隱藏有別的深意，而這一篇長賦則不見得句句都隱藏有別的具體深意。這真是令人跌破眼鏡的評論。在一般讀者看來，〈西江月〉二詞所用的詞句都非常俚俗，如「縱然生得好皮囊，腹內原來草莽」、「富貴不知樂業，貧窮難耐凄涼」等，幾乎沒什麼美感妙處可言，批書人卻評論〈西江月〉二詞文筆很妙。而這裡的警幻仙姑賦詞藻華麗之極，就描寫一個仙姑的美貌妙姿而言，像「鳥驚庭樹」、「影度迴廊」、「唇綻櫻顆」、「纖腰之楚楚兮，迴風舞雪」、「出沒花間兮，宜瞋宜喜」、「徘徊池上兮，若飛若揚」等句子，真是美極、妙極了，然而批書人卻評論「此賦則不見長」，怎麼不令人大感意外。批書人這樣褒貶的標準則在於「作者別有深意」這一點，前面寶玉二詞的文句因為具有「作者別有深意」的特性，「故見其妙」，後面這篇賦的文句因為不具備「作者別有深意」的特性，所以「此賦則不見長」。而所謂「作者別有深意」，其實就是作者在利用這些文詞來描寫表面故事的角色（如寶玉）之外，又隱藏有別的更深一層意義，也就是還利用同樣的文詞來暗寫這個角色所影射的真實人物（如寶玉影射吳三桂或清順治）的具體事跡。所以批書人評論寶玉二詞因「作者別有深意，故見其妙」，意思就是說寶玉二詞的每一句話都另外隱藏有寶玉所影射的真實人物（吳三桂或清順治）的具體事跡的更深一層涵意，而這一篇賦則不見得句句都隱藏有警幻仙姑所影射的真實人物（多爾袞清軍）的具體事跡的更深一層涵意。由此可見這一篇賦中有很多句子只是描寫外表角色警幻仙姑的文字，並不能真正核對上多爾袞清軍的具體事跡。譬如「靨笑春桃兮，雲堆翠髻；唇綻櫻顆兮，榴齒含香」，「愛彼之貌容兮，香培玉琢」，「其素若何？春梅綻雪。其潔若何？秋菊披霜。其靜若何？松生空谷。其豔若何？霞映澄塘。其文若何？龍遊曲沿。其神若何？月色寒江」等等，詞藻真是華麗之至，也將一個仙姑描寫得美妙之極，但是對應到這個仙姑所影射的多爾袞清軍，大致上只是一連串的空話而已。

從這則脂批提示，顯示批書人評判《紅樓夢》書中詞、賦、詩、文的好壞，其標準在於它們是否「別有深意」，也就是看它們是否有隱藏、妙喻了背後的歷史真人真事而定，有則文詞雖俚俗還是妙，無則文詞再華麗還是不妙。這與一般讀者單是閱讀表面文詞所直覺的好壞感受，有時可能會一致，有時則可能恰好相反，如這裡所提到的寶玉二詞與警幻仙姑賦就是正好相反的。所以我們要想評判《紅樓夢》書中詩文詞賦的好壞，就必得先瞭解這些詩文詞賦背後所暗寫的歷史真人真事，才有可能作出完整而正確的評判。反觀目前主流的《紅樓夢》研究，由於長期以來無法破解出《紅樓夢》故事背後的真事，遂導致近二、三十年來紅學界普遍認為《紅樓夢》故事背後並沒有隱藏別的真事，表面的家常愛情故事本身就是真事，《紅樓夢》只是一部純粹虛構的文學小說，而不是另有隱藏真事的歷史文件，因此，便摒棄《紅樓夢》背後真事的探索，專就表面純小說故事情節進行梳理、詮釋，及進一步就外表小說情節的描寫筆法進行文學評論，相關論著愈出愈多。然而根據這則脂批所揭示評判《紅樓夢》書中詩文詞賦之好壞的標準，在於是否「別有深意」，那麼目前完全不探究「別有深意」的背後真人真事，只就外表小說情節所作的文學評論，豈不是完全違反了這個「別有深意」的評判標準了嗎？可見目前蔚為主流的《紅樓夢》文學評論所採取的評判標準，是與深知內情的乾隆時代批書人完全背道而馳的，因此其完整性與正確性實在很值得懷疑。

◈真相破譯：

那寶玉所代表已失君半亡的明朝帝位剛安心地合上眼，倚臥、寄託在山海關的吳三桂勢力，亦即吳三桂勢力剛決定好要討李復明，寶玉所代表的吳三桂勢力便好像恍恍惚惚睡去一般地神智恍惚迷茫起來（因為兵力不足），猶如秦氏所代表的恢復明朝思想（兼含搶回陳圓圓的愛情因素）在前面引導方向，吳三桂遂派遣使者騎馬悠悠蕩蕩地飛馳前往滿清地境聯絡借兵事宜，而獲得滿清多爾袞許諾分土封藩，於是吳三桂的神思也像幽靈悠悠蕩蕩般地飛馳，來到一個他私心憧憬的新境地。只見有華美的朱色欄杆白色石頭，有幽靜的綠色樹林及清澈溪流，真是人跡很稀少難逢，世俗飛塵勞煩也到達不了（按這兩句暗點吳後來封藩的偏遠人稀的雲南），好一個猶如神仙逍遙悠遊之蓬萊仙境的藩王國境。寶玉吳三桂陶醉在滿清多爾袞許諾封藩的藩王夢中，非常歡喜，內心不禁十分嚮往地想道：「這個分土封藩的去處真是有趣，我就在這藩王國境裏度過一生，縱然因而導致滿清乘勢滅亡明朝，以致失去自己漢人的國家明朝（失了家）也願意，總強過呆守在山海關地區，天天都可能被父母之邦的漢人李自成政權，或被師傅輩的洪承疇所代表的清軍所攻打。」正在胡思亂想之間，忽聽山海關之後的遼西走廊那邊，有人（多爾袞）傳書過來，好像引吭高歌似地聲明其觀點、立場，說道：

春夢隨雲散，飛花逐水流：你們所夢想恢復春季尚在的明朝，早就隨著以雲為標記的李自成政權攻佔北京而散亡了；你們現在就像那脫離枝葉而隨風飄飛的花朵，很快就會被李自成追逐而隨水波流逝（還不趕快投靠我們滿清）。

寄言眾兒女，何必覓閑愁：奉勸你們這些明朝殘餘勢力的眾兒女，你們既已亡國，兵力又弱，何必自尋那種恢復明朝的無謂煩愁呢（何不率眾來歸降我們滿清）？

寶玉吳三桂聽了是女真人滿清傳來的聲音、信息。歌音尚未停息，早見那邊走出以一個人（多爾袞）為首的清兵來，這支清兵從瀋陽迴繞渤海灣、遼西走廊，騎馬躍奔、迴轉飛馳，好似一個仙子舞步輕盈雀躍，旋轉柔媚的模樣，飛揚超能如仙子，真的與漢人軍隊不同，有以下一篇賦可以作証明：

那如仙姑般具有超強能力的多爾袞清兵，方才離開遼河柳條邊界的遼東地區，就飛快地乍然出現在華夏漢族房屋地界的遼西地區。只要是他們行走過的地方，都引起極大騷動，連家家戶戶庭院中樹木上的鳥兒都驚叫飛起（按因為兵數約十萬之眾，軍威壯盛，又騎馬奔馳，沙塵飛揚）；在將到山海關時，加速策馬飛奔，快到好像只見到一個影子飛度過迴環曲折的遼西走廊一樣（按最後是一晝夜騎馬飛奔二百里）。這支清兵騎馬躍奔，好像仙女的衣袖乍然飄動一樣，而由攝政王多爾袞統帥，軍勢空前龐大壯盛，讓人聞到如麝香蘭草濃烈香氣的滿清王朝香火威勢的氣息；其人馬極眾，兵器配備極多，奔馳行進間衣服如荷葉形仙衣隨風飄然欲動，人與馬身上的配件，及刀礮等兵器互相碰撞叮叮噹噹作響，好像仙女所佩戴的玉環玉珮互碰發出鏗鏘的響亮聲。（按以下八句大略是暗寫多爾袞清兵威武而意氣風發的神態如仙女一般，但究竟是寓指什麼具體情況，筆者未能悟通，所以不敢妄評，只單就字表意義翻譯成白話文）這仙姑酒渦帶笑的臉龐，猶如春天的桃花那樣鮮紅嬌艷，頭上堆疊如雲朵的髮髻，烏亮得微泛翠綠色；她的嘴唇豐厚紅豔欲滴，就像開放出一顆豐熟鮮紅的櫻桃似的，她的牙齒像一排整齊晶瑩的石榴子，含吐著香氣。這仙姑的腰很纖細柔軟，走動起來體態搖擺飄忽，好像風雪在迴旋飄舞；她的頭髮上插戴著五光十色的寶珠和翠玉，光彩輝煌，照射得整個額頭都煥發出嫩黃色光彩。那如仙女的多爾袞清兵軍威赫赫，穿行出沒在華夏漢族境地的遼西地面間（出沒花間），無論他們生氣或喜悅都很適宜得意，漢人都不敢吭聲干涉；在猶如大池塘的遼東灣上的遼西走廊，謹慎地依照軍事情報徘徊行進，前面階段唯恐吳三桂有詐，只騎馬緩奔而行，好像仙女揚手跳躍一樣，後面階段獲悉吳三桂軍情緊急，便策馬狂奔，好像飛起來一樣。由於前面敵情難料，多爾袞一路上憂喜參半而眉毛時顰時笑，同時心中又盤算著利用吳三桂正與李自成交戰的危急情況，誘逼吳三桂由復明轉為降清，所以對於吳三桂幾次派使飛奔求救，多爾袞都「將言而未語」，欲言又止地不肯爽快答應立即出兵援助；接近山海關時，接到吳三桂緊急求助信，突然腳步加速移動（蓮步乍移）而一晝夜狂奔二百里，但至離山海關只十五里至五里的階段，卻為了慎防誤中吳三桂詭計，及設謀逼迫吳三桂掉入剃髮降清的陷阱，而欲行又止地扭揑作態。（按以下各句，大致上是從吳三桂角度來看多爾袞清軍，描寫吳三桂如何羡慕清軍的強大壯盛，若得其救援該有多麼美妙，是獨一無二的仙女救星等等，不盡羡慕、渴求的褒美文字鋪陳，但究竟是寓指什麼具體情況，筆者大部份都未能悟通，所以不敢妄評，大部份只單就字表意義翻譯成白話文）真羡慕那多爾袞清軍猶如仙女一般，具有美好的體質，肌膚像冰那樣清淨，像玉那樣光潤；又羡慕那清軍的統帥多爾袞，其名「袞」字，及官職攝政王的禮服，都顯示出閃灼十二章文采的華貴衣服。愛她的容貌好像用香料培育、用玉雕琢而成的；她的體態風度美得好像鳳凰振翅高飛、龍騰雲翺翔般威風飄逸。她的素白如何？就像早春梅花綻開帶雪一般。她的潔淨如何？就像秋天的菊花披覆白霜一樣。她的安靜如何？就好像松樹挺生在空谷中一般。她的豔麗如何？就像天上彩霞照映在澄澈池塘的倒影一樣。她的文雅如何？就像一條龍悠遊於彎曲的池沿一般。她的神韻如何？就像月色倒映在寒冷幽靜的江水一樣，清朗極了。那如仙女般高貴超能的清兵首領多爾袞，可是代替天子攝行政事的攝政王（而其後來功業是奪得中原天下的至高無上功業），聲威齊天，相較之下，西施以美人計滅亡一方之國吳國，及王昭君和番使匈奴不入關侵犯漢朝的功績，簡直無法望其項背，若與之相比，西施應會感到羞慚，王昭君實在會感到慚愧。咿，奇異啊！她究竟生於何地，來自何方？深信不疑啊！她一定是來自仙境瑤池或紫府的無雙不二仙女。她果真是何人呢？怎麼竟會如此的美啊！

第四節　賈寶玉夢中隨警幻仙姑進入太虛幻境故事的真相

◈原文：

寶玉見是一個仙姑，喜的忙上來作揖，笑問道：「神仙姐姐(1)不知從那裏來，如今要往那裡去？我也不知這裏是何處，望乞攜帶攜帶。(2)」那仙姑笑道：「吾居離恨天之上，灌愁海之中，乃放春山遣香洞太虛幻境警幻仙姑是也(3)。司人間之風情月債(4)，掌塵世之女怨男癡。因近來風流冤孽，纏綿於此處(5)，是以前來訪察機會，佈散相思(6)。今忽與爾相逢，亦非偶然。此離吾境不遠，別無他物，僅有自採仙茗一盞，親釀美酒一甕，素練魔舞歌姬數人，新填紅樓夢仙曲十二支，試隨吾一遊否？(7)」寶玉聽了，喜躍非常，便忘了秦氏在何處(8)，竟隨了仙姑至一所在，有石牌橫建，上書「太虛幻境」四個大字(9)，兩邊一副對聯，乃是：

假作真時真亦假，
無為有處有還無。(10)

轉過牌坊，便是一座宮門，也橫書四個大字，道是：「孽海情天」(11)。又有一副對聯，大書云：

厚地高天，堪嘆古今情不盡；
癡男怨女，可憐風月債難償。(12)

寶玉看了，心下自思道：「原來如此。但不知何為『古今之情』，又何為『風月之債』(13)？從今倒要領略領略。」(14)寶玉只顧如此一想，不料早把些邪魔招入膏肓了(15)。(16)

◈脂批、注釋、解密：

(1)寶玉見是一個仙姑，喜的忙上來作揖，笑問道：「神仙姐姐…」：仙姑、神仙，都是道教中對修煉真道有成就，飛升天界之成道者的稱呼，這裡則是取仙姑、神仙具有常人不及的超高能力，來暗喻滿清多爾袞大軍，精銳異常，具有神仙般的超高能力。揖，音衣，兩手合抱成一拳在胸而前推擺動行禮。作揖，拱手敬禮。這幾句是以逗趣的小說筆法，暗寫寶玉所代表的吳三桂看見是一個具有像仙姑般超高能力的多爾袞大軍出現在山海關附近，高興得趕忙派使者上來拱手行禮，遞呈求救書，笑問道：「你這具有神仙姐姐般超高能力的多爾袞大軍…」

〔甲戌本夾批〕評注說：「千古未聞之奇稱，寫來竟成千古未聞之奇語，故是千古未有之奇文。」千古未聞之奇稱，是指「仙姑」二字而言。千古未聞之奇語，指的是「（寶玉）喜的忙上來作揖，笑問道：『神仙姐姐…』」這樣的話語。本來人作夢什麼都可能夢見，夢見仙姑或妖魔鬼怪都不足為奇，在夢中對仙姑尊敬得不禁打躬作揖，敬稱「神仙姐姐」更是再自然不過的事，這裡批書人卻大驚小怪地評論寶玉夢見的「仙姑」是「千古未聞之奇稱」，向仙姑作揖，稱呼「神仙姐姐」是「千古未聞之奇語」，顯然不合常理，可見這是批書人特意提示這個仙姑、神仙姐姐不是一般作夢夢見的仙姑、神仙姐姐，而是作者另有深意的「千古未聞之奇稱」、「千古未聞之奇語」，讀者應進一步深入探索究竟為什麼仙姑、神仙姐姐會是千古未聞之奇稱、奇語，原因何在？其實我們若曉得作者將滿清攝政王多爾袞或其大軍，比喻為由天界下凡的仙姑、神仙姐姐，當然就真是一個千古未聞之奇稱、奇語了，而以下作者假借寶玉夢中被仙姑誘帶入太虛幻境的故事，來暗寫吳三桂被滿清多爾袞誘騙歸降入大清王朝的事跡，當然是「千古未有之奇文」了。

(2) 我也不知這裏是何處，望乞攜帶攜帶：這兩句是暗寫吳三桂因為兵力不足，所以如今走上對抗李自成的這個局面，真不知究竟是要走到何種境地，不禁茫然不知所措起來，而向滿清多爾袞乞求發兵救援，把他從危難中攜帶扶持起來。這裡寶玉向警幻仙姑作揖「望乞攜帶攜帶」，與第一回開頭「石頭」向一僧一道苦求說：「如蒙發一點慈心，攜帶弟子得入紅塵…」，是類似的語氣與情節，都是暗寫山海關事件中吳三桂向滿清多爾袞乞求救兵的事。不過第一回是以「石頭」影射吳三桂，以僧人影射多爾袞，這一回則改以寶玉影射吳三桂，以警幻仙姑影射多爾袞。

(3) 吾居離恨天之上，灌愁海之中，乃放春山遣香洞太虛幻境警幻仙姑是也：離恨天，「俗傳『三十三天，離恨天最高，四百四病；相思病最苦』，用來比喻男女之情的怨恨愁苦。[28]」離恨天之上，則是最高的第三十三層離恨天更上面的外緣區域，舊時天又常指天子，天的中心就是天子居住的京城，故離恨天之上是暗指在天子疆域最邊緣的外緣地區；這裡是隱喻警幻仙姑所代表的滿清，原居地在中國明朝天子疆域最邊緣的再外緣地區，蓋明朝最東邊的邊界為遼寧省開原至撫順一線的柳條邊，柳條邊再東邊的蘇子河流域一帶，即今新賓滿族自治縣一帶，才是滿清的原居地，故這裡描滿清警幻仙姑「居離恨天之上」，真是貼切之至。另外離恨天還有根據字面的處於離別怨恨之情境的涵義，這一層則是暗指滿清所以興兵對明朝作戰，是因為明朝誤殺了努兒哈赤的祖父與父親，使滿清後代懷有祖先被殺而離別死去的怨恨。灌愁海，並沒有一個地方真的叫做灌愁海，只是比喻處於愁苦如海一般深，灌喝不完的情境之中。又灌愁海的「愁」字，又通諧音「仇」字。這裡寫警幻仙姑居「灌愁（仇）海之中」，也是暗寫滿清警幻仙姑對於明朝誤殺其先祖懷有血海深仇的意思。

放春山，是指開放春氣的山地區域。按中國五行思想體系，木在方位上為東方，在四季上為春，故春屬木，指東方。因此，開放春氣的山地「放春山」，就是中國極東之處的山地，這是隱指滿清源出中國極東之處遼東邊緣的蘇子河流域山地區域。遣香洞，其中的「香」字，和前面一樣，是代表「香火」的密碼，隱寓王朝國魂香火，這裡寫警幻仙姑為遣香洞的仙姑，是暗寫滿清雖是居住在山凹洞府，但國勢王朝香火鼎盛，向外遣發擴散，而且具有冊封王侯的功能，就好像一座香火鼎盛的大廟，還可以分香擴散各地，成立許多小廟一樣。

太虛幻境，按太虛境，本是道教說法中修真煉丹成道者飛升天界所居的神仙境界，這裡作者將太虛境改為太虛幻境，還是作為天界的神仙境界，是警幻仙姑的住所，不過增加一個「幻」字，當然寓指對世間凡人來說，那是個幻妙莫測的境界，更增加一層神秘感。就內層意義來說，幻字通諧音「換」字，太虛幻境是暗指明朝漢人變換形貌，剃髮成前禿後辮的滿清髮式，改穿滿清服式，變換國度為清朝的大清換形換朝國境（詳見第一冊第五章第三節「太虛幻境」注）。警幻仙姑，表面意義是警告世人要覺醒世事如夢幻泡影般虛幻不實，不可執迷於虛幻的富貴情慾之追求，要趕快幡然覺悟，返璞歸真，歸向修道成仙的真道，這樣的一個仙姑。但在內層上，幻字通諧音「換」字，警幻仙姑則是寓指警告世人（明朝漢人）必須變換形貌、朝代，以歸降清朝的超強如仙姑的角色，影射滿清王朝、滿清領袖、攝政王多爾袞或其大軍等。

〔甲戌本夾批〕等評注說：「與首回中甄士隱夢景一照。」這是特別提示說：「這裡寶玉夢見太虛幻境警幻仙姑的情節，是與首回中甄士隱夢中所見情景作一個對照的情節。」而第一回中甄士隱夢中所見情景，就是夢見一僧一道攜帶一個蠢物，亦即一塊刻有「通靈寶玉」四字的鮮明美玉，進入太虛幻境要交給警幻仙子的情景。這樣的情節在第一冊筆者已破解出是暗寫山海關事件中，如蠢物般的吳三桂被滿清多爾袞（僧人）誘逼，剃髮成前腦光亮如鮮明美玉的滿清髮式，並被多爾袞（僧人）挾制歸降入大清王朝境地（太虛幻境）的事跡，可見這裡寶玉夢見太虛幻境警幻仙姑的情節，也是暗寫吳三桂（寶玉）被滿清多爾袞（警幻仙姑）誘騙，而歸降入大清王朝境地（太虛幻境）的事跡，只是場景、角色、敘述筆法各有所不同而已，瞭解這一點則這一回故事的主題也就明朗化了。

以上幾句原文是作者借警幻仙姑之口，敘述滿清的發源地，興兵反明的根由，其國勢鼎盛等。其中「吾居離恨天之上，灌愁海之中」這兩句，就是暗寫滿清興兵反明的根由。這個根由就是明朝誤殺了努兒哈赤的祖父與父親，於是後來努兒哈赤揭櫫「七大恨」為藉口，而興兵反明。這一明、清結仇事件是明、清歷史演變的根源，同時也是《紅樓夢》全書故事的起頭處。我們若不知道這個《紅樓夢》故事起頭的時間點與明清糾葛的徵結，對於書中人物的輩分層次、與故事範圍、整體輪廓、隱微用詞都將無法了悟，所以有必要加以詳細瞭解。

按滿清原本為明朝藩屬的遼東邊夷建州女真左衛，其先世是明朝任命的建州女真左衛都督，本來雙方關係良好，相安無事。後來明、清所以會發生糾葛結怨，是起因於明神宗萬曆十一年明朝遼東總兵李成梁圍攻建州女真右衛阿台之役，誤殺了清太祖努兒哈赤的祖父覺昌安及父親塔克世。阿台與其父親王杲兩代與建州女真左衛的努兒哈赤父祖兩代，有交錯的深厚姻親關係。阿台（滿清稱為阿太章京）之妻為努兒哈赤祖父覺昌安（明朝稱為「叫場」）長子之女，即努兒哈赤的堂姊，而覺昌安第四子、努兒哈赤之父塔克世（明朝稱為「他失」），則娶王杲都督（滿清稱為阿古都督）之女（阿台之姊妹）喜塔喇氏為妻，即努兒哈赤之母，所以阿台是努兒哈赤的舅父；海西女真葉赫酋長甚至說努兒哈赤為王杲的後裔㉙。對於遼東明兵圍攻阿台之役的明清結仇事件，清史名家蕭一山簡述說：

> 努兒哈赤的祖父名叫場（清景祖覺昌安），父親名他失（清顯祖塔克世），都是建州左衛指揮，陰通款於明遼東總兵官李成梁，引導明兵攻打建州的悍酋王杲王兀堂，及杲子阿台。他們和阿台是親戚，混進古哷（按他書多作古勒）山寨去說降，寨破，也被明兵濫殺了。努兒哈赤才二十四歲（按他書多說二十五歲），聽說大慟，以遺甲十三副，起兵復仇。不敢顯然敵視明朝，祇說是同族尼堪外蘭（圖倫城主）陷害的，前去尋毆，以此東打西打，呑併了附近的部落，攻下了圖倫的小城，追尼堪外蘭於明邊殺之。建州五部（先屬三衛，後分五部），竟被他征服了。㉚

蕭一山所述大抵合乎史實，不過他說努兒哈赤的祖「叫場」與父「他失」暗中通款於明朝遼東總兵官李成梁，並引導明兵攻打自家姻親王杲及阿台父子，有點離譜，應非事實。其他史書多記載，由於阿台作亂，遼東總兵李成梁率兵前往征討，覺昌安與塔克世父子因屬明朝所封邊臣，故不能不聽從明軍號令，作為前導前去平亂。但是努兒哈赤祖覺昌安與父塔克世二人被明兵殺害於古勒城之役，明朝理虧，則是不爭的事實。努兒哈赤本人十歲喪母，繼母不疼，分產獨薄，故於十九歲時，便帶著同母弟離開父親，以採人參、松子等，至撫順與漢人交易自謀生活，趁機廣結善緣，尤其特意巴結上遼東總兵李成梁，李成梁也頗予矜憐眷顧。五、六年後遭遇父祖被明兵殺害之事，努兒哈赤遂向明邊官詰責，並逼明軍交出搆釁之同族女真人尼堪外蘭。明朝理屈，為息事寧人，除解釋係誤殺外，並「與敕書三十道，與馬三十匹」，六年後又授予建州左衛僉事都督，刻意示好。故努兒哈赤在其父祖未死前，事實上是後娘不疼，親爹也無力關愛，流浪在外，處境頗苦。父祖慘死，他乘機究詰壓迫明朝，而獲得明朝豐厚的補償，一下子翻身為其家族中極有權勢者，因為敕書等於是與明朝貿易配額的授權書，三十道敕書便是可作大生意賺錢的憑藉。努兒哈赤機靈之至，獲得明朝賜予三十道敕書的絕大好處，地位實力大增後，審度遼東明軍理屈，對他多示好意，鬆弛警戒，認為情勢有可乘之機，於是以其父親的遺甲十三副，及招集數百士兵，藉口其同族女真人尼堪外蘭搆釁（暫不敢公然與明朝為敵），致使明兵殺害其父祖，起兵展開追殺尼堪外蘭的復仇之戰，順著尼堪東逃西竄的路線，把鄰近的諸小部落都征服了，而明朝因理屈乃作壁上觀，未曾警覺。等到萬曆十四年努兒哈赤追擊尼勘至撫順，明軍拒納，有意讓他擒獲而誅殺洩恨，因而使他復仇成功，聲名大噪，致東部鄰近女真部落相繼歸附於他，其勢力便茁壯而難制了。及至征服女真諸部之後，萬曆四十四年正月建立大金汗國（史稱後金），登可汗之位，建元天命㉛。天命三年，萬曆四十六年，努兒哈赤正式以「七大恨」告天，這才堂皇以明朝過去對待滿清的七大仇恨事件為藉口，公開對明朝宣戰。努兒哈赤自其父祖被遼東明兵誤殺，一直隱藏其直接對明朝的仇恨，而轉以旁側一個女真自家人尼堪外蘭當作報仇對象，藉此大張旗鼓一路追殺尼堪，而翦除明朝的羽翼，明朝竟被瞞過，等到將明朝遼東羽翼翦除殆盡，自己羽毛豐滿時，才揭出底牌，公然正面向明朝宣告要報數十年前殺害其父祖之仇，可謂心機深沉至極，歷史上描寫努兒哈赤這一謀略的心理歷程說「藏機不露，狙詐自喜㉜」，努兒哈赤真不愧是一代開國雄傑，其深謀遠圖令人敬畏。

努兒哈赤鄭重告天的征明名義「七大恨」內容為何呢？各書記錄繁簡不一，以蕭一山《清史》最為簡要，茲引錄並加註如下：

我祖宗與南朝（按即明朝）看邊進貢，忠順已久，忽將我二祖（按指父與祖）無罪加誅，恨一。

我與北關（按指葉赫）同是外番，事一處異，恨二。

漢人私出挖參，遵約毀傷（按指毀傷犯規偷挖人參的漢人），勒要十夷（按指滿人）償命，恨三。

北關與我同是屬夷，衛彼拒我，畸輕畸重，恨四。

北關老女（按即葉赫原許配給努兒哈赤的美女東哥），**改嫁西虜**（按指蒙古），**恨五。逼令退地，田禾丟棄，恨六。蕭伯芝**（按為明遼東邊官）**大作威福，百般欺辱，恨七。**㉝

對於努兒哈赤以這七大恨告天而興兵伐明，日本清史泰斗稻葉君山，以一個外國旁觀者的觀點評論說：

就七大恨論之，（清）**太祖以祖父之**（受）**害為恨，已略述於前。明因彼之祖父橫死，待彼以破格之禮遇，吾人平情而論，覺太祖利用祖父之死，要求進其職位，已而取尼勘於明人而誅之，是再無所用其嗟怨也。**（其）**他六恨各有情理，然以此為告天之大恨，為宣戰之一大理由，其不當也明矣，此等交涉，為兩國交界上所不能免者。⋯要之，開戰不能無理由，建州**（女真）**亦有所藉口而已，不必論其事實之如何也。**㉞

稻葉君山這一史評可謂客觀公正。以筆者看來，努兒哈赤父祖在世時被其後母欺凌，父親也無力庇護，分產獨薄，而離家浪跡，境況窘迫，五、六年後父祖橫死，明朝賜予三十道敕書及僉事都督之職等破格的禮遇，使其窘境幾乎翻好幾翻，不但「再無所用其嗟怨」，明朝對他之恩義可以說比他的後母親父還好，只能評論其人眼光如炬，善觀情勢，看破好機，乘勢而起，無論父祖遇害之時，或建國之後，都能推出切合情勢發展的堂皇藉口，藉機坐大，實「藏機狙詐」之一代開國奸雄也。

以上萬曆十一（一五八三）年阿台之亂，努兒哈赤父祖被明兵誤殺，憤而起兵復仇的事件，就是《紅樓夢》所寫賈府百年大族故事的起點。而書中賈府大族百年間由盛而衰的故事，就是暗寫明朝自萬曆十一年起百年間滅亡於滿清的歷史，從萬曆十一年推算百年後為康熙二十二（一六八三）年，這一年恰好是康熙派施琅平定台灣，一統天下的時間，完全合乎明朝於百年間逐漸亡於滿清的歷史時程。瞭解了這層《紅樓夢》所隱藏真事的大輪廓、大主題，要破解《紅樓夢》各回所暗寫如謎團一般的真事，就比較有範圍、方向可以想像，而容易破解多了。譬如所有《紅樓夢》研究者都知道《紅樓夢》全書故事真正的起頭處，是從第六回下半回目「劉姥姥一進榮國府」的故事開始，但是一直無法破解該故事背後的真相。如今我們既瞭解《紅樓夢》所暗寫歷史真事的起頭處，是努兒哈赤因父祖被明兵誤殺，而起兵復仇的事件，就可以聯想到《紅樓夢》全書外表故事起頭的第六回「劉姥姥一進榮國府」，可能與努兒哈赤起兵復仇事件有關，而尋線探討研究，就比較容易破解出真相。

(4) 司人間之風情月債：司，司理、掌管的意思。風情月債，在表面故事上，就是風月情債，指沉醉於男女風月情愛的債，所以這裡警幻仙姑說她「司人間之風情月債」，就是說她以得道仙人的智慧要負責點醒世人從沉迷男女風月情愛，不停製造你怨我恨的情債的情況之中醒悟過來，轉向修道成仙的大道。在內層上，風情月債則有雙重隱意，其一是指吳三桂的「風月情債」，即李自成軍搶奪吳三桂愛妾風月女子陳圓圓，欠吳三桂一個風月女子的債，故警幻仙姑說她「司人間之風情月債」，是隱述說：我滿清多爾袞要插手來掌管你吳三桂這件風月情債，替你向李自成要回風月女子陳圓圓。其二尤其重要的是，「風」即「清風」，代表滿清之意，「月」即「明月」，代表明朝，又清初明朝遺民常以「月」字弔念失去「（天）日」滅亡的「明」朝。「風情」是暗指滿清對於投降的明朝臣民將不予殺害的恩情，「月債」是暗指明朝欠滿清七大恨的債。故警幻仙姑說她「司人間之風情月債」，是暗寫滿清多爾袞說他要來掌管招撫明朝漢人，給予投降者免殺的恩情，以及推翻明朝，報復、討回明朝欠滿清的七大恨之債這兩件事。

(5) 因近來風流寃孽，纏綿於此處：寃孽，寃仇罪孽者。風流寃孽，因為風流為女子爭風吃醋而結下寃仇罪孽的人，這顯然是暗喻吳三桂風流痴戀歌妓陳圓圓，而李自成軍搶奪陳圓圓，於是吳三桂與李自成結成寃仇罪孽的死對頭。這兩句是暗寫因為近來發生吳三桂風流痴戀歌妓陳圓圓而與李自成衝突的風流事件，而結成寃仇罪孽的死對頭，雙方人馬糾纏對峙在山海關這裡。

〔甲戌本夾批〕等評注說：「四字可畏。」這是提示「風流寃孽」四字很可畏，所以讀者應該往「很可畏」的方向，去進一步思索這裡所寫「因近來風流寃孽，纏綿於此處」，究竟是什麼「很可畏」的事件（按這兩句暗寫吳三桂與李自成大軍集結在山海關要大戰，而最後結果雙方死傷無數，滿清漁翁得利而入主中原，當然可畏之至）。

(6) 是以前來訪察機會，佈散相思：表面上是說警幻仙姑趁「近來風流寃孽，纏綿於此處」，準備風流纏綿，所以前來訪察機會，佈散相思種子，使男女發生相思痴戀，好讓他們嘗到痴迷愛情的寃孽苦果，她再從而點醒他們出迷入悟，度脫他們歸向修道成仙的大道。內層上，則是暗寫警幻仙姑所代表的滿清多爾袞說，所以我率領大軍前來訪察取天下的機會，布散、招撫你吳三桂軍與滿清互相思念結合。

(7)
「此離吾境不遠，別無他物，僅有自採仙茗一盞，親釀美酒一甕，素練魔舞歌姬數人，新填紅樓夢仙曲十二支，試隨吾一遊否？」：這一小段表面上是描寫警幻仙姑以仙茗美酒及美女歌舞演唱十二支紅樓夢仙曲，引誘寶玉隨她進入其仙境一遊，體驗一下仙境歡樂無憂的生活，使他能夠醒悟塵世生活勞苦憂煩，從而點醒、度脫他厭棄塵世，歸心向道。

內層上則另有文章。練，柔軟潔白的熟絹。素練，素白柔軟的熟絹。魔舞，「即天魔舞。本為唐代一種宮廷舞樂，王建《宮詞》：『十六天魔舞袖長。』元順帝至正十四年製天魔舞，係宮廷大型隊舞，以宮女十六人，盛妝扮成菩薩相，有多種樂器伴奏，應節而舞。㉟」素練魔舞，就是身穿素白柔軟絲絹的長袖舞衣，扮成菩薩相的舞女，所跳稱為天魔舞的宮廷大型隊舞。按後來吳三桂雲南藩王府歌舞妓中，「與（陳）圓圓同受三桂寵愛的，還有『八面觀音』、『四面觀音』」㊱，所謂「觀音」就是一種「菩薩相」，而這裡「素練魔舞歌姬」就是扮成菩薩相的歌姬，可見又暗點吳三桂雲南藩王府的「八面觀音、四面觀音」領頭的歌舞妓。

紅樓，紅色樓房，唐代時都城長安有很多富貴人家婦人都居住在紅色樓房的豪宅，如白居易詩句「到一紅樓家，愛之看不足」，故紅樓又指富貴人家婦人所居的樓房，也泛指富貴人家，這是紅學界對於「紅樓」意義的普遍詮釋。不過，這樣的詮釋只說對了一半，而且未能點到本書「紅樓」二字所代表意義的要旨。「紅樓」一詞的典故來源，是出自晚唐唐文宗時段成式所著的《酉陽雜俎》，該書記載說：

長樂坊安國寺紅樓，睿宗在藩時舞榭。㊲

這是段成式對於晚唐當時尚存在於長樂坊安國寺（在今陝西咸寧縣東）的紅色樓房之來歷，介紹說：「現在長樂坊安國寺那棟紅色樓房，原本是數代以前唐睿宗（即唐明皇之父李旦）未登位皇帝之前，還在當藩王（為相王）時期作為表演歌舞的舞臺樓房。」根據這一典故，「紅樓」是指藩王府宴客時表演歌舞的紅色樓房，引伸指享有歌舞表演豪宴生涯的藩王富貴之家，這才是本書「紅樓」二字所代表的最主要意義。因此，紅樓夢就是，企求享有藩王富貴歌舞生涯的夢想，而不僅僅是企求一般富貴的夢想。十二支，指與十二地支相配的一年十二個月，按十二地支為子、丑、寅、卯、辰、巳、午、未、申、酉、戌、亥，中國曆法以十二地支配十二個月，自冬至的那個月份（一般為農曆十一月）算為子月，至農曆正月一般是寅月，順序排至農曆十月則為亥月，如此週而復始。紅樓夢仙曲十二支，是暗指一整年十二個月份，都可以觀賞如仙境般的藩王紅樓富貴豪華舞群的歌曲。新填，就是新填加的，這是暗指多爾袞（警幻仙姑）在早已封賞的歸降漢將孔有德、尚可喜、耿仲明等三順王之外，如今又許諾新填加封吳三桂（寶玉）為藩王。

歸結起來，這一小段的內層意義是，作者以享受仙茗美酒及美女歌舞的具體歡樂，來代表藩王富貴歌舞歡樂生涯，而隱述警幻仙姑所代表的滿清多爾袞以賜封藩王為條件，引誘吳三桂歸降滿清，說道：「這裏山海關離我們滿清國境不遠，我們別無他物，只能許諾你，如果驅逐李自成之事成功，我可以分給你一塊明朝的故土，在孔、尚、耿三順王之外，新填加封賞你藩王的爵位，那麼你就可以一面喝著香茗美酒，一面觀賞魔鬼般身材的美豔歌姬，隨時跳著裝扮成菩薩相、揮舞著白絹長袖的宮廷式天魔舞，口中唱著代表紅樓一年十二月終年歡樂的歌曲，享受藩王紅樓富貴歌舞生涯，我多爾袞就許諾你這個封賞藩王的條件，你要試著跟隨我歸降入滿清國境，結盟同遊共進退嗎？」這其實就是作者根據多爾袞致吳三桂書所說：「今伯（按即平西伯吳三桂）若率眾來歸，必封以故土，晉為藩王，一則國仇得報，一則身家可保，世世子孫長享富貴，如山河之永也」，將多爾袞（警幻仙姑）以藩王富貴，引誘吳三桂（寶玉）投降滿清的招降說詞，轉化為小說式生動活潑的形象化鋪陳，以後來吳三桂封為雲南藩王時，所享受一邊喝著香茗美酒，一邊觀賞魔舞歌姬載歌載舞的藩王富貴實際內容，來取代「必封以故土，晉為藩王」的冷硬詞句，同時罩上一層煙幕，使實際所寫的「晉為藩王」之事不致露餡，以免招致文字獄災禍，這樣的筆法實在太神妙了。

〔甲戌本夾批〕等評注說：「點題。蓋作者自云所歷不過紅樓一夢耳。」點題，就是點出「紅樓夢」這個題目，及其涵義。作者，就是第一回開頭處所寫創作出「石頭記」的作者青埂峰下那塊石頭而言，而在第一冊筆者已考證出青埂峰下那塊石頭，其實就是影射心性行為冥頑如石頭的吳三桂，而那塊石頭創作出「石頭記」，就是暗指吳三桂創作出天下人都剃髮成滿清髮式，前腦光禿如寸草不生之石頭的滿清王朝的記事。這則脂批是針對以上原文

「新填紅樓夢仙曲十二支」等句，點示說：「這幾句話正式點出題目『紅樓夢』來，同時又點破這裡第五回的題目『開生面夢演紅樓夢』，或全書題目『紅樓夢』的真正涵義。蓋點出其真正涵義為創作出前腦光禿如寸草不生之石頭的滿清王朝記事（石頭記）的始作俑者，青埂峰下那塊石頭（也就是這裡的寶玉）吳三桂，自己說他所經歷的不過是藩王紅樓歌舞富貴的一場夢而已。」

由此可見，這裡第五回的題目「開生面夢演紅樓夢」所包含故事情節的真正涵義，就是描寫寶玉吳三桂投降滿清，開創出生面孔的滿清王朝，演出一場企求封享藩王紅樓歌舞富貴美夢的過程。另外，「紅樓夢」又是本書全書的題名，所以所謂「點題」同時也指點破全書題目「紅樓夢」的真正涵義。而在本書最前面的「凡例」中，就曾特別對於本書「紅樓夢旨義」，提示說：「紅樓夢旨義　是書題名極多，紅樓夢是總其全部之名也。又曰風月寶鑑，是戒妄動風月之情。又曰石頭記，是自譬石頭所記之事也。此三名皆書中曾已點睛矣。如寶玉作夢，夢中有曲，名曰紅樓夢十二支，此則紅樓夢之點睛。」明白點示這裡第五回所描寫「寶玉作夢，夢中有曲，名曰紅樓夢十二支」的故事情節，就是本書總題名為「紅樓夢」的畫龍點睛核心要義所在。因此，可見本書總題名為《紅樓夢》的核心旨義，就是暗寫吳三桂經歷一場投降滿清，享受滿清賜封藩王紅樓歌舞富貴的美夢，然後又被撤藩而美夢破滅，因而興兵反清復漢失敗的事跡。

(8) 寶玉聽了，喜躍非常，便忘了秦氏在何處：這是暗寫吳三桂聽多爾袞說出封賞藩王的條件，憧憬可以享受藩王紅樓歌舞富貴生涯，內心歡喜雀躍非常，便忘了明崇禎殘朝香火（秦氏可卿）在何處，把借清兵恢復明朝的原本目的拋忘到九霄雲外去了。

〔甲戌本夾批〕等評注說：「細極。」這兩字是批註在「便忘了秦氏在何處」旁邊的，所以是提示這一句的涵義「極為細微」，讀者應該細查其隱微涵義，而不可以只就表面故事，理解為寶玉作夢，聽了夢見的警幻仙姑邀宴的一席話，內心喜躍非常，便忘了帶領他來睡中覺的秦氏在何處。因為任何人一旦睡著作夢都會把身邊真實的人物忘得一乾二淨，這裡寶玉既已作夢，當然「便忘了秦氏在何處」，作者根本不必畫蛇添足地寫出來，如今卻刻意寫出來，自然是另有其他「極為細微」的隱意了。

(9) 竟隨了仙姑至一所在，有石牌橫建，上書「太虛幻境」四個大字：這三句就表面意義說，是描寫在警幻仙姑所居住的仙境，有一座石牌橫建的牌樓，上面寫著四個大字標明該仙境的名稱為「太虛幻境」。就內層真相說，則是繼續暗寫吳三桂（寶玉）竟然率軍跟隨警幻仙姑所代表的多爾袞清軍，（入關打敗李自成大軍）來到有石牌橫建之城門的北京城，此時滿清就好像在城門上大書「大清國境（太虛幻境）」四個大字似地，宣告北京城就是大清換形換朝的國境（太虛幻境），竊佔了北京，而吳三桂也只能跟隨著歸降到這個大清國境中。

〔甲辰本〕評注說：「士隱曾見此匾對，而僧道不能領入，留此回警幻邀寶玉後文。」這是提示這裡石牌上的「太虛幻境」橫匾，及兩邊「假作真時真亦假，無為有處有還無」的對聯，就是第一回甄士隱（真皇帝明崇禎自縊而隱去的明朝餘勢）曾經見過的橫匾及對聯，而當時甄士隱想（擁護崇禎太子）進入（北京登基復明），一僧一道所代表的滿清滿軍漢軍加以阻擋而不能領入北京（復明），因而就留下這一回由警幻仙姑所代表的多爾袞清軍邀請寶玉所代表的吳三桂軍進入北京城，建立清朝等的後文情節。

這裡有一種《紅樓夢》的極神奇筆法值得特別一提，那就是這裡以賈寶玉在夢中隨警幻仙姑，進入其居處太虛幻境的情節，來暗寓賈寶玉所影射的吳三桂投降歸入大清國境，作者是採用了根據《莊子・齊物論》中著名的「莊周夢蝶」情節，而創新出的「夢化蝴蝶（胡諜），醒復莊周」的極神奇筆法。在第一回有一則脂批提示說：「開卷一篇立意，真打破歷來小說窠臼。閱其筆，則是《莊子》、《離騷》之亞。」可見《紅樓夢》仿傚了《莊子》筆法。而甲辰本《紅樓夢》的夢覺主人序文詮釋《紅樓夢》的意義提到說：「悟幻莊周，夢歸蝴蝶㊳」，筆者因而領悟到《紅樓夢》所仿傚的《莊子》筆法，包含根據《莊子・齊物論》「莊周夢蝶」情節，而創新出的「悟幻莊周，夢歸蝴蝶」的筆法。而筆者認為夢覺主人所謂「悟幻莊周」，應是暗指《紅樓夢》主角賈寶玉所影射的吳三桂「醒悟其降清的錯誤，因而幻化叛清而建立其大周政權」的事跡，由此則「夢歸蝴蝶」應是暗通諧音的「夢歸胡諜」，暗指賈寶玉吳三桂「在夢中歸化為胡人滿清間諜作漢間」的事跡。筆者於是吸收夢覺主人「悟幻莊周，夢歸蝴蝶」的說法，將之略作修改以更貼合「莊周夢蝶」的情況，而變化為「夢化蝴蝶（胡諜），醒復莊周」的筆法。如今筆者既破解出這裡賈寶玉在夢中隨著警幻仙姑，進入其居處太虛幻境之情節的真相，就是賈寶玉所影射的吳三桂投降歸入大清國境，也就是吳三桂化為胡人滿清間諜作漢奸的事跡。從而證實《紅樓夢》中確實採取了根據《莊子》「莊周夢蝶」所創新出的「夢化蝴蝶（胡諜），醒復莊周」的筆法，而其中「夢化蝴蝶（胡諜）」的筆法，就是落實在這裡賈寶玉夢中隨著警幻仙姑進入太虛幻境的情節之中。至於後半的「醒復莊周」的筆法，則是落實在第二十一回賈寶玉閱讀並續《南華經》（即《莊子》），及第二十二回賈母為薛寶釵作生日的情節之中，筆者將於下一冊再詳細破解證實。

(10)假作真時真亦假，無為有處有還無：這兩句對聯是寫在警幻仙姑所住的仙境「太虛幻境」牌樓兩邊石柱上面的，所以其表面意義是用來標明警幻仙姑所秉持、並警示世人修道求仙的哲理，意思是「若將塵俗名利情色等虛幻假相當作真道，而去苦苦營求，則心性全被這些虛假事物所充塞，人天賦的清淨真性也就變成假性了；若把身外原無之物的名利情色當作是實有之物，而去苦苦強求，便會戕害本命真性，即使是得到擁有了，還是等於沒有。」這和第一回「好了歌」所說：『世人都曉神仙好，惟有功名忘不了！古今將相在何方？荒塚一堆草沒了。世人都曉神仙好，只有金銀忘不了！終朝只恨聚無多，及到多時眼閉了。……』，具有類同的意思，都是勸誡世人切莫執迷於名利情色的競逐奔勞，要看破世俗名利情色的無常空性，而及早了斷凡塵物慾情緣，返璞歸真，歸向修道成仙的大道。就內層真相而言，則是暗寫滿清一進入北京城，就好像在城門大石柱上寫上一副對聯似的，宣示滿清進佔北京建朝的基本立場、策略，說道：

當此滿清已以假身分作了真皇帝之時，即使再出現明朝真皇帝嗣統的真太子，亦當作是假冒的；

在這已無明朝皇帝變為有清朝皇帝之處，即使再擁立有朱明宗室的皇帝，還是當作無明朝皇帝。（詳見第一冊第五章第三節有關這副對聯的注釋）

以上「太虛幻境」的匾額，及這兩句對聯，就是暗寫多爾袞清軍挾持吳三桂軍打敗李自成軍，一進佔北京城，就明白宣示明朝早就亡於李自成，滿清是得天下於李自成，所以李自成既退出北京，北京城一帶便是大清國境，滿清就是天下真主，因此，即使有崇禎嫡傳的真太子（朱慈烺）出現，滿清也將他視為假太子；而且即使明朝在南京再擁立有新的皇帝（弘光帝），滿清也視為並無明朝皇帝存在，擺出一副滿清已做定中國皇帝，絕不再退讓的強硬架勢來。

〔甲戌本特批〕評注說：「正恐觀者忘却首回，故特將甄士隱夢景重一滃染。」滃染，以畫筆加以滃澤塗染。這是批書人藉著這一段文字與第一回甄士隱夢中所見文字幾乎完全相同，尤其是「太虛幻境」四字，與兩邊對聯「假作真時真亦假，無為有處有還無」，與第一回完全相同，而提示說：「作者正恐觀書者忘却首回的故事內容，故特別將第一回甄士隱夢中所見情景，重新加以滃澤塗染一番。」也就是提示這裡寶玉夢見警幻仙姑的故事，與第一回甄士隱夢中所見情景所暗寫的內容其實是同一回事（山海關事件），只是這裡作者運用不同筆法，重新加以潤飾塗染一番而已。這是批書人繼前面批點「與首回中甄士隱夢景一照」

之後，第二次明白提示這裡寶玉夢見警幻仙姑的故事，與第一回甄士隱夢見一僧一道的故事，是相類同的故事。而根據筆者的考證，第一回甄士隱作夢的故事是暗寫山海關事件，因此可以確定這一段情節所暗寫的也是山海關事件，只是場景、角色、內容重點、寫作筆法有所不同而已。

在《紅樓夢》中，像這樣對於同一件事，而將文筆翻新，一再重複描寫，以突顯該事之重要性與層層理緻脈絡，猶如國畫中畫山石時，以橫筆蘸水墨染擦勾勒，來顯現其脈理與陰陽向背的皴法，一再皴染一樣，就是前面第一回脂批所披露《紅樓夢》十八種神奇筆法之中的「千皴萬染」法。而每皴染一次，筆法就換一個新奇花樣，譬如以上第一回前頭與第五回前頭都是暗寫吳三桂聯清驅李的山海關事件，但是文筆就天差地別。除此之外，第二十二回、四十八回也都曾再度述及吳三桂山海關聯清驅李的事，第二十二回就改以燈謎描述，至四十八回又變為論詩、吟詩的方式來描述。可見《紅樓夢》作者真是筆如遊龍，靈動幻化無方，太神奇，太偉大了！

(11)轉過牌坊，便是一座宮門，也橫書四個大字，道是「孽海情天」：孽，罪惡，佛教稱罪惡的根源為孽。孽海，佛教對於世俗之人由於物慾情愛的執迷糾葛而陷入無窮的煩惱之中，叫做孽海。孽海情天，意思是由於情愛如天般高，而造成罪孽如海樣深，也就是情孽如天高海深，無窮無盡。這幾句就表面故事來說，由於警幻仙姑自稱「司人間之風情月債，掌塵世之女怨男癡」，所以她的住處就設了一個宮殿，專門儲存她掌管塵世男女因為情愛狂熱高張如天，而肇致風月情債之罪孽深厚如海的種種資料，這個宮殿的名稱就叫做「孽海情天」。就內層真事來說，這是暗寫吳三桂（寶玉）隨滿清多爾袞大軍（警幻仙姑），轉過如牌坊般的北京城門，便是一座皇宮宮門，佔據皇宮建立了清朝，這個滿清皇宮的所作所為，以作者漢人的角度來作歷史評論，是一個由於感情的因素如天般高，而製造罪孽如海樣深的所在「孽海情天」；也就是說，吳三桂因痴戀陳圓圓之情如天般高，而導引滿清入北京皇宮建朝，且漢人種族、明朝舊朝感情等因素也如天般高，而奮起抵抗，清、吳聯軍於是展開血腥征服，雙方廝殺數十年，死傷不計其數，最後漢族淪亡於滿清，製造了如海樣深的無窮罪孽。

(12)「厚地高天，堪嘆古今情不盡；癡男怨女，可憐風月債難償」：表面上這副對聯是針對這個標題為「孽海情天」的宮殿中，儲存著世間男女情孽如天高海深的眾多資料，而發出感慨，說道：「就像地厚無盡、天高無邊一樣，真可嘆古往今來世人執迷情愛也一樣高厚不盡；造成多少癡男怨女，可憐都陷入男女風月情債深厚到難於償還的境地」，從而警示世人切勿再執迷情愛而墜入糾葛煩惱不盡的孽海中，也就是書前「凡例」所說「戒妄動風月之情」的意思。

就內層真事來說，這是暗中標示清、吳聯軍在北京皇宮建立清朝，所造成情孽如天高海深（孽海情天）的兩層具體重點，一層是「厚地高天，堪嘆古今情不盡」，另一層是「癡男怨女，可憐風月債難償」。先說上聯「厚地高天，堪嘆古今情不盡」這一層。這一聯中的「天」與「地」，又是《紅樓夢》書中的一組重要密碼。「天」是代表「天子」的密碼，隱指明清改朝之際，建朝在北京的清朝「天子」或滿清王朝；「地」通同音的「帝」字，是代表「皇帝」的密碼，隱指敗退至南京立朝的明朝「皇帝」或南明王朝。「厚地高天」這句，是配合中國傳統「天高地厚」、「天在上，地在下」的空間觀念，以及對中國領土地理位置「北方為上方高處，南方為下方低處」的觀念，而以「高」指天、指北方，以「厚」指地、指南方，從而以「高天」指在北方高處建朝稱「天子」的滿清王朝，以「厚地」指在下方的南方建朝稱「皇帝」的南明王朝。「厚地高天」就是影射吳三桂因風流痴情於陳圓圓而降清的情孽，造成二分天下，形成南方的南明王朝「皇帝」，與在北方的滿清王朝「天子」對立的局勢。接下來的「堪嘆古今情不盡」這句，是暗寫漢人面對這種北清南明局勢的感嘆，說道：「可嘆天下漢人對於古朝明朝敗退江南，今朝清朝興起北方的繫念、感慨之情，真是無窮無盡。」

再說下聯的「癡男怨女，可憐風月債難償」這一層。癡男怨女，是影射因為李自成軍攻佔北京劫持陳圓圓，而分隔兩地的山海關癡情男子吳三桂，與在北京怨嘆被人劫持而不能與情郎吳三桂相聚一處的怨女陳圓圓。接下來的「可憐風月債難償」這句中的「風月債」具有雙重涵義，第一層是指吳三桂因為痴情於風月女子陳圓圓，導致明朝漢族亡於滿清的罪孽情債；第二層意義則是「風」代表「滿清」，「月」代表「明朝」之意，「風月債」即影射吳三桂由明朝（月）投降為清朝（風），而虧欠天下漢人國破家亡的債。「痴男怨女，可憐風月債難償」這聯，是暗諷吳三桂與陳圓圓這一對痴男怨女的風月戀情，翻雲覆雨，把天下由明朝（月）翻轉為清朝（風），所欠天下漢人國破家亡的風月孽債，深廣無邊，難於償還。」

⒀但不知何為「古今之情」，何為「風月之債」：這裡作者將「孽海情天」兩邊對聯，特別摘出「古今情」與「風月債」，是有意凸出「古今情」與「風月債」為這副對聯意義的關鍵所在，誘引讀者特別注意推敲思索，並借寶玉之口自問自評，重複述說一遍，幫助讀者更易於領悟其涵義，從而悟出全副對聯的隱秘涵義。所謂「古今之情」就是暗指世人對於古朝明朝漢族衰敗，而今朝清朝隆興的惋惜、感慨之情。所謂「風月之債」就是前面所說吳三桂對陳圓圓的風月戀情，及背明（月）降清（風）的風月反覆之情，所欠天下漢人國破家亡的孽債。

⒁從今倒要領略領略：這是說賈寶玉心下自思，從今以後倒要去領略體驗一下「古今之情」與「風月之債」究竟是什麼滋味。就表面故事說，是指賈寶玉心下動念想要去嘗試、領略一下「古往今來之愛情」與「男女風月之情債」究竟是什麼境況、滋味。就內層真事來說，是暗寫賈寶玉吳三桂禁不住滿清分土封藩的誘惑，心下很想要去嘗試、領略一下背叛古朝明朝漢族、投降今朝清朝（而封為藩王），及報復李自成軍搶奪其愛妾陳圓圓的風月情債的真實況味。

⒂寶玉只顧如此一想，不料早把些邪魔招入膏肓了：膏肓，指人體心臟與橫膈膜之間的部位，舊時以為該部位只有一些網絡，是藥效無法達到的地方，所以若疾病已擴展到該部位，吃藥也無效，故把病症已達到難以救藥的程度稱為病入膏肓，這裡說「把些邪魔招入膏肓」，意思就是說把一些邪魔歪道思想招引入心底深處的膏肓部位，幾乎不可救藥，思想行為極難回復正道了。這兩句就表面故事說，是說賈寶玉心下只顧如此一動念，想著要

去嘗試、領略「古往今來之愛情」與「男女風月之情債」的真實況味，不料早就把一些親身領略兒女情愛之娛的邪魔歪道之觀念種子，招入體內膏肓，深入其思想靈魂，幾乎是不可救藥，而要經歷一番兒女情孽的劫數了。這就是本回稍後稱賈寶玉為「情種」，全書賈寶玉成為多情公子，到處沾惹美女，經歷痴愛林黛玉之愛情悲劇的原由。蓋《紅樓夢》外表故事，是站在儒釋道的立場，教導世人不要痴迷於兒女情愛，而應致力於儒家經世濟民之道，或佛家道家的修佛修仙之道，故而將想要領略兒女情愛滋味的想法視為邪魔歪道。就內層真事來說，這兩句是暗寫賈寶玉吳三桂只顧著想要領略一下由古朝明朝轉換到今朝清朝（而封為藩王）之情，及報復李自成軍劫奪陳圓圓的風月情債的真實況味，不料早就把一些賣國敗族的邪魔歪道，招引入靈魂深處，猶如病入膏肓，無可救藥，終於做出背明降清的賣國行為。

〔甲戌本夾批〕等評注說：「奇極妙文。」這是批書人鑒於原文這兩句忽然將賈寶玉描寫成打坐修禪，念頭一偏差就走火入魔的情況，真是奇妙之至，而不禁讚嘆真是「奇極妙文」，同時也提醒這是一種奇妙之至的文筆，讀者不可淡淡讀過，應再深入思索，以瞭解究竟是怎麼個奇妙法，妙在何處？

歷來已經有一些紅學家發覺到《紅樓夢》外表故事的主題、大旨，是點醒世人勿痴迷兒女情愛，而應致力於儒家經世濟民之道，或點醒世人看破塵世富貴繁華及兒女情愛的虛幻，而應致力於修身養性、修佛修仙之道，且其故事情節的宏偉曲折，文筆的神奇生動，都令人嘆為觀止，故而讚嘆《紅樓夢》為中國小說第一奇書，但是對於內裡隱藏的歷史真事則一直無法破解得出。若知道《紅樓夢》竟是以生硬的明清改朝換代歷史真事，改寫為以上這樣神奇生動的外表故事，則《紅樓夢》文筆的神奇高妙程度，比現有的評價不知還要高出多少倍，而也不應只是中國小說第一奇書，應該可以算是全世界長篇小說的第一奇書。在西方一般都認為猶太裔愛爾蘭人喬伊斯（James Joyce）的《尤利西斯（Ulysses）》為二十世紀歐美長篇小說的第一神秘奇書，但筆者認為《紅樓夢》的神奇奧秘還勝過《尤利西斯》。說來奇怪，東西兩大小說第一奇書，都是以作者當時的家常生活作為外表素材，來隱寓自己國家民族受凌辱的不幸歷史，都寄託著痛恨異族統治及眷愛自己種族的思想。《尤利西斯》寄託著愛爾蘭和希伯來（猶太）兩個民族的沉痛史詩，痛恨異族統治者英國（按喬伊斯著書時愛爾蘭還是英國統治下的一個自治邦），及眷愛作者的種族猶太民族等思想；《紅樓夢》則是寄託著明亡清興的沉痛歷史，痛恨異族統治者清朝，及眷愛作者的種族漢民族等思想。兩者文字都很隱晦，真相都很神秘難解。但是至少《尤利西斯》全書十八章的標題，原都是以荷馬史詩《奧德賽（Odyssey）》中的情節或字眼命名（付印時才被作者喬伊斯刪除，以增加神秘性），而且書名是以《奧德賽》中的主角希臘英雄尤利西斯（Ulysses）命名，已知書的作者是猶太裔人喬伊斯，書中主角布盧姆（Bloom）又是猶太裔人喬伊斯，明顯是愛護自己種族的現代版尤利西斯，全書很多地方都暗示英國是「家裡的陌生人」，所以《尤利西斯》全書的主旨、創作意圖，至少是有跡可尋，而且用詞字眼及角色、情節安排都顯露得較為明顯，縱然細節難於盡明，但全書的大旨其實並不難懂。《紅樓夢》則掩蓋得密不通風，幾乎沒有跡象可尋，全書主旨、創作意圖更為神秘難解得多，甚至連作者還不能確定是何人，故《紅樓夢》的神秘奇奧程度，應還遠超過《尤利西斯》。

(16) 寶玉進入太虛幻境、孽海情天宮門一段：〔甲戌本眉批〕評注說：「菩薩天尊皆因僧道而有，以點俗人，獨不許幻造太虛幻境以警情者乎？觀者惡其荒唐，余則喜其新鮮。有修廟造塔祈福者，余今意欲起太虛幻境，以(似)較修七十二司更有功德。」菩薩，是佛教對修佛有成而尚未成佛之覺者的稱呼，如觀世音菩薩、地藏菩薩等，為僧人所崇奉膜拜的佛教偶像。天尊，是道教對天界尊神的稱呼，如元始天尊（玉清境最高神）、靈寶天尊（上清境最高神）、道德天尊（太清境最高神）等，為道人所崇奉膜拜的道教偶像。七十二司，按道教思想認為修道煉丹成道者，將羽化登仙，飛升太虛三清境成為神仙，而長生逍遙，一般俗人則死後靈魂歸入陰間，而陰間設有陰司地府或地獄來掌管這些鬼魂，其詳細組織有很多種說法，最通俗的是說地獄中設有十個大殿，分別由十殿閻王掌管，閻羅王掌控世人的生死罪罰之命運，每殿又各設有幾個小地獄，如拔舌地獄、刀山地獄、寒冰地獄等，死者靈魂在地獄中接受閻王審判，生前有善行者，很快就能獲判轉生回到人世間，生前有惡行者，就會在各大小地獄中接受嚴厲的懲罰，道教利用這些來點醒、勸誡世間人在生時要多做善事，切勿做壞事；這裡七十二司的說法，就是說陰司地府分設有七十二個小陰司，來分門別類掌管人死後的各種鬼魂，大概就是如上面所說大地獄分設有許多小地獄一樣。

這則脂批是針對書中作者杜撰的「太虛幻境」，評注它的性質說：「佛教的菩薩、道教的天尊都是因為僧人道人創教傳教所創造而有的，目的是利用這些權威偶像來點醒世俗之人勿迷戀塵世名利情慾，而清心寡欲，向佛向道，難道唯獨不允許作者幻造太虛幻境（含其主人警幻仙姑），以警示沉迷情愛者（尤指賈寶玉）嗎？觀書者厭惡太虛幻境（含警幻仙姑）的荒唐無根據，我批書人則喜愛其新鮮。世間多有修廟造塔來祈求福祉的人，我批書人現在也效法這些人的做法，意欲起造一個太虛幻境，這樣似乎較修廟時也附修地獄七十二司懲罰世人罪行的圖像，更有警世的功德。」這條脂批的主要用意是提示太虛幻境的真正意義，但是說得有點複雜，讓人很不容易理解。其實重點是最後三句：「有修廟造塔祈福者，余今意欲起太虛幻境，以（似）較修七十二司更有功德。」這是說世間有很多人為了「修廟造塔祈福」，而在「修廟造塔」時，附帶修造了地獄「七十二司」，以七十二司中懲罰曾在人間作惡之人的鬼魂的悽慘情況，使世人觀看而懼怕不敢作惡，所以很有功德。但是修造地獄七十二司是司空見慣的事，一點也不新鮮，所以作者就來點新鮮的，在天上創造出一個太虛幻境的仙境，用仙境的太虛幻境來代替習見的地獄七十二司，在太虛幻境中展示世人作惡而遭懲罰的慘狀（如賈寶玉），這樣所收到勸戒世人作惡的效果，比修造地獄七十二司還要大，所以「較修七十二司更有功德」。但是天上仙境原本是神仙快樂逍遙的樂土，作者卻在其中創造出一個類似地獄七十二司的仙境太虛幻境，來展示世人作惡遭懲罰的慘狀，實在太離譜了，所以觀書者可能都「惡其荒唐」，但是我批書人「則喜其新鮮」。簡單地說，批書人目的是要提示讀者，書中的仙境「太虛幻境」其實是類似地獄「七十二司」的場所（後文又寫其中又有「癡情司」、「結怨司」、「朝啼司」、「夜哭司」等司），是製造罪惡的場所，而且其中所造的情孽如天般高海樣深，所以太虛幻境中有宮殿叫做「孽海情天」。說白了就是「太虛幻境」寓指大清國境，滿清入關建立大清王朝殘殺無數漢人，所以作者及批書人佔在漢族立場來評論明亡清興的歷史，當然是認為太虛幻境所寓指的大清國境是充滿罪惡的境地了。但就小說筆法來說，不得不令人讚嘆作者筆法實在是神奇到玄之又玄，完全超出常人想像之外。

◈真相破譯：

寶玉所代表的吳三桂看見是一個具有像仙姑般超高能力的滿清多爾袞大軍，出現在山海關附近，高興得趕忙派遣使者上來拱手行禮，遞呈求救書，笑問道：「你這具有神仙姐姐般超高能力的多爾袞大軍，不知從那裏來，如今要往那裡去？我如今走上對抗李自成的道路，但兵力不足，也不知道這條抗李之路走到這裏是要走到何種處境去，乞求你多爾袞速發兵救援，把我從危難中攜帶扶持起來。」那像仙姑般超高能力的滿清多爾袞笑說道：「我居住在中國明朝天子疆域最邊緣的再外緣地區（離恨天之上），也就是明朝最東邊界之外的撫順東邊的蘇子河流域一帶（按即今新賓滿族自治縣一帶），生活在明朝殺害我們先祖等七大恨的灌滿仇恨哀愁之海中（灌愁海之中）。乃是中國極東之處首先開放春氣之山地（放春山）的遼東蘇子河流域山區中，勢力鼎盛到得以向外擴充而遣發出王朝香火光輝的洞府（遣香洞），所建立的大清換形換朝國境（太虛幻境）中，那個發號司令警告明朝漢人必須變換（按警幻通諧音警換）成滿清形貌、朝代的超強如仙姑的滿清領袖多爾袞。司理漢人世間有關給予漢人投降者免殺的滿清恩情（風情），以及報復明朝欠滿清的七大恨之債（月債）；掌管漢人塵世間因為李自成軍搶奪吳三桂愛妾陳圓圓，使得女的陳圓圓在北京怨嘆，男的吳三桂在山海關癡情盼望奪回，類似這樣的女怨男癡衝突事件。因為近來發生吳三桂風流痴戀歌妓陳圓圓而與李自成衝突的風流事件，而結成冤仇罪孽的死對頭（風流冤孽），雙方人馬糾纏對峙在山海關這裡，是以我率領大軍前來訪察奪取天下的機會，佈散、招撫明臣漢人與滿清互相思念結合。今日忽然與你吳三桂相逢，也不是偶然的，應是上天的安排。滿清多爾袞以賜封藩王為條件，引誘吳三桂歸降滿清，說道：「這裏山海關離我大清國境不遠，我別無他物可以給你，只能許諾你，如果驅逐李自成的事成功，我可以分給你一塊明朝的故土，新填加封賞你藩王的爵位（按指在既有的孔有德、尚可喜、耿仲明三順王之外新填加），那麼你就可以一面喝著等於是我們滿清所賜自採的仙茗一盞、親釀美酒一甕，一面觀賞魔鬼般身材的美豔歌姬數人，隨時跳著裝扮成菩薩相、揮舞著素白色絲絹長袖的宮廷式天魔舞（素練魔舞），口中唱著代表藩王府紅樓一年十二月（十二支）終年歡樂的歌曲，享受藩王紅樓歌舞富貴生涯，我多爾袞就許諾你這個封賞藩王的條件，你要試著跟隨我歸降入滿清國境，結盟同遊共進退嗎？（按這一小段是作者將多爾袞致吳三桂書中，以封藩條件誘降吳三桂的說詞：『今伯若率眾來歸，必封以故土，晉為藩王，一則國仇得報，一則身家可保，世世子孫長享富貴，如山河之永也』，轉化為小說式生動活潑的形象化鋪陳）」寶玉吳三桂聽了多爾袞說出賜封藩王的條件，憧憬可以享受藩王紅樓歌舞富貴生涯，內心歡喜雀躍非常，便忘了秦氏所代表的明崇禎殘朝香火在何處，把原本所抱持的恢復明朝思想（秦氏）拋忘到九霄雲外去了，竟然率軍跟隨警幻仙姑所代表的多爾袞清軍，（入關打敗李自成大軍後）來到有石牌橫建之城門的北京城。此時滿清就好像在城門上大書「大清國境（太虛幻境）」四個大字似地，宣告北京城就是大清換形換朝的國境（太虛幻境），竊佔了北京（而吳三桂也只能跟隨著歸降到這個大清國境之中）。滿清一進入北京城，就好像在城門大石柱上寫上一副對聯似的，宣示滿清進佔北京建朝的基本立場、策略，說道：

假作真時真亦假：當此滿清已以假身分作了真皇帝之時，即使再出現明朝真皇帝嗣統的真太子，亦當作是假冒的；

無為有處有還無：在這已無明朝皇帝變為有清朝皇帝之處，即使再擁立有朱明宗室的皇帝，還是當作無明朝皇帝。

吳三桂軍（寶玉）跟隨滿清多爾袞大軍（警幻仙姑）轉過如牌坊般的北京城門，便是一座皇宮宮門，滿清佔據皇宮建立了清朝，宮門上也橫寫著四個大字，寫說是：「孽海情天」，以寓示這個北京清朝皇宮是一個由於吳三桂痴戀陳圓圓之私情、及滿漢民族之情如天般高（情天），而引發滿、漢長期大戰，製造出殘殺無數漢族同胞之如海樣深的無窮罪孽（孽海）的所在。兩旁又有一副對聯，以標示清、吳聯軍在北京皇宮建朝所造成情孽如天高海深（孽海情天）的兩層具體重點，大書說：

厚地高天，堪嘆古今情不盡：此時南方的南明王朝「皇帝」勢力有如地般厚（按「地」字暗點下方南方的「皇帝」），北方的滿清王朝「天子」勢力有如天般高（按「天」字暗點上方北方的「天子」），可嘆天下漢人對於古朝明朝敗退江南，今朝清朝興起北方的關心之情，真是無窮無盡（因而奮起反清復明，犧牲無數）。

癡男怨女，可憐風月債難償：吳三桂與陳圓圓這一對痴男怨女，導致天下由明朝（月）翻轉為清朝（風），可憐他們所欠天下漢人國破家亡的風月孽債，深廣無邊，難於償還。

寶玉吳三桂看了，心下自思道：「原來如此。但不知究竟什麼是『古朝明朝衰敗、今朝清朝隆興的嘆惋之情』，又究竟什麼是『爭奪風月女子而導致明（月）亡清（風）興的風月之債』？從今我倒要去實行以領略領略這兩層的真實況味。」寶玉吳三桂只顧如此一想，不料早就把一些賣國敗族的邪魔歪道，招引入靈魂深處，猶如病入膏肓，無可救藥了（而終於做出背明降清的賣國行為）。

附註：

①引錄自《甲申傳信錄》，清初錢䎘著，中國歷史研究社編輯，王靈皋輯錄，上海神州國光社出版，民國三十五年十一月出版，卷一，第一五頁。

②引錄自《明季北略》下冊，計六奇著於康熙十年，臺灣商務印書館發行，民國六十八年五月臺一版，第三四二至三四三頁。

③引錄自《烈皇小識》，文秉著於清初，中國歷史研究社主編，上海神州國光社修訂、出版，一九五二年十二月五版，第二三三頁。

④詳見以上《甲申傳信錄》，卷一，第一七頁。

⑤引錄自《世說新語》之「排調第二十五」，南朝劉義慶著，劉正浩、邱燮友、陳滿銘等聯合注譯，台北，三民書局印行，二〇〇七年八月，二版一刷，下冊第七九七頁。

⑥引錄自《紅樓夢校注（一）》，馮其庸等校注，台北，里仁書局印行，民國八十四年十月十五日初版四刷，第九六頁註四。

⑦詳見《吳三桂大傳》上冊，李治亭著，香港，天地圖書公司出版，一九九四年，第一〇九至一一二頁。

⑧引錄自以上《紅樓夢校注（一）》，第九六頁註五。

⑨引錄自以上《紅樓夢校注（一）》，第九六頁註六。

⑩引錄自以上《明季北略》下冊，第三四五頁。

⑪引錄自《紅樓夢辭典》，周汝昌主編，大陸，廣東人民出版社出版發行，一九八七年十二月第一版，一九八九年四月第二次印刷，第六四五頁。

⑫引錄自以上《紅樓夢校注（一）》，第九七頁註八；並請參考以上《紅樓夢辭典》，第一五五頁。

⑬引錄自以上《紅樓夢校注（一）》，第九七頁註九。

⑭引錄自以上《紅樓夢辭典》，第五四九頁；並請參考以上《紅樓夢校注（一）》，第九七頁註一〇。

⑮引錄自以上《紅樓夢辭典》，第六〇七頁。

⑯引錄自以上《紅樓夢校注（一）》，第九七頁註一二。

⑰引錄自以上《吳三桂大傳》上冊，第一四四頁。

⑱引錄自《晚明流寇》，李文治著，台北，食貨出版社，民國七十二年八月出版，第一五九頁。
⑲引述自《范文程》，顏廷瑞著，台北，中天出版社，一九九九年四月第一版第一刷，第三〇三頁。
⑳引錄自《清朝的皇帝（一）》，高陽著，台北，風雲時代出版公司，一九九三年五月，初版二刷，第四四頁。
㉑引述自《清朝全史》，日本稻葉君山原著，但燾譯，臺灣中華書局印行，民國七十四年四月臺五版，上一第一一頁。
㉒詳見《吳三桂大傳》上冊第一二六至一五四頁。
㉓引錄自以上《紅樓夢校注（一）》，第九八頁註一九。
㉔引錄自以上《明季北略》下冊第三七〇頁。
㉕詳見參考以上《吳三桂大傳》上冊第一五〇至一六一頁。
㉖引錄自以上《紅樓夢辭典》，第三五四頁。
㉗引錄自以上《紅樓夢校注（一）》，第九九頁註三一。
㉘引錄自以上《紅樓夢辭典》，第三四五頁。
㉙詳見以上《清朝全史》，上一第七三、七九至八一頁。
㉚引錄自《清史》，蕭一山著，台北，中國文化大學出版部印行，民國七十七年七月再版，第八頁。
㉛有關努兒哈赤青少年時期境遇，假借報復父祖被殺之仇，興兵併吞女真諸部，以至建立大金國的歷史，詳見以上《清朝全史》，上一第七九至一〇六頁；及《努爾哈赤》，李治亭著，台北，知書房出版社，一九九七年元月初版，第一七至一四三頁。
㉜引錄自以上《清史》，第九頁。
㉝引錄自以上《清史》，第九頁。
㉞引錄自以上《清朝全史》，上一第一〇七頁。
㉟引錄自以上《紅樓夢校注（一）》，第九九頁註三二。
㊱詳見以上《吳三桂大傳》下冊第四三九頁。
㊲引錄自《辭海》、《辭源》，「紅樓」條。
㊳引錄自《紅樓夢》，一粟編，台北，新文豐出版公司印行，民國七十八年十月台一版，第二八頁。

第二章 賈寶玉夢中翻閱金陵十二釵命運簿冊故事的真相

第一節　賈寶玉夢中遊觀孽海情天宮各司及十二釵簿冊故事的真相

◈原文：

當下，（寶玉）隨了仙姑進入二層門內，只見兩邊配殿皆有匾額對聯(1)，一時看不盡許多，惟見有幾處寫的是：「癡情司」、「結怨司」、「朝啼司」、「夜哭司」、「春感司」、「秋悲司」(2)。看了，因向仙姑道：「敢煩仙姑引我到那各司中遊玩遊玩，不知可使得？」仙姑道：「此各司中皆貯的是普天之下所有的女子過去未來的簿冊，爾凡眼塵軀，未便先知的。(3)」寶玉聽了那裏肯依，復央之再四。仙姑無奈，說：「也罷，就在此司內略隨喜隨喜(4)罷了。」寶玉喜不自勝，抬頭看這司的匾上，乃是「薄命司」三字(5)，兩邊對聯寫道是：

春恨秋悲皆自惹，
花容月貌為誰妍。(6)

寶玉看了便知感嘆(7)。進入門來，只見有十數個大櫥，皆用封條封着。看那封條上，皆是各省地名。寶玉一心只揀自己的家鄉封條看，遂無心看別省的了。只見那邊櫥上封條上大書七字云：「金陵十二釵正冊」(8)。寶玉因問：「何為『金陵十二釵正冊』？」警幻道：「即貴省中十二冠首女子之冊，故為『正冊』。」寶玉道：「常聽人說金陵極大，怎麼只十二個女子(9)？如今單我們家裡，上上下下就有幾百女孩兒呢。(10)」警幻冷笑道：「貴省女子固多，不過擇其緊要者錄之。下邊二櫥則又次之。餘者庸常之輩，則無冊可錄矣。(11)」寶玉聽說，再看下首二櫥上，果然一個寫着「金陵十二釵副冊」，又一個寫着「金陵十二釵又副冊」。

◈脂批、注釋、解密：

(1)（寶玉）隨了仙姑進入二層門內，只見兩邊配殿皆有匾額對聯：就表面故事來說，是指太虛幻境仙境的「孽海情天」宮的規制，就好像皇宮的大宮殿、大廟宇、或地獄閻王殿一樣，有內外兩層門，中間是主殿，兩邊又有一些較小的配殿，以分門別類儲存警幻仙姑所掌管的世間男女所造如天如海般情孽的各種資料，每個配殿門楣上都有匾額標題殿名，這些殿名顯示該殿所存情孽資料的種類或特徵，兩旁門柱上又有對聯標寫主掌者警幻仙姑對該殿該類情孽資料或人物的評判或警世語句。就內層真事來說，這是暗寫寶玉吳三桂隨了警幻仙姑滿清多爾袞率軍攻進具有內外二層大門的北京皇宮，建立清朝，造成漢族明朝、李自成朝古朝滅亡，改換今朝清朝的如天如海般殺戮罪孽（孽海情天），過程中又兵分東西兩路向南攻城略地，在各處造成死傷枕藉，哀鴻遍野的人間地獄慘狀，就好像地獄閻羅殿七十二司配殿的慘狀一樣，可用匾額分別標題出種種悲慘名稱，及類似對聯的歷史評論詞句來，如同地獄七十二司殿門上匾額標題著「拔舌地獄」、「刀山地獄」等種種名稱，及門柱上標題著閻王審判或警世的對聯一樣。

(2) 惟見有幾處寫的是：「癡情司」、「結怨司」、「朝啼司」、「夜哭司」、「春感司」、「秋悲司」：這就表面故事來說，是指太虛幻境仙境「孽海情天」宮兩邊的配殿，警幻仙姑所掌管的世間男女所造「古今情」、「風月債」之情孽的資料，根據其類別不同，有幾處配殿分別稱為「癡情司」、「結怨司」、「朝啼司」、「夜哭司」、「春感司」、「秋悲司」。也就是說，有的配殿儲存著由於「癡情」的因素而造成情孽災禍的資料，就叫做「癡情司」；有的配殿儲存著因情愛而結怨的資料，就叫做「結怨司」；有的配殿儲存著因情孽災禍而早上哀啼的資料（譬如母親因外遇糾葛而自殺，所生小孩每早起床見不到母親便啼哭），就叫做「朝啼司」等等。就內層真事來說，這是暗寫滿清、吳三桂聯軍入關，展開征服漢人天下的戰爭，造成漢人世界家破人亡，哀鴻遍野的大慘禍，這些有如人間地獄的林林總總慘狀，比照陰間地獄七十二司的分類方法，有幾種可以歸類稱為「癡情司」、「結怨司」、「朝啼司」、「夜哭司」、「春感司」、「秋悲司」。舉例來說，有的人癡情於「古今之情」，癡情於堅守古朝明朝，而反抗今朝清朝，因而犧牲性命，或人生坎坷薄命等，這些人就歸類入「癡情司」。有的人因忠明忠清立場不同而互相結怨成仇，這些人就歸類入「結怨司」。有的人因父母子女等親人死傷，或早上哀啼或夜晚哭泣，這些人就分別歸類入「朝啼司」或「夜哭司」。有的人因其城市或家族在春天遭遇慘禍，對春天的禍事特別感傷，這些人就歸類入「春感司」。有的人因其鄉鎮或家人在秋天遭遇慘禍，對秋天的禍事特別悲傷，這些人就歸類入「秋悲司」等等。

〔甲戌本夾批〕等評注說：「虛陪六個。」這是點示原文「癡情司」、「夜哭司」等六個名稱，只是作者虛應表面故事的需要，而虛擬出的名稱，因為作者真正要寫的是下文的「薄命司」。不過，雖然這六個司是虛擬的名稱，但是有了這些結怨、朝啼、夜哭等字眼的六個司，才能讓讀者領悟這裡作者是在描寫類似地獄七十二司慘狀的情況，同時這六個司還是有簡單泛指、歸納明清改朝換代戰禍慘狀的寓意存在，筆者簡單舉例詮釋如上。

(3)仙姑道：「此各司中皆貯的是普天之下所有的女子過去未來的簿冊，爾凡眼塵軀，未便先知的。」：這裡「孽海情天」宮中兩邊配殿各司既然貯存著普天之下所有的女子過去未來之命運的簿冊，可見其主人警幻仙姑便是主宰普天之下所有的女子過去未來之命運的角色，關於這一點前面警幻仙姑一現身時，早就表明她是專門「司人間之風情月債，掌塵世之女怨男癡」的角色，從這一層意義來看，本書的警幻仙姑很類似地獄閻羅王掌管著普天之下所有人的生死命運之簿冊的情況，事實上作者也正是有意使用這種特殊方式，間接暗示警幻仙姑等於是掌握著普天之下所有的女子過去未來之命運的閻羅王。就內層真事來說，這裡的「女子」是仿傚屈原《離騷》美人筆法，暗指漢人的國君、王侯之類人物，只有極少數情況是指真正的女人。其中的「過去」主要是指明朝時期，「未來」則主要是指清朝時期。這裡原文則是暗寫警幻仙姑所代表的滿清領袖多爾袞說道：「這些中國東西兩邊如京城北京之配殿般的各地城鄉中，都貯藏寄託著普天之下所有漢人臣民（女子）過去明朝時期與未來清朝時期之命運的簿冊，你寶玉吳三桂畢竟是凡眼塵軀的塵世漢人，不便預先知道他們的命運的。（因為他們的命運通通都掌握在如神仙般超能力的我滿清領袖手中，歸順則生或榮華，反抗則死或坎坷薄命，吳三桂為漢人自然不得與聞干涉）」由此可知後文金陵十二釵正冊、副冊、又副冊諸女子簿冊內的圖畫與判詞，主要是預示該等人物「由明朝過渡到清朝期間」的事跡與命運結局。

由以上「癡情司」、「夜哭司」等六司的名字充滿地獄鬼魂痴怨啼哭的悲慘情狀，及警幻仙姑猶如掌管世人生死命運簿冊的閻羅王，可見這裡前後情節的文章大結構，是作者一方面以賈寶玉跟隨警幻仙姑遊太虛幻境的天上快樂仙境，享受美酒佳餚兼美女歌舞招待，心中喜躍嚮往，來寓寫寶玉吳三桂貪慕封藩富貴而歸降滿清，一方面以賈寶玉親見太虛幻境孽海情天各司猶如地獄鬼魂痴怨啼哭的薄命慘狀，來寓寫寶玉吳三桂降清而引清兵入關的結果，是漢人同胞墜入人間地獄，國破家亡，呈現猶如地獄鬼魂痴怨啼哭的薄命悲慘景象。作者使用這種在天上快樂仙境暗藏陰間悲慘地獄的神秘筆法，來寓寫寶玉吳三桂降清封藩享富貴，一人升天享樂，而漢人同胞萬人入地獄受苦的強烈對比情狀，真是「指天說地」的鬼斧神工，千古未見的偉大創意筆法。

(4)隨喜：「佛教術語，謂見人作善事（或功德）而隨之生喜歡心（也隨著參與）。後遊覽參觀寺廟，亦稱隨喜。①」

(5)抬頭看這司的匾上，乃是「薄命司」三字：司，官署，為掌管某一部門事務的機構。這一司標名為「薄命司」，是表示這一司所掌管的都是由於情孽災禍而其命運坎坷薄命之人物的事務。後面金陵十二釵正冊、副冊、又副冊諸女子，都是屬於「薄命司」裡面的人物，作者這樣的安排，是有意標示金陵十二釵正冊、副冊、又副冊諸女子，雖然個個長得如花似玉，卻都是命運坎坷的紅顏「薄命」人物。甚至於連夢中遊覽翻閱此「薄命司」簿冊的賈寶玉本人也是結局坎坷薄命的人物。這就內裡真事層面說，則是暗示凡是為了古朝明朝改換為今朝清朝的「古今之情」，而參與或牽涉抗清的人物或政權（金陵十二釵）的命運，結局都是失敗夭亡或命運坎坷的「薄命」者，而以吳三桂（賈寶玉）為其總代表。

〔甲戌本夾批〕等評注說：「正文。」這是點示「薄命司」才是作者真正要寫的正題文字，前面「癡情司」等六個司只是虛陪的文字。

(6)春恨秋悲皆自惹，花容月貌為誰妍：妍，美麗。這副對聯是對於「薄命司」所掌管因招惹情愛的罪孽而紅顏薄命之女子的悲恨慘況，發出感嘆，以警示世人勿妄動風月之情，而自招悲恨的情孽苦果。春恨秋悲皆自惹，是警幻仙姑感嘆地評論這些薄命女子因為妄自追求愛情，遭致不幸，每到春天秋天氣候、景色宜人，適合談情說愛的季節，想到自己被拋棄，就不禁觸景生情，而怨恨、悲傷起自己的紅顏薄命，其實追究其原因，都是自己妄動兒女風月之情招惹出來的。花容月貌為誰妍，是感嘆這些紅顏薄命的女子，在愛情失敗被拋棄之後，如花似月的容貌又能為誰而美麗呢？按在封建舊時代禮教森嚴，男女授受不親，婚姻全憑父母之命、媒妁之言，男女私自追求愛情，都被認為妨礙禮教風化，為社會所不容，尤其是女子若戀情曝光，遭父母反對，情郎又負心，一旦愛情失敗，名節受損，就再難嫁得出去，只能孤芳自賞，故有這種說法。書中林黛玉私自與賈寶玉發展愛情，親友皆知，但寶玉祖母及父母反對，有意安排寶玉與薛寶釵結婚，黛玉愛情失敗，嘗盡悲痛滋味，終於悲憤致死，就是當時這種禮教社會所不容的壓力所致，所以本書又名「風月寶鑑」，就表面故事的層面來說，就是規勸世間男女要「戒妄動風月之情」，而遵從父母之命的傳統禮教婚姻規範，以避免像林黛玉這樣紅顏薄命的苦果。而清代官方把《紅樓夢》當作淫書而嚴禁，就是因為《紅樓夢》書中充斥賈寶玉與林黛玉、薛寶釵等眾女子私自戀愛的情節，會誤導青年男女自由戀愛，破壞父母之命的善良婚姻禮俗的緣故。

至於這副對聯的「春恨秋悲」，有些紅學家把「春恨」對應到書中林黛玉在春花零落時，有感而作〈葬花吟〉的情節（第二十七回），把「秋悲」對應到林黛玉在秋窗風雨之際，有感而作〈秋窗風雨夕〉詞的情節（第四十五回）。不過，黛玉作〈葬花吟〉雖然是因為前一晚至怡紅院扣門要找寶玉，丫頭晴雯不開門，錯疑在寶玉身上，次日又適逢芒種節餞花之期，於是見春花飄零有感而作，與寶玉愛情的誤會有點關係，但是整首詩的內容主要是黛玉哀傷自己父母雙亡，寄居外祖母家，身世飄零之作。至於〈秋窗風雨夕〉詞，當時適逢黛玉重病，寶釵前去關心，於是黛玉自悔自己往常多心，常誤會寶釵心裏藏奸，而與情敵寶釵盡釋前嫌，轉為金蘭密友；一日黃昏雨聲淅瀝，秋霖脈脈，十分淒涼，黛玉心知寶釵天雨不能來看她，便閒讀《樂府雜稿》，讀到〈秋閨怨〉〈別離怨〉，不覺心有所感，於是仿照唐張若虛〈春江花月夜〉的格調，作成〈代別離〉一首，乃名其詞曰〈秋窗風雨夕〉，其內容是哀傷自己身世的淒涼多病，與愛情無關。所以將這副對聯的「春恨秋悲」，對應到書中林黛玉春恨而作〈葬花吟〉、秋悲而作〈秋窗風雨夕〉詞，就外表寶黛愛情故事的內容來看，是說不通的。

這副對聯就內裡真事來說，則是作者借警幻仙姑之口，針對遊觀「薄命司」的賈寶玉吳三桂，暗諷他就是如此這般的春恨秋悲的薄命人物。上聯「春恨秋悲皆自惹」句，其中的「春恨」是隱指崇禎十七年春三月，李自成攻陷北京，崇禎帝自縊明朝亡國的恨事。而之前，崇禎帝於三月六日就急詔吳三桂自關外寧遠入援北京，吳三桂擁有明朝最精銳的關寧鐵騎約五萬，急行軍約六天可達的行程，他卻緩緩而行，至三月二十日才到達約三分之二行程的豐潤，以致李自成能於先一日的三月十九日攻佔北京，而導致崇禎帝自縊，李自成入北京逮捕三桂父母、愛妾陳圓圓，及以後三桂轉而引清兵入主中原的種種國亡家破恨事，這些都是吳三桂自己招惹來的，所以作者評論說「皆自惹」。「秋悲」則是隱指吳三桂遭撤藩而起兵叛清，至康熙十七年秋季八月十八日（或說十七日），軍事節節敗退，含悲病亡的事。而吳三桂原本假借擁朱三太子復明名義起義，得到復明勢力的廣泛支持，數月間就迅速從雲南進攻至湖南的長江一帶，且各地群起響應，擁有幾乎半壁江山，但吳三桂竟就此屯兵不進，暗中修書向清康熙交涉釋放其長子吳應熊一家人，遷延數月而給予清廷調兵遣將反擊的機會，導致吳軍此後一直無法突破清軍長江北岸的堅強防線，由進攻轉變為防禦的不利態勢，奮戰至第五年的康熙十七年三月三日，軍事節節失利，他卻自立為皇帝，建國號大周，使復明勢力澈底失望，軍事更加失敗，數月後的八月十八日，他便病重含悲而亡，再過三年由他孫子吳世璠繼續撐持的大周王朝便被滿清剿滅了。而這樣的秋悲情事是吳三桂自己中途改變復明目標，中停攻勢，「可憐辜負好韶光」，延誤軍機造成的，所以作者評論說「皆自惹」。

如果就以上歷史真事的層面，將這副對聯的「春恨秋悲」對應到書中林黛玉春恨而作〈葬花吟〉、秋悲而作〈秋窗風雨夕〉詞，就能夠詮釋得通了。第二十七回林黛玉作〈葬花吟〉的情節中，林黛玉是影射明朝，而所謂芒種節其實就是暗指諧音「亡種節」，餞花會其實就是暗指諧音「餞華會」或「餞髮會」。書中說四月二十六日芒種節，芒種一過便是夏日，眾花皆卸（謝），花神退位，須要餞行，所以大觀園眾女子都在園中作餞花會。這其實是暗寫崇禎十七年四月二十六日，李自成自山海關大敗逃回北京，著手準備撤離北京，逃回西安，而滿清則即將進入北京稱帝建朝，此後眾華夏漢人都將成為亡國奴，被迫剃髮，如眾花皆謝落，華夏王朝皇帝即將退位（花神退位），是漢族要亡種的時節（亡種節）。在這亡種的時節，於是林黛玉所代表的明朝，便悲痛地作一首〈葬花吟〉，來哀悼華夏民族落髮亡種的悽慘遭遇。詩題〈葬花吟〉就是隱寓諧音〈葬華吟〉，或〈葬髮吟〉，而詩中的許多「花」字，也多是隱寓諧音「華」字或「髮」字，藉以暗寫華夏漢族同胞，被滿清逼迫剃髮，頭髮飄零落地，人民四散飄泊的慘狀。這樣就可以切合明朝漢族悲慟暮春三月十九日以至四月底明朝淪亡於李自成及滿清的春恨情事。至於第四十五回林黛玉作〈秋窗風雨夕〉詞的情節中，林黛玉是影射吳三桂反清運動中的復明勢力，薛寶釵是影射吳三桂的雲南藩王府勢力，賈寶玉則是影射吳三桂本人，由於在吳三桂反清運動中，復明勢力與吳三桂的雲南藩王府勢力雙方盡釋前嫌而聯合抗清，故書中至此突然把長期互有心結的情敵黛玉與寶釵，描寫成誤會冰釋，並轉為金蘭密友。林黛玉在秋天風雨之際作〈秋窗風雨夕〉詞，作者特別寫明是因為她讀到〈秋閨怨〉、〈別離怨〉，不覺心有所感而作成〈代別離〉一首，顯然是一首預示即將在秋天與人哀傷別離的作品，而要別離的人就是賈寶玉。這樣的情節其實是作者暗寫在康熙十七年秋天（八月十八日、或說十七日），賈寶玉所代表的吳三桂即將在軍事節節失利的風雨吹打中病亡，拋下復明勢力（黛玉）與其雲南藩王府勢力（寶釵），別離逝去。這樣的詮釋就可以切合吳三桂在秋季病亡別離而去的秋悲情事了。由此可證，若不明《紅樓夢》故事背後的歷史真事，單就外表男女愛情故事來解讀《紅樓夢》，則全書前後情節內容就無法具體理解，處處矛盾而不能暢通。

下聯「花容月貌為誰妍」，句中的「花」與「月」二字都是隱語密碼，「花」通諧音「華」，隱寓「華夏」之意；「月」即「明月」，隱寓「明朝」之意。「花容月貌為誰妍」這句，是作者借劇中角色警幻仙姑之口，暗中譴責吳三桂說：「你吳三桂生具華夏漢人的髮式面容（花容），及明朝臣民的衣冠相貌（月貌），具有勇武善戰美才，原應為華夏明朝做點美事，但你卻背明降清、扶滿滅漢，你這華夏衣冠髮式容貌的明臣吳三桂究竟為誰效命，為誰在發揮你的光彩妍麗呢？」總之，「春恨秋悲皆自惹，花容月貌為誰妍」這副對聯，是暗諷抗清眾人皆薄命中的總代表人物吳三桂，自己招惹來亡國亡己的春恨秋悲薄命命運。

(7)寶玉看了便知感嘆：〔甲戌本夾批〕等評注說：「『便知』二字是字法，最為緊要之至。」字法，意思是作者所特意選擇，具有特別用意的遣詞用字方法，有如孔子在《春秋》一書中所使用一字寓褒貶的春秋字法（如《春秋》書中以「弒君」的「弒」字，來隱寓「以下犯上的篡殺」君王，隱含有譴責的特殊意義）。這條脂批是特別提示讀者說：「文中『便知』二字是具有特別用意的用字方法，最為緊要到極點。」為什麼再平淡不過的「便知」二字，卻極頂重要呢？因為原文「寶玉看了便知感嘆」句中，使用「便知」二字就透露出寶玉自己心中早就有感嘆的元素存在，也就是說寶玉本人就是潛存著春恨秋悲命運的薄命人物，所以看了這副對聯才會不假思索，一下子就「便知感嘆」起來，說得更直接明白一點，其實這副對聯所描寫的春恨秋悲薄命人物就是暗指觀看這副對聯的寶玉本人。就內層真事來說，寶玉就是吳三桂，因為吳三桂賣國求榮，歷史上他最終是個春恨秋悲的薄命人物，所以看了這副對聯，潛意識便產生共鳴，而「便知感嘆」。透過這則脂批的提示，讓我們可以看到這裡作者文章巧妙佈局，安排寶玉吳三桂在勾結滿清入關之初，就預先觀看這副暗諷他是春恨秋悲薄命人物的對聯，使他親眼目睹他自作孽的最終報應，而心靈共鳴地「便知感歎」，等於是對號入座地後悔感嘆，真是千古妙筆，令人拍案叫絕。而正因為「便知」二字具有暗點寶玉就是這副對聯所描寫的當事人的關鍵作用，從而使讀者得以欣賞到作者這樣妙絕古今的文筆，所以批書人才特別提示「便知」二字「最為緊要之至」。筆者也就是根據這條脂批的提示，才好不容易悟出以上這副對聯所隱藏的真相。可見脂批雖然常常簡短之至，但常是點中要害的指點迷津之語，實在是破解《紅樓夢》故事真相的無價之寶。

(8)金陵十二釵正冊：金陵，即南京，但內層上則是寓指原本在南京建都立朝的金陵王朝明朝。釵，是將一細條金屬對折成兩股，一端封閉，一端開口的一種髮夾，上面也常附加種種美麗裝飾，中國古代婦女普遍用髮釵來夾束及裝飾頭髮，男人則不用髮釵，故釵字又常代指女子。十二釵，指林黛玉等十二位女子，又寓指王侯將相或王朝。正冊，正角人物的命運簿冊。金陵十二釵正冊，對此作者隨後就借警幻仙姑之口，明白詮釋說「即貴省中十二冠首女子之冊，故為『正冊』」，所以就表面故事來說，當然是指林黛玉、薛寶釵等金陵省大南京地區最領頭的十二個絕色女子的命運簿冊；就內層真事來說，則是寓指金陵王朝明朝抗清運動中（尤其是與吳三桂抗清運動有關）的十二位最首要的正角人物或政權的命運簿冊。又這裡原文說寶玉的「家鄉」是「金陵省」，金陵省是作者杜撰的名稱，實際上並無金陵省，故意思是寶玉的家鄉是包括南京及周圍揚州、蘇州等的大金陵南京地區；內層上則是暗指寶玉吳三桂的故國為金陵王朝的明朝。

針對原文「金陵十二釵」，〔甲戌本夾批〕等評注說：「正文題。」這是提示薄命司雖然儲存著「普天之下所有女子過去未來的（命運）簿冊」，但作者在本書中真正想要描述的正題，是有關「金陵十二釵正冊」女子過去未來人生歷程薄命的故事，所以「金陵十二釵」是本書的「正文題目。」再深入內層真事來說，因為金陵暗指金陵王朝明朝，且金陵十二釵的命運簿冊完全掌握在警幻仙姑所代表的滿清領袖手中，而根據這條脂批提示「金陵十二釵」為本書真正想要描述的「正文題目」，故可見本書所描述的正題，是在滿清領袖（警幻仙姑）操控下，原屬金陵王朝明朝的十二個最重要人物或政權，因為抗清運動以致薄命的事跡。

在本書書前的「凡例」中曾提示說：「此書又名曰金陵十二釵，審其名則必係金陵十二女子也，然通部細搜檢去，上中下女子豈止十二人哉？若云其中自有十二個，則又未嘗指明白係某某，及至紅樓夢一回中，亦曾翻出金陵十二釵之簿籍，又有十二支曲可考。」這是提示說這本書還有另一個題名叫做「金陵十二釵」，顧名思義必然是指金陵的十二位女子，可是細查全書上、中、下三級女子人數眾多，不只十二人，書中又未曾明白指明金陵十二釵就是那些人，讓人很困擾。但是在「紅樓夢一回（指第五回）中，亦曾翻出金陵十二釵之簿籍，又有十二支曲可考。」也就是提示說，第五回所寫金陵十二釵命運簿籍中的十二幅圖畫與判詞，及紅樓夢曲十二支的曲詞，就是可供考查金陵十二釵真實事跡、身分的文字，所以讀者只要針對這些圖畫判詞及紅樓夢曲詞，下手去仔細考查研究，索解出其中所隱藏的真相，就可以破解出金陵十二釵的真實身分。因此第五回可以說是《紅樓夢》全書最重要的一回，若能夠破解出第五回故事的全部真相，不但可以瞭解本書題名為「紅樓夢」的真正意義，而且可以瞭解本書題名為「金陵十二釵」的真正意義。就筆者截至目前所破解出的第五回故事的真相來看，「紅樓夢」的真正意義可以說十拿九穩，已經真相大白。至於「金陵十二釵」究竟是那些真實人物，由於這些圖畫判詞及紅樓夢曲詞，都是作者刻意仿照「推背圖」之法，所作充滿玄機的撲朔迷離文字，極為玄奧難解，筆者雖都已全數破解出其真實身分，但是否完全正確無誤，筆者不敢有十成的把握，但是達到七成左右的正確程度，應該是有的。

(9)寶玉道：「常聽人說金陵極大，怎麼只十二個女子？」」：〔甲戌本夾批〕等評注說：「『常聽』二字，神理極妙。」這條脂批對於「常聽」意義的提示，與前面提示「便知」的意義很類似。這是提示「常聽」二字透露出寶玉既然常聽人說到金陵的種種訊息，可見不會不知道這些金陵最出色的十二釵美人，也就是說「常聽」二字透露寶玉吳三桂熟悉金陵王朝明朝臣民的狀況，他是引清兵入主中原，造成這些金陵明朝十二釵人物薄命的始作俑者，這些人的薄命遭遇他自然熟悉，作者卻還要安排他裝傻地明知故問，實在很神奇，所以說「其中隱秘而傳神的道理極為微妙。」

(10)如今單我們家裡，上上下下就有幾百女孩兒呢：指金陵中單只寶玉的家族賈府上上下下就有幾百女孩兒，內裡則是指金陵王朝明朝中，單只寶玉吳三桂的勢力集團上上下下就有幾百個人，這裡「幾百個人」是作者配合外表賈府家族的人數而泛泛地這樣寫。

〔甲戌本夾批〕等評注說：「貴公子口聲。」公子，在古代原本是專稱諸侯之子，如齊公子、魏公子等，後世轉變為泛稱富貴人家的兒子，到近世又轉變為尊稱一般人家的兒子，但在本書的原文或脂批中，公子一詞在外表故事上是指稱富貴人家的兒子，在內層上則是沿襲古代的用法，指稱諸侯之子，也就是一方諸侯國或藩王的兒子或候選人，尤其常是暗指後來受封為一方藩王的吳三桂。這條脂批是提示由原文「單我們家裡，上上下下就有幾百女孩兒」，可知寶玉的真實身分是一方諸侯或藩王的貴公子。

(11)警幻冷笑道：「貴省女子固多，不過擇其緊要者錄之。下邊二櫥則又次之。餘者庸常之輩，則無冊可錄矣。」：這幾句是作者借警幻仙姑之口，明白告訴讀者選編金陵十二釵正冊、副冊、又副冊的原則。主要原則是選擇有緊要事跡值得記錄才記錄編入，事跡最緊要的十二人編為「十二釵正冊」，次要的十二人編為「十二釵副冊」，又次要的十二人編為「十二釵又副冊」。就內層真事來說，就是選擇編錄與抗清運動相關之重要人物的事跡，最緊要的十二人編為「十二釵正冊」，次要的十二人編為「十二釵副冊」，又次要的十二人編為「十二釵又副冊」。

簡單歸納以上賈寶玉夢中隨警幻仙姑遊太虛幻境的情節，大致分為三大段，第一段是賈寶玉遇到警幻仙姑，受其邀請品嚐仙茗美酒及觀賞魔舞歌姬演唱紅樓夢仙曲的引誘，而跟隨警幻仙姑進入「太虛幻境」。第二段是寶玉隨警幻仙姑進入「孽海情天」宮，看見兩邊配殿都有匾額寫著「癡情司」、「結怨司」、「朝啼司」、「夜哭司」、「春感司」、「秋悲司」各種名稱，各司中皆貯存著普天之下所有的女子過去未來的命運簿冊，類似陰司地獄閻羅王掌管世人生死命運簿冊，及鬼魂朝啼、夜哭的景象。第三段是寶玉隨警幻仙姑進入「薄命司」遊玩，看到大櫥中儲存著金陵十二釵正冊、副冊、又副冊，記錄著金陵最緊要、次要、又次要三等女子的薄命命運簿冊。這三大段情節，就內層歷史真事的層面說，是作者將吳三桂自投降滿清至明朝反清復明最終失敗，劃分為三個階段來暗寫。第一段情節是暗寫吳三桂在山海關事件中，因為受了滿清攝政王多爾袞許諾分土封藩，可享受藩王紅樓美酒歌舞富貴的引誘，而追隨多爾袞（警幻仙姑）歸降入剃髮換形的大清國境（太虛幻境）。第二段情節是暗寫吳三桂接著追隨多爾袞清軍聯兵入關，攻入北京皇宮，建立清朝，製造了漢人國破家亡的如天般高海樣深的罪孽（孽海情天），又分東西兩路南下進擊，使東西兩邊各城鄉（兩邊配殿）家破人亡，孤兒寡婦朝啼夜哭，悽慘哀號如陰司地獄一般（朝啼司、夜哭司等），所有漢人的命運都被滿清所掌控。第三段情節是暗寫清、吳聯軍征服所有反清復明勢力的結果，使得金陵明朝（金陵）抗清運動相關的人物（女子，釵），最終都淪為命運坎坷不幸的薄命者之列（薄命司），這些人物或政權及其薄命事跡，本書依其重要性分為三級，每級選擇十二個加以列簿記錄，分別稱為金陵十二釵正冊、副冊、又副冊。由此可見作者假借以上外表寶玉夢遊仙境的故事，以寓寫清、吳聯軍征服明朝漢族天下的三部曲，可謂層次井然，步步深入，深得史家敘事理趣。尤其作者巧妙構設寶玉追隨警幻仙姑於遨遊太虛快樂仙境之中，由警幻指點見證人間遍佈地獄朝啼、夜哭、薄命諸司的悲慘情狀，以鮮明對比出明清鼎革換代之際，吳三桂與滿清連袂橫掃揮斥，指點江山，快樂似天上神仙，而其故明家鄉之人卻國破家亡，日夜啼哭、悲嘆薄命，有如地府陰司，實在是超越古今文學家想像之外的絕頂妙文。

以下則是作者就金陵十二釵正冊全部，及選擇金陵十二釵副冊、又副冊的冠首者一、二人，在本回先以圖畫及判詞，言簡意賅地預示、嘆詠其薄命事跡，使讀者透過其事跡悟知其真實身分，以作為明朝亡於清朝的鑑戒，寄望明朝漢族同胞銘記亡國之痛，而奮起復國。

◈真相破譯：

當下，寶玉吳三桂隨了警幻仙姑滿清多爾袞率軍攻進具有內外二層大門的北京皇宮內，建立清朝，又兵分東西兩路向南攻城略地，只見東西兩邊城鄉都死傷枕藉，哀鴻遍野，就好像地獄閻羅殿七十二司配殿的慘狀一樣，可用匾額分別標題出種種悲慘名稱，及類似對聯的評論詞句來。全天下都慘不忍睹，一時間看不盡許多，只見有幾處地方寫的是：「癡情司」、「結怨司」、「朝啼司」、「夜哭司」、「春感司」、「秋悲司」，類似地獄七十二司朝啼、夜哭等類的慘狀。寶玉吳三桂看了征服各地漢人所造成的慘狀，因而向仙姑道：「敢煩仙姑引我到那各受災地區中去遊玩瞭解一下，看看能不能有所補救，不知可使得否？」警幻仙姑所代表的滿清領袖（多爾袞）說道：「這些中國東西兩邊如京城北京之配殿般的各地城鄉（各司）中，都貯藏寄託著普天之下所有漢人臣民（女子）過去明朝時期與未來清朝時期之命運的簿冊，你寶玉吳三桂畢竟是凡眼塵軀的塵世漢人，不便預先知道他們的命運的（按意謂全天下漢人的命運都得由我滿清領袖來決定，你吳三桂是漢人不得與聞干涉）。」寶玉吳三桂聽了那裏肯依（按因吳三桂認為清朝取得天下他有一份大功），又再三再四央求，讓他能與聞漢人的未來命運。警幻仙姑所代表的滿清領袖無可奈何，遂說道：「也罷了，你吳三桂就在這個範圍內（此司內）略為隨喜隨喜，隨意參與一點意見，也就算了。」寶玉吳三桂禁不住非常歡喜得意，以為可以與聞清朝對待漢人的大政，抬頭看滿清所指定讓他參與意見的範圍上面，標題的是「薄命司」三字，寓示他所能參與意見的只是限定在務必讓抗清漢人都陷入「坎坷薄命」的命運範圍之內，兩邊還有一副對聯標示其具體內容，寫說是：

春恨秋悲皆自惹：崇禎十七年春三月十九日李自成攻陷北京，崇禎帝自縊明朝亡國，吳三桂父親、愛妾陳圓圓被李自成殺害、劫奪的國亡家破「春恨」事件，以及康熙十七年八月十八日吳三桂反清失敗病亡的「秋悲」事件，都是吳三桂自己招惹來的。

（按「春恨」事件，吳三桂軍延遲至北京救援，致使李自成輕易攻陷北京，而原已約定降李封侯，卻又因愛妾陳圓圓的細故，而與李自成反目成仇，才導致李自成殺害吳父，確是吳三桂自己招惹來的。至於「秋悲」事件，吳三桂原本勢如破竹大勝，中途他卻改變復明目標，又中停攻勢，延誤軍機而致敗，也確是吳三桂自己招惹來的。）

花容月貌為誰妍：你這具有華（花）夏漢族髮式之面容，且身為明（月）臣衣冠之相貌的吳三桂，卻不忠明而降清，你究竟為誰在發揮你生命的光彩妍麗呢？」

寶玉吳三桂看了這副對聯一下子就知道感嘆起來（按因看到原來自己也是個薄命人物，而且還是特別標題出來的漢人薄命人物的代表）。進入中國門戶裏面來，只見有十數處大戰役抗清勢力都失敗而成為薄命人物，他們的薄命事跡分別用十數個大櫥貯存起來，上面都用封條封著。看那封條上，都是各省地名，以標明所發生抗清失敗事跡的省份地點。寶玉吳三桂一心只揀取標明自己家鄉明朝的抗清事跡來看，遂無心看其他勢力的抗清事跡了（按指如張獻忠等非明朝臣民的其他抗清事跡）。只見那邊櫥子上的封條上寫著七個大字說：「金陵十二釵正冊」。寶玉吳三桂因而問道：「什麼是『金陵十二釵正冊』？」警幻仙姑滿清領袖說：「『金陵十二釵正冊』就是記載你吳三桂所屬金陵（南京）王朝明朝，與抗清運動相關的十二個最首要的正角人物或政權的命運簿冊（按尤其是與吳三桂抗清運動有關者），故稱為『正冊』。」寶玉吳三桂問道：「常聽人說金陵王朝明朝極大，怎麼只有十二個王侯將臣（女子）？如今單我們吳三桂勢力集團裡，上上下下就有幾百個文臣武將呢！」警幻仙姑滿清領袖冷笑道：「你吳三桂所屬金陵王朝明朝的王侯將臣（女子）固然很多，不過選擇其中與抗清運動最關緊要的人物事跡記錄下來，而編為『金陵十二釵正冊』。下邊二個櫥子則又較為次要。其餘庸常之輩，則沒有簿冊可以記錄了。」寶玉吳三桂聽說，再看下首兩個櫥子上，果然一個寫著「金陵十二釵副冊」，又一個寫著「金陵十二釵又副冊」。

第二節　賈寶玉夢中翻閱金陵十二釵又副冊及副冊故事的真相

◈原文：

寶玉便伸手先將「又副冊」櫥門開了，拿出一本冊來，揭開一看，只見這首頁上畫着一幅畫，又非人物，亦非山水，不過水墨滃染的滿紙烏雲濁霧而已(1)。後有幾行字跡，寫道是：

霽日難逢，彩雲易散。心比天高，身為下賤。
風流靈巧招人怨。壽夭多因誹謗生，多情公子空牽念。(2)

寶玉看了，又見後面畫着一簇鮮花，一床破蓆(3)。也有幾句言詞，寫道是：

枉自溫柔和順，空云似桂如蘭。
堪羨優伶有福，誰知公子無緣。(4)

寶玉看了不解。遂擲下這個，又去開了「副冊」櫥門，拿起一本冊來，揭開看時，只見畫着一株桂花，下面有一池沼，其中水涸泥乾，蓮枯藕敗(5)。後面書云：

根並荷花一莖香，平生遭際實堪傷。
自從兩地生孤木，致使香魂返故鄉。(6)

◈脂批、注釋、解密：

(1)這首頁上畫着一幅畫，又非人物，亦非山水，不過水墨滃染的滿紙烏雲濁霧而已：根據後面脂批的點示，這幅圖畫與判詞是預示賈寶玉之第二號大Y頭晴雯的過去未來命運的。滃，音為翁的第三聲，雲氣湧起的樣子。水墨滃染，水墨拓染開來好像雲氣翻湧的樣子。這裡是以一幅走樣的中國山水人物水墨畫，來比喻晴雯這號人物的出身背景及不幸命運。這幅山水人物水墨畫畫得人物不像人物，山水不像山水，而因為顏料是水墨，自然就是滿紙水墨拓染開來的烏雲濁霧翻湧的樣子，這是比喻晴雯這號人物出身於烏雲濁霧般的污濁不堪環境，卻想擘劃創造一番江山事業，成為一號響叮噹的人物，可是結果卻弄得自己人物不像人物，江山不像江山，反而把天下局面攪得更烏煙瘴氣一團亂，就像一幅水墨滃染得滿紙烏雲濁霧般的水墨畫一樣，其本人命運也像滿紙烏雲濁霧般地黑暗狼狽。就內裡真事來說，「水墨滃染的滿紙烏雲濁霧」是暗點以雲色品級為官員品級標記的李自成農民軍勢力，因為不同品級的雲色標章正是水墨調混滃染而成的烏雲濁霧圖形，前面筆者已說過本書常以「雲」字作為代表李自成王朝、勢力的密碼。以上這幅水墨畫所顯示的意象，在明末清初時期，最切合李自成為代表的農民軍的情況了，李自成農民軍集團出身於大饑荒、官員貪腐不堪的亂世中，官逼民反而落草為寇，流竄各省寇亂，攪得天下大亂，後來攻下北京，建立大順王朝，儼然將要成就一番大順江山事業，成為一代開國皇帝、勳臣的英雄豪傑大人物，但是因吳三桂引清兵入關，李自成農民軍大敗竄逃而散亡，落得農民軍集團「又非人物，亦非山水（江山）」，而且再度攪得全天下到處烏煙瘴氣一團戰亂，再像一幅「水墨滃染的滿紙烏雲濁霧」的敗筆圖畫不過了。

(2)「霽日難逢，彩雲易散。心比天高，身為下賤。風流靈巧招人怨。壽夭多因誹謗生，多情公子空牽念。」：霽，音季，雨止天空明朗的意思。霽日，雨止日晴，隱寓「晴」字。彩雲，彩色的雲，隱寓「雯」字，因為雯的字義就是有花紋的雲彩。霽日和彩雲合起來隱寓晴雯。而晴雯則是出身自以上圖畫所隱喻的李自成農民軍集團或其中某特定人物。

「霽日難逢，彩雲易散」，這兩句是喻寫晴雯的命運多陰雨苦難，光彩日子短暫，就像「很難逢到雨停日晴的光景，而彩色雲霞很容易散去」一樣。就內裡真事來說，「霽日」是寓指天子如雨後天晴般地和煦朗照，「霽日難逢」是喻寫晴雯所代表的李自成農民軍集團或其中某位人物，既犯下寇亂天下或其他的過錯，就很難逢到（明朝）天子如雨後天晴般的溫情寬恕。「彩雲」的「雲」字暗點李自成王朝、勢力，「彩雲」是寓指李自成農民軍王朝光彩輝煌的光景，故「彩雲易散」是喻寫晴雯所代表的李自成農民軍集團或其中某位人物，追隨李自成攻下北京建立王朝，博得光彩前程，但是李氏王朝轉眼就潰敗散亡，光彩時光就好像彩雲易散般地散失掉了。

「心比天高，身為下賤」，這兩句是指晴雯出身極為卑賤，連家鄉父母都記不得，是榮府大管家賴大買來養大供使喚的，等於是奴才的奴才，後來成為寶玉很重視的第二號大丫頭，但畢竟還是身分下賤的奴才，然而她心地純真高潔，疾惡如仇，性情倔強不馴，不但不肯低聲下氣逢迎主子，而且還常以語言或行動反抗上級，簡直是「心比天高」。就內裡真事來說，是指晴雯所代表的李自成農民軍集團或其中某位人物，出身極為下賤（大多是偏遠地區的貧苦農民），然而卻志在推翻腐敗無能的明崇禎王朝，建立新王朝取而代之，真是「心比天高」。其中身為下賤，又寓指出身李自成農民軍的吳三桂愛將、傳奇勇士王輔臣出身極為下賤，少年時原為明朝某宦官的家奴，後來又因多爾袞死後獲篡逆之罪的連累，而被打入辛者庫（罪犯等賤民之屬），詳見後文有關王輔臣的事跡。

風流靈巧招人怨，指晴雯生得標緻，水蛇腰，削肩膀，體態妖嬈，眉眼風騷，嘴巧善道，雙手又極靈巧，擅於縫補衣裘，是怡紅院最美也最精於針線的丫頭，深得寶玉的喜愛，也是寶玉的紅粉知己。但是由於心直口快，不肯巴結逢迎，見惡不假辭色，稜角太銳，眾人又嫉妒她深受主子寶玉寵信，所以招致許多大小丫頭、上級、甚至王夫人的怨恨。就內裡真事來說，這可能是寓指李自成農民軍集團到處流竄寇掠，而且被圍剿不利時就歸順朝廷，實力壯大時就又復叛為寇，該集團身手極矯健而手段極靈巧，如此反覆無常，攪得百姓不得安生，即使攻佔北京仍舊賊性未改，嚴行拷掠高官富戶以追贓助餉，擴及無辜，因而招致民怨，不能深得民心，這大概就是李自成農民軍得天下，轉眼便又失去的根本原因。又寓指出身農民軍的王輔臣態度立場太流動靈敏，忠清忠吳反覆不定，而招人怨恨。

「壽夭多因誹謗生，多情公子空牽念」，壽夭就是短命早死的意思，是指晴雯只有十六歲就病死了。多情公子，指到處留情的賈寶玉。壽夭多因誹謗生，這是指晴雯被邢夫人的陪房王善保家的向王夫人進讒言說：「太太不知道，一個寶玉屋裏的晴雯，那丫頭仗著他生得模樣兒比別人標緻些，又生了一張巧嘴，天天打扮的像個西施的樣子，在人跟前能說慣道，掐尖要強。一句話不投機，他就立起兩個騷眼睛罵人，妖妖趫趫，大不成體統」，王夫人疑懼「好好的寶玉，倘或叫這蹄子勾引壞了，那還得了」，於是將已是重病的晴雯攆出賈府，在又病又氣交攻之下，只有十六歲就抱屈夭折而死了。多情公子空牽念，這句是指晴雯被王夫人攆出賈府，那到處留情的賈寶玉空自牽掛想念著晴雯，派人送衣物金錢去周濟，又私下偷偷去探視關心，可是既不能使她重回賈府，且也無法挽救她病重夭亡的命運（有關這兩句判詞所預示晴雯命運的詳細情節，請看第七十四回「惑奸讒抄檢大觀園」，七十七回「俏丫鬟抱屈夭風流」，及七十八回「痴公子杜撰芙蓉誄」）。就內裡真事來說，多情公子是寓指賈寶玉所影射的吳三桂，而這兩句顯然對應不上李自成農民軍集團與吳三桂的相關事跡，因為李自成政權雖然有夭壽短命的事實，但此事並沒有引起吳三桂的任何牽掛懷念，可見應是另有所指。根據筆者的初步研究，這應是寓指康熙時清朝陝西提督王輔臣的陝甘勢力（晴雯），因受誹謗與吳三桂勾結，而被康熙派軍剿平，遠在南方的吳三桂（多情公子）空自牽念，卻無法挽救王輔臣這股擁吳抗清勢力之夭亡的事件。

按王輔臣在明末清初是一位具有神奇色彩的勇士，他少年時原為明朝某宦官的家奴，出身極為低賤，長大後投靠在農民軍的姐夫，而落草為寇，其人身長七尺多，驍勇善戰，面白皙，鬚髯不多，眉如臥蠶，很像三國時代的勇將呂布，綽號馬鷂子（意為騎馬飛馳擊敵取命，如飛衝攫取禽鳥的飛鷹）。輔臣後來流入大同明朝姜瓖營，清兵攻破大同後歸清，任多爾袞護衛，因多爾袞死後獲篡逆之罪，被牽連而打入辛者庫（意為罪犯等賤民之屬）甚久，順治帝慕馬鷂子勇士之名，經尋獲而授為御前侍衛。至洪承疇經略西南征明之役，順治派他為其侍衛，並暗中監視承疇，但王輔臣對承疇甚為恭謹，而獲其提拔為右營總兵，駐雲南曲靖。戰役結束承疇回朝後，王輔臣歸為鎮守雲南的平西王吳三桂之部將，「輔臣之事平西，無異經略，平西之待輔臣，有加於子侄。念輔臣不去口，有美食美衣器用之絕佳者，必賜輔臣」，兩人關係極為親密。至康熙九年，清廷調升王輔臣為陝西提督，報至雲南，三桂聞之，如失左右手，臨別時三桂特贈予二萬兩作路費。及至康熙十二年吳三桂起兵叛清，想策動昔日舊部的陝西提督王輔臣及甘肅提督張勇起兵響應，而考慮到王輔臣更為親密，便派使者汪士榮携帶二通書信至其駐地平涼，除一通給輔臣外，又將另一通給張勇的書信也交請輔臣轉交。沒想到王輔臣接信後不但不響應從叛，而且為了撇清嫌疑，竟立即拘捕使者汪士榮，派其兒子王吉貞（或作繼貞）携帶該二通逆書，押解汪士榮至北京清廷。康熙大喜，處死汪士榮，將王輔臣加官，授其子王吉貞為大理寺少卿，並將他留在北京（其實是留作人質，以防王輔臣真的從吳叛清）。而由於王輔臣未事先告知張勇，就獨自將吳三桂二通逆書呈報清廷，洗刷嫌疑且父子受獎，卻使張勇未能上報清廷自清，張勇便懷恨在心。康熙方面又顧慮王輔臣與吳三桂關係極為親密，其部屬也多與吳三桂部有舊情誼，不太放心，因此特派一位滿人刑事尚書莫洛為陝西經略大臣，進駐西安，位在總督巡撫之上，總攬一切事權。康熙更密令張勇就近關注王輔臣轄區的情勢說：「秦省邊陲重地，恐奸宄竊發，……有為亂者，嚴行緝治」，又想把王輔臣調離陝西，下令他赴湖北荊州增援，後因情勢有變而暫罷，而令由經略莫洛依情勢斟酌派遣。經略莫洛大概體會到康熙皇帝對王輔臣的懷疑防範心意，不但瞧不起王輔臣，還刻意削弱他的兵力，將其良馬抽換為「被瘦茶馬」，調他進兵四川與吳兵作戰。王輔臣部屬多為吳三桂舊部，本就心向吳三桂，極力慫恿王輔臣叛清，又遭經略莫洛之藐視欺壓更是不滿，遂製造各種謠言必欲脅迫王輔臣反清歸吳。康熙十三年十二月四日，王輔臣軍正奉調駐守於陝西西南寧羌對抗吳軍，莫洛率兵前來增援，王輔臣部眾便乘機譁變，突然對莫洛兵營突擊，莫洛軍激烈反擊，王輔臣被迫親自督戰，莫洛當場被流彈射死，部眾被王軍收降，這就是寧羌之變。此後王輔臣只好依附吳三桂，起兵叛清，陝甘地區絕大多數將吏也都響應從叛，聲勢浩大，清軍只保有西安附近及甘肅河西走廊，這段期間是清、吳八年戰役中，吳軍勢力最為壯盛，而清朝情勢最為險惡的時期。後來康熙重用張勇、王進寶、趙良棟等三漢將，實施以漢制漢策略，及由其祖母孝莊太皇太后出策，起用滿將軍事奇才大學士圖海為撫遠大將軍，終於在康熙十五年五月，攻下虎山墩，扼住平涼城通往西北餉道的咽喉，軟硬兼施，在圖海力保無事之下，王輔臣終於在六月十五日出城投降，陝甘地區的所有叛清運動迅速瓦解，這個擁吳抗清的王輔臣陝甘勢力也就短命夭折了。康熙起初也真的不予追究，還恢復輔臣原官職，加太子太保，提升為靖寇將軍，命其立功贖罪，此後王輔臣就跟隨圖海參予剿吳戰爭。到了康熙二十年七月，吳軍節節敗退至昆明，被清軍團團圍住，吳王朝即將全面覆亡時，康熙命王輔臣隨圖海進京陛見，輔臣心知康熙即將算舊帳，走至半途，將銀錢分予部屬，並囑咐其部屬說：「待我極醉，縶（捆綁）我手足，以紙蒙我面，冷水噀（噴）之，立死，與病死無異狀；汝等可以痰厥暴死為詞」，就這樣畏罪而死。後來圖海入朝，康熙問王輔臣事，圖海說王輔臣造反非其本意，康熙怒曰：「汝與王輔臣一路人也」，圖海恐懼，吞金而死②。由此可見當初王輔臣反叛後再降清，康熙不加罪，反予升官，完全是因為吳三桂勢盛，想利用王輔臣剿平吳三桂，及至剿平吳三桂，王輔臣已無利用價值，便必欲殺之洩恨，這就是歷史上「狡兔死，走狗烹」的道理。同樣的道理，吳三桂、尚可喜、耿仲明等三漢王，幫助清朝擊滅南明有功，所以清朝便大方的封賜一省之地為藩王，而且許諾可以世襲給其子子孫孫，永享富貴，然而等到所有反清復明勢力都被徹底消滅，天下太平無事，他們再無利用價值，像吳三桂本人還在世，尚未由其子孫繼承藩王，康熙就急於撤藩，吳三桂就是氣憤不過，又怕撤藩後失去兵權，被清朝兔死狗烹，才起兵叛清自保。像康熙這樣的反覆無信，就一般世俗的人情義理來說，實在太狡詐狠毒了，但一般官修歷史習慣於對得勝者歌功頌德，則無不讚頌康熙英明過人。言歸正傳，以上判詞「壽夭多因誹謗生」，就是暗寫王輔臣因為眾人誹謗他與吳三桂有勾結，而陷入清、吳爭奪的風暴中，這個王輔臣陝西的勢力就夭折短命，淪為滿清大將軍圖海監管下的附庸勢力了。至於「多情公子空牽念」句，則是寓寫寶玉吳三桂對於王輔臣反清勢力在陝甘地區被清軍圍剿的危急情況，只是空自牽念，卻路途遙遠接濟不上，而讓其被清軍打敗收降，以致夭折消滅了。

綜合以上所述，這幅圖畫與判詞外表上是預示晴雯的命運，在內層歷史真事上，則很切合李自成農民軍集團的情況，只有最後一句「多情公子空牽念」，不能切合，而整體上也很切合出身農民軍的勇士王輔臣的情況，只有「心比天高」這一句比較不切合。所以筆者認為這幅圖畫與判詞所寓指的晴雯，是影射李自成農民軍政權，尤其是出身農民軍的王輔臣或其陝甘勢力。

有一個重點很值得注意，因為在全書中，晴雯及後面十二釵的名號都可能代表著眾多不同的意義或人物，所以作者便特別藉由這第五回的圖畫與判詞，及後面的紅樓夢曲，來加以定調，暗中標點出作者心目中各個名號所代表的中心意義及最主要的人物、王朝或政權。

〔甲戌本特批〕等評注說：「恰極之至。『病補雀金裘』回中，與此合看。」這裡所說「病補雀金裘」回，就是第五十二回下半回，其回目全文為「勇晴雯病補雀金裘」。批書人提示讀者將「勇晴雯病補雀金裘」這一回中的故事，與這裡「又副冊」第一個圖畫與判詞合在一起看，主要是提示讀者這個圖畫與判詞就是寓寫晴雯過去未來命運的，因為這個回目上就有晴雯的名字。其實全書中偏重描寫晴雯故事的回目不只第五十二回，還有更前面的第三十一回上半回「撕扇子作千金一笑」，第五十一回下半回「胡庸醫亂用虎狼藥」，及較後面的第七十四回上半回「惑奸讒抄檢大觀園」，第七十七回上半回「俏丫鬟抱屈夭風流」，及第七十八回下半回「痴公子杜撰芙蓉誄」，不過這些回目上都沒晴雯的名字，所以批書人就挑選回目上有晴雯名字的第五十二下半回回目來作提示，這樣最能使讀者清楚明白這幅圖畫與判詞就是寓指晴雯的。這則脂批中的「恰極之至」，則是評論作者用這幅圖畫與判詞來寓寫晴雯及其影射之真實人物（如王輔臣等）的事跡命運，真是「恰當到極點」。

如果沒有這則脂批直接明白提示這幅圖畫與判詞就是寓寫晴雯，那麼讀者就只能從原文「霽日」的意義通「晴」字，「彩雲」的意義通「雯」字，才能悟到這裡寓寫的是晴雯，由此可見這裡作者是採用通義法來寫作的，因此要想讀通《紅樓夢》，有些地方必須採用通義法來破解。另外，情雯只是寶玉的第二號大丫頭，卻在全書中佔有以上「勇晴雯病補雀金裘」等六個回目的戲份，可見其份量是很重的，故她雖只是金陵十二又副釵的第二號角色，但其重要性決不亞於十二正釵的較次要角色惜春、巧姐等。尤其是第七十八回下半回賈寶玉祭弔晴雯所作的〈芙蓉女兒誄〉，可以說是作者展示其高度文學造詣的代表作，與林黛玉所作的〈葬花吟〉可稱為《紅樓夢》文學頂尖傑作的雙塔，足可並存不朽於中國文學的園圃。

(3)後面畫着一簇鮮花，一床破蓆：這裡沒有脂批提示這是寓指什麼角色，但是從鮮花的花字，通花襲人的花姓，破蓆的蓆字，通諧音的「襲」字，可知這幅圖畫與判詞就是寓寫寶玉的頭號大丫頭花襲人的。由此又可見作者也採用諧音法來寫作，因此要想讀通《紅樓夢》，有些地方必須採用諧音法來破解。這幅圖畫就表面故事來說，「一簇鮮花」是喻寫花襲人就像一叢鮮花似地，為怡紅院最耀眼得意的女子，最受主子賈寶玉寵愛的頭號大鬟。「一床破蓆」

應是喻寫襲人本就是賈母許給寶玉的，又是寶玉現實生活中的第一個性愛對象（夢境中則是秦可卿），她本人也極力想成為寶玉的妾子，爬上高於婢女的姨娘身分，終身與寶玉同床共蓆，可是最後卻因賈府被抄，遣散丫鬟，而離開賈府回家，改嫁本名蔣玉菡的優伶琪官，破壞了與寶玉共床蓆的願望。在內裡真事上，前面筆者已說過花襲人的「花」字，通「華」字，暗點「華夏」，「襲」字暗點「襲擊」及拆字「依龍」的意思，人字暗點「漢人」，合起來花襲人是寓指華夏漢臣，投降滿清，而從龍入關來襲擊漢人的降清漢軍，如孔有德、洪承疇、吳三桂等。此外，也寓指這個降清漢軍集團中的吳三桂屬下的關寧鐵騎部隊，尤其是吳三桂任雲南平西藩王時稱為藩下甲兵的昔日關寧鐵騎子弟兵，這是吳三桂所直屬而最親信的核心勢力，多是吳三桂的親屬或舊部，如其從弟吳三枚、侄兒吳應期，其女婿胡國柱、夏國相、郭壯圖，其心腹部將吳國貴、王屏藩、張國柱等；在這個意義之下，襲字暗通諧音「昔」字或「惜」字，襲人就是「昔人」或「惜人」，代表「昔日舊人」或「疼惜之人」的意思。一簇鮮花，是喻寫花襲人所代表的降清漢軍或吳三桂的藩下甲兵部將群就像一叢鮮花似地，很受寶玉所代表的清廷或吳三桂所倚重的最耀眼得意人物，其中的「簇」字明白標示出襲人這個名號是代表一群人，而不只是一個人。一床破蓆，這是寓寫吳三桂反清時所建立的大周王朝後期，由於吳三桂中途病亡，襲人所代表的平西藩下甲兵部將群便與寶玉吳三桂分離，而軍事破敗，版圖破碎，就好像躺臥在一床破損的蓆子上一樣。

　　順便一提，《紅樓夢》書中特意將滿清境界虛構為仙境的太虛幻境或天界，將滿人領袖虛構為居住太虛仙境的神仙或天界的僧人、仙姑等，如這一回裡的警幻仙姑及第一回的僧人等，而將關內明朝漢人境界虛構為凡塵人間世界或紅塵，將明臣漢人虛構為一般凡塵世人，書中某人厭棄紅塵而出家、歸入太虛幻境或天界，就是暗寫某漢人抗清失敗而歸降滿清的意思（如最後賈寶玉被一僧一道帶離塵世，出家而作光頭和尚，返歸鴻濛太空的天界青埂峰，就是最顯著的例子），這是《紅樓夢》寫作的重要大結構之一。前面第一回描寫絳珠草「脫卻草胎木質，得換人形」，其中的「人」字暗寓「漢人」，就是這個大結構下的一個實例，這裡襲人的「人」字暗寓「漢人」，又是一個實例。

(4)「枉自溫柔和順，空云似桂如蘭。堪羨優伶有福，誰知公子無緣。」：似桂如蘭，桂花蘭花是具有高雅香氣的花朵，所以一向被用以象徵一個人具有美德，或美好前途等意義，這裡似桂如蘭是描寫襲人具有對主子們溫柔和順的美德，好似桂花蘭花氣味芳香一樣。優伶，古時候演戲的人稱為優伶，也稱戲子，社會地位卑賤，這裡是指襲人最後的結婚對象戲子琪官，本名蔣玉菡。公子，指賈寶玉。這四句判詞是對於後來書中有關襲人的主要情節，即襲人本就是賈母許給寶玉的，又與寶玉發生實際性愛關係，對主子們百般溫柔和順，矢志成為終身與寶玉相伴的妾子，要從卑賤的婢女爬升至姨娘的身分，最後卻因賈府沒落，遣散丫鬟的環境變化，而改嫁本名蔣玉菡的優伶琪官，無緣與寶玉結合的情況，預判說：「枉然地自己盡心對賈府上下溫柔和順一場，空說具有好似蘭桂芳香的從順女德。可羨那卑賤的戲子蔣玉菡竟有福享有她，誰知貴公子賈寶玉卻無緣與她結合。」就內裡真事來說，襲人是影射吳三桂雲南平西藩下甲兵部將群。優伶所指的琪官，暗通諧音「旗官」，寓指滿清「八旗官職」，很多漢將投降滿清都被授予八旗官職，如鄭芝龍降清後除了受封政府官職同安侯之外，又被歸入漢軍正黃旗，授予「精奇呢哈番」的八旗官職，而降清歸旗後，就得百般逢迎滿清主子以博其歡心，求取升官或保命，就如戲子百般表演作弄以取悅觀眾一般，所以用「優伶」來寓指降清作清臣。公子寶玉是影射吳三桂。這四句判詞是對於後來吳三桂反清失敗病亡，其最親近的平西藩下甲兵敗後，部份部將降清，與八旗官職有緣，而與吳三桂無緣的結局，預示襲人所代表的吳三桂雲南平西藩下甲兵的命運說：「枉然地自甘溫柔和順地遵從吳三桂謀事一場，空說反清成功便有好似蘭桂芳香的美好前途。倒頭來真可羨慕部份部將降清竟然還有福享有那如優伶般取悅滿清主子的八期官職，誰知吳三桂卻早死而無緣與他們共終始。」

〔甲戌本特批〕等評注說：「罵死寶玉，却是自悔。」這裡「却是自悔」是指作者自悔，而前面筆者已一再說明脂批所謂「作者」就是指石頭，而作者石頭實是寓指明亡清興的始作俑者吳三桂。這則脂批是提示說，就表面故事來看，這四句判詞顯示襲人對寶玉這麼溫柔和順，寶玉卻忍心拋棄襲人而出家，致使襲人被迫改嫁身分卑賤的戲子蔣玉菡，實在是罵死寶玉；但就內層真事來看，這四句判詞的內容，却是寓寫明亡清興的始作俑者吳三桂自悔的事跡，也就是吳三桂自悔其背明降清的痴傻，醒悟而起兵反清又失敗，以致親近部屬被迫降清歸旗的事跡。

值得一提的是，由於襲人是寓指吳三桂最親近的藩下甲兵，或清順治滅亡南明所最倚重的降清漢軍，所以作者將她安排為寶玉吳三桂或順治帝的頭號大丫頭，又因為吳三桂的藩下甲兵為三藩反清戰役的核心主力，降清漢軍也是清順治滅亡南明的核心主力，至關重要，所以作者將襲人這個角色安排為金陵十二釵又副冊之首，比上面的晴雯還重要，不過這群人畢竟是清皇帝或吳藩王屬下的人物，地位較為次級，所以安排在又副冊，而不能安排在副冊或正冊之中。

(5) 畫着一株桂花，下面有一池沼，其中水涸泥乾，蓮枯藕敗：由於下面針對判詞首句「根並荷花一莖香」句，有脂批評注說：「却是咏菱妙句」，故知這一圖畫和判詞是寓寫香菱命運的，而香菱是薛寶釵哥哥薛蟠的侍妾。在第七回原文寫到薛姨媽「說着，便叫香菱」之處，有一則脂批針對「香菱」二字註解說：「二字（指香菱）仍從蓮上起來，蓋英蓮者應憐也，香菱者相憐之意也。此是改名之英蓮也。」可見香菱就是第一回、第四回的英蓮後來新改的名號。又在第三回林黛玉談及癩頭和尚的一段文字，有一則脂批註解說：「甄英蓮乃付（副）十二釵之首，卻明寫癩僧一點。今黛玉為正十二釵之貫（冠），反用暗筆。」可見甄英蓮或香菱是副十二釵之首，而林黛玉則是正十二釵之首。

這一幅圖畫的意象是池沼上有一株桂花很鮮麗奪目，而其下面池塘中的蓮花，由於水涸泥乾，資源匱乏而蓮花枯萎，蓮藕也敗壞了，這是以桂花旺盛而蓮花萎敗的圖像來預示香菱或英蓮的命運。就表面故事來說，圖中的桂花是暗點薛蟠的正妻夏金桂，池中的蓮則是暗點英蓮或香菱，藕則通諧音「偶」，暗指夏金桂或香菱的配偶薛蟠。由於夏金桂是個悍妻，百般欺壓侍妾香菱，還連累及其配偶薛蟠，害得他們都落得很苦命，恰似桂花鮮麗而蓮枯藕敗的景象一樣，這對應到書中，就是第七十九回「薛文龍悔娶河東獅」、第八十回「美香菱屈受貪夫棒」等情節。就內層歷史真事來說，桂花是暗點吳三桂，英蓮或香菱是影射以農民軍餘部李定國等為骨幹的南明永曆王朝，池沼則是寓指雲南面積廣闊的滇池，等於暗點永曆王朝都城在滇池邊的昆明。這幅桂花旺盛而蓮枯藕敗的圖像，是暗喻由於吳三桂興旺得意，率軍攻破雲南昆明永曆王朝，因而高升封為雲南平西藩王，得意洋洋，猶如旺盛鮮麗的一株桂花，而永曆王朝最終被吳三桂等清軍逐出雲南，連根據地都喪失而敗亡了，就好像蓮花因水涸泥乾，而蓮枯藕敗的景象一樣，這對應到書中，就是第四十八回「慕雅女雅集苦吟詩」等情節。

(6)

「根並荷花一莖香，平生遭際實堪傷。自從兩地生孤木，致使香魂返故鄉。」：荷花，就是蓮花，句中「荷」字，是以義通「蓮」字，暗點甄英蓮。針對「根並荷花一莖香」句，（甲戌本特批）等評注說：「却是咏菱妙句。」其中的菱字即菱花，又寓指香菱，提示這句是咏嘆香菱的妙句。由此可見這句原文中「一莖香」的「香」字是點示香菱的「香」字。根並荷花一莖香，是說菱花的根與蓮花的根同在池中並排而生，兩者的花莖更是交纏成一莖而開花放香，這是比喻地位低下的薛家丫頭香菱，與地位高貴的甄家小姐英蓮原本是出於同一祖宗根源，並交結成一體而散發出高貴的氣息美德（因為香菱就是淪落之後的英蓮所改的名號）。平生遭際實堪傷，是指英蓮原出身姑蘇鄉宦望族甄士隱的女兒，三歲時因家人抱去看元宵花燈而失落，後來被拐子拐走，受盡折磨，至十二三歲，被賣給呆霸王薛蟠而淪為丫頭兼侍妾，到後來薛蟠娶了正妻夏金桂，更是受盡夏金桂的百般凌虐，這樣的不幸遭遇實在有夠令人感傷。自從兩地生孤木，針對「兩地生孤木」，（甲戌本特批）提示說：「折（拆）字法」，可見這一句是用拆字法構成的字謎，「兩地」就是兩個「土」字，「孤木」就是一個「木」字，合起來就是「桂」字，是寓指夏金桂。香魂返故鄉，香字暗點香菱，香魂具有雙重涵義，既泛指女人的靈魂，又指香菱的靈魂；又根據佛教的說法，一個人的靈魂寄生在一個肉體降生至人世間，是客居他鄉，人死後靈魂返歸西天是回故鄉，和一般人常將死亡說成回老家，是同樣的意思，所以這裡「香魂返故鄉」就是指香菱人死亡，而其靈魂返回西天的意思。「自從兩地生孤木，致使香魂返故鄉」，這是說自從姓名中含有個桂字的夏金桂出現之後，香菱就被迫害致死，而魂歸西天了。這裡前一句「自從兩地生孤木」所指香菱遇到夏金桂而受迫害的情形，對應到書中就是第七十九回「薛文龍悔娶河東獅」、第八十回「美香菱屈受貪夫棒」等情節。但是後一句「致使香魂返故鄉」，書中卻找不到對應的情節，因為最後香菱並未被夏金桂迫害而死，反而是夏金桂意外毒死自己，香菱扶正為薛蟠正妻。不過，若就內層真事來詮釋，「致使香魂返故鄉」這句就有相對應的情節了，請看以下的解說便知。

再就內裡歷史真事的層面來詮釋。香字除了暗點香菱之外，還代表王朝香火。荷花，即蓮花，寓指甄英蓮，為甄士隱的女兒。香菱是「改名之英蓮」，所以全名是甄香菱。而甄士隱的寓意筆者在第一冊已解析過，是通諧音「真事隱」、「真嗣隱」或「禎嗣隱」，寓指天下真皇帝漢族明朝崇禎皇帝的嗣統隱去。所以延續甄士隱血統的女兒甄英蓮或甄香菱，就是寓指漢族真皇帝明朝崇禎皇帝自縊身亡後，延續明朝或漢族王朝的擁護崇禎三太子的勢力，或崇禎旁系的南明各王朝，或同屬漢族的李自成、張獻忠的農民軍政權；這裡香菱尤指南明永曆皇帝或永曆王朝。根並荷花一莖香，即菱花和蓮花的根同池並生，且交纏成一莖而開花放香，是表示香菱和英蓮根源同出明朝或漢族，雖二名而實為一體，而「香」字代表王朝香火，故這句是暗示一個漢族王朝而由兩股勢力結合在一起，對應到明清交替歷史，則是寓指南明永曆王朝，因為雲南的永曆王朝是由明崇禎的堂弟桂王朱由榔的勢力，與張獻忠餘部李定國、白文選等農民軍兩股勢力結合而組成的。平生遭際實堪傷，這句是咏嘆英蓮或香菱所代表的漢族南明王朝或農民軍王朝，原本是天下真皇帝崇禎的嫡系繼承者，或同是漢族已取得天下帝位繼承權者，卻因吳三桂引關外滿清入主中原，而被滿清追殺，江山破碎，到處遷移飄零，尤其是最後的永曆王朝，不但被吳三桂等三路清軍攻破都城昆明，遁逃緬甸，永曆皇帝本人還被吳三桂請兵攻入緬甸，擒回昆明絞死，實在令漢族世人非常感傷。

自從兩地生孤木，這句中「兩地生孤木」的「桂」字，是寓指姓名中含有「桂」字的吳三桂。致使香魂返故鄉，其中的「香魂」是寓指香菱所代表之永曆皇帝的靈魂，「香魂返故鄉」是一語雙關，除了曲折暗指永曆帝死亡而魂歸西天之外，還直接暗指永曆帝被吳三桂從外鄉緬甸擒拿回來其本國首都昆明的故鄉處死。「自從兩地生孤木，致使香魂返故鄉」，這兩句是繼前句「平生遭際實堪傷」，點出其中最堪傷的悲慘遭際，就是自從出現了姓名中含有「桂」字的吳三桂，致使香菱所代表的永曆帝從外鄉緬甸被擒回故鄉昆明處死喪命的這件慘劇。而這對應到書中，就是第四十八回「慕雅女雅集苦吟詩」等情節。

從以上這幅香菱的圖畫與其判詞，其中圖畫桂花鮮麗而蓮枯藕敗的景象，外表故事所對應的是第七十九回「薛文龍悔娶河東獅」、第八十回「美香菱屈受貪夫棒」等情節，而內裡歷史真事所對應的卻是第四十八回「慕雅女雅集苦吟詩」等情節，而判詞的最後一句「致使香魂返故鄉」，外表故事在書中找不到相對應的情節，就內裡歷史真事來說則有第四十八回「慕雅女雅集苦吟詩」的適合對應情節。由此可明顯看出這些圖畫與其判詞雖然兼寓指表面故事之角色及內層真事之人物的命運，但所對應的書中情節卻可能各有不同，然而本回這些金陵十二釵的圖畫與判詞，主要是以寓指內層歷史真事之人物的命運為主，再盡可能附帶寓指表面故事之角色的命運，所以有時候並不能完全符合外表故事之角色的命運。例如根據這幅圖畫桂花鮮麗而蓮枯藕敗的意象，及下面的判詞「自從兩地生孤木（隱桂字），致使香魂返故鄉」，就外表故事來說，香菱最後的命運應是被夏金桂迫害致死，可是書中實際情節的結局，卻是夏金桂想毒死香菱，反而意外毒死自己（第一百三回「施毒計金桂自焚身」），而香菱則成為薛蟠的正妻（第一百二十回）。由此可見，若不能正確理解《紅樓夢》故事背後的歷史真事，而只就其表面故事情節來解讀《紅樓夢》，則本第五回金陵十二釵圖畫與判詞所預示的金陵十二釵命運，和後面各回實際情節所描寫的金陵十二釵命運常是互相矛盾，因而常無法解釋得通的。而令人非常遺憾的是，截至目前為止，幾乎所有詮釋《紅樓夢》金陵十二釵命運的論著，由於不明故事背後的真相，都是這種前後矛盾不通的作品，其中最嚴重的是有關詮釋秦可卿的論著。有關秦可卿的命運結局，根據第五回圖畫預示她是「懸梁自縊」，後面第十、十一、十三回則描寫她逐漸病重而死，明顯前後矛盾不合。於是很多紅學家便熱烈地展開考索研究，企圖解決這種矛盾，發表很多論著，互相辯駁較勁，眾說紛紜，但可惜所有結論都無法合理詮釋其既自縊又病死的矛盾，都只是似是而非的臆斷而已。更有一些人還節外生枝地將有關秦可卿的情節無限擴大，用來概括詮釋《紅樓夢》全書的主題情節，號稱為秦學。這些秦學著作拿來仔細一讀，幾乎沒有絲毫確鑿的歷史證據可言，簡直像是自己大膽假設的虛編故事一樣，幾乎沒有一點起碼的講究真憑實據的學術價值，不但誤導紅迷大眾對《紅樓夢》的認知，而且有傷《紅樓夢》的真正文學價值。

觀察以上作者以三幅圖畫與判詞，寓寫晴雯、襲人、香菱三人之命運的文章中，「霽日」、「彩雲」的意義分別與「晴」、「雯」相通，用的是通義法；破蓆的「蓆」字，音通襲人的「襲」字，用的是諧音法；「兩地生孤木」組成一個「桂」字，暗點姓名中有「桂」字的夏金桂或吳三桂，用的拆字法。很明顯作者確實分別採用通義法、諧音法、拆字法來寫一些隱寓的文章，所以解讀《紅樓夢》當然要順著作者的寫作方法，採用通義法、諧音法、拆字法，來破解、還原其真相，這是再自然不過的道理。但是長久以來紅學界卻存在一個很奇怪的現象，自從胡適主張曹家新紅學，提倡以科學的考證方法研究《紅樓夢》以來，許多考證派新紅學家一方面都以通義法、諧音法、拆字法，來破解出以上三幅圖畫與判詞分別是隱寓晴雯、襲人、香菱三人，一方面卻又強烈反對索隱派的紅學家使用諧音法、拆字法、通義法來索解《紅樓夢》故事背後的歷史真事，真是自相矛盾之至。這些考證派新紅學家強烈指斥使用諧音法、拆字法、通義法來索解《紅樓夢》真相，就是穿鑿附會的極不科學方法，以致於眾多紅學家由於唯恐被打入不科學的行列，多不敢使用諧音法、拆字法、通義法來研究《紅樓夢》，以破解其真相，這樣的結果對於《紅樓夢》真相的研究影響極為深遠。試想《紅樓夢》作者既然確實使用諧音法、拆字法、通義法在寫些隱寓的文章，讀者不使用同樣的諧音法、拆字法、通義法來解讀《紅樓夢》，又如何能夠還原作者所隱寓之事實的真相呢？所以筆者一向堅決主張諧音法（含同音法）、拆字法、通義法（含同義法）才真正是解讀《紅樓夢》真相的首要秘訣，因為這三種方法既是原作者多次使用的寫作方法，又是深知內情的批書人一再使用來詮釋《紅樓夢》人名、地名、物名、詩句等的方法，所以理應就是解讀《紅樓夢》最正確、最科學的方法。

◈真相破譯：

寶玉吳三桂便伸手先將貯藏「又副冊」櫥子的門打開了，拿出一本冊子來，打開一看，只見這首頁上畫著一幅畫，畫的「又非人物，亦非山水，不過水墨滃染的滿紙烏雲濁霧而已」。這樣的圖畫是寓示晴雯所影射的李自成農民軍流竄各省寇亂，攪得天下大亂，雖然後來攻下北京，儼然將要成為一代開國皇帝、勳臣的大人物，成就一番大順王朝江山事業，但隨即因吳三桂引清兵入關而敗逃散亡，落得既不是什麼人物，也不是什麼王朝江山，只不過是以水墨拓染的不同品級雲色標章為標誌的李自成軍隊到處奔馳衝殺，把全天下攪得到處戰亂，烏煙瘴氣一團，就好像滿紙烏雲濁霧的一幅敗筆人物山水水墨畫而已。圖畫後面有幾行字跡，寫說是（按係預示賈寶玉的第二號大丫頭晴雯所影射的李自成農民軍政權，及出身農民軍的勇士王輔臣或其陝甘勢力的命運）：

晴雯所影射的李自成農民軍集團，既犯下寇亂天下的過錯，就很難逢到明朝天子如雨後天晴般的溫情寬恕（霽日難逢），後來雖然攻下北京建立王朝，但又立即潰敗散亡，其光彩前程就好像彩色雲朵般那樣很容易就消散掉了。他們的心比天還高，志在推翻腐敗無能的明崇禎王朝，居然一度成功而當上天子皇帝、王侯，可是出身卻是非常下賤，大多是西北偏遠地區的貧苦農民（其中王輔臣少年時原為明朝某宦官的家奴，後來又被清朝打入為辛者庫的罪犯賤民）。他們如風般到處流竄劫掠（風流），身手極為矯健靈巧，攻佔北京仍舊不改流寇作風，拷掠高官富戶以追贓助餉，擴及無辜，因而招致人民的怨恨，才會天下旋得旋失（其中王輔臣立場太流動靈敏，忠清忠吳反覆不定，而招人怨恨）。那農民軍出身的王輔臣陝甘勢力（晴雯）所以夭折短命，大多是因為產生出誹謗他與吳三桂勾結的議論，而被康熙派軍打敗收降，惹得遠在南方的貴公子吳三桂，徒然空自多情地牽繫掛念他這股擁吳抗清勢力（只可惜一直接濟不上）。

寶玉吳三桂看過了，又見後面有一幅圖畫，畫著「一簇鮮花，一床破蓆」。（按其中鮮花的花字，通花襲人的花姓，破蓆的蓆字，通諧音的「襲」字，點示寶玉的頭號大丫頭花襲人。又襲人的襲字暗通諧音「昔」字或「惜」字，襲人就是「昔人」或「惜人」，寓指寶玉吳三桂的「昔日舊人」或「疼惜之人」的意思，故花襲人影射吳三桂當雲南藩王，或叛清時期之「昔日舊人」及「疼惜之人」的昔日關寧鐵騎子弟兵，也就是雲南藩王府的「藩下甲兵」眾部將群。）這樣的圖畫是寓示襲人所影射的吳三桂藩下甲兵部將群就好像一叢鮮花似地，是很受寶玉吳三桂所倚重的最耀眼得意人物，而後來吳三桂中途病亡，他們便與寶玉吳三桂分離，而軍事破敗，版圖破碎，就好像躺臥在一床破損的蓆子上一樣。圖畫後面也有幾句言詞寫說是（按係預示賈寶玉的頭號大丫頭襲人所影射的吳三桂藩下甲兵部將群的命運）：

襲人所影射的這群吳三桂藩下甲兵部將枉然地自甘溫柔和順地遵從吳三桂謀事一場，空說反清成功便有好似蘭桂芳香的美好前途。

倒頭來可真羨慕部份部將降清，竟然還有福氣享有那如優伶般取悅滿清主子的八期官職（優伶有福），誰知貴公子吳三桂卻早死而無緣與他們共終始。

寶玉吳三桂看了不能理解。於是丟下這個，又去開了貯存「副冊」櫥子的門，拿起一本冊子來，打開看時，只見畫著「一株桂花，下面有一池沼，其中水涸泥乾，蓮枯藕敗」。（按桂花是暗點吳三桂，蓮字是暗點英蓮或英蓮後來改名的香菱，香菱影射以農民軍餘部李定國等為骨幹的南明永曆王朝或永曆皇帝。）這幅桂花旺盛而蓮枯藕敗的圖畫，是寓示由於吳三桂率軍攻破雲南昆明永曆王朝，因而高升封為雲南平西藩王而興旺得意，猶如旺盛鮮麗的一株桂花，而永曆王朝最終被吳三桂等清軍逐出雲南，連根據地都喪失而敗亡了，就好像蓮花因水涸泥乾，而蓮枯藕敗的景象一樣。圖畫後面寫說（按係預示香菱所影射的永曆王朝或永曆皇帝的命運）：

香菱所影射的雲南永曆王朝是由同是漢族的張獻忠餘部李定國等農民軍，與明朝宗室的崇禎帝堂弟桂王朱由榔的兩股勢力結合成一體，而發出王朝香火光輝的，就像菱花和蓮（荷）花的根同池並生而交纏成一莖開花放香一樣，永曆皇帝或永曆王朝被清軍攻擊而到處逃竄飄泊，最後竟無處可逃而遁入鄰國緬甸，其一生悲慘遭遇實在令人非常感傷。自從出現了姓名中含有「桂（兩地生孤木）」字的吳三桂，竟然率兵攻入緬甸，致使香菱所影射的永曆帝被擒回故鄉昆明絞殺，而一縷香魂返歸西天。

第三節　賈寶玉夢中翻閱金陵十二釵正冊故事的真相

◈原文：

寶玉看了仍不解。便又擲下，再去取「正冊」看。只見頭一頁上便畫着兩株枯木，木上懸着一圍玉帶，又有一堆雪，雪下一股金簪(1)。也有四句言詞，道是：

可嘆停機德，堪憐詠絮才。
玉帶林中掛，金簪雪裏埋。(2)

寶玉看了仍不解(3)。待要問時，情知他必不肯洩漏；待要丟下，又不捨。遂又往後看時，只見畫着一張弓，弓上掛一香櫞(4)。也有一首歌詞云：

二十年來辨是非，榴花開處照宮闈。
三春爭及初春景，虎兔相逢大夢歸。(5)

後面又畫着兩人放風箏，一片大海，一隻大船，船中有一女子掩面泣涕之狀(6)。也有四句寫云：

才自精明志自高，生於末世運偏消。
清明涕送江邊望，千里東風一夢遙。(7)

後面又畫幾縷飛雲，一灣逝水(8)。其詞曰：

富貴又何為，繈褓之間父母違。
展眼弔斜暉，湘江水逝楚雲飛。(9)

後面又畫着一塊美玉，落在泥垢之中(10)。其斷語云：

欲潔何曾潔，云空未必空。
可憐金玉質，終陷淖泥中。(11)

◈脂批、注釋、解密：

(1)畫着兩株枯木，木上懸着一圍玉帶，又有一堆雪，雪下一股金簪：兩株枯木，這是以拆字法暗點由雙木構成的「林」字。玉帶，顛倒就是帶玉，暗點諧音的黛玉。由此可知前面兩句的圖像是寓指林黛玉，並暗示她的結局將因無法與寶玉結婚，而如枯木枯死般地傷心淚枯而死，這對應到書中，就是第九十七回「林黛玉焚稿斷痴情」、第九十八回「苦絳珠魂歸離恨天」所寫林黛玉因寶玉與寶釵結婚，而傷心淚盡，繼之吐血致死的情節。一堆雪，其中的雪字暗點諧音的「薛」字。金簪，金質的髮簪，而婦女的髮簪是用來別住頭髮的飾物，功用與髮釵類同，故金簪是以拆字法及字義功用類同法暗點「釵」字。由此可知後面兩句的圖像是寓指薛寶釵，並暗示她與寶玉婚姻的結局將如雪下之金簪般的冰冷，這對應到書中，就是第九十七回「薛寶釵出閨成大禮」以後各回所寫薛寶釵與賈寶玉結婚之後，不能獲得寶玉的真心相愛，夫妻感情冷漠，最後寶玉離家出走，她獨守空閨，如冰雪般淒涼的情節。

再就內層歷史真事的層面來說。兩株木，就是雙木的「林」字，暗點姓林的林黛玉，而第二回針對林黛玉的父親林海，脂批注解說：「蓋云學海文林也。總是暗寫黛玉」，提示林海、林黛玉都是出身文林學海的人物，據此，筆者前面已破解出第二回的林海影射出身崇禎朝舉人文士的張煌言，而林黛玉影射出身南明弘光朝南京太學生的鄭成功，由此再推而擴之，「林」字又影射政權倚賴在文林學士政團東林黨的明末王朝。兩株枯木，是暗指林黛玉所代表的以東林黨等文士為骨幹的明末王朝到後來人單勢孤，好像兩株枯木一般地枯萎而亡。玉帶，是飾有美玉的腰帶，象徵高官顯爵，又玉字更象徵玉璽所代表的天下帝位，這裡是象徵當時正統的明朝天下帝位，而玉帶就是象徵明朝所授的官位。因此這幅畫的前半部「畫着兩株枯木，木上懸着一圍玉帶」，就是暗示說：「林黛玉所代表的以東林黨等文士（包含最後的鄭成功延平王朝）為骨幹的明末王朝到後來人單勢孤，好像兩株枯木一般地枯萎而亡，而這些東林黨等文士所繫圍代表明朝官位的玉帶，就像虛圍在枯木一樣。」一堆雪的「雪」字，與第一回癩頭和尚所唸預示甄英蓮命運的讖詩，其中「菱花空對雪澌澌」句中的「雪」字意義相同，即「雪」為白色，影射字為「長白」的吳三桂。簪，是婦女用來別住髮髻的長針飾物，或古時男人用來橫插在髮髻上，甚至連接冠帽與髮髻的長針，所以常以「簪纓（帽帶）」一詞來做為達官貴人的通稱。金簪，是金質的髮簪，是比一般更貴重的髮簪，所以是喻指高級的達官貴人，這裡是隱寓吳三桂雲南藩王府政權及其中的達官貴人。因此這幅畫的後半部「又有一堆雪，雪下一股金簪」，就是暗示說：「又有一個其字為『長白』的吳三桂被堆壘擁護起來稱帝建國（大周國），當他死亡後，其王朝底下埋有一股薛寶釵所代表的原屬雲南藩王府的達官貴人，在淒涼地徒然掙扎著。」

這裡把暗示林黛玉與薛寶釵命運的兩幅圖畫畫在同一幅畫之中，是以她們與賈寶玉的愛情關係，來預示她們因受寶玉愛情關係影響而導致的命運結局。這在內層真事上，是暗示寶玉所代表的吳三桂反清集團，包含林黛玉所代表的以文人學士為骨幹的復明勢力，及薛寶釵所代表的原雲南藩王府勢力這兩大勢力，並分別預示了這兩大勢力因受與吳三桂關係的影響而導致的最後結局。即林黛玉所代表的復明勢力，最後因為吳三桂自己登基稱大周皇帝，不再恢復明朝，於是原本支持吳三桂反清的復明人士逐漸散去，這股復明勢力資源流失，便如林木枯萎般地枯亡，這對應到書中，就是第九十七回賈寶玉（代表皇帝寶位）與薛寶釵（代表雲南藩王吳三桂）結婚（隱寓吳三桂與皇帝寶位相結合，即吳三桂登基為大周皇帝），同一時間林黛玉傷心淚盡而死的情節。而薛寶釵所代表的雲南藩王府勢力，在吳三桂於康熙十七年八月先行病亡後，還在大周王朝底下獨自淒涼地苦撐度日，這對應到書中，就是第九十七回寶釵與寶玉結婚之後，寶玉離家出走，她獨守空閨淒涼度日的情節。而其中吳三桂病亡的事，則是以第一〇九回及一一〇回賈母胸隔悶飽，又添腹瀉而病死的情節來暗寫（書中所寫賈母病死的症狀與吳三桂死因十分符合，不過寫賈母享年八十三歲，則與吳三桂只享年六十七歲不符，推想賈母享年八十三歲這點還摻有尚待探究的其他隱密因素在內）。

(2)

「可嘆停機德，堪憐咏絮才。玉帶林中掛，金簪雪裏埋。」：針對「可嘆停機德」句，〔甲戌本特批〕評注說：「此句薛。」也就是說這句詩是描寫薛寶釵的。針對「堪憐咏絮才」句，〔甲戌本特批〕評注說：「此句林。」也就是說這句詩是描寫林黛玉的。停機德，「《後漢書・列女傳》記載：東漢樂羊子遠出求學，半路而返，其妻停下織機割斷經線，以此作比喻，勸他不要中斷學業，以求取功名。③」「可嘆停機德」這句，是對於書中薛寶釵端莊賢淑，規勸寶玉讀聖賢書，走仕途經濟道路，謀取科舉功名，具有極類似樂羊子妻停下織機規勸樂羊子求取功名那樣的封建標準婦德，可是丈夫寶玉卻不領情而離家出走的情節，先行預示其最後不幸命運，而詠嘆說：真是可嘆薛寶釵徒然具有像樂羊子妻子停下織機規勸丈夫求取功名那樣的賢淑婦德。咏絮才，指女子敏捷的詩才。《世說新語・言語第二》記載說：「謝太傅（按即謝安，官至太傅）寒雪日內集，與兒女講論文義。俄而雪驟，公欣然曰：『白雪紛紛何所似？』兄子胡兒（謝朗，小字胡兒）曰：『撒鹽空中差可擬。』兄女（按即謝道韞）曰：『未若柳絮因風起。』公大笑樂。即公大兄無奕女，左將軍王凝之（按王凝之係王羲之的二子）妻也。④」「詠絮才」就是指謝道韞對於白雪紛紛的景象，能即席詠出「柳絮因風起」詩句那樣的詩才。「堪憐詠絮才」這句，是對於書中林黛玉詩思敏捷，才華冠群芳，具有極類似謝道韞以柳絮詠白雪詩那樣冠絕一時的敏捷詩思才華，極得寶玉的傾心，但最後卻不能與寶玉結婚，傷心淚盡病亡的情節，先行預示其最後不幸命運，而詠嘆說：真是可憐林黛玉枉然具有像謝道韞以柳絮詠白雪詩那樣冠絕一時的敏捷詩思才華。

「玉帶林中掛」這句，其中的「玉帶」與「林」字暗點字序顛倒而諧音的林黛玉，這句是預示林黛玉的命運結局是她徒留所繫玉帶懸掛在林木中，而人卻不見、死亡了，這對應到書中，就是第九十七回、第九十八回林黛玉因寶玉與寶釵結婚而悲傷病死的情節。「金簪雪裏埋」這句，其中的「金簪」以字義類同「金釵」暗點「寶釵」，而「雪」字暗點諧音的「薛」字，合起來暗點薛寶釵，這句是預示薛寶釵的命運結局是她最後的婚姻生活將如埋在雪裏的金簪一般冰冷，因為賈寶玉對他感情冷淡，而且最後離家出走，這對應到書中，就是第九十七回所寫薛寶釵與賈寶玉結婚之後，夫妻感情冷漠，最後寶玉離家出走，她獨守空閨的情節。

這四句詩是對於以上圖畫所作的判詞，就表面故事來說是預示賈寶玉兩個主要愛情對象薛寶釵、林黛玉的命運結局，就內層歷史真事的層面來說，則是預示賈寶玉所代表的吳三桂反清集團之兩大勢力，即薛寶釵所代表的原雲南藩王府勢力，與林黛玉所代表的恢復明朝勢力的最後命運結局。第一句「可嘆停機德」與第四句「金簪雪裏埋」這兩句，是預示說：「真是可嘆那薛寶釵所代表的原雲南藩王府高官集團，徒然具有像樂羊子妻子停下織機規勸丈夫求取功名的賢淑婦德一般地，規勸、擁護賈寶玉所代表的吳三桂求取最高的功名，登基稱帝建朝；他們把『金簪』所代表的高官顯爵，插埋、寄託在『雪』字所代表的其字為『長白』的吳三桂（大周）王朝裏，但當吳三桂先行病逝後，他們最後的命運卻像寶貴的金簪埋沒在雪堆裏一樣地冰冷。」第二句「堪憐咏絮才」與第四句「玉帶林中掛」，是預示說：「真是可憐林黛玉所代表的東林黨等復明文士，枉然具有像謝道韞咏柳絮詩那樣的敏捷詩思才華；但當吳三桂自行稱帝建朝，不再恢復明朝，他們最後絕望而散居山林，所繫代表大明王朝官位的玉帶也就掛在林中閒置了。」而這種情況對應到書中，就是以上所說第一〇九回及一一〇回賈母病亡，及第九十七回賈寶玉與薛寶釵結婚，同一時間林黛玉傷心淚盡病亡，以及之後寶玉離家出走，寶釵獨守空閨等等情節。

針對「玉帶林中掛，金簪雪裏埋」兩句，〔甲戌本特批〕等評注說：「寓意深遠，皆非生其地之意。」這是提示這兩句詩「寓意深遠」，暗示林黛玉與薛寶釵「皆非生其地」的意思。就表面故事說，是指林黛玉本貫姑蘇，卻遠離父親而寄居在外祖母賈母的賈府裡，而薛寶釵家原居金陵，卻因哥哥薛蟠犯案，而舉家遷居進京，至其姨母王夫人所嫁的賈府裡。就內層歷史真事說，則是提示林黛玉所代表的東林黨等復明文士，不能在好像其本籍地的大明王朝上朝配玉帶，卻散處山林，將玉帶閒置在山林中，顯然不是生活在他們應該生活的地方。又是提示薛寶釵所代表的吳三桂雲南藩王府高官集團，原本多是朱明金陵王朝的舊臣，既要反清，當然要恢復明朝，在有如本籍地的明朝當官生活，但他們卻擁護吳三桂另建大周王朝，而在「非生其地」的大周王朝當官生活。

(3) 寶玉看金陵十二釵正冊圖畫與判詞不解一段：〔甲戌本眉批〕評注說：「世之好事者，爭傳『推背圖』之說。想前人斷不肯煽惑愚迷，即有此說，亦非常人供談之物。此回悉借其法，為兒女子數運之機，無可以供茶酒之物，亦無干涉政事，真奇想奇筆。」其中的「推背圖」，陳慶浩所著《新編石頭記脂硯齋評語輯校》參引宋代岳珂所著《桯史》注釋說：「『宋史・藝文志・五行類』有『推背圖卷』，不著撰人。相傳唐李淳風與袁天綱共作圖讖，預言歷代變革之事，至六十圖，袁（天綱）推李（淳風）背止之，故名。其第六十圖頌曰：『萬萬千千說不盡，不如推背去歸休。』宋太祖即位，詔禁讖書，以此圖已傳數百年，民間多有藏本，不復可禁絕。乃命取舊本，紊其次序而雜書之。在流傳中又多所附益。其詞若明若暗，多兩可之詞，便於附會。⑤」可見「推背圖」是一部以神秘的圖畫讖語，預言歷代變革興亡的謎書。這則脂批就是明白提示第五回作者全都借用「推背圖」的圖畫讖語方法，以製作金陵十二釵的圖畫與判詞，來作為書中男兒女子之命運的機兆預言。那麼，既然「推背圖」用意是預言歷代變革興亡，當然本回金陵十二釵的圖畫與判詞也應是用於預言朝代變革興亡相關人物的事跡命運。至於這則脂批最後說：「亦無干涉政事」，顯然是此地無銀三百兩，是批書人試圖掩飾之詞。又既然「推背圖」圖畫讖語的特性是「其詞若明若暗，多兩可之詞」，那麼這回中十二釵的圖畫與判詞當然也是「若明若暗，多兩可之詞」的謎語性質。可見金陵十二釵的圖畫與判詞，確實是必須以類似猜謎方法來索解謎底的神秘文字，甚至於《紅樓夢》全書都是以假語隱藏真事，充斥隱語密碼的謎書，若不借用脂批所提示的諧音、拆字等必要的解碼猜謎手段來解讀，是絕對破解不出它的真相的。由此也可見得胡適等許多標榜為科學考證派的紅學家，宣稱《紅樓夢》不是謎書，斥責紅學研究者不應該以猜謎的方法來索解《紅樓夢》的謎底，其實是根本不瞭解《紅樓夢》本質特性的錯誤說法。

(4) 畫着一張弓，弓上掛一香櫞：一張弓的「弓」字諧音「宮」，暗示與「皇宮」有關。而「香櫞」的「櫞」字通諧音「元」字。故這幅圖畫是寓示居住在「皇宮」為妃子的賈元春的命運。香櫞，亦名「香圓」，為長圓形果實，一端膨脹呈圓球形，很像人兩手微曲併攏，十指相對拜佛的情狀，故又名佛手柑。純就表面故事而言，這幅圖畫除了暗點賈元春居住在皇宮之外，「一張弓」及「弓上掛一香櫞（佛手柑）」，看不出與書中元春的情節有什麼相關聯的意義。

但就內層真事而言，這樣的圖像與元春所影射的真實人物，就有很密切的相關意義了。按「一張弓」的「張」字，是表示姓張，而「弓」即「弓弧」，此處指「懸弧」或「設弧」的意思。《禮記》「內則」篇說：「子生，男子設弧於門左，女子設帨於門右。」鄭玄注：「（設弧、設帨）表男女也。弧者示有事於武也。帨，事人之佩巾也。⑥」又「郊特性」篇說：「孔子曰：士，使之射，不能，則辭以疾。懸弧之義也。⑦」這是記載古代習俗，孩子出生時，若是生男子，則在門的左邊掛設一個弧（弓），若是生女子，則在門的右邊掛設一條帨（佩巾）。鄭玄注解其意義說，弧表示期望男子有志於習射練武，以保家衛國；而帨就是服侍人用的佩巾，期望女子長大能善於服侍人。而孔子又特別將這種男子出生時「設弧」之舉，稱為「懸弧」，並闡明「懸弧」的意義說：「男子做為服公職的士，主人使令他射箭，他就得要射，其有不能射的情況，也只因有疾病才推辭不射的。這就是男子出生時門上懸掛弓弧的意義啊！」據此，後世便以「懸弧」慶賀人生男兒，或男人生日。故這裡「弓」即是「弓弧」，亦即「懸弧」，生男兒之意。「一張弓」表示張氏生的男兒。至於「香櫞」是暗通字形字音極類似的「香緣」二字，而引申為「香煙血緣」之意，亦即指有子嗣以繼香煙血緣的意思。綜合起來，賈元春的圖畫「畫著一張弓，弓上掛一香櫞」，就是表示「賈元春是張氏所生的男兒，而這個男兒還生育、繫掛有延續香煙血緣的子嗣，他們居住在都城皇宮。」根據這樣的線索，筆者深入考證，發現這裡的賈元春應是影射吳三桂的兒子吳應熊。因為吳應熊正是吳三桂妻子張氏所生的兒子，他被當作吳三桂向清朝交心表忠的人質，留居在北京，後來與清順治帝之妹建寧公主結婚，成為滿清的駙馬爺（本書為了掩飾而轉化成妃子），生有子嗣吳世霖、吳世藩等，掛帶有延續吳三桂香煙血緣的子嗣。

(5)「二十年來辨是非，榴花開處照宮闈。三春爭及初春景，虎兔相逢大夢歸。」：榴花，就是石榴花，石榴農曆五月開花，顏色紅艷如火，喻稱為榴火；果實球狀，大小如中型芭樂，外皮之內有很多晶瑩的小果粒，其外層果肉為淡棕紅色，各包裹一粒種子，根據這個多子的特性，習俗上石榴被比喻為多子的象徵。宮闈，后妃所居的宮室。三春，原意是晚春的農曆三月份，就表面故事而言也可寓指元春的三個妹妹迎春、探春、惜春。初春，原意是春天最初的第一個月農曆元月，就表面故事而言也可寓指元春。爭及，怎及，怎麼比得上的意思。虎兔相逢，本意是老虎與兔子相遇，按虎、兔分別是十二生肖中排序第三、第四位，分別對應十二地支排序第三的寅、第四的卯，故這裡是寓指寅（虎）年卯（兔）月或四（兔）月，或卯（兔）年寅（虎）月時。大夢，人平常睡覺常會作夢，但睡醒夢也就消失了，都是時間短暫的小夢，大夢就是時間長久的夢，比喻人長睡不醒死去。歸，中國人吸收佛教關念，認為一個人降生到世間來是到異鄉旅行作客，死亡歸西天是回歸故鄉，所以這個「歸」字是死亡歸天的意思。大夢歸，就是比喻如作大夢不醒般地死去歸天的意思。就表面故事而言，這四句判詞是預言元春的命運說：「元春入宮二十年來都能明辨是非，所以她身為皇妃的美德就好像盛開的火紅榴花照耀得皇宮內闈好輝煌。三個妹妹迎春、探春、惜春的人生景況怎麼能比得上貴為皇妃的大姊元春的景況，她在寅（虎）年卯（兔）月或四（兔）月，或卯（兔）年寅（虎）月時，如作大夢不醒般地死去歸天了。」這裡元春「榴花開處照宮闈」及「初春景」的風光景象，對應到書中，就是第十六回「賈元春才選鳳藻宮」及第十七、十八回，所寫元春被選為皇妃，賈府蓋造大觀園作為省親別墅，迎接賈元春以皇妃身分歸省父母等情節。至於「虎兔相逢大夢歸」，對應到書中，就是第九十五回「因訛成實元妃薨逝」，所寫元春於卯（兔）年寅（虎）月薨逝的情節。

就內層歷史真事來說，這四句判詞是根據以上「畫着一張弓，弓上掛一香櫞」的元春命運圖畫，進一步點示元春所代表的真實人物吳應熊的關鍵事跡命運。「二十年來辨是非，榴花開處照宮闈」，這兩句中的前一句話，意思很淺白易懂，問題在於「二十年」究竟是由那一年算到那一年為止？而若能破解出第二句「榴花開處照宮闈」所隱藏的真正意義，這「二十年」的起止時間也就露出端倪，而較容易追尋了。那麼「榴花開處照宮闈」又是什麼意義呢？按《紅樓夢》書中，沿襲中國文學傳統，常以「花」象徵女子。而且更進一步，將某一女子配予某一種花，以這種花的特性來象徵、暗示這一女子的身分與特質。在第六十三回上半回「壽怡紅群芳開夜宴」中，作者就藉眾女子玩占花名籤的遊戲，將金陵十二正釵中的五人，分別配予一種花名，即黛玉是芙蓉，寶釵是牡丹，史湘雲是海棠，李紈是梅花，探春是杏花。這些花都是暗示該人的身分特色。舉例來說，黛玉是芙蓉，即「出水芙蓉」，就是暗示黛玉是有如出水芙蓉般，由一片海水中浮出之島嶼的廈門、台灣之鄭成功政權、勢力。寶釵是牡丹，因牡丹傳統上象徵富貴，故就是暗示寶釵是合乎牡丹富貴象徵意義，封藩雲南，享受榮華富貴的吳三桂之政權、勢力。同理，這裡元春判詞中的「榴花」，也是用於暗示元春的身分與特質。榴花就是石榴花，盛開時花色紅豔似火，比喻身分顯貴，紅極一時。此處原文「榴花開處」四字，是以榴花盛開紅豔如火，來比喻元春獲選為皇妃，步上極頂富貴的榮景。這投射到真實歷史人物上，就是指吳應熊獲清順治帝賜婚，娶建寧公主，步上滿清駙馬富貴至極的地位。「榴花開處」再加上「照宮闈」三個字，則是表示元春所代表的吳應熊與建寧公主結婚後，獲賜親王府邸，居住在皇宮所在的京城中，富貴紅極，有如四周盛開著火紅榴花照耀所居府邸與皇宮內闈一樣。除此之外，還有一層更奧秘的意義，就是「榴」字通形音類同的「留」字，暗示元春吳應熊是一個被「留」住在皇宮所在的北京當人質的人物。綜合起來，「二十年來辨是非，榴花開處照宮闈」，就是暗寫「留居在北京宮城當人質的吳應熊，自從與建寧公主結婚，獲賜駙馬親王府邸，權勢地位如榴花盛開，榴火照耀皇宮內闈一般，攀登紅極貴極的榮景起，二十年來都能明辨是非，不曾犯錯背叛滿清，也維持了二十年權勢紅透清宮的日子。」根據史書記載，順治九年底，吳三桂打敗堅強的南明驍將劉文秀（原屬農民軍張獻忠），略平四川，立下彪炳戰功之後，順治帝除了對他本人大加獎賞之外，更加恩於其子吳應熊。順治十年（一六五三年）八月十九日，順治帝欽命，將其同父異母妹，清太宗親生最小的第十四女和碩建寧公主，下嫁吳應熊，並賜予豪華府邸。這樣，吳應熊就成為順治皇帝的親妹夫，稱和碩駙馬，他們生下數子，長名世霖、次名世藩。由於吳應熊成為滿清駙馬這一層關係，使得吳三桂與順治帝結成姻親關係，吳家正式成為滿清的皇親國戚，吳應熊更乘勢廣結朝中權貴，與父親吳三桂互通聲氣，助長吳家權勢地位倍加顯赫，如日中天，歷久不墜，除皇帝之外，可謂富貴甲天下。至康熙十二年（一六七三年）十一月二十一日，吳三桂在雲南起兵反清，居住在北京作人質的吳應熊卻始終不贊同，還勸吳三桂不要叛變，以免危及他們北京這一家人的生命安全，即使吳三桂派人協助，促其逃離北京虎口，他也不想逃離。吳應熊本人可以說一直明辨君臣分際與夫妻情義的是非，未曾背叛清朝，但是吳三桂叛變消息於同年十二月二十一日傳到北京後，吳應熊仍然難逃劫難，康熙皇帝在憤恨之下，不久就將吳應熊與其子吳世霖等拘禁起來⑧。至次年康熙十三年四月十三日吳應熊與長子吳世霖等都被康熙下令處死⑨。其妻康熙姑母建寧公主，則活到康熙四十三年六十三歲才去世⑩。吳應熊自順治十年（一六五三年）娶建寧公主，成為駙馬起，一直在清宮朝廷中大紅大紫，到康熙十二年（一六七三年）底被捕失勢，恰好是二十年，而這二十年來他始終明辨君臣禮法的大是非，未曾順從其父吳三桂背叛滿清，可見此處對賈元春的這兩句命運判詞「二十年來辨是非，榴花開處照宮闈」，確實是吳應熊經歷權勢紅照清宮二十年的真實寫照。

針對「三春爭及初春景」句，〔甲戌本特批〕評注說：「顯極。」這是評注說這種三春不及初春景的情況明顯之極。這句中的「初春」是指元春所代表的吳應熊，或康熙十三年元月初春吳三桂剛起兵反清時的吳三桂周王政權。「初春景」，是寓指吳應熊還在世時，吳三桂家族顯貴到極點，富甲天下，權勢傾朝野的榮華景況，或康熙十三年元月初春吳三桂周王反清政權聲勢浩大的情景。三春，是隱指吳三桂在康熙十七年三月三日（或說一日）正式登基為大周皇帝的時間點。在句法上，此處「三春」實係「三春景」的省略，故「三春爭及初春景」就是「三春景爭及初春景」的省略，其字面上的意思是說：「三月暮春時，百花雖豔麗至極，但也是豔極將殘的情景（三春景），怎麼及得上初春時期，百花初放向榮的情景（初春景）呢？」但實際上是針對吳三桂前後兩階段的勢力消長，暗下歷史評論說：「吳三桂在春三月（康熙十七年）稱帝建朝時期，如暮春百花豔極將殘的情景（三春景），怎麼比得上他初春正月（康熙十三年）剛起兵反清時，或元春所代表的吳應熊尚在世時聲勢浩大的情景（初春景）呢？」按吳應熊尚在世，而吳三桂未叛時，父親是在野的雲南平西藩王兼親王，兒子是在朝的皇帝妹婿親王，權勢冠朝野，富貴甲天下；而康熙十三年初春正月吳三桂剛起兵反清時期，軍威浩盛，各地紛紛響應，數月間就從雲南進攻到長江沿岸，再進佔四川，廣西、福建、廣東皆從叛，陝甘也激變，幾乎擁有半壁江山，聲勢浩大之至，清廷為之震動。及至康熙十七年，與清軍鏖戰四年多之後，吳三桂軍力耗損嚴重，節節敗退至長江以南，延著湘、贛邊界以西一線防守撐持，已是強弩之末，岌岌可危，此時吳三桂為了提振士氣，及在歷史上留下稱帝建朝的美名，遂於這年三月三日（或說一日）在衡陽登基稱帝，國號「大周」，大封群臣，五個多月後的八月十八日，吳三桂就病死⑪，大周王朝也隨著再節節敗退至雲南，三年後便潰亡。顯然，「吳三桂在暮春三月稱帝，吳家已成強弩之末時期的情景（三春景），是比不上吳應熊（元春）尚在人世，吳三桂未叛清之前，榮華富貴至極（初春景），或康熙十三年春初起兵反清時期，勢蓋半壁天下，清廷為之震動的情景（初春景）。

虎兔相逢大夢歸，這句是暗寫賈元春所代表的吳應熊，是在虎兔相逢的寅（虎）年卯（兔）月，或卯（兔）年寅（虎）月死亡歸天。原文「虎兔相逢」這四字，在另一古手抄本「己卯本」《石頭記》中作「虎兕相逢」⑫。這「虎兕」二字，進一步透露出「虎兔」二字的另一層玄機。「兕」的字義是獨角巨獸犀牛，但這裏不是取犀牛之意，而是以「兕」字暗通諧音「四」或「巳」字之意。由此可見，其他版本「虎兔」的「兔」字，就是代表十二生肖的排第「四」位，也就是直接指一年中排第「四」位的「四月」，而不是對應到十二地支第四位的「卯月」（二月）上。按明、清時代通行的農曆，十二地支排第一位的「子月」，是農曆的十一月，冬至的那一個月，依此，排第三位的「寅月」，一般是農曆正月，排第四位的「卯月」，一般是農曆的二月，排第六位的「巳月」，一般是農曆的四月。因此，「虎兔」就是「虎兕」，諧音「虎四」或「虎巳」，即「寅年四（巳）月」。所以賈元春大夢歸死亡的時間是「虎兔（兕）相逢」的「寅年四（巳）月」，而前述歷史記載吳應熊死於康熙十三年四月十三日，正是「甲寅年四月」，這恰好符合原文「虎兔（兕）相逢」所暗示的「寅年四（巳）月」。

綜合前面的詳細考證析論，賈元春的四句判詞，都一一吻合吳應熊的生平事蹟與命運歸宿，尤其是「二十年」正合吳應熊自順治十年當上駙馬，至康熙十二年被捕，共榮華顯貴二十年的年數，以及「虎兔（兕）相逢大夢歸」這句所預示的賈元春死亡年月，正切合吳應熊死於康熙十三年四月，「虎兔（兕）相逢」的「（甲）寅年四（巳）月」，故可以確切證明賈元春就是吳應熊。至於賈元春所代表的吳應熊在北京當親王「榴花開處照宮闈」，及歸省父母的風光事跡，對應到書中，理應包括在第十六回「賈元春才選鳳藻宮」及第十七、十八回，所寫元春被選為皇妃，及以皇妃身分歸省父母的情節之中，但是《紅樓夢》筆法極度詭譎，書中賈元春尚有影射在中原建朝的滿清王朝的另一層身分，故以上情節所對應之歷史真事的詳細情形，還得再深入考證才能確認。而吳應熊「虎兔相逢大夢歸」，死於「虎兔（兕）相逢」的康熙甲寅年十三年四月的事實，理應對應到書中第九十五回「因訛成實元妃薨逝」的情節之中，但是基於《紅樓夢》筆法極度詭譎的同樣理由，仍然需要進一步深入考證，才能瞭解其詳細情形，才不會被作者煙雲模糊筆法所愚。

(6)又畫着兩人放風箏，一片大海，一隻大船，船中有一女子掩面泣涕之狀：這裡放風箏，是將風箏放走隨風飄去的意思。「一片大海，一隻大船，船中有一女子掩面泣涕之狀」，明顯是一個女子坐船出海，哭泣著離別家人故鄉的圖像。在書中的十二釵中沒有人真正坐船出海離去，只有第一百回「悲遠嫁寶玉感離情」描寫賈探春遠嫁海疆，所以這幅圖畫是暗寓賈探春的命運結局的。兩人放風箏，第七十回描寫大觀園眾兒女放風箏，其中探春的風箏是一個軟翅大鳳凰，由丫頭翠墨帶著幾個小丫頭子們在山坡上放起來，這裡寫「兩人」不知是指那兩人。至於「一片大海，一隻大船，船中有一女子掩面泣涕之狀」，顯然是坐船出海，哭泣著離別家人故鄉的情景，雖然勉強可以說是對應第一百回探春遠嫁海疆的情節，但是仔細思考卻有很大出入，因為海疆只是沿海的疆域，並不必坐船出海，而書中也並沒有具體描寫探春坐船出海，遠嫁海外，離鄉泣涕的情節，所以這幅圖畫和書中探春遠嫁海疆的情節，並不能完全符合。

但若就內層真事而言，這幅圖畫與探春所影射的真實人物，就十分符合了。前面筆者已考證探春是影射鄭成功、鄭經，或其以廈門、台灣為根據地的延平王朝。書中第九十九回描寫賈政在外放江西糧道任上，接獲鎮守海門等處總制周瓊來信，祝賀他從京城調至臨近任官，兩地「途路雖遙，一水可通」，故為其兒子求婚。可見海門等處應是指臨近賈政任所江西的浙江、福建的沿海地區。而所謂「海門」應是暗指福建沿海門戶的廈門、金門而言，而這兩島正是鄭成功、鄭經延平王朝的根據地。所以探春坐著「一隻大船」，航過「一片大海」，「掩面泣涕」告別家人故鄉，遠嫁到「一水可通」的海門等處的海疆，猶如斷線放風箏飄去不回的情節，對應到明末清初歷史上，可以說十分符合鄭成功或鄭經在抗清作戰失敗之餘，從廈門、金門率領舟師，傷心地離開故國家園，渡過「一片大海」的台灣海峽，前往台灣，一去不返的情形。

(7)「才自精明志自高，生於末世運偏消。清明涕送江邊望，千里東風一夢遙。」：自，自來，原本，天生的意思。末世，佛教認為世界生滅輪迴不息，世界生成而出現稱為世，世界破壞而毀滅稱為劫，末世就是世界將要毀滅的末期，一般都指一個朝代將要毀滅的末期，這裡則是引申為書中賈府由富貴繁榮將轉為貧窮衰敗的末期。運偏消，命運偏偏消萎不幸。清明，即清明時節，一般都在農曆三月份。才自精明志自高，是描寫探春天生自來頭腦很精明，志向自來也很高。探春是賈政庶妾趙姨娘所生，在賈家四春姊妹中排行第三，是四人中最精明能幹的一位，她的才幹主要表現在詩才與治家之才。她不但詩作得好，而且還在大觀園中首倡成立了海棠詩社（第三十七回）。她治家的才幹尤其突出，第五十五回、五十六回描寫鳳姐因流產生病不能理家，王夫人命李紈與探春暫時代為理家，李紈沒什麼突出表現，探春則積極謀求興利除弊，作了很多改革，精明幹練不讓鳳姐，作者特別以回目「敏探春興利除宿弊」來標題她的治家長才。倡立詩社及理家時興利除弊這兩件事更凸顯出她的志向很高，很想有一番大作為。生於末世運偏消，這句是說儘管探春生來頭腦精明志氣高，但是因生在賈家步上衰微的末世，所以她的人生卻偏偏消萎不幸。這大概是指她代理家務時雖然積極為賈家興新利除宿弊，但終究挽救不了賈家衰微的命運，及她後來她遠嫁海疆，永別故園的淒涼吧！但是賈家家道衰微並不能代表探春她個人的命運消萎不幸，畢竟她是外嫁的女兒，她婚後的狀況才是她的命運結局，而她遠嫁海疆總制之子，身分甚高，況且書中第一百一十九回還描寫探春風光回京說：「忽有家人回道：『海疆來了一人，口稱統制大人那裏來的，說我們家的三姑奶奶明日到京了。』…到了明日，果然探春回來。眾人遠遠接著，見探春出跳

（挑）得比先前更好了，服采鮮明。…再明兒，三姑爺也來了。知有這樣的事（指寶玉走失），探春住下勸解（王夫人）。」顯然探春遠嫁海疆結局相當光彩，並沒有命運消萎不幸的情況，所以就表面故事來看，「生於末世運偏消」這一句與探春的命運結局是嚴重不符的。「清明涕送江邊望，千里東風一夢遙」，這兩句是描寫探春結局是在清明時節由家人涕泣著，送別到江邊遠望著她坐船遠嫁海外而去，此去千里之遙，不能與家人相見，只能在夢裡魂魄隨著千里東風回去探望了。在後面書中只有探春遠嫁海疆的情節，但並沒有家人在清明時節涕泣送別至江邊的情節，所以「清明涕送江邊望，千里東風一夢遙」這兩句，也不符合外表故事探春遠嫁海疆的情節。

但若就內層真事而言，以上那些情節不符的現象，就會變得十分符合了。「才自精明志自高，生於末世運偏消」，這兩句用於形容鄭成功、鄭經父子徒然具有精明才幹，及堅決反清復明的高昂志氣，但是處於明朝衰亡的末世，結果最終命運卻偏偏消萎敗亡的情況，可以說再貼切不過了。「清明涕送江邊望，千里東風一夢遙」，這兩句對於鄭成功、鄭經父子在抗清失敗之餘，於清明時節從廈門、金門率領舟師東渡台灣，故國之父老涕泣送別，而他們一去不返，只能在夢裡魂魄隨著千里東風回去探望的情形，簡直是描述得絲絲入扣。按鄭成功在抗清一再挫敗之餘，於永曆十五年（清順治十八年）清明節（三月六日）時期的三月份整頓舟師欲進平台灣，「三月初十日，藩駕（指鄭成功）駐料羅（即今金門料羅灣）」，「三月二十二日，催官兵在船」，「三月二十三午，天時霽靜，自料羅放洋」，「三月二十四日，各船俱齊到澎湖」⑬。至於鄭經，則是響應吳三桂反清，於永曆二十八年（清康熙十三年）五月，從台灣率領舟師前赴廈門、金門參加反清作戰，於閩南、粵東地區轉戰數年，至「永曆三十四年（康熙十九年）正月，鄭經海戰失利。三月（按當年清明節也在三月六日），盡棄沿海島嶼，撤退臺灣」，隔年正月病逝⑭。至於鄭成功、鄭經父子於清明時節的三月份東渡台灣的事件，所對應的書中故事情節，筆者粗略的感覺，初步推想其中鄭成功東渡台灣不返的事件，可能隱藏在第七十回描寫大觀園探春等眾人於暮春三月放風箏的情節之中，而鄭經東渡台灣不返的事件，可能隱藏在第九十九回、第一百回等描寫探春遠嫁海疆的情節之中。至於第一百一十九回描寫探春自海疆風光回京的故事，有可能是作者轉為暗寫施琅平定台灣凱旋回京的事。而最後賈寶玉離家走失的事，則可能是寓寫最後吳三桂及台灣明鄭反清既都歸失敗，寶玉所代表的漢族明朝之天下帝位也就從中國大家庭中出走消失了。不過，是否真是這樣，還待極精極細的考證核對，才能確定。

針對「生於末世運偏消」句，〔甲戌本特批〕評注說：「感嘆句，自寓。」這是提示「生於末世運偏消」這句預示探春命運最後終歸消萎不幸的話，是令本書作者及世人對於祖國明朝消亡的感嘆句，同時也是引清兵入中原建朝的始作俑者吳三桂自寓自己命運終歸消亡的話。針對「千里東風一夢遙」句，〔甲戌本特批〕評注說：「好句。」這是評注「千里東風一夢遙」是描寫得非常貼切的好句子，所以讀者應該根據這一句話，而瞭解到探春這個角色是嫁到海外東方千里之遙的地方，一去不返的人物，這是批書人苦心期望讀者能夠聯想到探春其實就是東渡至台灣不返的鄭成功、鄭經父子。

(8)又畫幾縷飛雲，一灣逝水：雲，暗點史湘雲的「雲」字。逝水，照應後面判詞「湘江水逝」，「湘」字暗點史湘雲的「湘」字。所以這一幅圖畫與判詞是寓示史湘雲的命運結局的，也就是預示史湘雲最後將像幾縷飛雲般地飄失，或像一灣逝水般地流逝，人活沒多久就夭亡消逝了。不過書中後面並沒有具體描寫史湘雲短命夭亡的情節，反倒是描寫其夫婿癆疾短命。第一百九回寫說：「那知道史姑娘哭得了不得，說是姑爺得了暴病，大夫都瞧了，說這病只怕不能好，若變了個癆病，還可捱過四、五年。」第一百十八回描寫史湘雲回來為賈母送殯的情形說：「(史湘雲)又見他女婿的病已成癆症，暫且無妨，只得坐夜前一日過來。想起賈母素日疼他，又想到自己命苦，剛配了一個才貌雙全的男人，性情又好，偏偏的得了冤孽症候，不過捱日子罷了。於是更加悲痛，直哭了半夜。」第一百十八回描寫王夫人對寶玉說：「就是史姑娘是他叔叔的主意，頭裏原好，如今姑爺癆病死了，你史妹妹立志守寡，也就是苦了。」顯然短命消逝的是她的夫婿，及她的婚姻生活，她本人則是守寡度餘生。所以這一幅圖畫的意象實際上並不符合外表故事的史湘雲命運結局。

但就內層歷史真事來說，就非常符合了。雲，前面已說過是暗指李自成王朝、勢力的密碼，因為李自成王朝的官服「服領尚方，以雲為級，一品至九品，雲如其品」，也就是以衣領上深淺不同的九種雲色作為官員品級的標記。所以這一幅圖畫所畫「幾縷飛雲，一灣逝水」，實際是暗寫以雲色為標記的李自成王朝最後「分裂成幾股服裝以雲色為標記的軍隊，像飛雲般地飛奔離散，在洞庭湖、湘江處，如湖、湘一灣逝水般地消逝」。按李自成於明崇禎十七年四月二十二日，在山海關大戰中大敗於吳三桂與滿清聯軍之後，於二十六日奔回北京，二十九日匆匆登基稱帝，隔天三十日黎明縱火焚燒北京皇宮及城樓，便率大軍撤離北京，向老本營陝西西安飛奔逃去，途中一敗再敗於吳、清聯軍，中間還發生嚴重內鬨，處死文武雙全的李岩，首要謀臣首相牛金星與軍師宋獻策互相猜忌，集團核心已出現裂痕。回到西安之後，困守關中至次年清順治二年元月，終於被清、吳聯軍攻破，許多部將如白廣恩等歸降了滿清。李自成又率軍撤離西安，向南逃往湖廣，一路被清軍追殺，經襄陽、承天、武昌奔逃至九江，再向西南折回，經瑞昌縣進入湖北省通山縣九宮山（在古雲夢大澤之南、洞庭湖之東的湖北接江西邊界），奔逃途中每戰必敗，軍隊一路奔逃，一路流散，軍師宋獻策被俘。大約於四、五月之交逃至九宮山北麓，又遭清軍致命一擊，李自成兩位叔父及第一大將劉宗敏被清所俘殺，首相牛金星遁逃，軍隊潰散。李自成本人率領親隨一小隊人馬，逃入九宮山牛迹嶺，被當地鄉勇程九伯等人擊斃。有關李自成的死期，說法頗多，有說死於順治二年四月下旬，有說死於五月四日稍後，又有說死於六月等。至於所屬軍隊則潰散成數股，盤踞在洞庭湖北面荊州（楚）及南面湘江（湘）一帶，後來田見秀、張鼐等降清，郝搖旗、袁宗第等由湘陰至長沙（均在湘江沿岸）歸降南明隆武帝的湖南總督何騰蛟，李過（李自成侄）、高一功等則從荊州率眾南下至常德（在洞庭湖西側）歸降何騰蛟⑮。可見李自成大順王朝最後是在雲夢大澤、洞庭湖、湘江一帶分成數股潰散而亡。對於李自成大順王朝軍隊，穿著雲色徽章的衣服，從北京飛奔逃命，雲色衣領飄飄地，一路飛逃至湖北通山縣，最後在一灣逝水的湖、湘地區，分裂成數股飛奔潰散消亡的情況，這裡以「幾縷飛雲，一灣逝水」的圖像來傳繪，真是形神畢現，既精要又生動之至。

(9)「富貴又何為，襁褓之間父母違。展眼弔斜暉，湘江水逝楚雲飛。」：這裡作者以「湘江水逝楚雲飛」的「湘」字與「雲」字，暗點湘雲。襁褓，襁為背負幼兒的布帶，褓為包裹幼兒的小被子或衣服，襁褓合起來喻指嬰兒、幼兒。違，背離，死亡的意思。展眼，轉眼。弔，憑弔、傷悼。斜暉，傾斜的日光，指西斜的落日餘暉。湘江水逝，表面上指湘江的流水逝去，深層上則是暗用娥皇、女英在湘江上哭舜亡的典故，按傳說舜帝南巡至蒼梧而死，娥皇、女英在湘江上遠望蒼梧山哀哭，眼淚灑在竹子上，使竹皮變成有斑點，稱為湘妃竹，這個故事在這裡寓指妻哭丈夫死亡的意思。楚雲飛，表面上指荊楚的雲從空中飛逝，深層上則是暗用宋玉〈高唐賦〉楚懷王夢會巫山神女的典故，按該典故說楚懷王遊於高唐，夢會能行雲作雨的巫山神女，後來「雲雨」二字成為男女性愛情事的代用詞，這個故事在這裡則暗寓愛情如夢一般虛幻短暫，故這裡「楚雲飛」是表示愛情飛逝、破滅。「富貴又何為，襁褓之間父母違」，這兩句是描寫史湘雲雖是出身《紅樓夢》四大富貴家族的史家，為賈母弟兄忠靖侯史鼎的孫女，賈母的侄孫女，但是這樣的富貴又有什麼用呢？剛在嬰兒時期父母就背離死去而命苦（因而寄養在叔嬸家）。「展眼弔斜暉，湘江水逝楚雲飛」，這兩句是描寫史湘雲的愛情結局，雖然嫁了一個才貌雙全的丈夫，但轉眼間偏就得癆病而死，就像那令人哀傷憑弔的落日西斜餘暉，她的美好婚姻就像湘江的水迅速流逝，又像荊楚流雲般地虛幻飛逝。

在內層真事上，這四句則是暗寫李自成大順王朝迅速生成，又迅速潰亡的過程。「富貴又何為，襁褓之間父母違」，這兩句是暗寫李自成在崇禎十七年正月一日，在西安正式建國，誕生大順王朝（史湘雲），至攻佔北京，登基稱帝期間，李自成本人（史湘雲）當了皇帝，很多部屬（史湘雲）封侯封將，都成了高官顯爵的富貴人家，但這樣的富貴又有什麼用呢？因為在大順王朝剛誕生如襁褓嬰兒的期間，在四月三十日就從北京撤退逃命，失去了有如父親的北京，至隔年元月又從西安往南撤退逃命，失去了有如母親的老巢西安，所以實際上是命好苦。「展眼弔斜暉，湘江水逝楚雲飛」，這兩句是暗寫自此以後，史湘雲所代表的大順王朝，轉眼間就迅速沒落得像那令人哀傷憑弔的落日西斜餘暉，最後在湘江、荊楚一帶潰散而亡，就好像湘江的水迅速流逝，又好像荊楚上空流雲般地虛幻飛逝。

至於這些史湘雲所代表的大順王朝生成又潰亡的事跡，究竟落實到書中那些章節中的故事情節？根據筆者的初步研讀心得，史湘雲這個名號至少影射兩個真實對象，其一是影射李自成大順王朝或其相關人物，其二是影射吳三桂叛清時期，奉派出使（史）或駐紮在湘楚雲南（湘雲）一帶的滿清政軍勢力或相關人物。其中影射湘楚雲南一帶的滿清政軍勢力或相關人物的部份，在書中似乎比較是使用正面描寫的故事情節來寫出，如第二十二回所描寫史湘雲前來賈府暫住兩日，急著要回去，被賈母挽留，只得又住下的情節，其中的史湘雲顯然是影射清廷派赴雲南昆明督促吳三桂撤藩遷移的三位使者，禮部右侍郎折爾肯、翰林院學士兼禮部侍郎傅達禮、兵部郎中王新命等所謂三大人，這一情節則是暗寫他們三人因察覺吳三桂已決心叛清，心恐被吳三桂殺害而急著要返回北京，被吳三桂（賈母）截回，只得又住下的事跡。至於史湘雲影射李自成大順王朝或其相關人物的部份，在書中似乎是比較使用回憶式或由別人間接提及的插述方式來寫出。例如，第三十八回描寫湘雲邀請詩社雅集，作菊花詩，要另外取一個名號的情節中，寫道：「湘雲笑道：『我們家裏如今雖有幾處軒館，我又不住著，借了來也沒趣。』寶釵笑道：『方才老太太說，你們家也有這個水亭叫枕霞閣，難道不是你的。如今雖沒了，你到底是舊主人。』」這是以回憶式或間接提及式的插述方式，暗寫李自成大順王朝原佔有某幾處具有軒館樓閣的根據地，只是如今卻沒了。再如，第三十一回作者借寶釵之口，描述湘雲道：「姨娘不知道，他（湘雲）穿衣裳還更愛穿別人的衣裳。可記得舊年三、四月裏，他在這裏住著，把寶兄弟的袍子穿上，靴子也穿上，額子也勒上，猛一瞧倒像是寶兄弟。」文中寶兄弟寶玉是隱寓「玉璽」所代表的天下寶位或皇帝。這一段顯然是以別人間接插述的方式，寓寫李自成在崇禎十七年三月十九日至四月三十日期間裏，攻佔北京城，並於四月二十九日，穿戴上皇帝的袍子、靴子、額子，登基當皇帝，猛然間倒儼然像是天下皇帝之模樣的情景。至於李自成死後，其潰散的餘部李過、郝搖旗等，在湘江一帶歸降南明總督何騰蛟的事跡，則暗藏在第四十八回香菱拜黛玉為師學作詩的故事中。該故事開頭寫道：「且說香菱見過眾人之後，吃過晚飯，寶釵等都往賈母處去了，自己便往瀟湘館中來。此時黛玉已好了大半，見香菱也進園來住，自是歡喜。」其中的香菱就是影射李自成軍隊或其餘部。這一小段實際是暗寫說：「且說李自成王朝軍隊（香菱）與各方清軍會見戰鬥過後（見過眾人），王朝已到日暮黃昏，最後被滿清致命一擊，有如吃過一頓最後的晚飯後，（領袖李自成死亡）前途進入黑夜，見滿清軍隊（寶釵）都率軍歸營（賈母處）去，李朝農民軍餘部（香菱）便自動奔往瀟湘流域湖南一帶的南明王朝領域（瀟湘館）中來。此時的明朝（黛玉），屢次戰敗失地的傷殘病況，因滿清逐滅李自成還師整頓，獲得喘息機會而好轉了，尚保有長江流域以南一大半江山（已好了大半），看見農民軍餘部（香菱）也投奔進明朝漢人陣營的大觀園來歸降駐紮（進園來住），抗清實力大增，自是歡喜。」另外，在第十九回寫寶玉奶母李嬤嬤告老解事出去，又回來要瞧瞧寶玉，恰寶玉不在，丫頭們只顧頑鬧，便數說丫頭們一頓，而眾丫頭並不理他，有的還說：「好一個討厭的老貨。」這裡作者又另以李嬤嬤影射李自成。這個故事應是暗寫李自成已從北京撤退，解除天下帝王的職務而去，退守關中，卻又回頭率兵出來想收服、重管已經叛離的地方文官武將（丫頭們），而他們並不再理會他，還嘲笑他是已失帝位的討厭老貨這樣的事跡，而這個故事就是與這裡「富貴又何為，襁褓之間父母違。展眼弔斜暉」有關的對應情節。從以上一個李自成王朝或其相關人物，作者卻使用三個角色湘雲、香菱、李嬤嬤來加以影射，可見《紅樓夢》的寫作筆法實在是變化多端，詭譎、神秘至極，所以想要解開《紅樓夢》故事的真相，非得有一再推敲的功夫不為功，在第六回的末尾，批書人就藉第六回、第七回故事真相的變幻難測，感慨地提示說：

作者真筆似遊龍，變幻難測，非細究至再三再四，不計數，那能領會也，嘆嘆！

另外，值得一提的是，史湘雲在《紅樓夢》書中金陵十二釵中，是一個極重要的角色，她在寶玉的戀愛對象中是第三要角，與黛玉、寶釵競爭寶玉的愛情，形成一種四角戀愛關係，構成全書故事的主要結構。《紅樓夢》全書這種黛玉、寶釵、湘雲三人競爭寶玉愛情的四角戀愛主題故事，對應到歷史真事上，其實就是隱寫明末清初朱明王朝（黛玉）、滿清王朝（寶釵）、李自成大順王朝（湘雲）這三大勢力，競逐天下皇帝寶位（寶玉）的歷史事跡；又是隱寫吳三桂等三藩叛清時期，恢復明朝的勢力（含台灣明鄭延平王朝・黛玉）、吳三桂雲南藩王府勢力（寶釵）、湘楚雲南一帶的滿清勢力（湘雲）這三大勢力，為爭取或護衛天下皇帝寶位（寶玉）的歷史事跡。

(10) 後面又畫着一塊美玉，落在泥垢之中：這裡美玉的「玉」字，暗點妙玉的「玉」字，而「妙」字也有美好之意，故美玉的「美」字，暗點妙玉的「妙」字。又下面的判詞有「云空未必空」句，而十二釵中唯有妙玉身在空門（佛門）而心性不盡能夠看空塵世，恰合這句詩的情況。綜合起來，可以推知這幅圖畫與判詞是寓示妙玉的命運的。一塊美玉，這是喻寫妙玉出身高貴，心性高潔，容貌美好。第十七、十八回描寫林之孝家的來回報王夫人說：「採訪聘買得十個小尼姑、小道姑都有了，連新作的二十分道袍也有了。外有一個帶髮修行的，本是蘇州人氏，祖上也是讀書仕宦之家。因生了這位姑娘自小多病，買了許多替身兒皆不中用（按指買過許多窮人家子女代替出家消災都不管用），到底這位姑娘親自入了空門，方才好了，所以帶髮修行，今年才十八歲，法名妙玉。如今父母俱已亡故，身邊只有兩個老嬤嬤，一個小丫頭伏侍。文墨也極通，經文也不用學了，模樣兒而又極好。」一塊美玉就是喻寫妙玉出身讀書仕宦之家，文墨也極通，模樣兒而又極好，及帶髮修行禮佛，悟空習淨，這些高貴美好的本質。落在泥垢之中，這是喻寫妙玉雖然身在佛門清淨地，可是她塵心未泯，還是心戀紅塵的富貴情愛，好像一塊美玉落在泥垢之中一般地受塵俗污染了。她這種塵心未泯的情況，留住三千煩惱絲而帶髮修行，就是最明顯的外形標誌。第四十一回描寫賈母帶了劉姥姥等眾人至櫳翠庵拜訪妙玉，妙玉招待的是進貢朝廷之貢品的極品好茶「老君眉」，茶杯是官窯成窯所出極度名貴的五彩小蓋盅，隨後另行招待寶釵用的是「晉王愷（按係大富豪）珍玩」的古玩級茶杯，招待黛玉的是犀牛角製作的珍奇茶杯，招待寶玉的是綠玉斗，一個視富貴如浮雲的修空禮佛尼姑，卻偏好這些比美皇宮的名貴珍奇茶品茶具，顯然其內心仍然豔羨塵世的榮華富貴。更過分的是，她見賈母將名貴的成窯茶杯遞給劉姥姥飲用過，因劉姥姥身分低賤而嫌髒，命道婆將該茶杯擱在外頭不要了，卻要用自己常日吃茶的綠玉斗斟茶給富貴公子的寶玉喝，而不嫌髒，這種嫌貧媚富的心態，實在跟塵俗凡人一樣地污穢。

第八十七回描寫妙玉至惜春處與惜春下棋，寶玉進來看棋，見妙玉總是棋高一著，便對妙玉說了些讚賞其人品、棋藝的話：「倒是出家人比不得在家的俗人，頭一件心是靜的。靜則靈，靈則慧。」「只見妙玉微微的把眼一抬，看了寶玉一眼，復又低下頭去，那臉上的顏色漸漸的紅暈起來。」及至她回去，晚上在禪床打坐，「斷除妄想，歸向真如。坐到三更過後，聽到屋上骨碌碌一片瓦響，妙玉恐有賊來，下了禪床，出到前軒，但見雲影橫空，月華如水。那天氣尚不很涼，獨自一個憑欄站了一回，忽聽房上兩個貓兒一遞一聲廝叫。那妙玉忽想起日間寶玉之言，不覺一陣心跳耳熱。自己連忙收攝心神，走進禪房，仍到禪床上坐了。怎奈神不守舍，一時如萬馬奔馳，覺得禪床便恍蕩起來，身子已不在庵中。便有許多王孫公子要求娶她，又有些媒婆扯扯拽拽扶他上車，自己不肯去。一回兒又有盜賊劫他，持刀執棍的逼勒，只得哭喊求救。早驚醒了庵中女尼道婆等眾，都拿火來照看。只見妙玉兩手撒開，口中流沫。急叫醒時，只見眼睛直豎，兩顴鮮紅，罵道：『我是有菩薩保佑，你們這些強徒敢要怎麼樣！』」經請大夫來看，說：「這是走魔入火的原故。」從這一段情節，顯然妙玉暗戀著寶玉，才打坐不得安寧，而致走魔入火，可見她雖是尼姑，還是掉入世俗情愛的煩擾泥垢之中，無法自拔。到了第一百十二回則描寫妙玉夜裡打坐至五更，被一夥強盜用悶香熏得身子麻木，「只見一個人拿著明晃晃的刀進來。…那知那個人把刀插在背後，騰出手來將妙玉輕輕的抱起，輕薄了一會子，便拖起背在背上。此時妙玉心中只是如醉如痴。可憐極潔極淨的女兒，被這強盜的悶香熏住，由著他掇（掠奪）弄了去了。」「趕出城去，那夥賊加鞭趕到二十里坡，和眾強徒打了照面，各自分頭奔南海而去。不知妙玉被劫，或是甘受污辱，還是不屈而死，不知下落，也難妄擬。」這一段所寫妙玉最後被強盜抱著輕薄，再被劫持到南海，或是甘受污辱，或是不屈而死，較之前面兩段情節，更具體而明確地顯示出妙玉的命運結局，真是「一塊美玉，落在泥垢之中」，被糟蹋沾污得令人難過。

再就內層真事來探討。在金陵十二釵裏面，只有黛玉、妙玉兩人名字中有「玉」字，男人中只有寶玉有「玉」字，而這寶玉和黛玉的「玉」字都有寓指「玉璽」所代表的天下帝位、皇帝的意義，這裡妙玉的「玉」字也是一樣，所以單從妙玉的「玉」字，就可推定妙玉的真實身分應是一個具有皇帝身分的人物。而妙玉的「妙」字，暗通諧音「廟」字，故妙玉暗通諧音「廟玉」，隱含的意義是按宗法制度「繼承宗廟香火的皇帝」，這對應到清初反清復明歷史上，應是影射明崇禎帝死後，理應繼承明朝天子帝位的崇禎太子朱慈烺，或眾多反清勢力名義上所尊奉的三太子（崇禎所遺之三位太子）。另外，妙玉通「廟玉」，又隱含在廟裡修行的美女的意義，就這一層推敲應是影射吳三桂的愛妾陳圓圓，因為陳圓圓到了吳三桂封藩雲南之後，已年屆中年，雖然吳三桂還是十分寵愛，但是三桂的正妃張氏強悍好妒，且三桂後來又另寵年輕美艷的兩位歌姬「八面觀音」、「四面觀音」，陳圓圓為避免爭寵嫉妒的口舌是非，謝絕過分的豪華，獨居另一個院落，到了吳三桂起兵反清之時，陳圓圓不同意其作為，徵得三桂同意，在昆明城外另闢一淨室，帶髮茹素禮佛⑯，這種情況與妙玉在豪門賈府大觀園內帶髮修行非常相似。大概恰好吳三桂起兵反清，是以推奉三太子，恭登皇帝大寶位為名義發起，又有愛妾陳圓圓在其藩國內帶髮修行，於是本書作者就創造出「妙玉」這個角色，主要影射崇禎太子朱慈烺或三太子，其次影射陳圓圓這兩個真實人物，但也不排除尚有影射其他真實人物的可能性。

不過這幅圖畫與判詞主要是針對三太子的。這幅圖畫畫著「一塊美玉，落在泥垢之中」，主要是寓寫崇禎太子朱慈烺雖是血統最純潔、最高貴、最有資格繼承天下帝位的人，卻不幸陷入皇位爭奪戰中各方追捕或擁立的漩渦之中，而淪為南京南明弘光帝的獄中囚，最後被強盜劫往南海等的悲慘命運，有如一塊美玉落在泥垢之中一般。綜合各種相關史書的記載，崇禎太子朱慈烺雖貴為天生是理應繼承皇帝位之人，但是孤掌難鳴，無人輔佐，形成孤高之勢，雖欲自即帝位，以維護明朝崇禎帝統高潔血統（此即書中所謂心性孤高自潔）。然而時逢改朝換代，滿清固然要捕殺他，就是逃至南方的明朝旁支宗室，紛紛自立為帝，也最怕他南下搶奪其帝位，都忌妒其正統身分，不但不予收容擁立，甚至派人搜捕殺害，後來被南京弘光王朝搜捕入獄。及至滿清豫王多鐸即將攻陷南京，弘光帝逃亡的空檔時期，「太子（慈烺）被監生趙某等一群百姓從獄中救出，被擁去武英殿登位，受群眾呼萬歲，各部署寺官之四拜禮，做了四、五天的南都皇帝」。至於清軍攻陷南京之後，慈烺太子的下落，各史書有三種寫法，第一種是「不知所終」；第二種是被弘光朝臣趙之龍挾去投降滿清多鐸，被多鐸連同弘光帝帶至北京，「後俱兇聞」；第三種是正式的官方歷史都「無記載」⑰。「無記載」其實也是不知下落才不敢隨便記載，而慈烺太子若是被滿清所殺，這樣的大事清廷應該會有所記錄才對，可見慈烺太子最後「不知所終」的可能性還是比較大。在「不知所終」的情況下，一九八四年台灣出版的《明太子、福王亡命在日本》一書，認為慈烺太子可能是從寧波搭乘葡萄牙的商船流亡至澳門，到達後適逢南明廣州的紹武帝與肇慶的永曆帝之內鬥戰亂，而或許落入紹武帝所屬原是廣東沿海海盜的「石、馬、徐、鄭」四姓總兵手中，然後搭乘原屬這四姓的廣東唐艦東渡逃難至日本，定居名古屋⑱。「石、馬、徐、鄭」四姓海盜所在的廣東沿海正是南海。而書中第一百十二回描寫妙玉最後被強盜劫往南海，與該書所記慈烺太子落入「石、馬、徐、鄭」四姓南海海盜的說法，可以說十分吻合。而妙玉最後「不知下落」，也合乎史書「不知所終」的較普遍說法。至於本書對於妙玉被劫後「或是甘受污辱，還是不屈而死」，作者不敢下結論，而鄭重寫說「不知下落，也難妄擬」，很明顯是說因為作者手上歷史資料沒有記載妙玉（朱慈烺）的最終下落，所以他很難憑空妄自擬定其最終是甘受污辱還是不屈而死，是一種忠於史料的負責任態度。由此更可證明《紅樓夢》確實是一本暗寫歷史的書，因為如果《紅樓夢》是一本純粹虛構的小說，則書中每一角色的結局都是作者自己所親自構想設定的，作者一定知道，絕對不會有像妙玉這樣，作者對於其最終結局「不知下落，也難妄擬」的情況。

(11)「欲潔何曾潔，云空未必空。可憐金玉質，終陷淖泥中。」：欲潔何曾潔，這是描寫妙玉想要維持佛門清修的潔淨，又何曾能夠不沾染塵世社會的種種紛擾污濁，而真正的維持一塵不染的潔淨。這一層從她依附在豪門賈家之內，而賈家是一個最藏污納垢的墮落貴族，就可推想到她終究不能不受賈家的污染。譬如第四十一回描寫賈母帶了劉姥姥等眾人至妙玉的櫳翠庵喝茶打擾，出身低賤的劉姥姥使用了她的成窯茶杯，便使她嫌髒，而命人將該茶杯擱在外頭不要了。又眾人在她的居處走動，寶玉就想到妙玉一定嫌髒，所以臨走時對她說：「等我們出去了，我叫幾個小么兒來河裏打幾桶水來洗地如何？」妙玉回答說得很絕：「這更好了，只是你囑咐他們，抬了水只擱在山門外頭牆根下，別進門來。」這是最顯著的一個例子。後來也就是因為賈家敗落，門禁不嚴，她才被強盜闖入摟抱輕薄又劫走，完全被塵世沾污了。云空未必空，這句是說妙玉說要看空世俗的榮辱情愛，自己卻未必真能夠完全看空，這一點上面所舉第四十一回、第八十七回妙玉嫌貧媚富，及因暗戀寶玉，以致打坐時走魔入火的情節，就充分顯示出來。金玉質，這是比喻妙玉猶如金、玉的品質，既貴重又美好，這與前面的「一塊美玉」一樣，同是喻寫妙玉出身高貴，心性高潔，容貌美好。「可憐金玉質，終陷淖泥中」，這兩句與前面圖畫「一塊美玉，落在泥垢之中」的意義相同，詳情已如上述。

再就內層真事來說。「欲潔何曾潔」，這是暗寫崇禎太子朱慈烺在崇禎自縊殉國後，心中想要維持明朝皇帝血統的純潔，仍然由崇禎皇帝的兒子來繼承，認為這樣才算純潔，但是實際上明朝旁支宗室卻被爭著擁立為南明皇帝，如福王朱由崧在南京即位為弘光帝，唐王朱聿鍵在福州即位為隆武帝，桂王朱由榔在肇慶即位為永曆帝等，其血統都不能算是純潔的，至於李自成或滿清即位為中原皇帝，更是不純潔到骯髒的程度了。云空未必空，這是暗寫太子朱慈烺在各方追捕排擠下，說要看空皇帝位而做個平凡百姓，卻未必能夠看空，因為一方面很多明朝的故臣遺民想擁護他當皇帝，以反清復明，一方面他自己內心也期盼有機緣被擁立為皇帝，以延續明朝天下的存在。「可憐金玉質，終陷淖泥中」，這兩句與前面「一塊美玉，落在泥垢之中」的意義相同，是寓寫崇禎太子朱慈烺雖具有如金玉般高貴的明朝崇禎皇帝嫡系繼承人身分，卻不幸落入皇位爭奪戰中各方爭相追捕或擁立的混亂局面中，終於淪陷為南京南明弘光帝的獄中囚，及被強盜劫往南海而不知下落等，如陷入淖泥般的悲慘命運之中。

至於有關崇禎太子朱慈烺的事跡，究竟對應到書中有關妙玉的那些故事情節，筆者目前領悟到的還十分有限。比較可確定的是，第一百十二回描寫妙玉最後被強盜劫往南海，而不知下落的故事，應該是寓寫慈烺太子在清兵攻陷南京之後，落入廣東南海原出身海盜的「石、馬、徐、鄭」四姓總督之手，而「不知所終」的事跡。至於朱慈烺出身貴為崇禎皇帝之太子，暗懷恢復明朝志向，或被反清復明勢力尊奉為名義上之精神領袖的事跡，可能暗藏在第十七、十八回有關妙玉出身，及被賈府邀請至大觀園櫳翠庵帶髮修行的故事之中。第十七、十八回描寫妙玉出身高貴，至賈府時年十八歲，而慈烺太子在南京被擁立為皇帝時，「年號仍稱崇禎十八年」⑲，兩者恰好相符合。另外，根據《鹿樵紀聞》及《續明紀事本末》兩部史書的記載，明崇禎皇帝駕崩時的崇禎十七年，慈烺太子恰好是十八歲（其他史書也有說是十六歲的）⑳，妙玉至賈府時年十八歲，或許也可能暗指慈烺太子十八歲。至於妙玉帶髮修行，則應是暗寓慈烺太子或朱三太子所代表的當時反清復明勢力，都是不剃髮投降滿清，而蓄留長髮，像修行般地苦志進行反清復明運動。此外，慈烺太子或朱三太子暗懷登上皇帝寶位，恢復明朝之志，書中可能是以妙玉暗戀寶玉來象徵，蓋書中常以寶玉象徵皇帝寶位，妙玉暗戀寶玉就是暗寓妙玉慈烺太子或朱三太子，暗中眷戀寶玉所代表的皇帝寶位的意思，即使是書中黛玉寶釵競爭寶玉愛情的故事，也是暗寓明朝（黛玉）與滿清（寶釵）或吳三桂藩王府勢力（寶釵）競爭皇帝寶位的意思。

◈真相破譯：

寶玉看了仍然不能理解。便又丟下，再去拿「正冊」來看。只見頭一頁上便畫著「兩株枯木，木上懸著一圍玉帶，又有一堆雪，雪下一股金簪」。（按兩株枯木暗點林字，玉帶顛倒就是帶玉，暗點諧音的「黛玉」，可知前面兩句的圖像是寓指林黛玉。雪字暗點諧音的「薛」字，金簪二字暗點「釵」字，可知後面兩句的圖像是寓指薛寶釵。）這裡把林黛玉和薛寶釵合畫在這樣的一幅圖畫，是寓示她們兩人是同一個集團下的兩大勢力，也就是寶玉所代表的吳三桂大周反清勢力集團下，包含有林黛玉所影射的以東林黨文林學士為骨幹的復明勢力，及薛寶釵所影射的原雲南藩王府勢力這兩大勢力；而林黛玉所影射的復明勢力，最後因為吳三桂自己登基稱大周皇帝，不再恢復明朝，復明人士失望而散去，因而這股復明勢力就像林木枯萎般的枯亡，代表明朝官位的玉帶就像虛圍在枯木上一樣；薛寶釵所影射的雲南藩王府勢力，在吳三桂於康熙十七年八月先行病亡後，還在大周王朝底下獨自苦撐著，雖然各部將都是插帶金簪的達官貴人，但王朝即將覆亡，其境況就好像埋在雪下的一股金簪那樣冰冷。也有四句言詞，寫說是（按一、四兩句係預示薛寶釵所影射的原吳三桂雲南藩王勢力的命運，二、三兩句係預示林黛玉所影射的復明勢力的命運）：

真是可嘆那薛寶釵所影射的原吳三桂雲南藩王府高官集團，徒然具有像東漢樂羊子妻子停下織機規勸丈夫求取功名的賢淑婦德（停機德）一般地，規勸、擁護賈寶玉所代表的吳三桂求取登基稱帝的最高功名；真是可憐林黛玉所影射的東林黨文士等復明勢力，枉然具有像東晉謝道韞咏柳絮詩那樣的敏捷詩思才華（咏絮才），支持吳三桂反清復明（兩者都是白費工夫）。

後來吳三桂卻自立為大周皇帝，不再恢復明朝，林黛玉所影射的復明勢力人士絕望而散居山林，所繫代表明朝官位的玉帶也就掛在林中閒置了；更沒想到吳三桂中途先行病逝，薛寶釵所影射的原吳三桂雲南藩王府勢力集團獨力抗清極為艱險悽苦，他們的最後命運就好像把代表高官顯爵的金簪埋沒在雪堆裏一樣地冰冷。

寶玉吳三桂看了仍舊不能理解。想要問警幻仙姑滿清時，心知他必然不肯洩漏；想要丟下，又捨不得。於是又往後面看時，只見畫著「一張弓，弓上掛一香櫞」。（按一張弓的「弓」字諧音「宮」，暗示與「皇宮」有關。香櫞的「櫞」字通諧音「元」字。故這幅圖畫是寓示居住在「皇宮」為皇妃的賈「元」春。就內層真事來說，一張弓是指「張」字，是表示姓張。弓即弓弧，指「懸弧」，舊俗懸弧表示生男兒的意思。香櫞，暗通字形字音極類似的「香緣」二字，為「香煙血緣」的意思。）這樣的圖畫是寓示賈元春所影射的人是一個張氏所生的男兒（一張弓），而這個男兒身上（弓上）還生育、繫掛有一串延續香煙血緣（掛一香櫞）的子嗣，他們居住在都城皇宮（弓諧音宮），也就是說賈元春影射吳三桂妻子張氏所生的兒子吳應熊，他生有延續吳家香煙血緣的子嗣（吳世霖、吳世藩等），他們居住在北京皇宮。也有一首歌詞云（按係預示賈元春所影射的吳應熊的命運）：

賈元春所影射的吳三桂兒子吳應熊，自從順治十（一六五三）年，與順治帝之妹建寧公主結婚而顯貴起，直到康熙十二（一六七三）年底吳三桂在雲南起兵反清時，這二十年來一直明辨君臣禮法的大是非，未曾隨同吳三桂一起反叛清朝；這個留居在北京作人質的吳應熊，獲賜駙馬親王府邸，權勢貴極紅透朝廷內宮，就好像榴花盛開榴火照耀皇宮內闈一般。

吳三桂在康熙十七年春三月登基稱大周皇帝時，表面上尊榮到最頂級的帝王，而軍事勢力節節敗退，有如暮春三月百花豔極將殘的情景（三春景），怎麼比得上康熙十三年元月初春他剛起兵反清時，聲勢浩大到幾乎勢蓋半壁天下，有如初春百花初放向榮的情景（初春景）呢？吳應熊最後在虎（寅）年和兔（第四）月相逢的康熙十三年甲寅（虎）年四（兔）月，被康熙下令處死，猶如作大夢不醒般地死去歸天了（大夢歸）。

後面又畫著「兩人放風箏，一片大海，一隻大船，船中有一女子掩面泣涕之狀」。這樣的圖畫是寓示賈探春所影射的鄭成功、鄭經或其延平王朝，在抗清作戰失敗之餘，東渡台灣時，在廈門、金門兩島的軍民好像放風箏般，把他們放走隨風飄去般的情況下，率領一支大船隊，航過一片大海，船中有一個女子所象徵的延平王（朝），依依不捨而掩面涕泣離去的情狀。也有四句詩寫說（按係預示賈探春所影射的鄭成功、鄭經的命運）：

賈探春所影射的鄭成功、鄭經父子，徒然天生具有精明才幹，及堅決反清復明的高昂志氣，但是生存在明朝衰亡的末世，最終命運卻偏偏消萎敗亡。

鄭成功、鄭經父子在抗清失敗之餘，於清明時節的三月份從廈門、金門率領舟師東渡台灣，故國的父老涕泣著送別到江邊遠望其離去，而他們一去不返，只能在夢裡魂魄隨著千里東風回去遙望故國家鄉。

後面又畫著「幾縷飛雲，一灣逝水」。（按飛雲的雲字，暗點史湘雲的「雲」字。逝水，照應後面判詞「湘江水逝」，而「湘」字暗點史湘雲的「湘」字。故這一幅圖畫與判詞是寓示史湘雲命運的。就內層真事來說，「雲」字是暗點以雲色徽章為標記的李自成王朝。）這樣的圖畫是寓示史湘雲所影射的李自成大順王朝，最後分裂成幾股服裝以雲色徽章為標記的軍隊，像飛雲般地飛奔逃散，在洞庭湖、湘江一帶，如湖、湘一灣逝水般地流逝消亡（按李自成本人逃至洞庭湖東邊湖北接近江西的通山縣九宮山，被當地鄉勇擊斃）。其判詞說（按係預示史湘雲所影射的李自成王朝的命運）：

史湘雲所影射的李自成大順王朝集團攻佔北京奪得天下，成就了帝王公侯的富貴榮華，但這樣的富貴又有什麼用呢？因為在大順王朝剛誕生如襁褓嬰兒的期間，就大敗而失去有如父親的北京，不久又大敗而失去有如母親的老巢西安（父母違）。轉眼間就敗逃沒落得像那令人哀傷憑弔的落日西斜餘暉，最後在湘江、荊楚一帶潰散消亡，就好像湘江的水迅速流逝，又好像荊楚上空流雲般地虛幻飛逝。

後面又畫著「一塊美玉，落在泥垢之中」。（美玉的玉字，暗點妙玉的「玉」字。在內層真事上，「玉」字暗寓「玉璽」所代表的天下帝位、皇帝。妙玉暗通諧音「廟玉」，暗寓按宗法制度「繼承宗廟香火的皇帝」，故推知妙玉是影射一個具有繼承皇帝身分的人物。應是影射明崇禎帝死後，理應繼承明朝天子帝位的崇禎太子朱慈烺。）這樣的圖畫是寓示妙玉所影射的崇禎太子朱慈烺雖是如一塊美玉一般，最美好高貴、最有資格繼承明朝天下帝位的人，卻不幸陷入皇位爭奪戰中各方追捕或擁立的漩渦之中，而淪為南京南明弘光王朝的獄中囚，最後被強盜劫往南海等的悲慘命運，有如一塊美玉掉落在泥垢之中一樣。其斷語說（按係預示妙玉所影射的崇禎太子朱慈烺的命運）：

妙玉所影射的崇禎太子朱慈烺，在崇禎自縊殉國後，心中雖想繼位為皇帝，以維持明朝皇帝血統的純潔，但實際上朱氏宗室旁支（按如福王朱由崧、唐王朱聿鍵等）及異姓的李自成、滿清卻相繼即位為皇帝，明朝帝統何曾能夠純潔；即使說要看空皇帝位，卻未必能夠看空，因為很多明朝故臣遺民想擁護他當皇帝，他自己內心也期盼有機緣被擁立為皇帝，以反清復明。

可憐他雖具有如同金玉般貴重美好本質的明朝皇帝嫡系繼承人身分，卻不幸落入皇位爭奪戰中各方爭相追捕或擁立的混亂局面中，終於淪為南京南明弘光王朝的獄中囚，及被強盜劫往南海而不知下落等，有如陷入泥淖般的悲慘命運之中。

◈原文：

後面忽畫一惡狼，追撲一美女，欲啖之意(12)。其書云：

子係中山狼，得志便猖狂。
金閨花柳質，一載赴黃粱。(13)

後面便是一所古廟，裏面有一美人在內看經獨坐(14)。其判云：

勘破三春景不長，緇衣頓改昔年粧。
可憐綉戶侯門女，獨臥青燈古佛旁。(15)

後面便是一片冰山，上有一隻雌鳳(16)。其判曰：

凡鳥偏從末世來，都知愛慕此生才。
一從二令三人木，哭向金陵事更哀。(17)

後面又有一座荒村野店，有一美人在那裡紡績(18)。其判曰：

勢敗休云貴，家亡莫論親。
偶因濟劉氏，巧得遇恩人。(19)

詩後又畫一盆茂蘭，旁有一位鳳冠霞帔的美人(20)。也有判云：

桃李春風結子完，到頭誰似一盆蘭。
如冰水好空相妬，枉與他人作笑談。(21)

後面又畫着高樓大廈，有一美人懸梁自縊(22)。其判云：

情天情海幻情身，情既相逢必主淫。
漫言不肖皆榮出，造釁開端實在寧。(23)

寶玉還欲看時，那仙姑知他天分高明，性情穎慧(24)，恐把仙機洩漏(25)，遂掩了卷冊，笑向寶玉道：「且隨我去遊玩奇景(26)，何必在此打這悶葫蘆(27)！」

◈脂批、注釋、解密：

(12)後面忽畫一惡狼，追撲一美女，欲啖之意：從後面判詞的第一句「子係中山狼」，其中「子係」二字合起來是一個「孫」字，暗點迎春的夫婿「孫」紹祖，及判詞的第四句「一載赴黃粱」，又正符合迎春嫁給孫紹祖一年餘就被折磨而死的情節，因此推知這幅圖畫與判詞是寓示賈迎春的婚姻命運的。啖，音淡，吃，又有先給人利益以誘使人聽從自己的意思。這幅圖畫畫著「一惡狼，追撲一美女，欲啖之意」，是寓示迎春的命運將是「嫁給一個惡男人，他就好像一匹惡狼追撲一個美女，有意把她吞吃掉一般地凌虐她至死。」這對應到書中，就是第七十九回「賈迎春誤嫁中山狼」、第八十回迎春嫁給孫紹祖飽受虐待，及第一百九回孫家不請大夫為迎春治病而致使她病死的故事。

至於這圖畫與判詞所對應的內層歷史真事，筆者初步認為應是寓寫南明南京弘光王朝在一年左右就滅亡的事跡，畫中的美女迎春影射弘光帝或其王朝，而追撲欲吞吃掉美女迎春的惡狼，則是影射擅權亂政致使弘光王朝滅亡的馬士英、阮大鋮等，詳細情形稍後再述。至於迎春的意義，在第二回寫到賈府四春姊妹元春、迎春、探春、惜春時，旁邊分別有〔甲戌本夾批〕注說：「原也」、「應也」、「嘆也」、「息也」。而前面筆者已指出其中元春即「原春」，代表「中原」地區的王朝、帝王、親王等，如入主中原的清順治、吳三桂質押在北京的長子吳應熊親王；迎春即「應春」，代表南京「應天府」地區的王朝、王者，如南明福王弘光王朝；探春即「嘆春」，代表江日昇《台灣外記》楔子所說「出五代諸侯，為國

（明）朝『嘆氣』」的閩南石井鄭氏所擁立的南明唐王隆武王朝，及其餘緒明鄭延平王朝；惜春即「息春」，代表「退息」的王朝勢力或人物。這樣的說法，有關元春、探春的部份正好可以應證以上元春、探春圖冊與判詞的真相，已如以上之解析。故筆者也根據迎春即「應春」，代表南京「應天府」地區的王朝、王者這一線索，而推斷這裡迎春的圖冊與判詞，應是寓示南京弘光王朝在馬士英、阮大鋮等如惡狼般亂政凌虐下，一年左右就滅亡的事跡。

(13)「子係中山狼，得志便猖狂。金閨花柳質，一載赴黃粱。」：子，你，指迎春夫婿孫紹祖。係，是。中山，古國名，春秋時白狄別種鮮于之國，戰國時稱中山國，在今河北省中部偏西地區。中山狼，宋・謝良作〈中山狼傳〉，記戰國時代趙簡子在中山打獵，一隻狼中了箭，逃命途中向東郭先生求救，東郭先生將狼藏入袋中救了牠，但脫險後，這隻狼卻要把東郭先生吃掉；其後遂以中山狼比喻忘恩負義、恩將仇報的人。金閨，如黃金般高貴的閨閣。花柳質，如花一般鮮嫩，如柳枝柳葉般柔弱的體質。黃粱，即小米，但這裡是引用「黃粱夢」的典故。唐人沈既濟所著傳奇小說《枕中記》寫說：有一個寒儒盧生旅途中寄宿旅店，遇到一個道士呂翁，而向他訴說貧困，企求騰達富貴，呂翁便借他一個神奇枕頭，使他臥枕入夢，當時主人正在蒸黃粱飯，盧生一臥枕上就入夢，夢到自己中進士，做節度使，升宰相，享盡榮華富貴，年過八十才死去，至此而夢醒過來，發覺自己依舊是個窮書生，這時主人的黃粱飯還沒蒸熟，這樣的「黃粱夢」故事是比喻榮華富貴如夢一般地虛幻短暫，這裡「黃粱（夢）」與原意略有出入，是喻指享受榮華富貴不久就死去。「子係中山狼，得志便猖狂」，這兩句是喻寫迎春的夫婿孫紹祖是像中山狼一樣的忘恩負義人物，受了賈家的庇助而得志之後，便猖狂肆虐起來。書中第七十九回「賈迎春誤嫁中山狼」描寫說：「原來賈赦已將迎春許與孫家了。這孫家乃是大同府人氏，祖上係軍官出身，乃當日寧榮府中之門生，算來亦係世交。如今孫家只有一人在京，現襲指揮之職，此人名喚孫紹祖，生得相貌魁梧，體格健壯，弓馬嫻熟，應酬權變，年紀未滿三十，且又家資富饒，現在兵部候缺題陞。因未有室，賈赦見是世交之孫，且人品家當都相稱合，遂青目擇為東床嬌婿。亦曾回明賈母，賈母心中卻不十分稱意，想來攔阻亦恐不聽，兒女之事自有天意前因，況且他是親父主張，何必出頭多事，為此只說『知道了』三字，餘不多及。賈政又深惡孫家，雖是世交，當年不過是彼祖希慕榮寧之勢，有不能了結之事才拜在門下的，並非詩禮名族之裔，因此倒勸諫過兩次，無奈賈赦不聽，也只得罷了。」可見孫紹祖祖上曾有「不能了結之事」，託庇拜在賈府門下，靠著賈府權勢的庇護，才得脫離困境而再度得志，所以孫紹祖後來凌虐迎春致死，確實是一個像中山狼一樣的忘恩負義、恩將仇報的人物。至於孫紹祖家得志便猖狂虐待迎春的情況，第八十回迎春回娘家向王夫人哭訴說：「孫紹祖一味好色，好賭酗酒，家中所有的媳婦丫頭將及淫遍。略勸過兩三次，便罵我是『醋汁子老婆擰出來的』。又說老爺（賈赦）曾收著他五千銀子，不該使了他的。如今他來要了兩三次不得，他便指著我的臉說道：『你別和我充夫人娘子，你老子使了我五千銀子，把你準折賣給我的。好不好，打一頓攆在下房裏睡去。』」第一百九回在賈母病篤將死之前，陪迎春到孫家去的老婆子回來報說：「姑娘（迎春）不好了。前兒鬧了一場，姑娘哭了一夜，昨日痰堵住了。他們（孫家）又不請大夫，今日更利害了。」接著「那婆子剛到刑夫人那裏，外頭的人已傳進來說：『二姑奶奶

（迎春）死了。』」金閨花柳質，這句是喻寫迎春出身賈府貴族閨閣，而性格本質卻像鮮花柳葉般嬌嫩柔弱。迎春的主要性格是「懦弱」這一點，書中有多處的描寫，其中第七十三回「懦小姐不問纍金鳳」的故事最為典型。該故事描寫迎春的乳母聚賭獲罪，更偷了她的攢珠纍絲金鳳去典當作賭資，迎春不但不加究問，丫頭繡桔要將真相向當家的鳳姐報告，迎春反而說：「罷，罷，罷，省些事罷。寧可沒有了，又何必生事。」乳母的子媳王住兒媳婦還欺她軟弱，捏造假賬說迎春用錢用過頭，要脅迎春去向賈母說情，開脫其婆婆（乳母）聚賭之罪，探春使人請來平兒處理王住兒媳婦的越禮胡為，迎春卻像事不關己地閱讀《太上感應篇》（按係道教講善惡因果報應之書），等聽到平兒說：「若論此事，還不是大事，極好處置。但他現是姑娘（迎春）的奶嫂，據姑娘怎麼樣為是？」迎春竟說：「問我，我也沒什麼法子。他們的不是，自作自受，我也不能討情，我也不去苛責就是了。至於私自拿去的東西（指纍金鳳），送來我收下，不送來我也不要了。太太們要問，我可以隱瞞遮飾過去，是他的造化，若瞞不住，我也沒法，沒有個為他們反欺枉太太們的理，少不得直說。你們若說我好性兒，沒個決斷，竟有好主意可以八面周全，不使太太們生氣，任憑你們處置，我總不知道。」真是懦弱無能至極，令人好笑。黛玉聽了笑道：「真是『虎狼屯於階陛尚談因果』。」一載赴黃粱，這句是喻寫迎春嫁給家資富饒的孫紹祖後，飽受虐待，只一年就好像歸赴黃粱夢般虛幻短暫而死去。這對應到書中，就是第一百九回所寫迎春最後的結局：「可憐一位如花似月之女，結褵年餘，不料被孫家揉搓以致身亡。又值賈母病篤，眾人不便離開，竟容孫家草草完結。」

就內層歷史真事來說，筆者初步以為中山狼應是影射忘恩負義、欺君虐臣的馬士英等，金閨花柳質的迎春應是影射極度懦弱無能的弘光帝或其王朝，「一載赴黃粱」則是暗寫南京弘光王朝在一年餘就滅亡。按馬士英初任宣大（宣化、大同）巡撫，「以總監王坤論罪」，「詔獄錮刑部將三年」，至崇禎十五年四月，因「故太常少卿阮大鋮（按係透過首輔周延儒）營救」，而獲崇禎帝「宥馬士英，起兵部左侍郎，兼僉都御史，提督鳳陽」㉑。及至馬士英擁立福王朱由崧登基，成為首輔大學士，遂感恩圖報而薦舉阮大鋮（原是被崇禎帝列名太監魏忠賢逆案者）為兵部右侍郎㉒。由於弘光帝朱由崧極度懦弱無能，只是享受帝王豪奢生活，溺陷宮妃群中，甚至鬥蟋蟀為樂，毫無決斷能力，一切朝政幾全由馬、阮處理。從此馬、阮二人倚賴擁立大功，欺弘光帝懦弱，而專擅朝政，傾軋內鬥不斷，東林黨較有正氣的大臣紛紛離去。在這種情況之下，弘光王朝自崇禎十七年五月初三建立，至次年弘光元年五月十日弘光帝棄朝逃亡或五月下旬被清兵俘獲，只一年多幾天就滅亡了㉓。從幾件事看起來，馬士英原任（宣化及）大同巡撫，很符合小說中「孫家乃是大同府人氏」的說法；他原犯案被囚，後來蒙皇恩寬赦再入朝重用，很合乎孫家「有不能了結之事才拜在（賈府）門下」而得志的情節；弘光帝的極度懦弱無能像極迎春如花柳質般軟弱的個性；馬、阮蒙恩得志，欺侮弘光懦弱，肆虐朝臣，致使弘光王朝一年餘就滅亡的情況，非常像猶如中山狼的孫紹祖虐待迎春，致使她結婚「一載赴黃粱」的情節。因此，筆者研判這四句判詞應是暗寫在馬士英（與阮大鋮）亂政蹂躪下，南京弘光王朝在一年餘就滅亡的事跡。至於這樣的歷史事跡，究竟對應到書中那些章回的故事情節，則筆者尚未悟通，不敢妄斷。

針對「得志便猖狂」句，〔甲戌本特批〕評注說：「好句。」這是藉評論「得志便猖狂」是寫得很逼真的「好句」，以提示讀者要特別注意從孫紹祖「得志便猖狂」的情況，去領悟相對應的歷史真事。

(14) 後面便是一所古廟，裏面有一美人在內看經獨坐：這顯然是一個美人出家在古廟當尼姑看經的圖像，這與賈惜春最後做尼姑修行的結局很類似，故這一幅圖畫與後面判詞是寓示賈惜春的命運結局的。書中第一百十五回寫惜春向其兄嫂尤氏說：「如今譬如我死了似的，放我出了家，乾乾淨淨的一輩子，就是疼我了。況且我又不出門，就是櫳翠庵，原是咱們家的基趾，我就在那裏修行。我有什麼（事），你們也照應得着。」第一百十七回寫「四姑娘（惜春）合（和）珍大奶奶（尤氏）拌嘴，把頭髮都絞掉了，趕到邢夫人、王夫人那裏去磕了頭，說是要求容他做尼姑呢，送他一個地方，若不容他，他就死在眼前。」第一百十八回描寫王夫人於是答應說：「那頭髮可以不必剃的，只要自己的心真，……我們就把姑娘（指妙玉）住的房子便算了姑娘的靜室。」顯然惜春是在賈府之內櫳翠庵，帶髮修行。但是這幅圖畫畫的是一個美人在一所古廟內看經獨坐，顯然是真正出家到廟寺裡當尼姑，兩者是有差異的，所以這幅圖畫用於寓示表面故事的惜春的命運結局，雖也勉強說得過去，認真追究起來則不盡相符。

但若是用於寓示內層歷史真實人物，就完全符合了。筆者以為這一幅圖畫與後面判詞是暗寫陳圓圓的命運結局的。前面已說過陳圓圓到了吳三桂起兵反清之時，徵得三桂同意，在昆明城外另闢一淨室，帶髮茹素禮佛，倒很像惜春在賈府內的靜室帶髮修行一樣。但是對於陳圓圓的最後結局，至今是個未解的謎，歷史上有多種說法，一說康熙二十年清軍攻破昆明城時，她自縊而死；一說絕食而死；又一說投滇池而死；還有一種流傳很盛的說法是她逃匿去當尼姑而得以善終，且清代野史說，陳圓圓的墓在昆明商山寺。「直到本（二十）世紀八十年代初，據報載，在貴州岑鞏縣水尾鄉馬家寨發現了陳圓圓墓，有碑一通，上面鐫刻：『吳門聶氏之墓』六字。『吳門』非指為吳（三桂）家人，而暗示圓圓籍貫蘇州，亦即『吳門』之意。至於『聶氏』，也是用他人之姓代用的。這大概是為了避諱政治嫌疑才隱姓瞞名的，碑文明載當年圓圓由昆明來到貴州岑鞏平西庵為尼（庵今仍存，在今岑鞏縣大有鄉桐木寨）。何時到此？大抵是三桂反後，兵駐湖南，或許她為避禍，而悄悄遠離昆明，來此僻地隱居，故能得以善終。㉔」這裡的圖畫與後面判詞寓示陳圓圓最後出家至廟寺為尼姑，正好暗合以上她逃匿去當尼姑而得以善終的說法。

(15)

「勘破三春景不長，緇衣頓改昔年粧。可憐綉戶侯門女，獨臥青燈古佛旁。」：勘，音堪去聲，觀察、考核。勘破，觀察而看破。三春，表面故事上是指惜春的三個姊姊元春、迎春、探春。緇，音資，黑色。緇衣，黑衣，僧尼的衣服多為黑色，故緇衣指僧衣，佛門又稱緇門。頓，頓然，突然。粧，妝的俗字，妝飾。綉戶，同繡戶，雕繪華美的門戶，多指富貴女子的居處。青燈，指寺廟佛前青熒的海燈。勘破三春景不長，這是指惜春看破三個姊姊元春、迎春、探春的婚姻好景都不長久（元春雖貴為王妃卻中年就薨逝，迎春結婚年餘就被虐待而死，探春遠嫁海疆音信難通）。緇衣頓改昔年粧，就是突然將昔年的妝飾改換為黑色的僧尼衣服。「可憐綉戶侯門女，獨臥青燈古佛旁」，這兩句是嘆惋說，可憐像惜春這樣一個出身雕繪華美的王侯門戶的女子，卻捨棄高貴豪華的生活享受，出家為尼姑，孤寂地獨自睡臥起居在寺廟的青燈古佛旁邊。不過，細閱書中的實際情節，惜春並沒有出家到寺廟做尼姑，而是在賈府自家內帶髮修行，而她此舉的動機根據第一百十二回的描述，是惜春自己惦著：「我現在孤苦伶仃，嫂子（尤氏）嫌我，頭裏有老太太倒底還疼我些，如今也死了，留下我孤苦伶仃，如何了局！」又想到：「迎春姐姐磨折死了，史姐姐（湘雲）守著病人，三姐姐（探春）遠去，這都是命裏所招，不能自由。獨有妙玉如閑雲野鶴，無拘無束。我能學他，就造化不小了。但我是世家之女，怎能遂意。這回看家已大擔不是，還有何顏在這裏。又恐太太們不知我的心事，將來後事如何呢？」「想到其間，便要把自己的青絲絞去，要想出家。彩屏等聽見，急忙來勸，豈知已將一半頭髮絞去。」最後的關鍵是第一百十五回回目所寫「惑偏私惜春矢素志」的因素，也就是惜春由於其兄嫂尤氏建議賈政讓她陪伴病中的鳳姐，並「看管裏頭」，不巧遭強盜闖入搶走上房的東西，看家出了差錯，怕被究責，而推諉怪罪當初出主意要她看家的尤氏害了她，因此與尤氏感情破裂，後來與尤氏拌嘴，大吵一架，才毅然決然以死相逼，求得王夫人同意，而終於在賈府內的櫳翠庵帶髮修行。顯然三春婚姻好景不長，只是惜春帶髮修行的導引因素之一端，真正的關鍵原因是由於看家出差錯，推卸責任而與兄嫂尤氏拌嘴吵架的這個「惑偏私」的因素。由此可見這四句判詞，並不盡符合書中所寫惜春最後在賈府內帶髮修行的實際情節。

再就內層的陳圓圓真事來說。惜春通諧音「息春」，代表「退息」的王朝勢力或人物，恰合陳圓圓從吳三桂平西藩王之愛妾的高貴身分，退息下來過平凡無華的生活，另闢淨室茹素禮佛的事跡。這裡「勘破三春景不長」的「三春」，與前面元春判詞「三春爭及初春景」的「三春」意義相同，指暮春三月，尤其隱指吳三桂在康熙十七年三月三日正式登基為大周皇帝的時間點。「勘破三春景不長，緇衣頓改昔年粧」，這兩句是暗寫陳圓圓看破吳三桂在康熙十七年暮春三月登基為大周皇帝，建立大周王朝的好景不會長久，終歸要失敗，所以突然將昔年的妝飾改換為黑色的尼姑衣服，毅然隱匿到寺廟中去當尼姑。「可憐繡戶侯門女，獨臥青燈古佛旁」，這兩句是嘆詠說，可憐像陳圓圓這樣一個吳三桂平西藩王之愛妾，或大周皇帝之皇妃的綉戶侯門女子，竟然出家為尼姑，孤寂地獨自睡臥起居在寺廟的青燈古佛旁邊。由此可見《紅樓夢》的觀點，認為陳圓圓從在昆明附近另闢淨室帶髮茹素禮佛，轉為正式出家入寺廟做尼姑的時間，是在康熙十七年三月吳三桂登基為大周皇帝之後不久，這等於對歷史上因缺乏史料而不知陳圓圓於何時出家為尼，提供了寶貴的答案。而《紅樓夢》成書在《四庫全書》之前，所根據的都是清初的原始史料，這些原始史料在乾隆發動編修《四庫全書》的過程中，很多都被清廷蓄意銷毀或竄改了，所以《紅樓夢》的歷史記述具有極高的史料價值，能夠補足明清之際歷史資料記載的不足或不實。

至於有關陳圓圓的事跡，究竟對應在書中那些章回的情節之中，在惜春的情節方面，筆者尚未確切領悟到，不敢妄斷。反倒是以妙玉影射陳圓圓的部份，筆者有一點小發現。前面解析妙玉圖畫時，筆者已說過妙玉除了影射明太子朱慈烺之外，還影射陳圓圓。根據筆者的初步研究，第一百九回，賈母病危，妙玉來探病的情節中，描述賈母臨終的狀況是感冒傷食，不進飲食，胸口結悶（或胸隔悶飽），頭昏目眩，咳嗽，後又添腹瀉而病亡。這些症狀與吳三桂病亡的症狀相比較，吳於康熙十七年八月，先是「中風噎嗝」，依中醫解釋，「中風」可以是腦溢血昏倒，口眼歪斜或半身不遂，但也可以是外感風邪，而出現口眼歪斜等症狀，「噎嗝」為食道窄痛，飲食難入，上下隔拒而作噎；其後又加添「下痢」，中醫稱痢疾，腹瀉不止，終於病亡㉕。這兩者的症狀可說幾乎完全相同，故這裏的賈母之死，應可確定是隱寫吳三桂之死。而此時遠從大觀園櫳翠庵，頭帶尼姑髮飾妙常髻，手持麈尾念珠，前來向賈母吳三桂探病請安的帶髮修行尼姑妙玉，顯然應是陳圓圓無疑，因為與吳三桂親密，且在病危臨終前特意來看他的尼姑，應非陳圓圓莫屬了。

針對「獨臥青燈古佛旁」句，〔甲戌本特批〕評注說：「好句。」這是藉評論「獨臥青燈古佛旁」是寫得很逼真的「好句」，以提示讀者要特別注意從「獨臥青燈古佛旁」這句，去領悟相對應的歷史真事。

(16)

後面便是一片冰山，上有一隻雌鳳：鳳，暗點王熙「鳳」，故知這一幅圖畫與判詞是寓示王熙鳳（鳳姐）命運的。雌鳳，喻指王熙鳳。冰山，《資治通鑒・唐紀玄宗十一年》記載說：「或勸陝郡進士張彖謁（楊）國忠，曰：『見之，富貴立可圖。』彖曰：『君輩倚楊右相如泰山，吾以為冰山耳。若皎日既出，君輩得無失所恃乎？』㉖」這裡是引用這個典故，以冰山比喻容易消溶的大權勢，也就是寓示王熙鳳大權獨覽的賈府大勢力容易消溶。這幅圖畫一隻雌鳳站在冰山上的意象，是寓示王熙鳳掌控著大權貴賈府的大權，而這種情況就像冰山見日就會消溶一樣，不能持久，賈府與她都將一齊敗落。至於所寓示的內層歷史真事，「一片冰山」應是象徵吳三桂反清勢力集團，「上有一隻雌鳳」是象徵上面有一個領導掌控的人物吳三桂（雌鳳、鳳姐），而吳三桂反清勢力集團會像冰山見日一樣地，逐漸消溶而敗滅。

(17)「凡鳥偏從末世來，都知愛慕此生才。一從二令三人木，哭向金陵事更哀。」：凡鳥，拆字法，這兩字合起來是一個「鳳」字，暗點王熙「鳳」（鳳姐）。末世，原為佛教用語，意謂世界繁榮將毀敗的末期，這裡是指賈家繁榮將衰敗的末期。此生，等於是說「此人」，指王熙鳳。「凡鳥偏從末世來，都知愛慕此生才」，這兩句是指姓名中帶有「鳳」字的王熙鳳，偏偏不幸在賈家繁榮將衰敗的末期來到人世間，誰都知道愛慕這個人的卓越才幹。鳳姐為榮國府掌理家務的當家媳婦，書中描寫鳳姐精明幹練的情節甚多，凡讀過的人沒有不印象深刻的，第十三回秦可卿託夢給她時就說：「你是個脂粉隊內的英雄，連那些束帶頂冠的男子也不能過你」，筆者就不再多加贅述了。一從二令三人木，針對這一句有〔甲戌本特批〕等評注說：「折（拆）字法」，截至目前，除了「人木」以拆字法來解釋是一個「休」字，紅學界較有共識之外，其餘的含義大家有很多猜測，但仍然未能確定何者為是，究竟對應到書中哪些情節也不得而知。比較多的紅學家傾向於接受吳恩裕在《有關曹雪芹十種・考稗小記》一書的說法：「鳳姐對賈璉最初是言聽計『從』，繼則對賈璉可以發號施『令』，最後事敗終不免於『休』之，故曰『哭向金陵事更哀』云云。㉗」但是這樣的說法並不合實際情節，因為書中並沒有鳳姐初嫁時對丈夫賈璉言聽計從的描寫，尤其是最後賈璉並沒有將鳳姐休棄。哭向金陵事更哀，意思是說鳳姐悲哀的事很多，其中她臨死前望向故鄉金陵哭泣的事更是悲哀。有關鳳姐死亡的情況，書中第一百十四回「王熙鳳歷幻返金陵」描寫說：「璉二奶奶（鳳姐）的病有些古怪，從三更天起到四更時候，璉二奶奶沒有住嘴說些胡話，要船要轎的，說到金陵歸入冊子去。眾人不懂，她只是哭哭喊喊的。」又第一百二十回描寫說：「賈政扶賈母靈柩，賈蓉送了秦氏、鳳姐、鴛鴦的棺木，到了金陵，先安了葬。」可見鳳姐並不是生前被賈璉休棄而哭著返回金陵娘家，而是臨死前哭喊著說（其靈魂）要返回金陵歸入冊子去，及死後以棺木送回金陵安葬。

若就內層歷史真事來說，這四句判詞的意義就更清楚而切合實情了。這裡的王熙鳳筆者以為應是影射吳三桂。凡鳥，除了合成「鳳」字點示王熙鳳之外，「凡」字應還暗通諧音「反」字，暗示王熙鳳是一個造反的人物，正合吳三桂先是造反明朝，後來又造反清朝。「凡鳥偏從末世來，都知愛慕此生才」，這兩句是暗寫王熙鳳吳三桂偏偏在明朝衰敗的末世時期來到人間，明朝、李自成、滿清各方勢力都知道愛慕此人一身的好武藝及軍事才幹，而極力爭取拉攏。一從二令三人木，這一句脂批提示是拆字法，筆者以為應包含有雙重提示，其一當然是提示「人木」就是「休」字的拆字法，暗點「命休」的意思，這一點很多紅學家早就猜到了。其二是提示「一從二令三人木」中的「一」、「二」、「三」是「三」字的拆字法，因為「三」字拆開一劃是「一」字，拆開二劃是「二」字，全部三劃則是「三」字，暗點姓名中有「三」字的人物吳三桂。而「三」字拆開成「一」、「二」、「三」這三個字，又正好可代表吳三桂人生三個階段的事跡，所以「一從二令三人木」這句，應是暗寫吳三桂人生第一階段是「從」，也就是投降清朝，聽命順從，直至受封為雲南平西藩王；第二階段是「令」，也就是後來他被滿清撤藩，憤而起兵反清，建立大周王朝，自己發號施令；

第三階段是「休」，也就是最後在反清失利中，他病亡命休。哭向金陵事更哀，句中「金陵」暗點建都金陵南京起家的朱明王朝，全句是暗寫康熙十二年十一月二十一日吳三桂起兵反清時，在出師之前率領三軍祭拜南明永曆帝陵，痛悔當初背明降清的錯誤，失聲慟哭，三軍同哭，在哭聲震天之中，宣誓此次要轉向恢復金陵朱明王朝，起兵消滅清朝㉘，這件慟哭著轉向恢復金陵明朝的事件更是吳三桂人生的大悲哀。由此可見「哭向金陵事更哀」這一句所暗含的具體意義，和第一回「金陵十二釵」四句標題詩的第三句「一把辛酸淚」相同，只是寫法略有差異。

至於吳三桂這些歷史事跡，所對應的書中情節，在第一回是以石頭（影射吳三桂）被僧人（影射多爾袞）施幻術變成一塊鮮明美玉的故事，寓寫吳三桂在山海關事件中，被滿清多爾袞施詐術剃髮降清的事跡；這一回又以賈寶玉（影射吳三桂）受了警幻仙姑（影射多爾袞）誘引，進入太虛幻境（影射大清王朝國境）接受紅樓宴招待的故事，寓寫吳三桂在山海關事件中，因受多爾袞許諾封為藩王的誘惑，而投降歸入大清王朝，後來如願晉封雲南平西藩王的事跡；第二十二回則以薛寶釵（影射吳三桂雲南藩王府政權）於二十一做生日演戲的故事，寓寫吳三桂於康熙十二年十一月二十一日起兵反清的事跡等。但是有關這句判詞「哭向金陵事更哀」所寓示吳三桂率領三軍祭拜永曆帝陵，慟哭著轉向恢復金陵明朝的事件，與第一百十四回「王熙鳳歷幻返金陵」所描寫的故事情節，筆者讀來感覺並不相符。倒是感覺最後王熙鳳「沒有住嘴說些胡話，要船要轎的」，哭喊著「說到金陵歸入冊子去」而死去的情節，已轉變為寓寫台灣明鄭延平王朝鄭經臨死前，還思念、交代著整頓舟車，再出發前去滅清復明，在青史上歸入效忠金陵明朝的名冊之中的歷史事件。按鄭經臨死前，「授（長子鄭）克壓以劍印，謂劉國軒曰：『與君患難相從，意望中興；豈期今日中途而別，此子幹才，頗有所望，君輔之！吾死，九泉亦瞑目也』！又謂（馮）錫范曰：『吾不免矣！諸凡全賴君與武平（武平侯劉國軒）協力，輔此孺子』！言訖卒。㉙」諄諄交代，仍有堅守明節的遺意，故這裡以小說筆法「說到金陵（明朝）歸入冊子去」來寓寫。

以上一個歷史真實人物吳三桂，書中卻使用「石頭」、「賈寶玉」、「薛寶釵」等三個名號來影射，一個多爾袞卻使用「僧人」、「警幻仙姑」兩個名號來影射，這就是筆者前面所說的「一人多名」筆法。再就王熙鳳這個角色所影射的對象來觀察。根據筆者的研究，在前面第三回出場會見林黛玉的王熙鳳，是影射清軍崇明總兵梁化鳳；但到了本回這一幅圖畫與判詞中之雌鳳、凡鳥的王熙鳳，便轉變為影射吳三桂了；到了第十三回秦可卿（影射明崇禎帝）託夢交代兩件賈家常保永全之後事的王熙鳳，又轉變為影射明崇禎朝廷內閣諸臣；到了第二十二回為薛寶釵（影射吳三桂雲南藩王府政權）籌辦生日的王熙鳳，再轉變為影射清康熙皇帝。可見書中同一個角色名號「王熙鳳」，在不同章回中實際上卻影射梁化鳳、吳三桂、明崇禎內閣諸臣、清康熙帝、鄭經等五個歷史真實人物或對象，這就是筆者前面所說的「一名多人」筆法。這種「一人多名」或「一名多人」的筆法，是《紅樓夢》最神秘最神奇的筆法，也是破解《紅樓夢》各回故事真相的最大迷障。其他的神秘小說，一旦一個書中角色的名號被破解出它所影射的世間真實人物或對象，則這個名號在全書中都同樣是代表這一個真實人物或對象，也就是

「一名對一人」或「一人對一名」。《紅樓夢》卻完全不同，同一個名號在不同章回中有可能代表同一真實人物或對象，也可能代表另外不同的真實人物或對象；同樣地，同一個真實人物或對象，在不同章回中有可能仍由同一個名號來代表，也有可能改換為另一個名號來代表。這實在令人感到萬分混亂與困擾，不知如何是好。其實認真一想也沒有那麼神秘複雜，這與我們平常所看的電影、電視劇、舞台劇完全是一樣的。譬如說，同一個藝名的演員劉德華，在各部不同的電影中，都扮演不同的人物，這就是「一名多人」的情形。又如金庸的小說《神雕俠女》，前前後後拍製過好幾次不同版本，其中同樣是一個女主角小龍女，前後由好多個不同藝名的演員來扮演，這就是「一人多名」的情形。《紅樓夢》就是採用演戲法來寫作的，書中賈寶玉、林黛玉、王熙鳳等這些角色，就等於演員的藝名成龍、林青霞、章子怡等一樣。書中各不同章回，或同一章回的不同段落，就是一齣齣不同的戲劇或電影。因此，賈寶玉、林黛玉、王熙鳳等這些演員，在各不同章回，或同一章回的不同段落的不同戲劇中，自然就會扮演、影射不同的真實人物，這就是「一名多人」的筆法。反過來，同一個真實人物若是在各不同章回中，或同一章回的不同段落中一再出現，作者也可能安排不同名號的演員來扮演、影射，這就是「一人多名」的筆法。

(18)後面又有一座荒村野店，有一美人在那裡紡績：紡績，紡絲績麻，泛指紡紗。從這幅圖畫畫著一個美人在荒村野店紡紗，略符合鳳姐女兒賈巧姐後來嫁給鄉村莊農為妻，有可能像一般農婦從事紡紗工作，及從以下判詞第四句「巧得遇恩人」中的「巧」字，暗通賈巧姐的

「巧」字，故知這幅圖畫與判詞是寓示賈巧姐的命運的。對應到書中，理應就是第一百十九回、一百二十回所寫由劉姥姥作媒，賈家將巧姐嫁給劉姥姥屯鄉裏一個周姓富農之子的故事，不過，並不十分貼切，因為該富農「家財巨萬，良田千頃」，其子又是個「新近科試中了秀才」的人物，這樣一個農村裏的巨富鄉紳家庭，應該不能算是「一座荒村野店」，而且巧姐嫁到這樣的大富農鄉紳家庭，也不見得要「在那裡紡績」，何況書中並沒有巧姐嫁後從事紡績工作的任何描寫文字。

至於內層的歷史真事，筆者初步以為巧姐應是影射繼承鄭經延平王朝年僅十二歲的小兒子鄭克塽，這幅圖畫畫著一個美人（巧姐）在一座荒村野店裡紡績的意象，應是是寓示鄭克塽最後投降滿清，清朝授予「正黃旗漢軍公…賜第宅居京師㉚」，「給莊田、俸祿，入旗㉛」，歸入滿清八旗制度的事。由於八旗制基本上是一種屯墾式的莊田軍事制度，故書中以農莊、屯鄉來暗寓，更以小說筆法，將鄭克塽降清歸入八旗，授有廣大莊田，轉化為巧姐嫁給屯鄉的大富農，又將其受封為公爵在京師享受富貴官職生活，轉化為巧姐所嫁丈夫是新科秀才。又八旗制度本是發源於關外荒野地區的一種農莊屯兵制度，這裡遂以「一座荒村野店，有一美人在那裡紡績」，來寓示巧姐鄭克塽降清歸入八旗的事。

(19)「勢敗休云貴，家亡莫論親。偶因濟劉氏，巧得遇恩人。」：劉氏，指劉姥姥。恩人，也是指劉姥姥。「勢敗休云貴，家亡莫論親」，這兩句是描寫巧姐遭逢賈府勢敗，掌權當家的母親鳳姐亡故之後，休想再述說過往的富貴了，再也沒人理會的；而母親亡故，家庭半破亡的情況下，莫想再和人攀論親戚交情，因連骨肉親戚都翻臉不認人了。這對應到書中，應是指

第一百十四回「記微嫌舅兄欺弱女」所描寫賈府敗落，鳳姐亡故之後，父親賈璉暫時離開時，巧姐的堂叔賈環就唆使其族兄賈芸勾結其舅舅王仁，設計要將她賣給外藩郡王作偏房的故事。「偶因濟劉氏，巧得遇恩人」，這兩句是描寫巧姐母親鳳姐從前偶然因救濟劉姥姥（第六回寫鳳姐濟助她二十兩），如今巧姐遭逢狠舅奸兄設計出賣的危難，才恰巧得遇恩人劉姥姥前來拜訪，而將她救回自己的農莊逃過一劫，又作媒使她嫁給農莊富紳的雙重恩惠（第一百十九回、一百二十回）。不過，這裡「家亡莫論親」的「家亡」二字，並不合實際情節，因為巧姐母親鳳姐雖然病死，失去當家權勢，但父親賈璉及祖母等都還在，家庭並沒有真正敗亡。

就內層歷史真事來說，這四句判詞應該是寓寫台灣延平王朝鄭克塽最後戰敗投降清朝封公入旗的事件。按鄭經自永曆三十四（康熙十九）年三月從金廈敗歸台灣，復明大業一時已告絕望，意志消沉，縱情聲色，國事委由長子鄭克壓監國，其岳父陳永華掌勇衛軍輔佐之。陳永華大權在握，引起從金廈撤回之權將馮錫范、劉國軒之嫉妒，遂設謀解去其勇衛軍，改屬劉國軒，七月陳永華悒鬱而歿，諸老成大臣也相繼亡故，從此馮、劉等權臣益加肆虐。鄭克壓剛斷果決，有其祖鄭成功遺風，嚴法不阿，兵民感戴，但為諸鄭宗親與權臣馮錫范等所深忌。至次年正月，鄭經病亡。馮錫范啟奏董太妃（鄭成功夫人）曰：「監國（鄭克壓）非鄭氏血脈，故人心不服」，董太妃遂令克壓入議事，克壓一入，便為馮錫范密令伏兵所捕殺。二月另立其弟克塽繼任，亦即馮錫范的女婿，年才十二歲，大權皆決於馮錫范。至永曆三十七（康熙二十二）年六月，滿清福建水師提督施琅率兵征台，鄭克塽派武平侯劉國軒與之決戰於澎湖，國軒大敗，歸抵東寧（今台南）。馮錫范大會文武共議戰守之策，建威中鎮黃良驥、提督中鎮洪邦柱、中書舍人鄭德瀟等提議攻取呂宋（今菲律賓），以延鄭祀。馮錫范採納其議，即啟奏克塽，「令鄭明（鄭經弟、克塽叔）同黃良驥、洪邦柱、姚玉等領隊為先鋒；其餘船隻分配眷口，陸續待行」。「閏六月初四日，馮錫范與諸鎮商議，欲往征呂宋，兵弁遂恃強橫為，訛言四起：『將大搶掠而去』」。劉國軒聞知，設法勸阻，而議未決，「適施琅遣劉國軒舊將至臺招撫，許保題國軒現任總兵，國軒遂決計降（清）。」國軒啟奏鄭克塽，克塽年幼，不諳軍旅，乃允降。於是台灣延平王朝官民遂剃髮降清，清朝授鄭克塽為正黃旗漢軍公，馮錫范為正白旗漢軍伯，均賜第宅居京師，劉國軒則為天津衛總兵㉜。

大概其中身為鄭克塽岳父的馮錫范與年紀都可當鄭克塽兄叔輩的鎮將黃良驥、洪邦柱等，計劃要攻取呂宋，將延平王朝（巧姐）遷往番邦呂宋的事跡，就被作者以小說筆法，轉化為書中巧姐的舅舅王仁和族兄賈芸（背後係賈環主謀），設計要將她賣給外藩郡王作偏房的小說故事。而劉國軒阻止遷往呂宋，並扭轉為延平王朝（巧姐）投降清朝，以致於後來鄭克塽（巧姐）編入農莊制度的八旗之中，並受封漢軍公，賜第宅居京師等這樣的事跡，就被作者以小說筆法，轉化為書中劉姥姥（劉國軒）將巧姐（延平王朝、鄭克塽）救脫被狠舅奸兄出賣給外藩作偏房（避居到偏遠的呂宋）的危難，及嫁給農莊富農（隱寓編入八旗）的秀才（隱寓受封漢軍公）的小說故事。至於鳳姐「偶因濟劉氏」的事，可能是指從前劉國軒在清朝漳州城任守城門樓總，因其「雄偉魁梧，胸藏韜略，不得志於世」，屈居下位，故欲獻城投靠鄭成功，而鄭成功予於派兵濟助接納㉝，後來鄭成功、鄭經父子均予拔擢重用之事。

針對「勢敗休云貴，家亡莫論親」兩句，〔甲戌本特批〕評注說：「非經歷過者，此二句則云『紙上談兵』。過來人那得不哭。」這是提示「勢敗休云貴，家亡莫論親」兩句，並不是「非經歷過者」不切實際的「紙上談兵」，而是真正經歷過這種勢敗、家亡，親戚翻臉不認人的過來人，「那得不哭」的實際經驗、事實，也就是說這是歷史實事，而不是隨便說說的不關痛癢的小說故事，讀者應該從這個方向，進一步深入探究，以找出真相。

非常值得順便一提的是，《紅樓夢》自第九十九回、一百回描寫探春遠嫁海疆之後，後面第一百四回又提到「如今聞得海疆有事」，第一百十四回又寫到探春嫁後，「近來越寇猖獗，海疆一帶小民不安，派了安國公征剿賊寇」，「（探春）結褵已經三載。因海口案內未清，繼以海寇聚奸，所以音信不通。」第一百十八回又說「近因沿途俱係海疆凱旋船隻，不能迅速前行。」第一百十九回又描寫探春與姑爺從海疆回京，以及「皇上又看到海疆靖寇班師善後事宜一本，奏的是海晏河清，萬民樂業的事。」像這樣派兵征剿海寇，凱旋班師，結果海晏河清，萬民樂業的事，對應到清初的歷史上，無疑就是清朝派施琅征服台灣，廓清天下的事了。顯然《紅樓夢》最後幾回是寫到清朝征服台灣，鄭克塽延平王朝歸降清朝的事的。而正因為《紅樓夢》故事主題從前面吳三桂反清事件，到最後幾回轉變為清朝征服台灣海疆的事件，場景改變，所以書中的演員角色如鳳姐、巧姐、劉姥姥、襲人等等，所影射的歷史真實人物也跟著改變了。很多紅學家研究《紅樓夢》主要角色如寶釵、鳳姐等的前後情節，都發現後四十回的結局情節改變了，而詮釋不通，因而歸咎到後四十回是高鶚所續作，胡亂把前面的情節改變了。固然《紅樓夢》前後情節改寫的痕跡甚為明顯，但這是由於將故事主題從偏重吳三桂降清反清事件，轉變為偏重漢族反清復明事件，及將最後反清復明運動被滿清完全消滅的悲慘絕望，轉變為被滿清完全統治之後，反清復明運動仍寄託在滿清統治之下持續秘密進行，漢族復興勢力將逐漸再興起，有如賈家蘭桂齊芳，家道復初的情況。因為這樣的主題大轉變，所以作者集團將前面的情節作了一些必要的調整變動，書中的演員角色所影射的歷史真實人物自然也跟著改變了。不過，雖然有這樣的主題轉變及情節調整，只要瞭解明清交替歷史，《紅樓夢》前後情節還是可以詮釋得通暢的，而絕不是後四十回被人錯誤續作，因而導致與前面嚴重矛盾不通的。

(20)詩後又畫一盆茂蘭，旁有一位鳳冠霞帔的美人：茂蘭的「蘭」字，暗點賈「蘭」，而賈蘭為李紈之子，故知這位鳳冠霞帔的美人是李紈，從而得知這一幅圖畫與後面的判詞是寓示李紈的命運的。鳳冠，「古代婦人所戴有鳳飾的禮冠。漢制惟太皇太后、皇太后、皇后入廟行禮，其冠飾有鳳凰。其制歷代多有更革，明代九品以上命婦皆用鳳冠，平民嫁女亦得假用九品服，相沿至清末。㉞」帔，音佩，披覆肩背的褙子，類似今日的披肩。霞帔，「古代婦女披服，宋以後定為婦女命服。…明洪武五年，更定品官命婦冠服，一品至九品霞帔之制各異。…清代后妃、命婦，都有鳳冠、霞帔。惟霞帔與明代略有不同。明代霞帔窄如巾帶，而清代霞帔則闊如背心，中間綴以補子，下施彩色流蘇。此為誥命夫人之專用服飾。普通婦女僅在婚嫁或入殮時『借穿』一下這種服飾，其他場合以披風、襖、裙作為禮服。㉟」鳳冠霞帔，這裡作者是採用明清官方服飾制度，以鳳冠霞帔為皇「宮」依官階品級「裁」決賜給后妃、誥命夫人的服飾，而這正合李紈字為「宮裁」的意義。一盆茂蘭，是寓示賈蘭將來會有大出息，前途發達，有好名聲，就像一盆茂盛的散發香氣的蘭草。書中第一百十九回描寫寶玉、賈蘭叔侄將前去科舉考試之前，寶玉對李紈預言說：「嫂子放心。我們爺兒兩個都是必中的。日後蘭哥還有大出息，大嫂子還要帶鳳冠穿霞帔呢。」考試結果兩人都考中舉人，寶玉第七名，賈蘭第一百三十名，但是之後寶玉離家出走，賈蘭則入朝當官，將成為高爵厚祿的繼承榮國府宗祧的嫡子，恰似一盆茂盛馥郁的蘭草。鳳冠霞帔的美人，這句是寓示李紈最後將成為有資格穿戴鳳冠霞帔的誥命夫人。第一百二十回描寫薛姨媽對王夫人說：「你看大奶奶（李紈），如今蘭哥兒中了舉人，明年成了進士，可不是就做了官了麼。他頭裏的苦（指守寡撫孤）也算吃盡了，如今的甜來，也是他為人的好處。」可見李紈將因兒子賈蘭當官，而成為可以穿戴鳳冠霞帔的誥命夫人。

就內層歷史真事來說，筆者在前面第二冊已解析第四回的李紈是影射以李定國為代表的農民軍餘勢，或以李定國農民軍勢力為骨幹的南明永曆王朝；賈蘭的字暗通諧音「南」字，暗點雲「南」，賈蘭影射建都雲南昆明的南明永曆王朝。而這樣的真相觀點，仍然能夠合理詮釋這裡的李紈圖畫及判詞。這幅圖畫畫著「一盆茂蘭，旁有一位鳳冠霞帔的美人」，應就是寓寫雲南南明永曆王朝在南明各王朝中勢力最盛，抗清功業最顯赫，延續最久，就好像一盆茂蘭一樣，而永曆王朝旁邊有一位高官厚祿、品德忠貞美好的中流柢柱人物晉王李定國，就好像一位鳳冠霞帔的美人一樣。

(21)「桃李春風結子完，到頭誰似一盆蘭。如冰水好空相妬，枉與他人作笑談。」」：第一句中的「李」字，暗點李紈的「李」姓，「完」字暗通諧音「紈」字，「李」「完」二字合起來暗點「李紈」，故可再度確認這四句判詞是寓示李紈的命運的。第二句中「一盆蘭」的「蘭」字，暗點李紈的獨子賈蘭。「桃李春風結子完，到頭誰似一盆蘭」，這兩句原意是描寫桃花李花在春風中結完了美好的果實桃子李子之後，鮮豔的桃花李花就謝了，春天景色也完了，到頭來又有那些春花可以比得上像一盆蘭草那樣芬芳茂盛呢？用於表面故事上，則是喻寫李紈在有如春風一度般的夫妻浪漫感情中生下兒子賈蘭之後，其浪漫青春就像桃花李花結完果子就萎謝了一樣，丈夫賈珠早死而過著孤寂的守寡教子生活，可是到了盡頭來看賈家子孫中，又有誰能比得上好像一盆蘭草的賈蘭那樣顯貴發達呢？如冰水好，《全唐詩》寒山〈無題〉詩：「欲識生死誓，且將冰水比。水結即成冰，冰消返成水。已死必應生，出生還復死。冰水不相傷，生死還雙美。[36]」這裡「如冰水好」就是借用這首詩所寫冰水的意義，來比喻某些人的感情就如冰水本為一體，彼此不相傷害，生死與共那樣的和好。「如冰水好空相妬，枉與他人作笑談」，這兩句是喻寫李紈與賈府各房原本應如冰水一體，生死榮辱一致那樣的和好，不應彼此互相傷害，卻因她的兒子賈蘭當官顯貴，她成為戴鳳冠披霞帔的誥命夫人，而招來賈府其他房的互相嫉妬，但結果李紈這房也與賈府一齊敗落，當初的互相嫉妬不但空自徒勞，還枉然地留給他人作為談笑的材料。不過，書中故事賈府雖曾敗落，但最後還頗有「蘭桂齊芳，家道復初」的氣象，李紈這門由於賈蘭中舉當官而尤其顯貴，並沒有敗落，而且也未見有描寫賈府各房與李紈間互相嫉妒的情節，所以這四句判詞所寓示的李紈、賈蘭好景不長，「枉與他人作笑談」的最後命運，與書中表面故事所寫的李紈、賈蘭最後命運是嚴重矛盾不合的。

若就內層歷史真事來說，這四句判詞的意義就十分切合實情了。前兩句「桃李春風結子完，到頭誰似一盆蘭」，其中「桃」的花紅色而隱喻朱明王朝，「李」暗點李自成農民軍，「春風」隱喻滿清。「桃李春風」是隱喻朱明王朝、李自成農民軍及滿清競爭天下帝位的紛繁熱鬧場面。這兩句是暗寫在明崇禎十七年三、四月，朱明王朝、李自成農民軍、滿清經過好像桃花李花競豔，及春風搖落桃花李花的競爭天下帝位之後，漢族的明朝和李自成等農民軍雙雙落敗，於是就好像桃花李花結果子般地，雙方各自或互相結合生出一些南方漢族王朝，這些王朝大多是短暫地迭起迭落，到了盡頭來看，有那個王朝能夠像一盆茂盛芬芳的蘭草呢？那就是李定國農民軍（李紈）結合永曆帝而生出的雲南永曆王朝（賈蘭），因為它建都於雲南昆明，附近滇池、洱海甚為廣闊，有如雲貴高原中凹下的一個水盆，而且屢敗清軍，芳名垂青史，就像一盆茂盛芬芳的蘭草，這裡作者用「一盆蘭」來加以比喻，真是傳神之至。

後兩句「如冰水好空相妬，枉與他人作笑談」，是暗寫永曆王朝中兩位棟樑人物孫可望與李定國互相嫉妒內鬥，導致永曆王朝被滿清擊滅，成為歷史笑柄的事跡。按孫可望與李定國原本都屬於農民軍張獻忠大西王朝，張獻忠手下最重要的部將，是其四個義子的四大將軍孫可望、李定國、劉文秀、艾能奇，其中孫可望為第一義子，是四大將軍之首。順治三年（一六四六年）十二月，張獻忠在滿清肅王豪格率兵突襲中意外中箭身亡後，大西軍在孫可望等四大將軍率領下，迅速由四川北部往南撤退，經貴州進軍雲南，平定了背叛明朝的雲南土司沙定洲之亂，以昆明為行政中心，建立興朝政權，設立內閣、六部，孫可望、李定國、劉文秀、艾能奇皆稱王（艾後來在貴州戰死），四人地位大致相當，惟孫可望以大哥身分被推為盟主，在大政上採取張獻忠生前擬定的「聯明抗清」策略，對原來統治雲南的明朝世襲黔國公沐天波事以舊禮，與沐天波建立共事關係，合力抗清。經過兩三年的經營整頓，這個佔領有雲南、貴州兩省之地的興朝政權，經濟繁榮，軍力壯盛，於是積極與在廣東、廣西之間的永曆王朝合作，進行聯明抗清的實際行動。永曆三年（順治六年、一六四九年），孫可望為了完成與永曆王朝的結合，以利名正言順進行「聯明抗清」運動，增加號召力，同時也為了藉爵位高出李定國、劉文秀之上，足以駕馭兩雄，而派遣使者向永曆帝請求冊封他為「秦王」。永曆朝廷部份重要官員由於孫可望原為叛明的流寇，且忌憚雲南大西軍實力堅強，一旦納入永曆朝廷恐將削弱自己把持朝政的權勢，或失去原本鎮守的地盤，因而堅決反對，以致永曆未予同意。次年清軍攻陷廣州、桂林，永曆帝從都城肇慶逃至梧州、南寧，永曆五年（順治八年、一六五一年）初，清軍又進迫南寧，永曆朝廷已在岌岌可危之際，才於當年三月正式冊封孫可望為「秦王」，這件事使得孫可望相當尷尬而不悅，影響日後的君臣關係。孫可望受封「秦王」之後，名義上尊奉永曆年號，卻又正式自稱秦國「國主」，在貴陽建立行營六部政府，實際上接管永曆朝廷的權力。嗣後清軍攻陷南寧，永曆再度出逃，永曆六年（順治九年、一六五二年）元月，當永曆君臣顛沛流離在雲南東南角的廣南府時，孫可望派兵於二月六日將他迎入其地盤的安隆所（今貴州黔西南布依族苗族自治州安龍縣），更名安龍府，「城不過四里，民不過百戶」。從此永曆朝廷就在孫可望大西軍政權軍事保護及經濟供給下存活、運作，孫可望並派親信對永曆朝廷的動靜嚴密監視，永曆帝實際上等於被軟禁，連大西政權的另兩位領袖人物李定國、劉文秀未經孫可望許可都不得直接與永曆帝往來，顯然這是個孫可望挾天子以令諸侯的局面。大西政權達成了與永曆朝廷的實際結合，便可以號召各地的抗清勢力聯合抗清，於是對湘、桂、川展開全面反攻。李定國率軍東出湖南，轉南下擊潰駐守桂林的清軍，逼得清定南王孔有德自殺，然後再北上在衡州大敗清軍，擊斃主帥滿清敬謹親王尼堪，獲得兩蹶名王的空前大捷。孫可望率軍東出湘西，攻克沅州（今芷江）、辰州（今沅陵），使清軍主帥續順公沈永忠望風遠遁。劉文秀率軍北出四川，攻佔敘州、重慶，迫使吳三桂軍撤退川北。到永曆九年（順治十二年、一六五五年），孫可望大西政權聯明抗清行動戰績輝煌，收復了清軍佔領的大片土地。「但是，抗清的大勝利卻使孫可望權勢欲望高漲起來，他一方面假天子號令，生殺予奪，任意恣肆；另一方面對李定國、劉文秀忌心重重，百般設計陷害」，尤其妒忌李定國桂林、衡州大捷，勢大難制，而陰謀設計捕殺李定國，李定國獲得密報，才未被害，兩人因而猜忌日深。「為了擺脫孫可望的軟禁，永曆帝秘密遣使聯絡李定國前往救駕」。「永曆十年（一六五六年）正月二十二日，李定國率軍急進安隆，與永曆帝商量入滇，三月，在昆明劉文秀的接應下，永曆帝入駐昆明，封李定國為晉王，統領調遣各處鎮守和都督總兵；封劉文秀為蜀王。」永曆十一年（順治十四年、一六五七年）八月，不甘失去獨攬大權地位的孫可望從貴陽親率大軍進攻雲南，與李定國、劉文秀軍大戰於曲靖之交水，由於孫軍主將白文選等陣前倒戈，孫可望大敗奔回貴陽。隨後李定國派劉文秀率軍追迫至貴陽，孫可望眾叛親離，只帶了眷屬及親隨兵丁狼狽出逃，於十一月至湖南湘鄉，向清朝負責剿滅永曆及大西抗清勢力的五省經略洪承疇投降。孫可望降清後，被清廷封為「義王」，是繼吳三桂之後，滿清所封五個漢人王爵的最後一個，可見滿清對他的利用價值評價有多麼高。後來孫可望果然不負滿清封王的期望，向洪承疇「開列雲貴形勢機宜」，提供雲貴地圖及熟悉地形的嚮導，協助洪承疇籌派大軍擊滅雲南永曆王朝。不過，當清軍取得絕對性勝利，吳三桂等三路大軍攻佔雲南，永曆帝遁入緬甸之際，孫可望就於順治十七年（永曆十四年、一六六〇年）十一月二十日死於北京，清朝官方的說法是病死，但有些民間野史則記載是被謀害而死。大致上此時清軍滅南明大功告成，孫可望已無利用價值，被清朝兔死狗烹的可能性是很高的。後來吳三桂因征滅永曆王朝大功而封藩雲南，過了幾年真的天下太平無事，清朝不也是因他已無利用價值，而設計撤藩，逼得他造反，而將他除掉了嗎？康熙元年（永曆十六年、一六六二年）四月二十五日，永曆帝被吳三桂從緬甸擒回昆明絞死㊲。李定國聽到永曆帝被擒獲的消息，因哀憤過度而病倒，後來「永曆被縊死的消息傳來，他痛不欲生，哭天號地不止。他披散著頭髮，赤著腳，『號踴搶地，兩目皆血淚。』他不想再活了，只求速死。七天不進一粒，於康熙元年六月二十七日去世」，地點是雲南緬甸邊界的景線（或說是孟腊）地方。「死前，他把部將靳統武和兒子嗣興召至面前，囑咐說：『任死荒郊，無降也。』㊳」足見李定國真是一位忠貞無比的鐵錚錚英雄好漢，他的彪炳戰績和氣昂昂的英名，永遠光照青史，誠為堅決為保衛國家民族而戰的最佳典範，令後世人欽敬不已。這裡李紈的後兩句判詞「如冰水好空相妒，枉與他人作笑談」，就是暗寫永曆王朝的孫可望與李定國（李紈）原本應如冰水一體、不相傷害那樣的和好，但卻空自互相嫉妒而內鬥，導致永曆王朝被滿清擊滅，並葬送自己的美好前程與生命，而枉然成為他人的滿清或世人談笑譏諷的材料。至於以上這些李定國的命運事跡，究竟對應到書中那些章節的故事情節，除了前面第四回描寫李紈、賈蘭身世的情節，已破解其真相如第二冊第四章第三節所述之外，其他的部份筆者大都還未能悟通，不敢妄斷。

在「枉與他人作笑談」句底下，有〔甲戌本特批〕評注說：「真心實語。」這是評論作者以「如冰水好空相妒，枉與他人作笑談」這兩句話，來描寫李紈（李定國）的命運結局是極切合歷史實事的「真心實話」。這裡作者攝取寒山〈無題〉詩有關「冰水」一體，「冰水不相傷，生死還雙美」的意義，而以「如冰水好」來比喻孫可望與李定國本為義兄弟，又同為永曆王朝抗清效力，原應是利害一體，不相傷害的關係，真是用典用得神準無比；而對於兩人竟然因互相猜忌，空費力氣互鬥，誰也沒得到好處，反而讓滿清漁翁得利而擊滅了永曆王朝，還葬送了自己的性命，枉然成為滿清或世人的笑柄，作者使用「（如冰水好）空相妒，枉與他人作笑談」來加以喻寫，不但貼切傳神，而且寄託了深長的警世喟嘆，真是意味綿長。

(22) 後面又畫着高樓大廈，有一美人懸梁自縊：在第十三回回末有脂批評注說：「『秦可卿淫喪天香樓』，作者用史筆也」，可見這裡所畫在高樓大廈懸梁自縊的十二釵美人就是秦可卿，故知這幅圖畫與後面的判詞是寓示秦可卿的命運的。就外表故事來說，這幅圖畫所對應的就是第十、十一、十三回描寫秦可卿死亡的情節。不過，第十、十一、十三回是描寫秦可卿因生病，醫治無效，逐步嚴重而病死的，與這幅圖畫寓示秦可卿懸梁自縊而死，顯然是嚴重矛盾不合的。這一明顯的矛盾不合現象，紅學專家們早就注意到了，於是展開熱烈研究，晚近甚至節外生枝地演變成「秦學」。但是截至目前為止，所有研究論著都不能圓滿詮釋書中所寫秦可卿既自縊又病死這個基本矛盾事實。筆者在前面第一冊第二章第三節揭露秦可卿的基本意義暗通諧音「秦可傾」或「情可傾」，代表「秦人可傾覆的對象」或「情的因素可以傾覆的對象」，影射秦人李自成可以傾覆的明朝崇禎末朝，或吳三桂愛情、滿清親情因素可以傾覆的崇禎亡後的明朝殘朝，而其中心人物最主要是明崇禎帝。第五回這幅圖畫寓示秦可卿懸梁自縊而死，是暗指秦可卿所代表的中心人物明崇禎帝在北京皇宮大廈地區的煤山自縊而死，而第十、十一、十三回描寫秦可卿病死，則是暗寫秦可卿所代表的明崇禎王朝國家重病而逐步滅亡，可以說合理詮釋了書中描寫秦可卿既自縊又病死的矛盾現象。

綜觀以上總共十四幅圖畫中使用「美人」一詞的，總共有四幅，根據筆者前面的解析，第十圖所畫「一所古廟，裏面有一美人在內看經獨坐」的「美人」，指的是惜春，所影射的真實人物是陳圓圓，是個真正的美女。第十二圖所畫「一座荒村野店，有一美人在那裡紡績」的「美人」，指的是賈巧姐，所影射的真實人物是台灣延平王朝的鄭克塽或其王朝，是個男人的藩王或其王朝。第十三圖所畫「一盆茂蘭，旁有一位鳳冠霞帔的美人」的「美人」，指的是李紈，所影射的真實人物是永曆王朝的晉王李定國或其勢力，是個男人的王侯或其軍政勢力。第十四圖所畫「高樓大廈，有一美人懸梁自縊」的「美人」，指的是秦可卿，所影射的真實人物是明崇禎帝或其王朝，是個男人的皇帝或其王朝。由此可見，除了第十圖的「美人」是影射真正的美女陳圓圓之外，其餘三幅圖畫的「美人」都是影射本是男人的皇帝、藩王、王侯或其王朝、勢力，這顯然是模仿屈原《離騷》以「美人」二字寓指楚國國君（楚懷王）的「美人」筆法，而這三幅圖的「美人」所指的賈巧姐、李紈、秦可卿這些女子的名字，也是指男人的皇帝、藩王、王侯或其王朝、勢力。由此可推知《紅樓夢》作者將屈原《離騷》的「美人」筆法加以擴大翻新，所有美人的女性名字賈巧姐、李紈、秦可卿、林黛玉、薛寶釵、賈元春、賈探春、香菱等等，大都是寓指男人的皇帝、藩王、王侯或其王朝、勢力等，這是《紅樓夢》極為重要的基本的筆法，不明白這種擴大翻新的《離騷》「美人」筆法，就無從破解《紅樓夢》故事的歷史真相。

(23)「情天情海幻情身，情既相逢必主淫。漫言不肖皆榮出，造釁開端實在寧。」：第一句「情天情海幻情身」的「情」字，暗通諧音「秦」字，又第四句「造釁開端實在寧」的「寧」字，指「寧」國府，而寧國府中有「秦」字的美人就是秦可卿，故再度確認這幅圖畫與判詞是寓示秦可卿的命運的。情天情海，比喻多情多到如天一般高海一樣深，這與太虛幻境內宮殿的匾額「孽海情天」的意義類似，因為多情多到如天高海深就是濫情，愛情貴專一，濫情就會製造出如海樣深的無限罪孽來。幻情身，情愛變幻不定的身軀體質。情天情海幻情身，這是描寫秦可卿在多情濫情如天高海深的周遭環境影響下，本身變成愛情立場變幻不定的心性體質。情既相逢必主淫，這是進一步描寫秦可卿本身愛情變幻不定，既然遭逢到周圍充斥著濫情的人，必定會情意感應相通，主導出婚外的淫情出來，所以第十三回脂批對於秦可卿的死亡評注說：「『秦可卿淫喪天香樓』，作者用史筆也」，也就是說秦可卿因為發生婚外的淫情而喪命在天香樓，而作者對於她發生淫情而喪命天香樓的事，是使用隱微幽曲的寫歷史筆法來寫作。正因為作者使用的是極度隱微幽曲的歷史筆法，所以秦可卿和誰發生淫情，如何喪命天香樓，就好像謎團一樣，歷來紅學家們雖然提出種種詮釋，如說「秦可卿與賈珍私通，被婢撞見，羞憤自縊死的㊴」之類，但都是猜謎性質，很難令人信服。作者真正明寫秦可卿發生淫情的情節是在本第五回後面，描寫賈寶玉夢遊太虛幻境，主人警幻仙姑以盛宴歌舞招待他之後，又將其妹乳名兼美、字可卿者許配給他，並推他入帳，於是寶玉與可卿發生男女雲雨淫情，這句「情既相逢必主淫」比較可能就是指這件賈寶玉在夢境中與秦可卿之幻身的警幻仙姑之妹發生的淫情吧？「漫言不肖皆榮出，造釁開端實在寧」，釁為事端、徵兆的意思，這兩句是說一般人都漫不經心地隨便說沒出息的不肖子孫（如寶玉等）都出自榮國府，其實開啟種種敗家不肖事端的實際上是在寧國府。這一點從第十三回首先就寫寧國府媳婦秦可卿「淫喪」天香樓，及後面描寫寧國府賈珍以長房族長身分而帶頭淫邪敗德，甚至於在守父喪期間還命兒子賈蓉出名設局夜賭（第七十五回）等不肖行為，可以說是很符合實際情節的。

再就內層歷史真事來詮釋。第十三回脂批對於秦可卿死亡事件評注說：「『秦可卿淫喪天香樓』，作者用史筆也。」所謂「史筆」實含有雙重提示，一方面是提示對於「秦可卿淫喪天香樓」的事，作者是使用隱微幽曲的寫歷史筆法來寫作；另一方面是提示「秦可卿淫喪天香樓」是一個歷史的事件。因此，無論是後面「秦可卿淫喪天香樓」的故事，或這裡秦可卿命運的圖畫與判詞，甚至於全書故事，都是暗寫歷史事實，都必須從歷史事實去考查，才可能詮釋得通暢。情天情海，「情」字一方面是暗點秦可卿的「秦」字，而「秦」字又暗指秦人李自成的勢力；另一方面「情」字當然是直接指「情」的因素，而所謂「情」的因素主要有兩層，一層是暗指吳三桂欲報愛妾陳圓圓被李自成軍奪佔的愛情因素，及其父吳襄被李自成拷掠助餉的親情因素，另一層是暗指滿清因其先祖（努兒哈赤之父與祖）被明朝誤殺，而楬櫫七大恨的理由欲向明朝報仇的親情因素。情天情海，這是暗寫明朝崇禎末期秦人李自成的勢力龐大無比得像瀰天漫海一般，民心、軍隊都心向李自成，就連朝廷官員、太監也多暗通李自成；又是暗寫崇禎帝自縊後的明朝殘期天下局勢充滿如天高海深的情的因素的強大影響力，一方面是吳三桂為了愛妾陳圓圓及其父吳襄的愛情與親情因素，要興兵向李自成報仇，另一方面是滿清為了其先祖被明朝誤殺的親情因素，要興兵入關向明朝報仇。幻情身，這是暗寫秦可卿這個名號所代表的明朝崇禎末期與殘朝的政體本身，具有可能傾覆變幻不定的情狀特質；因為明朝崇禎末期時國勢衰弱，秦人李自成的勢力洶湧澎湃，明朝隨時可能傾倒，及至明朝被李自成傾覆後，李自成不敢立即稱帝，天下無主，明朝餘勢還很強大，滿清也在山海關外虎視眈眈，三強鼎立，但天下仍以殘餘明朝為主體，而這個殘明政體本身，具有情勢變幻莫測，隨時可能傾覆的本質特性。情天情海幻情身，這句就是暗寫在明朝崇禎末朝與殘朝時期，秦人李自成的勢力洶湧澎湃，以及吳三桂欲報其妾、父之仇的愛情親情因素，與滿清欲報其祖先之仇的親情因素，這樣的秦人勢力因素與吳、清愛情親情因素漫天塞海，嚴重影響天下穩定，使得明朝末朝與殘朝政體變得猶如一個人情愛變幻不定的身軀體質，隨時可能傾倒向任何一方，天下局勢變幻莫測。情既相逢必主淫，這句是暗寫在明崇禎末朝與殘朝的局勢中，吳三桂欲報妾、父之仇的愛情親情因素，與滿清欲報祖先之仇的親情因素，這兩股情的勢力，既然在山海關相逢在一起，因為利害一致，情意相通，本來就很容易匯流成一股聯合勢力（更何況吳三桂軍力與李自成相差懸殊），這樣的情勢必然會主導出吳三桂背叛故主明朝漢族，而與異族滿清發生不正常結合，這種踰越忠君愛國禮法的淫亂情事來；簡言之，就是暗寫吳三桂因愛情親情因素而背明降清的情事。「漫言不肖皆榮出，造釁開端實在寧」，這兩句話是作者對明清爭戰歷史的評論，評論說一般人常隨口泛論造成明朝漢族亡於滿清，都是因為在明崇禎殘朝時，出了賣國求榮的不肖份子引清兵入關所致，這些不肖份子都出自後來因賣國而封藩西方雲南享受榮華富貴的吳三桂藩王府集團（榮國府）；其實首先製造開啟明朝敗亡徵兆、事端的，實際上是在於東邊的北京明朝朝廷（寧國府）這一邊，因為崇禎帝治國無道，連連失策，若再追溯根源則是明朝神宗萬歷十一年，明朝駐遼東邊兵誤殺了滿清努兒哈赤的父祖，首先挑釁開啟了明清爭戰的事端，以致滿清不斷興兵前來攻打而傾覆了明朝。這是一個極為冷靜公正的史評，因為一般人談論到明朝亡於滿清，都是隨口痛罵出了一個賣國求榮的不肖子孫吳三桂，引清兵入關所致。其實明、清本無怨仇，就是因為以上明兵誤殺努兒哈赤父祖的事件，才挑起努兒哈赤興兵報復其父祖被殺之仇，輾轉演變成其子孫入關滅亡明朝漢族的。

至於以上這四句秦可卿判詞的歷史真事，所對應的書中故事情節，並不完全集中對應到有關秦可卿的故事情節中，而是也分散對應到很多與秦可卿無關之章回的故事情節中。首句「情天情海幻情身」所暗寫明朝崇禎末朝與殘朝時期，秦人李自成勢力因素與吳、清愛情親情因素漫天塞海，明朝政體本身隨時可能幻變傾覆的歷史情勢，除了本回前面有關秦可卿、賈寶玉、警幻仙姑的故事有所描寫之外，第一回有關「風流公案」的情節，及第十、十一、十三回有關秦可卿逐步病死的情節，也都有或多或少的描寫。第二句「情既相逢必主淫」所隱寓吳三桂與滿清結合的歷史事實，在第一回開頭有關石頭記之來歷的故事，先以吳三桂被多爾袞逼迫剃髮降清為主題簡單描寫了一次，到了這一回則改以吳三桂受到多爾袞許諾晉封藩王的誘惑而降清為主題，假借寶玉於夢中隨警幻仙姑進入太虛幻境，接受盛宴並觀賞舞女演唱紅樓曲招待的外表故事，再度詳細描寫一遍。至於明朝北京被秦人李自成攻陷滅亡的歷史真事，第一回先以甄士隱家遭火災燒成一片瓦礫場的故事簡單描寫了一遍，本第五回又以寧榮二府女眷在寧府會芳園家宴，觀賞梅花，及寶玉睡中覺的故事再略微詳細地描寫一遍，到第十一、十三回又改以秦可卿生病致死的故事，更為詳細地再描寫一遍。有關「漫言不肖皆榮出，造釁開端實在寧」這兩句，所隱寓明朝滅亡不應只責怪賣國求榮的吳三桂，造釁開端者實在北京明朝崇禎朝廷的歷史事實，其中有關「不肖皆榮出」的吳三桂不肖行為，前面第一回開頭有關石頭苦求僧道携入紅塵享受富貴溫柔的故事，及本回賈寶玉接受警幻仙姑盛宴的故事就是其中的一部份對應情節。至於有關「造釁開端實在寧」的崇禎朝廷之種種治國無道行為，除了本回這裡的秦可卿判詞，及後面有關秦可卿命運的紅樓夢曲〈好事終〉的隱寓暗寫之外，究竟對應到書中的那些具體情節上，筆者則還沒能悟通，不便妄加評論。

(24) 寶玉還欲看時，那仙姑知他天分高明，性情穎慧：〔甲戌本眉批〕等評注說：「通部中筆筆貶寶玉，人人嘲寶玉，語語謗寶玉，今却於警幻意中忽寫出此八字來，真是意外之意。此法亦別書中所無。」批文中所謂「此八字」是指「天分高明，性情穎慧」這八個字。由於批書人是作者著書年代深知《紅樓夢》故事內情的人，因此從這一條脂批可見賈寶玉所影射的歷史真實人物，是作者筆筆貶抑的一位歷史人物，如第一回對賈寶玉的前身「石頭」就稱之為「蠢物」，第三回評定賈寶玉人格形象的〈西江月〉詞中，更痛貶賈寶玉「天下無能第一，古今不肖無雙」，本第五回後面又借警幻仙姑之口，痛罵賈寶玉「乃天下古今第一淫人也」；同時也是書中人物甚至讀者人人嘲諷、語語譏謗的一號歷史人物。這號賈寶玉所影射的最主要對象就是吳三桂，他賣國求榮，引清兵入關滅亡《紅樓夢》作者與世人的祖國明朝漢族，是歷史上最令人痛恨與不恥的大漢奸，所以「通部（書）中筆筆貶寶玉，人人嘲寶玉，語語謗寶玉」，真是最自然不過的事了。不過，近世很多評論《紅樓夢》的著作都褒揚賈寶玉是具有進步思想的反封建典範，因為他反對科舉制度，反抗「父母之命，媒妁之言」的傳統婚姻制度，追求自主婚姻等等，這樣的評論與原批書人的觀點，可說完全背道而馳，這種對於賈寶玉一褒一貶的兩極化評價，主要是因為近代紅學家單就外表故事的賈寶玉言行來作評論，而脂批則是單就內層歷史真事中賈寶玉所影射的真實人物（吳三桂）來作評論，所以結論就天差地別。

(25) 恐把仙機洩漏：仙機，仙人所預言或暗示的事機、機密。前面已寫說「此各司中皆貯的是普天之下所有的女子過去未來（命運）的簿冊，爾凡眼塵軀，未便先知的」，所以這裡寶玉還欲看時，那警幻仙姑就顧忌寶玉「天分高明，性情穎慧」，恐怕寶玉預先悟知這些簿冊所寓示的內容，而洩漏了各女子過去未來命運的機密，而這些機密是由仙姑所掌管，所以稱為「仙機」。就內層真事來說，警幻仙姑影射滿清領袖（多爾袞等），寶玉影射吳三桂，所以警幻仙姑恐怕把她的仙機洩漏給寶玉預知，就是滿清領袖恐怕把他與吳三桂結盟的機密預先洩漏給吳三桂知道，這個機密就是滿清入關的真正目的在於滅亡明朝，取而代之，但是滿清與吳三桂結盟時所宣示的目的是要驅滅佔領北京的李自成政權，為明朝臣民代報君父之仇，所以滿清葫蘆裡要滅亡明朝的機密，及因此將導致這些金陵十二釵所影射的漢族精英都薄命犧牲的結局，不可以預先洩漏給吳三桂知道。

(26) 遂掩了卷冊，笑向寶玉道：「且隨我去遊玩奇景」：〔甲戌本夾批〕等評注說：「是哄小兒語，細甚。」這是提示這裡警幻仙姑惟恐寶玉悟知仙機，而故意引寶玉「且隨我去遊玩奇景」的表面文章，在內裡真事層面，實際上是警幻仙姑像「哄小兒」般哄騙耍弄寶玉的話語，隱含有很深細的意義，也就是說這些文字是描寫滿清領袖把吳三桂當小孩兒般哄騙，而吳三桂也傻得像無知小孩兒般地被滿清所哄騙的歷史事實，再更具體的說，吳三桂竟被滿清外表標榜的「代報君父之仇」所蒙蔽，在不知滿清入關真正目的在滅亡明朝漢族政權的情況下，就迷迷糊糊被哄騙「姑且隨著滿清將領去各處征戰，遊玩滿清利用吳三桂滅亡李自成、南明等漢人政權的以漢滅漢奇異景象（且隨我去遊玩奇景）」。

(27)何必在此打這悶葫蘆：悶葫蘆有三層涵義，第一層是指外表故事金陵十二釵簿冊圖畫與判詞所寓示十二釵女子的過去未來命運，好像悶藏葫蘆裡的物件，讓人看不清猜不透。第二層是指內層上滿清入關要滅亡明朝的真正目的猶如悶葫蘆一般深藏不露。第三層是暗點第一回的葫蘆廟，以點示此處警幻仙姑帶領賈寶玉遊觀孽海情天宮薄命司中所藏金陵十二釵簿冊的故事，所對應的歷史就是發生在第一回葫蘆廟的事件，而前面筆者已指出葫蘆廟就是治國糊塗的北京明崇禎朝廷，因此這裡警幻仙姑帶領賈寶玉遊觀薄命司中金陵十二釵簿冊的故事，就是暗寫滿清多爾袞夾帶吳三桂攻下李自成所佔領的明朝都城北京，並南下擊滅敗逃的李自成王朝及在江南重建的南明王朝，而使得所有反清志士都淪落入薄命犧牲之命運結局的歷史。

〔甲戌本夾批〕等評注說：「為前文葫蘆廟一點。」這是提示這裡「葫蘆」二字另有點示前文第一回的葫蘆廟故事的深層涵義，也就是提示這裡警幻仙姑帶領賈寶玉遊觀薄命司中金陵十二釵簿冊的故事，就是上接第一回火燒葫蘆廟的故事（該故事是暗寫李自成以火攻攻陷北京），繼續暗寫滿清夾帶吳三桂攻下李自成所佔領的北京，並南下擊滅李自成王朝及南明王朝的歷史。

◈真相破譯：

後面忽見畫著「一惡狼，追撲一美女，欲啖之意」。這樣的圖畫是寓示賈迎春所影射的南明南京弘光王朝，有一個馬士英結黨亂政、凌虐朝臣，有如一匹惡狼，追撲一個美女似的，想要把弘光王朝啖食毀滅掉的意思。後面書寫說（按係預示賈迎春所影射的南明南京弘光王朝或弘光帝的命運）：

你馬士英是猶如中山狼般忘恩負義的人物，一得志就欺君虐臣地猖狂起來。那迎春所影射的福王弘光帝出身有如黃金般高貴，個性本質卻懦弱無能得如同鮮花柳枝般嬌嫩柔弱，以致南明弘光王朝只一年餘就滅亡，好像前赴黃粱夢似的虛幻短暫（按弘光王朝自崇禎十七年五月初三建立，至次年弘光元年五月十日弘光帝棄朝逃亡，只一年多幾天就亡於滿清）。

後面便是畫著「一所古廟，裏面有一美人在內看經獨坐」。這樣的圖畫是寓示賈惜春所影射的陳圓圓最後出家當尼姑，因而在一所古老寺廟裏面，有一個絕世美人陳圓圓在內看經獨坐修行的情景。其判詞說（按係預示賈惜春所影射的陳圓圓的命運）：

賈惜春所影射的陳圓圓看破吳三桂在康熙十七年暮春三月登基為大周皇帝，建立大周王朝的好景不會長久，因而突然將昔年的妝飾改換為黑色的佛教徒衣服，毅然隱匿到寺廟中去當尼姑。

可憐像陳圓圓這樣一個吳三桂平西藩王之愛妾，或大周皇帝之皇妃的綉戶侯門高貴女子，竟然去當尼姑而孤獨地睡臥起居在寺廟的青燈古佛旁邊。

後面便是畫著「一片冰山，上有一隻雌鳳」。（按雌鳳，暗點王熙「鳳」。後面判詞第一句的「凡鳥」二字，合起來是一個「鳳」字，也是暗點王熙「鳳」。）這樣的圖畫是寓示王熙鳳所影射的吳三桂，其大周反清勢力集團好像一片冰山那樣高聳龐大，上面有一個如雌鳳般的傑出人物吳三桂大權獨覽地掌控著，但是終究會像冰山見日就消溶一般地，逐漸消溶瓦解掉。其判詞說（按係預示王熙鳳所影射的吳三桂的命運）：

姓名中帶有「鳳」（凡鳥）字的王熙鳳所影射的吳三桂，偏偏在明朝衰敗的末世時期來到人世間，明朝、李自成、滿清各方勢力都知道愛慕此人一身的好武藝及軍事才幹，而極力爭取拉攏。

在各方拉攏下，他選擇投降滿清，此後他的人生第一階段是「從」，即順從聽命於清朝（一從），第二階段是「令」，即當他被滿清撤藩時，憤而起兵反清，建立大周王朝，自已發號施令（二令），第三階段是「休」，即最終在反清節節失利中，他便生病死亡命休（三人木）；其三階段事跡之中，他在康熙十二年十一月起兵反清時，率領三軍祭拜南明永曆帝陵，在三軍同哭的震天慟哭聲中，痛悔當初背明降清的錯誤，宣誓轉向恢復金陵王朝明朝（哭向金陵）的事件，更是吳三桂人生的大悲哀。

後面又畫有「一座荒村野店，有一美人在那裡紡績」。（按後面判詞第四句「巧得遇恩人」中的「巧」字，暗點賈巧姐的「巧」字。）這樣的圖畫是寓示王熙鳳女兒賈巧姐所影射的台灣延平王朝末主鄭克塽最後投降滿清，受封「正黃旗漢軍公」，「給莊田、俸祿，入旗」，歸入滿清農莊八旗制度的事跡（按八旗制度為滿清努兒哈赤所創，發源於關外荒野地區的一種農莊屯兵制度）。其判詞說（按係預示賈巧姐所影射的延平王朝鄭克塽的命運）：

賈巧姐所影射的延平王朝鄭克塽，其軍隊在澎湖大戰中被滿清施琅水師打敗，勢力敗落，休想再說自己貴為延平王了，再也沒人理會了；如老家一般的台灣延平王朝將淪亡，莫想再論某人是皇親國戚了，都翻臉不認人了，而都計劃著要把他及延平王朝遷往番邦呂宋的事。

還好有祖父鄭成功從前濟助提拔過劉國軒的事，才恰巧遇到劉國軒從澎湖返回台灣，好像恩人似地阻止了遷往呂宋的事，又安排他改為投降清朝，而得以受封漢軍公，做個樂不思蜀的阿斗。

詩後又畫著「一盆茂蘭，旁有一位鳳冠霞帔的美人」。（按茂蘭的蘭字，暗點賈「蘭」，而賈蘭為李紈的兒子。鳳冠霞帔，明清時后妃、誥命夫人所戴有鳳飾的禮冠、披服。後面判詞第一句「桃李春風結子完」中的「李」字明點李紈的「李」姓，「完」字暗通諧音「紈」字，合起來暗點李紈。）這樣的圖畫是寓示李紈所影射的李定國農民軍勢力所支撐的雲南南明永曆王朝，在南明各王朝中勢力最盛，抗清功業最顯赫，就好像一盆香氣馥郁的茂盛蘭草一樣，而永曆王朝旁邊有一位高爵厚祿、品德忠貞美好的中流柢柱人物晉王李定國，就好像一位戴鳳冠穿霞帔的美人一樣。也有判詞說（按係預示李紈所影射的李定國的命運）：

在明崇禎十七年三、四月，朱明王朝（桃、紅）、李自成農民軍（李）、滿清（風）經過好像桃花李花競豔，及春風搖落桃花李花的競爭天下帝位之後，漢族的明朝和李自成等農民軍雙雙落敗，於是就好像桃花李花結果子般地，雙方各自或互相結合生出一些南方漢族王朝完了之後，到了盡頭來看這些短暫地迭起迭落的王朝，有誰能夠好似一盆蘭草那樣茂盛芳香呢？那就是李定國農民軍（李紈）結合永曆帝而生出的雲南永曆王朝（賈蘭），因為它建都於雲南昆明，附近滇池、洱海低窪而廣闊，有如雲貴高原中凹下的一個水盆，而且屢敗清軍，芳名垂青史，就像一盆茂盛芳香的蘭草。永曆王朝中的孫可望與李定國（李紈）兩人原本應如冰水一體、不相傷害那樣的和好，但卻空自互相嫉妒而內鬥，導致永曆王朝被滿清擊滅，並葬送自己的美好前程與生命，而枉然成為他人的滿清或世人談笑譏諷的材料。

後面又畫著「高樓大廈，有一美人懸梁自縊」。這樣的圖畫是寓示秦可卿所影射的明崇禎帝在北京皇宮大廈地區的煤山自縊而亡的事件。其判詞說（按係預示秦可卿所影射的明崇禎帝或崇禎王朝的命運）：

在明朝崇禎末朝與殘朝時期，秦人李自成的勢力，吳三桂欲向李自成報復其妾、父之仇的愛情親情因素，及滿清欲向明朝報復其祖先之仇的親情因素，這樣的秦人、愛情、親情因素洶湧澎湃到漫天塞海（情天情海），使得明朝末朝與殘朝變得猶如一個人情愛變幻不定的身軀體質（幻情身），隨時可能傾倒向任何一方，天下局勢變幻莫測；這時吳三桂欲報妾、父之仇的愛情親情因素，與滿清欲報祖先之仇的親情因素，這兩股情的勢力既然在山海關相逢在一起（情既相逢），因為利害一致，情意相通，必然會主導出吳三桂背叛故主明朝漢族，而與異族滿清發生不正常結合之踰越忠君愛國禮法的淫亂情事來（必主淫）。

一般人常隨口泛泛的說造成明朝漢族亡於滿清的不肖份子，都是出自賣國求榮而封藩在西邊雲南享受榮華富貴，本書稱為榮國府的吳三桂藩王府集團（不肖皆榮出）；其實首先製造開啟明朝敗亡於滿清之徵兆、事端的，實際上是在於本書稱為寧國府的東邊北京明朝朝廷（按因為崇禎帝治國無道，連連失策，若再追溯根源則是明神宗萬歷十一年，明朝駐遼東邊兵誤殺了滿清努兒哈赤的父祖，首先挑釁開啟了明清爭戰的事端，以致滿清不斷興兵前來攻打而終於滅亡了明朝漢族）。

寶玉吳三桂還想要看看滿清表面上標榜為明朝臣民代報君父之仇而驅逐佔領北京的李自成，但實際上究竟要如何處置金陵朱明王朝及相關人物的命運時，那警幻仙姑所代表的滿清領袖知道他天分高明，性情穎慧，恐怕會把滿清視如仙機般想要順勢滅亡明朝的機密洩漏出來，遂掩蓋了那些寓示明朝重要人物之命運的卷冊，奸笑著向寶玉吳三桂哄騙說：「你且隨著我滿清將領去各處征戰，遊玩觀賞那滿清以漢滅漢的奇異景象，你自然就知道怎麼回事了，何必在這裡想打破這悶葫蘆，胡猜我們滿清進兵中原的袖裏乾坤呢！」

附註：

①引錄自以上《紅樓夢校注（一）》，第九九頁註三四；並參考以上《紅樓夢辭典》，第五七四頁。

②有關王輔臣、圖海的事跡，係綜合引述自以上《清朝的皇帝（一）》，第三一七至三三一頁；《吳三桂大傳》下冊，第四四四至四四七、六〇九至六二四、六五六至六六九、七八七至七八九頁；《吳三桂傳》，霍必烈著，國際文化公司出版，一九九〇年十二月版，第一八三至一八四、一八九至一九五頁；及《細說吳三桂》，劉鳳雲著，台北，雲龍出版社出版，一九九三年五月第一版二刷，第一六四至一六七頁。

③引錄自以上《紅樓夢辭典》，第六〇四頁。

④引錄自以上《世說新語》之「言語第二」，上冊第一〇二頁。

⑤轉錄自《新編石頭記脂硯齋評語輯校》，陳慶浩編著，台北，聯經出版事業公司出版，民國七十五年十月增訂再版，第一二三頁注二。

⑥引錄自《禮記鄭注》「卷之八・內則第十二」，東漢鄭玄（康成）註著，台北，學海出版社，民國八十一年八月初版，第三七二頁。

⑦引錄自《禮記鄭注》「卷之八・郊特性第十一」，第三三〇頁。

⑧詳情參見以上《吳三桂大傳》，上冊第二八二至二八六頁，下冊第四六七、五〇九至五一〇、五三三至五三四、五五三至五五五、六六三頁；及以上《細說吳三桂》，第一六二頁。

⑨引述自《龍鳳劫・康熙皇帝傳奇》，張研著，台北國際村文庫書店，一九九五年元月初版，第五八頁。

⑩引述自以上《吳三桂大傳》上冊第二八三頁。

⑪詳情參見以上《吳三桂大傳》，下冊第五四一至六二四、六九〇至七四九頁；及以上《細說吳三桂》，第一四九至一七五頁。

⑫參引自以上《紅樓夢校注（一）》，第九五頁校記七。

⑬引述自《從征實錄》，明鄭戶官楊英著，臺灣銀行經濟研究室編輯，臺灣省文獻委員會於民國八十四年八月重新出版，第一八五頁；順治十八年清明節為農曆三月六日，則係根據《近世中西史日對照表》，鄭鶴聲編輯，臺灣商務印刷館出版，一九九四年十月，臺第一版第五次印刷，第二九一頁之記載。

⑭引述自《臺灣史》，臺灣省文獻委員會編，林衡道主編，台北，眾文圖書公司印行，民國八十三年五月一版四刷，第二一四至二三〇頁；康熙十九年清明節為農曆三月六日，則係根據以上《近世中西史日對照表》第三二九頁之記載。

⑮有關李自成王朝大軍自北京奔逃以至在湖、湘地區潰散而亡的事跡，係綜合參述自《李自成》，晁中辰著，台北，文津出版社，一九九四年九月初版一刷，第二五八至二七六頁；以上《晚明流寇》，第一五九、一七七至一八六、二一八至二二〇頁；及《甲申史商》之「李自成死于通山史証」，栾星著，河南，中州古籍出版社，一九九七年四月，第一版第一次印刷，第二〇六至二六八頁。

⑯詳情請參見以上《吳三桂大傳》，下冊第四三四至四四一、六九〇至七四九頁；及以上《吳三桂傳》，第一七二至一七三頁。

⑰參述自《明太子、福王亡命在日本》，徐曉輝著，臺灣中華書局印行，民國七十三年六月初版，第一三五至一四一頁。

⑱參述自以上《明太子、福王亡命在日本》，第一九五至一九七頁。

⑲引述自《南明史》，顧城著，北京，中國青年出版社，二〇〇三年十二月，第一版，第一八九頁。

⑳詳情請參見以上《明太子、福王亡命在日本》，第一四二頁。

㉑參引自以上《明季北略》，第二三六頁；《甲申傳信錄》之「弘光實錄鈔」，第一七五頁；及《南明史》，第七〇至七一頁。

㉒參述自以上《甲申傳信錄》之「弘光實錄鈔」，第一七四至一七六頁；及《南明史》，第六八至七一頁。

㉓參述自以上《南明史》，第五二至五六、一八九至一九八頁。

㉔有關陳圓圓的最終結局，引錄或引述自以上《吳三桂大傳》下冊第七六八頁。

㉕詳見以上《吳三桂大傳》下冊，第七三五至七三六頁。

㉖引錄自《紅樓夢注釋（上）》，廣州日報社編，一九七六年七月版，第九〇頁。

㉗轉引自《紅樓夢詩詞曲賦鑒賞》，蔡義江著，北京，中華書局出版二〇〇四年四月，北京第五次印刷，第五九頁。

㉘詳見以上《吳三桂大傳》下冊，「哭陵倡亂」章，第五一八至五二〇頁；及以上《細說吳三桂》，第一五一至一五三頁。

㉙引錄自以上《臺灣史》，第二三二至二三三頁。

㉚引錄自《臺灣外記》，清康熙時江日昇著，臺灣銀行經濟研究室編輯，臺灣省文獻委員會於民國八十四年八月重新出版，第四四四頁。

㉛引錄自《明延平王三世》所轉載四明凌雪著《南天痕》之記載，黃玉齋著，台北，海峽學術出版社，二〇〇四年十二月，第一四五頁。

㉜有關鄭經、鄭克塽的事跡，係摘述自以上《臺灣外記》，第二三六至四四四頁；及《臺灣史》，第二三〇至二四〇頁。

㉝參述自以上《臺灣外記》，第一四一至一四二頁；並參考以上《從征實錄》，第七一至七二頁。

㉞引錄自《紅樓夢（上）》，馮其庸編注，台北，地球出版社出版，民國八十九年元月再版，第一二六頁。

㉟引錄自以上《紅樓夢（上）》，馮其庸編注，第一二七頁。

㊱轉引自《詩論紅樓夢》所轉載《全唐詩》卷八〇六之寒山〈無題〉詩，歐麗娟著，台北，里仁書局發行，民國九十一年一月初版，第三四二頁。

㊲有關孫可望與永曆王朝之糾葛，及與李定國內鬨，導致永曆王朝覆滅的事跡，係綜合參述自以上《南明史》，第三三七至三六三、六一二至六七〇、七〇〇至七三七、八四九至八九四、九六八至九八二、一〇一四至一〇二五頁；及《張獻忠》，余同元著，台北，文津出版社，一九九四年九月，初版一刷，第五一至五二、二四七至二六〇頁。

㊳有關李定國死前的情況，係引錄自以上《吳三桂大傳》，上冊第三八四頁。

㊴引錄自《紅樓夢研究》，俞平伯著，台北，里仁書局印行，民國八十六年四月初版，第一八四頁。

第三章 賈寶玉夢中觀賞舞女演唱紅樓夢曲故事的真相

第一節 警幻仙姑携賈寶玉遊後宮並以情欲聲色警頑入正故事的真相

◈原文：

寶玉恍恍惚惚，不覺棄了卷冊，又隨了警幻來至後面(1)。但見珠簾繡幙，畫棟彫簷，說不盡那光搖朱戶金鋪地，雪照瓊窗玉作宮。更見仙花馥郁，異草芬芳，真好個所在(2)。又聽警幻笑道：「你們快出來迎接貴客！」一語未了，只見房中又走出幾個仙子來，皆是荷袂蹁躚，羽衣飄舞，姣若春花，媚如秋月。一見了寶玉，都怨謗警幻道：「我們不知係何貴客，忙的接了出來！姐姐曾說，今日今時必有絳珠妹子的生魂前來遊玩，故我等久待(3)。何故反引這濁物來污染這清淨女兒之境？(4)」

寶玉聽如此說，便唬得欲退不能退，果覺自形污穢不堪(5)。警幻忙携住寶玉的手(6)，向眾姊妹笑道：「你等不知原委。今日原欲往榮府去接絳珠，適從寧府所過，偶遇寧榮二公之靈(7)，囑吾云：『吾家自國朝定鼎以來，功名奕世，富貴傳流，雖歷百年，奈運終數盡，不可挽回者(8)。故近之子孫雖多，竟無一可以繼業(9)。其中惟嫡孫寶玉一人，稟性乖張，生情詭譎(10)，雖聰明靈慧，略可望成，無奈吾家運數合終，恐無人規引入正。幸仙姑偶來，萬望先以情欲聲色等事警其癡頑，或能使彼跳出迷人圈子，然後入於正路(11)，亦吾弟兄之幸矣。』如此囑吾，故發慈心，引彼至此。先以彼家上中下三等女子之終身冊籍，令彼熟玩，尚未覺悟(12)。故引彼再至此處，令其再歷飲饌聲色之幻，或冀將來一悟，亦未可知也(13)。』(14)

◈脂批、注釋、解密：

(1)寶玉恍恍惚惚，不覺棄了卷冊，又隨了警幻來至後面：這是接續前文「寶玉還欲看（簿冊）時，那（警幻）仙姑知他天分高明，性情穎慧，恐把仙機洩漏，遂掩了卷冊，笑向寶玉道：『且隨我去遊玩奇景，何必在此打這悶葫蘆』」，而續寫於是寶玉就在被警幻仙姑哄騙得不明白她葫蘆裡的仙機的情況下，神志恍恍惚惚地，不覺放棄了金陵十二釵的命運卷冊，又迷糊地隨了警幻來至後面遊玩奇景。在內層真事上，這是暗寫吳三桂在不知滿清入關真正目的在滅亡明朝漢族政權的情況下，就神志恍惚迷糊地又隨著滿清將領來至中國版圖後面的四川、湖廣、雲貴地區征戰，遊玩以漢滅漢的奇異景象。

〔甲戌本夾批〕等評注說：「是夢中景況，細極。」這是提示這裡是描寫寶玉在作夢中的景況，所以寶玉才會神志恍恍惚惚，而不覺棄了卷冊，又隨了警幻來至後面，涵義極為細微，讀者應該仔細體察其極為細微的深意。而根據本回回目上句標題為「開生面夢演紅樓夢」，可知這裡寶玉所作的夢就是「紅樓夢」，就是因為寶玉正陶醉在「紅樓夢」中，所以才會神志恍恍惚惚地，又隨了警幻來至後面遊玩奇異，而前面第三章筆者已說過所謂「紅樓夢」就是企求享受藩王富貴歌舞生涯的夢想，故這條脂批實際上是提示吳三桂（寶玉）因為陶醉在滿清許諾晉封藩王的歌舞富貴夢想的景況之中，所以才會神志恍恍惚惚地，又隨了滿清將領（警幻）來至中國版圖後面的西南地區，遊玩那以漢滅漢的奇異景象。

(2)「但見珠簾綉幙，畫棟彫簷，說不盡那光搖朱戶金鋪地，雪照瓊窗玉作宮。更見仙花馥郁，異草芬芳，真好個所在」：幙，音義通幕，帳幕。彫，同雕，刻也。彫簷，雕刻有圖案的屋簷。朱戶，門戶漆成紅色的王侯宅第，古代諸侯有功者賜朱戶，故稱王侯貴族宅第為朱戶、朱邸或朱門。瓊，美玉。瓊窗，如美玉般的窗戶。「光搖朱戶金鋪地，雪照瓊窗玉作宮」，形容王侯貴族大宅第的華貴景象，其大紅色門戶閃爍搖晃出紅色光彩，映照得整個地面鋪上一層金黃色，好像地板是用黃金鋪成的；其晶瑩剔透如美玉的窗戶照射出雪白光芒，映照得整座宅第好像是晶瑩白玉所造作的宮殿。

〔甲戌本夾批〕等評注說：「已為省親別墅畫下圖式矣。」省親別墅指賈府為長女賈元春貴妃返家省親所蓋造的宮殿庭園，由賈妃題名為省親別墅，並題名主殿為大觀樓，故整座省親別墅的宮殿庭園又稱大觀園，是第十六、十七、十八回才描寫的故事情節。所以這則脂批是提示這裡「但見珠簾綉幙，畫棟彫簷，…真好個所在」這一小段文字，已經為後面的省親別墅預先畫下圖式了。而後面的省親別墅或大觀園，筆者前面已考證指出是影射吳三桂在雲南昆明所蓋造的藩王府宮殿庭園，吳三桂的藩王府宮殿庭園則是在南明永曆帝的宮殿庭園基礎上，再加改造及增建的，所以這一小段所描寫早於後面的省親別墅、大觀園的舊圖式，其實就是暗指立朝於雲南昆明的南明永曆王朝的宮殿庭園。由此可見，這裡描寫寶玉又隨警幻來至後面遊玩奇景的故事，是暗寫吳三桂（寶玉）又隨滿清將領（警幻），來至中國版圖後面的西南雲貴地區的南明永曆王朝地盤征戰，遊玩那以漢滅漢之奇異景象的歷史事件。

(3) 姐姐曾說，今日今時必有絳珠妹子的生魂前來遊玩，故我等久待：生魂，「謂活人的魂魄。唐・張讀《宣室志》卷三：『通州有王居士者，有道術。會昌中，刺史鄭君有幼女，甚愛之，而自幼多疾，若神魂不足者。鄭君因請居士。居士曰：此女非疾，乃生魂未歸其身。』①」絳珠，林黛玉的前身絳珠草或絳珠仙子。按第一回寫天上的絳珠草下凡降生為活人林黛玉，所以絳珠妹子的生魂就是拐個彎指林黛玉。在內層真事上，姐姐警幻仙姑是影射滿清領袖，絳珠妹子的生魂林黛玉是影射明朝，「我等」所代表的幾個仙子是影射明朝的將領、臣民們，所以這三句是以小說筆法暗寫當滿清帶領吳三桂前來攻打南方明朝時，明朝的將領、臣民們心裡想：你滿清老大姐以前不是曾經宣說你們率兵入關是為明朝臣民「代報君父之仇」，要驅滅李自成，以拯救明朝，帶來復生的明朝魂魄（絳珠妹子的生魂），所以我等明朝的將領、臣民們長久按兵靜待著你滿清實現諾言，把明朝救活交給我們。

〔甲戌本夾批〕等評注說：「絳珠為誰氏，請觀者細思首回。」這是提示觀書者要細思首回天上絳珠草降生人間為林黛玉的故事，摸透絳珠、林黛玉所影射的歷史真實對象（明朝），才能悟通這裡所暗寫的歷史事件。

(4)何故反引這濁物來污染這清淨女兒之境？：濁物，指賈寶玉，因他是一個落墮情根的情種，到處拈花惹的淫人，心性行為乖張渾濁的人物。清淨女兒之境，不沾染男女淫情的良家清淨女兒境界。在內層真事上，濁物賈寶玉是影射吳三桂，因其思想行為渾濁不清到背叛自己的國家民族明朝漢族，引關外異族的滿清入關滅亡明朝漢族。清淨女兒，滿清征服漢族時嚴行「留頭不留髮、留髮不留頭」的薙（剃）髮令，強迫漢人男子皆剃髮結辮成滿清男人髮式，違者斬首，只有女子得以留全髮保持純淨的漢人髮式，故本書常以「清淨女兒」或「女兒」來暗喻漢人或未剃髮降清的反清復漢志士。清淨女兒之境，就是隱寓純淨的漢人國境，這裡是指南方明朝（南明）國境。這一句原文是以小說筆法，暗寫南明王朝的將領、臣民們，心中都怨謗滿清曾宣稱要恢復明朝生命魂魄，現在「何故反引這背叛明朝降清的混濁東西吳三桂，前來征服污染這清淨的南明漢人國境呢？」

〔甲戌本眉批〕評注說：「奇筆攄奇文。作書者視女兒珍貴之至，不知今時女兒可知？余為作者痴心一哭，又為近之自棄自敗之女兒一恨。」攄，音舒，舒發，發表。女兒，隱寓漢人。近之自棄自敗之女兒，暗指近時自己背棄明朝漢人立場、自己起兵反清敗滅的吳三桂勢力。這則脂批是評注說：「這一句是作書者以神奇筆法發表出奇特的文章。作書者視女兒漢人珍貴之至，不知今時在滿清統治下的漢人同胞可知道否？我批書人一方面為作者的痴心愛國愛族一哭，另一方面又為近時自己背棄明朝、自己起兵反清敗滅的吳三桂集團一恨。」

(5)寶玉聽如此說，便唬得欲退不能退，果覺自形污穢不堪：這三句在內層真事上，是以小說筆法暗寫寶玉吳三桂聽到殘明王朝的將領、臣民們，這樣怨謗他是前來征服污染清淨漢人國境的濁物，便嚇唬得想要後退，回到原先復明的立場上，但其背明降清已被漢人所認定，又被清軍挾控著，欲退回復明立場也不可能了，只得繼續被滿清挾制利用，但是他的內心則果然自覺背叛祖國的形跡污穢不堪。

〔甲戌本夾批〕等評注說：「貴公子不怒而反退，卻是寶玉天外（分）中一段情痴。」〔王府本〕及〔有正本〕「天外中」批作「天分中」。這是提示貴公子寶玉所影射的吳三桂聽到明漢朝族的將領、臣民們這樣的怨謗，內心不憤怒而反退縮的情況，卻是寶玉吳三桂原是漢族，天分中存有一段對漢族的痴念之情。

(6)警幻忙携住寶玉的手：這句內層上是暗寫警幻所影射的滿清趕忙拉攏控制住寶玉所影射的吳三桂，不容許他退縮回到復明立場。〔甲戌本夾批〕等評注說：「妙，警幻自是個多情種子。」這是評示這裡作者使用「警幻忙携住寶玉的手」這句話，來暗寫滿清趕忙拉攏控制住吳三桂，真是太妙了，警幻滿清自然是個善於運用多種溫情手段，拉攏掌握住寶玉吳三桂忠清情懷的多情種子。按這些多種溫情的手段包括滿清皇帝親自賞賜、賜宴、升官加祿、賜予儀仗、兒女聯姻、晉封藩王等。例如當吳三桂追擊李自成至真定，清兵趁虛進佔北京城，吳三桂想要擁護崇禎太子入北京登基復明時，滿清多爾袞就一方面阻止，一方面封他為平西王，數年後順治帝又將其妹建寧公主下嫁給吳三桂兒子吳應熊，平定南明永曆王朝後，又晉封吳三桂為雲南平西藩王，這些都是滿清使用溫情手段拉攏吳三桂的明顯例子，也是「警幻（滿清）自是個多情種子」的實例。

(7)今日原欲往榮府去接絳珠，適從寧府所過，偶遇寧榮二公之靈：寧府，指賈府長房賈敬、賈珍父子的府第，位在東邊。榮府，指賈府次房賈母與兩個兒子賈赦、賈政的府第，位在西邊。在內層真事上，寧府、榮府是暗寓中國東、西邊的兩個王朝或政權，這裡寧府應是暗指位在東方的明朝北京、南京或福州政權。榮府則應是暗指位在西方的明朝雲南永曆政權。偶遇寧榮二公之靈，這裡寫警幻仙姑偶遇賈府寧公榮公死後的靈魂，在內層真事上，是暗寫警幻滿清已幾乎滅亡明朝東西方政權，明朝只剩亡靈，所以寧榮二公之靈也可說是明朝既亡之後，東西各方漢族復明的心靈。

從這裡「偶遇寧榮二公之靈」到「或冀將來一悟，亦未可知也」的一長段文章，是作者將此後滿清晉封吳三桂為雲南平西藩王，享盡藩王豪宴歌舞聲色富貴後，因被滿清撤藩，以致悔悟而起兵反清復漢的歷史事跡，假借寧榮二公之靈囑託警幻以飲饌聲色之幻，促使寶玉醒悟的神話故事方式，來加以鋪陳暗述的一段神奇怪文。

(8)吾家自國朝定鼎以來，功名奕世，富貴傳流，雖歷百年，奈運終數盡，不可挽回者：國朝，這裡是指滿清王朝。定鼎，「建國定都之意。《史記・孝武本紀》：『禹收九牧之金，鑄九鼎』；《春秋左傳宣公三年》（公元前六〇六年）：『桀有昏德，鼎遷於商；載祀六百，商紂暴虐，鼎遷於周，……成王定鼎於郟鄏。』晉・杜預注：『郟鄏，今河南也。武王遷之，成王定之。』後世因稱新王朝之建國定都為定鼎。②」國朝定鼎，指滿清王朝建國定都之時，按滿清是由清太祖努兒哈赤於天命元年（明萬曆四十四年、西元一六一六年）建立後金汗國，定都於遼東的赫圖阿拉，後來於順治元年（明崇禎十七年、西元一六四四年）遷都北京。但是《紅樓夢》是一本小說式的明清秘史，這兩個滿清王朝建國定都的時間，都很容易被清廷發現端倪，為了掩人耳目，這裡所說的「國朝定鼎」，實際上是暗指滿清王朝最初崛起的時間，也就是開國者努兒哈赤以其父、祖十三副遺甲起兵復仇的明神宗萬曆十一年（西元一五八三年），即定鼎中原發端之時。奕，音義，積累。奕世，累代，一代接一代。「吾家自國朝定鼎以來」句中的吾家，表面上當然是指賈家，而在內層上所暗指的世間富貴家族，從後面說賈家「雖歷百年，奈運終數盡，不可挽回者」，就可以判斷是一個從滿清王朝崛起時，「功名奕世，富貴傳流」了一百年，「（無）奈運終數盡，不可挽回」，終於敗落的富貴家族。而從滿清努兒哈赤崛起的明萬曆十一年（西元一五八三年）起，經歷一百年，就是南明永曆三十七年（清康熙二十二年、西元一六八三年），恰好是清朝平定台灣明鄭延平王朝，明朝「運終數盡」而完全滅亡的時候，所以筆者判斷這裡經歷百年富貴而「運終數盡」敗落的吾家或賈家，就是暗指在這百年間由富貴而敗落的明朝。從這裡及其他地方，《紅樓夢》書中本身明白寫說是描寫一個富貴家族賈家百年間由富貴變敗落的故事，這是紅學家都知道的事，遺憾的是大家都不能確定這百年究竟是從那一年至那一年。其實這裡《紅樓夢》原文是寫得很明白確定的，就是「國朝定鼎以來…歷百年」，而這本書是清朝時代的著作，慣例上作者稱其當代為國朝，所以這裡「國朝」自然是指清朝，「國朝定鼎以來…歷百年」自然是指是清朝建國定都以來的百年間，不可能是其他時段的百年間，只是作者為了掩人耳目，把清朝定鼎的時間提早到滿清努兒哈赤崛起、定鼎中原之發端的明萬曆十一年（西元一五八三年），因而使得讀者很難判定這百年間的實際時段。

(9)故近之子孫雖多，竟無一可以繼業：指賈家子孫至「玉」字輩的賈珍、賈璉、賈寶玉、賈環等這些人都不成材，無人可以繼承賈家高官顯爵的功名富貴家業，內層上則是暗指明朝至崇禎帝之後，無人可以繼成明朝帝業。

〔甲戌本夾批〕評注說：「這是作者真正一把眼泪。」這一句是提示書中賈家子孫無人可以繼承賈家功名富貴家業這件事，是本書作者真正一把眼淚，深感悲痛的事。由此可見本書作者也是賈家的一份子，要不然賈家子孫無人可以繼承家業，關作者什麼事，他為什麼要悲痛得「真正一把眼泪」呢？因此《紅樓夢》確實是作者寫自己家族事跡的書。所以胡適既然判定作者是清初江寧織造曹家的子孫曹雪芹，就認定《紅樓夢》是曹雪芹的白叙傳，這是最順理成章的推論，怪不得他的說法舉世盛行，至今大多數紅學家還是相信《紅樓夢》的作者是曹雪芹。不過對於胡適說《紅樓夢》是曹雪芹的自叙傳這一點，由於經過紅學界將近百年傾全力考證的結果，始終未能核對出《紅樓夢》故事的某人某事就是曹家的某人某事，紅學界早已排除《紅樓夢》是曹雪芹自叙傳的說法。但是這樣便違背了《紅樓夢》是作者自記其家族事跡的基本原則了，所以紅學界既然確定《紅樓夢》不是曹雪芹自叙其家傳的書，則當初做出這個結論的基本假設「《紅樓夢》的作者為曹雪芹」就有問題了，正因為如此，近幾十年來紅學界對於《紅樓夢》作者究竟是誰，不斷出現新說法，爭吵得很熱鬧。根據筆者的研究心得，《紅樓夢》表面故事是以作者自記其家族事跡的自傳體來寫作，內層真事上《紅樓夢》則是漢人作者自己暗述其自家漢族淪亡之歷史事跡的一部書，所以書中賈家（漢族）子孫無人可以繼承家業，才會使得作者（漢族子孫）悲痛得「真正一把眼泪」。

(10) 其中惟嫡孫寶玉一人，稟性乖張，生情詭譎：生情，天生性情。這在表面故事上，是描寫賈母嫡孫賈寶玉不遵從男女授受不親、聽從父母之命結婚等傳統禮教，而專愛到處拈花惹草，及不務經史理學以致身科舉仕途，而專喜作詩填詞、看小說等閒事。在內層歷史真事上，賈母嫡孫寶玉寓指崇禎帝嫡系最堅強精銳勢力的吳三桂關寧鐵騎。「稟性乖張，生情詭譎」，史書上描寫吳三桂的性格特色為「沉鷙多謀」，尤其從他為了一個在當時禮法婚俗中毫無社會地位的愛妾歌妓陳圓圓，竟會叛族降清，後來因撤藩而又叛清；為了向滿清表忠交心而擒殺故國南明永曆帝，後來為了提升叛清復明士氣，又至永曆帝陵墓哭祭等事跡，更可充分印證吳三桂完全符合這裡所描寫寶玉「稟性乖張，生情詭譎」的性格特色。

(11) 幸仙姑偶來，萬望先以情欲聲色等事警其癡頑，或能使彼跳出迷人圈子，然後入於正路：這幾句是極悖逆善良風俗及正常教化的反常文字，因一般長輩為了使子孫走正路，都是禁止子孫涉入情欲聲色場合的，修道有成的仙姑、仙人更是勸戒世人勿涉入情欲聲色場合，清心寡欲以修正道。這裡卻寫賈家先祖寧榮二公顯靈，囑咐警幻仙姑，萬望她先以情欲聲色等事讓其未成年子孫賈寶玉享樂一番，來警醒其癡頑本性，再使他跳出這個情欲聲色的迷人圈子，然後徹底悔悟而歸入於致力科舉仕途的人生正路。這樣的情節真是荒唐至極，簡直是教導世人要先沉迷情欲聲色，荒唐淫佚一番，再醒悟歸入人生正路，所以清朝時代官方及衛道之士認定《紅樓夢》為誨淫之書，而嚴禁出版、閱讀，是相當有根據的。即使在開放社會的今日，也不會有父母長輩或修道之士荒唐到要先讓年青子弟花天酒地、拈花惹草一番，再藉由這些荒淫敗德行徑所導致的不幸後果，以警醒其癡頑本性，而悔悟歸入正路的，由此推想，便可見這樣荒唐的情節應是另有隱寓的。按世人因為本性癡頑，誤入歧途，沉迷情欲聲色，以致遭遇種種苦難災禍，因而醒悟歸入正路，確實是有的，或因而看破塵世，出家歸入佛道教，也是有的，這就是第一回所說青埂峰石頭「因色悟空」的情況。但是故意先藉由沉迷情欲聲色，招來苦難報應，而藉以醒悟歸正，則是絕無痴傻到這樣地步的超級大傻瓜。因此，從這裡作者以這樣荒唐的情節來描寫寶玉，讀者實在不禁要聯想到寶玉所影射的真實人物，就是如此這般先沉迷情欲聲色，招來苦難報應，再悔悟歸正的一個超級蠢蛋，而這正符合吳三桂先受滿清晉封為雲南藩王，沉迷藩王豪奢歌舞富貴的情欲聲色之娛，招來滿清撤藩，陷入兔死狗烹的危機，才幡然醒悟，而歸入反清復漢之正途的事跡。吳三桂這樣荒唐的事跡，又正像已滅亡的明朝東西政權祖魂顯靈（寧榮二公之靈），請託滿清（警幻仙姑），千萬要先晉封吳三桂（寶玉）為藩王，讓他先沉迷藩王豪奢歌舞富貴的情欲聲色等事，再予以撤銷藩王，使他忍受不了失去情欲聲色享樂及兔死狗烹威脅的苦痛，因而跳出藩王富貴情欲聲色的迷人圈子，然後徹底悔悟而歸入反清復漢之正路的情況，故作者便發揮超級想像力，而鋪陳為這段荒唐的故事情節，真是千古奇文。

〔甲戌本夾批〕評注說：「二公真無可奈何，開一覺世覺人之路也。」這是提示寧榮二公所代表的明朝東西政權祖魂，在明朝東西政權均將運終數盡而被滿清滅亡的無可奈何情況之下，只好期望滿清先讓寶玉所代表的吳三桂沉迷藩王富貴的情欲聲色，再予撤藩剝奪，使他氣得跳出來反清復漢，這真開闢一個警覺世間漢人群起反清復漢的正路，因為後來吳三桂與漢人果真發動一番波瀾壯闊的反清復漢運動。

(12)「故發慈心，引彼至此。先以彼家上中下三等女子之終身冊籍，令彼熟玩，尚未覺悟」：這幾句意思是說，故而警幻仙姑發慈悲心，引導寶玉來至太虛幻境孽海情天宮的薄命司，先以寶玉家鄉金陵上中下三等女子的終身薄命冊籍，令他觀看玩索得熟爛，結果寶玉尚未能覺悟。在內層真事上，則是暗寫故而警幻仙姑所代表的滿清便發慈悲心，引導寶玉所代表的吳三桂來歸降至大清換髮換朝的國境（太虛幻境），進入中原征戰，殺戮無數，製造出罪孽如海深冤情如天高的慘境（孽海情天宮），使得所有抗清志士都薄命犧牲，魂歸薄命司，這樣等於是滿清先以寶玉所代表的吳三桂家鄉故國金陵明朝，上中下三等抗清志士的終身薄命冊籍，讓他親身目睹看得熟爛，結果他對自家明朝漢族慘烈犧牲的薄命慘狀仍然無動於衷，尚未能覺悟而轉為反清復漢。按這裏作者將吳三桂背明降清，至撤藩時悔悟而起兵叛清之事，寫成係滿清受明朝亡靈之託，而發慈心引導吳三桂降清，而加以教化所致，真是怪絕千古的筆法。

(13)故引彼再至此處，令其再歷飲饌聲色之幻，或冀將來一悟，亦未可知也：此處，就是前面所寫「後面」「但見珠簾綉幙，畫棟彫簷，……真好個所在」的地方，內層上是暗指中國版圖後面原屬南明永曆王朝的雲南昆明華麗宮殿地區。令其再歷飲饌聲色之幻，內層上是暗指晉封寶玉所代表的吳三桂為雲南平西藩王，讓他再經歷一段有別於血腥廝殺的藩王飲饌聲色富貴風流的生涯，然後再予撤藩，得而復失而有如夢幻泡影的經驗。「或冀將來一悟，亦未可知」，這兩句內層上是說或許可期望吳三桂將來有一天會醒悔而轉為反清復漢，也未可知，這顯然是預為後來吳三桂遭撤藩時起而反清之事所鋪設的伏筆。而這裡寶玉所代表的吳三桂將來一悟，遭撤藩時起而反清的事件，所對應的就是本回後面寶玉從夢中醒來，及第二十一回、二十二回的故事情節。

(14) 警幻敘述受寧榮二公之靈囑託規正寶玉一段：〔甲戌本夾批〕等評注說：「一段敘出寧榮二公，足見作者深意。」這是提示這一段敘出寧榮二公囑託警幻規正寶玉，足見作者深意就是寶玉將來會真的一悟，而歸入正路，也就是寶玉所代表的吳三桂將來會真的醒悟，而歸入反清復漢的正路。不過，在表面故事上，書中並未描寫寶玉真的實心歸入科舉仕途的正路，反而是考了舉人散場後就隨一僧一道出家揚長而去。但是在內層真事上，寶玉所代表的吳三桂則確實真的醒悟，而歸入反清復漢的正路，就是本回後面寶玉從夢中醒來，及第二十一回、二十二回的故事情節。故而筆者一再強調《紅樓夢》只讀其表面故事，常是前後嚴重矛盾不通的，唯有瞭解其故事背後的歷史真事，才能讀通《紅樓夢》。

◈真相破譯：

寶玉吳三桂在滿清不肯透露其入關之玄機（按即乘勢滅亡明朝），及被封藩富貴衝昏了頭的情況下，神志恍恍惚惚地不覺放棄寓示金陵朱明王朝主要人物之前途命運的卷冊（按即放棄關注明朝漢族的前途命運），又迷糊地隨著滿清將領來到中國版圖後面的四川、湖廣、雲貴地區征戰。只見那裡有一處豪華府第庭園，裝飾著串珠彩繡的簾幕，棟樑屋簷都雕畫有圖案，說不盡那大紅色門戶閃爍搖晃出紅色光彩，映照得整個地面鋪上一層金黃色，好像地板是用黃金鋪成的，而那晶瑩剔透如美玉的窗戶照射出雪白光芒，映照得整座宅第好像是晶瑩白玉所造作的宮殿，更見仙花香氣馥郁，異草芬芳，真是好個所在（按係暗寫寶玉吳三桂憧憬能封藩在永曆王朝所在的雲南昆明都城宮殿庭園）。又聽警幻滿清將領憑其赫赫軍威，得意的笑說道：「你們這些南明軍民快出來迎接從外地攻進你們地盤的清、吳聯軍貴客啊！」一句話還未說完，只見永曆朝房中又走出幾支像仙子般很有作戰能力的抗清部隊來，都是疾馳而來，那姿態就好像是一個仙女，衣袖飄飛如荷葉舞動旋轉著，衣服像羽衣飄舞著，姣美如春天的花朵，嬌媚如中秋的明月，氣勢相當不凡。他們一見了寶玉吳三桂軍，內心都怨謗警幻滿清說：「我們不知是什麼遠來軍隊貴客，趕忙的迎接出來！你滿清老大姐以前曾經宣稱你們率兵入關是為明朝臣民「代報君父之仇」，要驅滅李自成，以拯救明朝，原以為過了許久的今日今時你滿清早已把明朝救活，而必有絳珠妹子林黛玉所代表的明朝復生的魂魄前來這裡遊玩的，所以我等明朝的將領、軍民們長久按兵靜待著你滿清實現諾言，把明朝救活交給我們。何故反而帶引這個背叛明朝而投降滿清的混濁東西吳三桂，前來征服污染這留漢人全髮的清淨南明國境（清淨女兒之境）呢？」

寶玉吳三桂聽到南明王朝的將領、軍民們這樣說，便嚇唬得想要後退，回到原先復明的立場上，但已被清軍挾控著，要退回也不可能了，內心果然自覺背叛祖國的形跡污穢不堪。警幻滿清見此情狀趕忙拉攏控制住寶玉吳三桂，不容許他退縮回到復明立場，並向南明眾軍民笑道：「你們不知道事情的原委。今日原想前往位於西方的雲南（榮府），不採取硬攻，而去招撫接引絳珠仙子所代表的永曆明朝，投降過來我們滿清而還能存活，恰巧帶兵從東邊（寧府）

過來，就把東西兩邊的南明王朝大致都滅了，偶然間察覺到你們東邊西邊已亡國的漢族軍民還懷有恢復明朝的殷切期望，讓我感覺彷彿是遇到你們明朝的東邊西邊政權兩位先祖的亡魂顯靈（榮寧二公之靈），而囑咐我滿清說：『我們家明朝自從滿清國（國朝）定鼎中原之發端的努兒哈赤起兵報父、祖之仇的時候（按即明神宗萬曆十一年、西元一五八三年）以來，皇帝的功名一代接一代，皇家的富貴流傳不息，雖將歷百年（按至清康熙二十二年、西元一六八三年，清朝平定台灣明鄭延平王朝，明朝完全滅亡時，恰好一百年），奈何命運將終、氣數將盡，不可挽回。故而近來的明朝漢族子孫雖多，竟無一人可以繼承明朝天下帝業。其中只有崇禎帝所遺留嫡系勢力的關寧鐵騎之統領寶玉吳三桂一人，他稟性乖張不馴，天生性情詭譎多變，雖然聰明靈慧，略微可望能成就復明事業，無奈我們家明朝運數合該終了，恐怕沒有人能夠規勸引導他歸入復明的正途。幸好你這如仙姑般超高能力的滿清偶然誤打誤撞闖進關內中國疆域來，萬分期望你滿清先以封為藩王的情欲聲色讓他沉迷陶醉，再予撤藩，讓他忍受不了失去情欲聲色享樂的痛苦等這些事，來警醒他背明降清的痴傻頑劣，或許能使他跳出那安於藩王情欲聲色享樂的迷人圈子，然後徹底悔悟而歸入於反清復明的正路，這樣也就是我們東西兩邊已滅亡的明朝的大幸了。』如此這般的殷殷囑咐我，所以我滿清才大發慈悲心，帶引挾控他吳三桂來到關內中國這裡。先讓他到處征戰屠殺，以他自家金陵明朝漢族上中下三等重要人物，抗清慘烈犧牲而薄命終身之慘狀的圖畫記錄（終身冊籍），讓他親身觀看玩味得熟爛（按即將中國到處打爛殺絕），但這樣的明朝漢族犧牲慘狀尚未能讓他覺悟而轉為反清復明。故而帶引他再到這裡征服消滅南明永曆王朝的最後根據地雲南，以便拿雲南這裡來封他為藩王，好讓他再經歷藩王佳飲美饌歌舞聲色的享樂，然後再予撤藩，如此得而復失有如夢幻泡影的經驗，或許可以冀望他吳三桂將來頓時醒悟，而歸入反清復明的正路，也未可知。」

第二節　賈寶玉夢中接受警幻仙姑香茶酒饌招待故事的真相

◈原文：

說畢，携了寶玉入室。但聞一縷幽香，竟不知所焚何物。寶玉遂不禁相問。警幻冷笑道：「此香塵世中既無，爾何能知？此香乃係諸名山勝境內初生異卉之精，合各種寶林珠樹之油所製，名為『群芳髓』。(1)」寶玉聽了，自是羨慕。已而大家入座，小嬛捧上茶來。寶玉自覺清香味異，純美非常，因又問何名。警幻道：「此茶出在放春山遣香洞，又以仙花靈葉上所帶宿露而烹，此茶名曰『千紅一窟』。(2)」寶玉聽了，點頭稱賞。因看房內瑤琴、寶鼎、古畫、新詩，無所不有；更喜窗下亦有唾絨，奩間時漬粉污(3)。壁上亦有一副對聯，書云：

幽微靈秀地，(4)
無可奈何天。(5)

寶玉看畢，無不羨慕。因又請問眾仙姑姓名：一名癡夢仙姑，一名鍾情大士，一名引愁金女，一名度恨菩提，各各道號不一(6)。

少刻，有小嬛上來調桌安椅，設擺酒饌。真是：瓊漿滿泛玻璃盞，玉液濃斟琥珀杯(7)；更不用再說那餚饌之勝(8)。寶玉因聞得此酒清香甘冽，異乎尋常，又不禁相問。警幻道：「此酒乃是百花之蕊，萬木之汁，加以麟髓之醅、鳳乳之麴釀成，因名為『萬艷同杯』。(9)」寶玉稱賞不迭。

◈脂批、注釋、解密：

(1)此香乃係諸名山勝境內初生異卉之精，合各種寶林珠樹之油所製，名為「群芳髓」：卉，為花的總稱。寶林珠樹，滿是寶石寶玉的林木，及滿是珠寶的樹木。群芳髓，表面意義是指一大群芬芳花精木油所煉製成的精髓。就內層真事上說，「香」是一個密碼，暗點「香火」，代表「王者宗廟香火」之意。這裏寫寶玉進入警幻房室即聞到一縷幽香，是表示此時南明永曆王朝已滅，鄭成功退至台灣，吳三桂封藩雲南，聞到一縷擁有世襲罔替的藩王宗廟「香火」的氣味。卉，即花，古時花字作「華」字，故這裡卉即花，寓指「華夏」漢族。寶林，「林」字與林黛玉的「林」字意義相同，隱寓「文林」、「翰林」之意，寓指明末東林黨或翰林文士，故寶林就是寓指明末朝廷棟樑的東林黨或翰林文士集團。珠樹，「珠」字暗通絳珠草的「珠」字，絳珠草意義暗通諧音的「降朱朝」，寓指國力衰降的朱明王朝，故珠樹就是寓指明末國力衰降的朱明王朝或朱氏宗室王侯集團。群芳髓，寓指漢人群芳抗清犧牲的精髓。綜合起來，原文這三句是寓寫說：「這個雲南平西藩王的香火，乃是由中國各名山勝境內初生萌發的心懷特異大志之華夏漢人犧牲的精魂（異卉之精），合上明朝各種具有寶貴骨氣的東林黨翰林志士，與各金枝玉葉的朱明宗室王侯，為國奮戰捐軀的血淚油膏（寶林珠樹之油），這雙方漢人群芳抗清犧牲的精魂神髓所煉製成，所以名叫『群芳髓』」。

針對「合各種寶林珠樹之油所製」句，〔甲辰本〕評注說：「細玩此句。」這是提示讀者要詳細玩索這一句話，因為這句話另有深意，也就是上面所說「林」字暗點林黛玉，「珠」字暗點絳珠草，全句隱含有「合上明朝各種具有寶貴骨氣的東林黨翰林志士，與各金枝玉葉的朱明宗室王侯，共同抗清捐軀的血淚油膏所煉製成」的深層意義。

針對「群芳髓」三字，〔甲戌本夾批〕評注說：「好香。」這是評論這群為國犧牲的抗清志士，流芳青史，名氣好香。〔甲戌本眉批〕評注說：「『群芳髓』可對『冷香丸』。」冷香丸是第七回所寫薛寶釵所服用的一種藥，用以對治她從胎裡帶來的一股熱毒。薛寶釵影射滿清或吳三桂，其熱毒寓指對天下帝位或王侯爵位的熱中，冷香丸寓指以冷血無情手段追求帝王或藩王香火的妙方。群芳髓是明朝漢人群芳抗清犧牲的精髓，滿清或吳三桂聯軍滅亡明朝漢族所倚賴的妙方是「以冷血無情手段追求帝王或藩王香火」，所以批書人點示說「群芳髓」可與「冷香丸」相對待。

(2) 警幻道：「此茶出在放春山遣香洞，又以仙花靈葉上所帶宿露而烹，此茶名曰『千紅一窟』」：放春山遣香洞，東方釋放出春氣之山峰中會遣發出香氣的洞穴。宿露，前夜的舊露水。千紅一窟，字面的意思是這種茶水呈現紅色，壺底茶葉多至千片，看來好像上千片紅茶葉聚集在一個窟窿中一樣。

就內層真事來說，放春山遣香洞，前面已說過是寓指發源於極東之遼東山區（放春山）中遣發出王朝香火之洞府（遣香洞）的滿清王朝。仙花靈葉，花即華，仙花靈葉隱喻氣質華貴仙靈的明朝華夏漢族各支派。宿露，暗通諧音「宿祿」，隱寓舊朝祿位，寓指在朱明舊朝食俸祿的官兵。千紅，紅字又通同義的「朱」字，暗點朱明王朝，又通同義的「赤」字，暗指赤心衛國之士；千紅寓指千萬赤心保衛朱明王朝之士或其紅血。一窟，一大窟窿，一大坑洞，窟字又暗通諧音的「哭」字。千紅一窟，寓指千萬朱明王朝赤心抗清志士灑紅血（千紅）戰死一大窟，引得漢人同聲一哭。這裡及下文描寫警幻以茶酒宴請寶玉，是暗寫滿清晉封吳三桂為藩王，又賜茶賜酒，以示無上洪恩。按清廷逢重大封賜，除冊寶財物之外，常由清帝欽賜茶酒，以示榮寵。綜合起來，這幾句是作者以寄託歷史譏評的神奇文筆，暗寫警幻滿清在晉封寶玉吳三桂為雲南藩王時，說道：「這晉封你為藩王所賜的茶，出在發源於極東之遼東山區凹洞的遣發出王朝香火的我滿清王朝，又以氣質華貴仙靈的華夏漢族各支派在朱明舊朝食俸祿的官兵，所犧牲的紅色血淚而烹煮出來的，所以這種茶名稱叫做『千紅一窟』，寓示『千萬朱明王朝赤心抗清志士灑紅血（千紅）戰死一大窟，引得漢人同聲一哭』的意思。」

針對「千紅一窟」的「窟」字，〔甲戌本夾批〕等評注說：「隱哭字。」這是提示「窟」字還隱藏有諧音「哭」字的意義，以刺激讀者聯想到「千紅一窟」應是暗寫千萬人痛哭灑紅血的事件。

(3)更喜窗下亦有唾絨，奩間時漬粉污：唾絨，「口中唾出之絨。古代女子作針黹刺繡，每當換線停針，用齒咬斷繡線，常有線絨粘留口中，隨口吐出，謂之『唾絨』。南唐・李煜《一斛珠》：『爛嚼紅茸（絨），笑向檀郎唾。』明・楊孟載《春繡絕句》：『含情正在停針處，笑嚼紅絨唾碧窗。』被認為是一種『極韻之物』。③」可見唾絨隱含有女子賣弄風情的意味。奩，粉匣、鏡匣、化妝匣子。漬，沾染。粉污，化妝粉的污跡。這兩句在表面故事上，是配合賈寶玉是個性喜拈花惹草的花花公子，而鋪陳相關景色的文筆，描寫賈寶玉更喜這個房間的窗下也有暗示女子賣弄風情的唾絨，及化妝匣間時常沾染化妝粉的污跡，顯示常有女子在此抹粉化妝，他或可一親芳澤。在內層上則是藉這些女子化妝調情的物跡，預示吳三桂後來封藩雲南時，採買江南吳伶美女，歌舞調笑的風流韻事。

(4)幽微靈秀地：環境幽僻隱微，而人民靈慧秀逸的地域。〔甲戌本夾批〕等評注說：「女兒之心，女兒之境。」女兒，前面已說是隱喻全髮的漢人，或未剃髮降清的反清復漢志士。又前面也說過警幻仙姑引領寶玉來到「後面」的房間，是暗指中國版圖後面原屬南明永曆王朝的雲南地區，而這兩副對聯是題在這個房間內的壁上，所以這副對聯就是對於雲南地區之地點環境、人民特質、命運的概括寓寫。故脂批這兩句話是提示上聯「幽微靈秀地」，為寓寫全髮的漢人（女兒）的地境及人民特質；進一步分析則「靈秀」暗寫漢人特質很靈慧秀逸，

「幽微…地」暗寫當時漢人國境處在幽僻隱微的雲南地區（後來則成為吳三桂封藩的地域，更後則成為吳三桂反清復漢的基地）。

(5) 幽微靈秀地，無可奈何天：天，天意、天命。無可奈何天，人力無可奈何、無可挽救的天意。在內層真事上，這兩句對聯是對於漢人南明或吳三桂政權，最後根據地雲南地區的地點環境、人民特質，及其政權最終命運，暗寫說：「這是個地點幽僻隱微而其人民很靈慧秀逸的地方（雲南），其政權都遭遇人力無可奈何的天意變故（寓指南明永曆或吳三桂政權都遭遇抗清敗亡的無可奈何命運）。

〔甲戌本特批〕評注說：「兩句盡矣。撰通部大書不難，最難是此等處。可知皆從無可奈何而有。」這是點示說：「『幽微靈秀地，無可奈何天』這兩句對聯，就把這裡有關『紅樓夢』的故事情節概括完盡了（因為上句『幽微靈秀地』已點出紅樓夢故事發生的地點、種族，下句『無可奈何天』已點出紅樓夢故事發生的原因）。作者撰寫《紅樓夢》整部大書的故事並不困難，最難的是像這裡簡單以兩句對聯就完整概括出某一繁複情節之核心要義的文筆（又如前面太虛幻境、孽海情天宮、薄命司的對聯等）。而從下聯的『無可奈何天』這一句，就可知後面所以上演出『紅樓夢』十二支曲的故事，都是從迫於『無可奈何』而有的。」按後面紅樓夢曲第一支〈紅樓夢引子〉就明白寫說「趁着這奈何天，傷懷日，…因此上，演出這懷金悼玉的紅樓夢。」無論是這副對聯的下句「無可奈何天」，或這則脂批的最後一句「可知皆從無可奈何而有」，或〈紅樓夢引子〉的「趁着這奈何天…演出這懷金悼玉的紅樓夢」，都是作者或批書人使盡全力，想要提醒讀者聯想到這裡所上演的「紅樓夢」故事，就是吳三桂因遭北京明朝亡國及陳圓圓愛情因素，兵力不足，「無可奈何」而向滿清借兵，才上演夢想藩王紅樓富貴的紅樓夢，後來被滿清撤藩，又迫於「無可奈何」，而上演不甘紅樓富貴夢破的起兵反清故事。

(6) 一名癡夢仙姑，一名鍾情大士，一名引愁金女，一名度恨菩提，各各道號不一：大士，佛教稱佛和菩薩為大士，如觀音菩薩亦稱觀音大士；但大士也用於泛稱一般佛教高僧。金女，道教西方崑崙山瑤池邊有一位仙女，稱為西王母，又稱瑤池金母；此外，道教供仙人服役、模樣天真可愛的童男童女稱為金童玉女；故金女應是模樣年青而天真可愛的仙女。菩提，梵語bodhi的音譯，意思是覺悟、無上智慧；又梵語bodhi-sattva，中文音譯為菩提薩埵，簡稱菩薩，意思是「覺有情」，也就是修佛有成，卻不上西方極樂世界享清福，而發大慈悲心，倒駕慈航回到有情世界來引度眾生脫離苦海的覺者；這裡菩提似應是菩提薩埵的簡稱，菩薩的別稱。

就外表故事來說，前面已寫明賈府先祖寧榮二公顯靈囑咐警幻仙姑說：「萬望先以情欲聲色等事警其（寶玉）癡頑，或能使彼（寶玉）跳出迷人圈子，然後入於正路」，「故（警幻）引彼（寶玉）再至此處（後面房內），令其（寶玉）再歷飲饌聲色之幻，或冀將來一悟」。這裡二位仙女和二位菩薩的名號「癡夢、鍾情、引愁、度恨」，就是預先隱示警幻仙姑使用「（讓寶玉）再歷飲饌聲色之幻」的手段，冀圖寶玉由此「一悟」，「然後入於正路」的四部曲。第一階段是癡夢，癡迷於紅樓夢，就是癡迷陶醉於享受豪奢飲饌歌舞聲色的富貴夢想之中，演繹出來就是這裡警幻仙姑以香茶美酒佳餚及歌舞讓寶玉享受迷醉的故事情節。第二階段是鍾情，鍾愛情色，演繹出來就是後面警幻仙姑將其妹秦可卿許配給寶玉，並立即繾綣成親的故事情節。第三階段是引愁，引起憂愁，就是採取斷絕寶玉所有茶酒佳餚歌舞及美女情色，使他沒得享樂而引發憂愁，演繹出來大致就是賈家由富貴敗落，寶玉所愛諸女子死亡離散，使得寶玉憂愁痛哭等故事情節。第四階段是度恨，度脫恨意，就是寶玉因為受不了沒有美酒佳餚歌舞及美女的享樂，而從警幻所安排的「飲饌聲色之幻」中覺悟過來，度脫沒得享樂的恨意，終於「一悟」而「入於（仕途經濟的）正路」，演繹出來大致就是第一百十九回賈寶玉考中第七名舉人，及第一百二十回賈寶玉脫離凡塵出家的故事情節。

就內層故事來說，這裡警幻仙姑影射滿清，寶玉影射吳三桂，「後面房室」寓指雲南，整體是隱寓吳三桂封藩享富貴，遭撤藩起兵反清復漢的四段過程。第一階段是癡夢，癡迷於紅樓夢，就是暗寓吳三桂封藩雲南後，便癡迷陶醉於享受豪奢飲饌歌舞聲色的藩王富貴夢之中，演繹出來就是這裡警幻仙姑以香茶美酒佳餚及歌舞讓寶玉享受、迷醉的故事情節。第二階段是鍾情，鍾愛情色，就是暗寓吳三桂封藩雲南後，便鍾情於歌妓美女陳圓圓、八面觀音、四面觀音等的美女溫柔情色之中，演繹出來一部份就是後面寶玉觀賞、陶醉於舞女跳舞演唱紅樓夢十二支曲的故事情節。第三階段是引愁，引起憂愁，是暗寓吳三桂後來遭滿清撤藩，沒得再享受藩王豪奢歌舞富貴生涯，並使他聯想到滿清剝奪他的軍權之後，他可能會被滿清兔死狗烹，而引發他極度的憂愁及恐懼，這些事在第二十一回、二十二回中有演繹出一部份情節。第四階段是度恨，度脫仇恨，是暗寓吳三桂遭撤藩後，因為憂懼會被滿清殺害，又痛悔背明降清之誤，而起兵反清報仇，以求度脫消除其心中仇恨，終於歸入反清復漢的正路，演繹出來就是第二十二回賈母（影射吳三桂）蠲資二十兩（寓指二十萬大軍）為寶釵作生日（寓指吳的周王政權新誕生）的故事情節。

又這裡所寫寶玉經歷「癡夢、鍾情、引愁、度恨」四個階段，而從「飲饌聲色之幻」醒悟，歸入仕途經濟正路的過程，和第一回所寫石頭經歷「因空見色，由色生情，傳情入色，自色悟空」四個階段，而悟道改名為情僧的故事，不但筆法結構相同，所隱示的內層真事也同是吳三桂封藩、撤藩、反清的歷程，但是外表文字情節則迥然不同，實有異曲同工之妙，這正是作者文學技巧高不可測，不可企及的地方。

(7) 瓊漿滿泛玻璃盞，玉液濃斟琥珀杯：瓊漿，瓊為美玉，瓊漿為像美玉般晶瑩剔透的漿液，喻指美酒。滿泛，滿得幾乎要泛溢出來。盞，音展，淺小的杯子。玉液，像美玉般晶亮潤滑的汁液，也是喻指美酒。琥珀，松樹的脂所變成的一種礦物化石，呈蠟黃色或赤褐色，透明或半透明，有脂肪光澤。琥珀杯，就是用琥珀製成的杯子，相當名貴。這兩句是形容像瓊漿玉液般的名貴美酒，斟滿名貴的玻璃、琥珀杯子，享用不盡。

(8) 更不用再說那餚饌之勝：餚，音爻，煮熟的魚肉類食物。饌，音撰，飯食。勝，佳美盛大。前面說過「紅樓」典故為「長樂坊安國寺紅樓，睿宗在藩時舞榭」，而當時藩王府紅樓舞榭主要是一個藩王府招待賓客的宴會場所，內容不只歌舞表演，還包括香茗美酒佳餚等，所以「紅樓」實際上是藩王府以香茗美酒佳餚招待賓客，並觀賞歌舞表演的宴會場所。這裡警幻仙姑招待賈寶玉，前面已擺出「群芳髓」的異香，和「千紅一窟」的香茗，這裡又擺出豐盛餚饌與「萬豔同杯」的美酒，後面再擺出歌舞表演，就是在鋪陳一場藩王府的豪華紅樓宴。

(9)此酒乃是百花之蕋，萬木之汁，加以麟髓之醅、鳳乳之麴釀成，因名為「萬艷同杯」：蕋，即蕊，植物花中心的傳種器官，分為雄蕊、雌蕊，俗稱「花心」。百花之蕋，百種花的花蕊，為百種花的精華。萬木之汁，萬種樹木的汁液，為萬種樹木的養分精華。麟髓，珍奇神獸麒麟的骨髓，為麒麟的精華。醅，醅為未濾清的酒。麟髓之醅，為變酒前的麟髓雜質粗料。鳳乳，珍奇神鳥鳳凰的乳汁，為鳳凰的精華。麴，為米麥蒸熟發酵曬乾以備釀酒之物，俗稱酒母。鳳乳之麴，為變酒前的鳳乳發酵粗料。萬艷同杯，字面的意思是這種酒由萬種艷麗色彩的花木麟鳳之精華所釀成，所以等於是萬艷的精華同在一個酒杯內。

再就內層真事來說。花即華，暗點華夏漢族。蕊為花心，比喻為核心精華。百花之蕊，則隱喻百千支派華夏漢族的核心精英。木，後面紅樓夢曲第二支〈終身誤〉有「俺只念木石前盟」的句子，其中「俺」字是指寶玉，「石」指也是寶玉的「石頭」，「木」指由草木之質的「絳珠草」所化生的林黛玉，各紅學家都是這樣詮釋的，據此推斷，這裡的「木」字也應是寓指「絳珠草」林黛玉，亦即寓指明朝。萬木之汁，寓指萬千朱明王朝的精英。麟，麒麟，為珍奇神獸，寓指自豪為優秀民族的華夏漢族。麟髓，麒麟之精華的骨髓，寓指華夏漢族的骨幹將才。麟髓之醅，變質為酒前的麟髓雜質粗料，寓指華夏漢族骨幹將才之中，品質粗雜變節降清的份子，如吳三桂之流。鳳，鳳凰，為珍奇神鳥，同樣是寓指自豪為優秀民族的華夏漢族。鳳乳，鳳凰之精華的乳汁，寓指華夏漢族胸有點墨的精英謀士。鳳乳之麴，變質為酒前的鳳乳發酵粗料，寓指華夏漢族精英謀士之中，變質降清的份子，如洪承疇之流。萬艷，寓指萬千的芳魂艷魄。杯，暗通諧音的「悲」字。萬艷同杯，寓指萬千明朝漢族烈士丹心赤血抗清失敗，其艷烈魂魄共同悲嘆。綜合起來，這幾句是作者以寄託歷史譏評的神奇文筆，暗寫警幻滿清在晉封寶玉吳三桂為雲南藩王時，說道：「這晉封你為藩王所賜的酒，乃是百千支派華夏漢族的核心精英，及萬千朱明王朝的精髓志士抗清失敗的心血，混加上如麒麟骨髓之漢族骨幹將才中的粗雜變節份子，及如鳳凰乳汁之漢族精英謀士中的心性變質份子降清奉獻的生命心血，所共同發酵釀造成的，因而這種酒的名稱叫做『萬艷同杯（悲）』，寓示『萬千光艷日月之漢族烈士抗清犧牲的艷魄芳魂共同悲嘆』的意思。」

針對「萬豔同杯」四字，（甲戌本夾批）等評注說：「與『千紅一窟』一對。隱悲字。」這是提示「杯」字還隱藏有諧音「悲」字的意義，以刺激讀者聯想到「萬豔同杯」應是暗寫萬千艷魄芳魂共同犧牲悲嘆的事件。而且提示「萬豔同杯」與「千紅一窟」是一對，讀者應該對照來看，以推敲其中所隱藏「哭」、「悲」之事的真相。

◈真相破譯：

話說完之後，警幻仙姑滿清就攜帶了寶玉吳三桂軍進入雲南，攻滅南明永曆王朝，而進行晉封吳三桂為雲南平西藩王的事宜。此時吳三桂雲南藩王在望，感覺只聞到一股藩王香火的幽香，竟不知所焚燒的是何物品所致。寶玉吳三桂遂不禁問警幻仙姑滿清。警幻仙姑滿清冷笑說：「這種藩王香火既是你在明朝漢人塵世中所無法獲得封賜的，你如何能知其焚燒何物而有的？你這個雲南藩王香火，乃是由中國各名山勝境內，初生萌發的心懷特異大志之華夏漢人犧牲的精魂（異卉之精），合上明朝各種具有寶貴骨氣的東林黨文林志士（寶林），與各金枝玉葉的朱明宗室王侯（珠樹），為國奮戰捐軀的血淚油膏（寶林珠樹之油），這雙方漢人群芳抗清犧牲的精魂神髓所煉製成的，所以名叫『群芳髓』。」寶玉吳三桂聽了，自然是很羨慕。過後寶玉吳三桂率領大家進佔雲南，坐上藩王寶座，部屬捧上茶來供他享用。寶玉吳三桂冒死血戰十幾年為異族滿清立下大功，終於獲得晉封藩王的甘美成果，自覺這藩王所享用的茶特別清香而味道特異，純美非常，因而又問警幻滿清這茶是什麼名稱。警幻滿清說：「你這藩王所享用的茶，出在發源於極東之遼東山區（放春山）中遺發出王朝香火之洞府（遣香洞）的我滿清王朝，又以氣質華貴仙靈的華夏漢族各支派（仙花靈葉），在朱明舊朝食俸祿（宿露諧音宿祿）的官兵，所犧牲的紅色血淚而烹煮出來的，所以這種茶名稱叫做『千紅一窟』，這名稱寓示『千萬朱明王朝赤心抗清志士灑紅血（千紅）戰死一大窟，引得漢人同聲一哭（窟隱諧音哭）的紅色血淚』的意思（按係暗諷吳三桂受封藩王而得享用香茶，是千萬明朝赤心抗清志士犧牲性命灑紅血所換得的）。」寶玉吳三桂聽了，點頭稱美讚賞。因而又四處觀賞，看到這封藩的昆明宮殿內瑤琴、寶鼎、古畫、新詩，無所不有，非常典雅貴氣；尤其更喜歡宮室窗下也有暗示女子賣弄風情的唾絨，及化妝匣間時常沾染化妝粉的污跡（按寓示吳三桂後宮佳麗甚多，並特愛與美女打情罵俏）。牆壁上也有一副對聯，寫說：

幽微靈秀地：這是個地點幽僻隱微而人民靈慧秀逸的地方（按指雲南）。

無可奈何天：這地方的政權都遭遇人力無可奈何的天意變故（按寓指吳三桂政權或南明永曆王朝都遭遇抗清敗亡的無可奈何命運）。

寶玉吳三桂看完，無不羨慕。因而又請問眾仙姑的姓名，而得知一名叫做癡夢仙姑，一名叫做鍾情大士，一名叫做引愁金女，一名叫做度恨菩提，各各道號都不一樣（按這四位仙姑的名稱是隱寓吳三桂封藩雲南的四段過程：第一階段是癡夢，癡迷於紅樓夢，即起初癡迷陶醉於享受豪奢飲饌歌舞聲色的藩王紅樓富貴夢之中；第二階段是鍾情，鍾愛情色，即鍾情於歌妓美女陳圓圓、八面觀音、四面觀音等的美女溫柔情色之中；第三階段是引愁，引起憂愁，即後來遭滿清撤藩，不但沒得再享受藩王豪奢歌舞富貴生涯，還可能會被滿清兔死狗烹，而引發他極度的憂愁及恐懼；第四階段是度恨，度脫仇恨，即遭撤藩後，因為憂懼會被滿清殺害，又痛悔背明降清之誤，而起兵反清報仇，以求度脫消除其心中仇恨）。

稍過片刻，有部屬上來調整桌子安放椅子，擺設酒席餚饌。單看那美酒真是：如瓊玉般晶瑩剔透的漿液倒滿得幾乎要泛溢出玻璃製的淺杯，像美玉般晶亮潤滑的汁液濃濃斟滿琥珀製的杯子；更不用再說那魚肉飯食的佳美豐盛了。寶玉吳三桂因為聞到這酒清香甘冽，異乎尋常，又不禁問起警幻滿清來。警幻滿清回答說：「你這藩王所享用的酒，乃是百千支派華夏漢族的核心精英（百花之蕋），及萬千朱明王朝的精髓志士（萬木之汁）抗清失敗的心血，混加上如麒麟骨髓之漢族骨幹將才中的粗雜變節份子（麟髓之醅，如吳三桂等），及如鳳凰乳汁之漢族精英謀士中的心性變質份子（鳳乳之麴，如洪承疇等）降清奉獻的生命心血，所共同發酵釀造成的，因而這種酒的名稱叫做『萬艷同杯（悲）』，這名稱寓示『萬千光艷日月之漢族烈士抗清犧牲的艷魄芳魂共同悲嘆』的意思（按係暗諷吳三桂受封藩王而得享用美酒，是萬千漢族烈士抗清犧牲的艷魄芳魂共同悲嘆所換得的）。」寶玉吳三桂稱美讚賞不止。

第三節　賈寶玉夢中觀賞舞女演唱紅樓夢曲十二支故事的真相

◈原文：

飲酒間，又有十二個舞女上來，請問演何詞曲。警幻道：「就將新製『紅樓夢』十二支演上來。(1)」舞女們答應了，便輕敲檀板，款按銀箏(2)。聽他歌道是：

開闢鴻濛……(3)

方歌了一句，警幻便說道：「此曲不比塵世中所填傳奇之曲，必有生旦淨末之別，又有南北九宮之限(4)。此或咏嘆一人，或感懷一事，偶成一曲，即可譜入管絃(5)。若非個中人，不知其中之妙(6)。料爾亦未必深明此調。若不先閱其稿，後聽其歌，翻成嚼蠟矣(7)。」說畢，回頭命小嬛取了「紅樓夢」的原稿來，遞與寶玉。寶玉揭開，一面目視其文，一面耳聆其歌曰(8)：

第一支〔紅樓夢引子〕

開闢鴻濛，誰為情種？都只為風月情濃。趁着這奈何天，傷懷日，寂寞時，試遣愚衷。因此上，演出這懷金悼玉的紅樓夢。(9)

第二支〔終身誤〕

都道是金玉良姻，俺只念木石前盟。空對着山中高士晶瑩雪，終不忘世外仙姝寂寞林。嘆人間美中不足今方信。縱然是齊眉舉案，到底意難平。(10)

第三支〔枉凝眉〕

一個是閬苑仙葩，一個是美玉無瑕。若說沒奇緣，今生偏又遇着他；若說有奇緣，如何心事終虛化？一個枉自嗟呀，一個空勞牽掛。一個是水中月，一個是鏡中花。想眼中能有多少淚珠兒，怎經得秋流到冬盡，春流到夏！(11)

寶玉聽了此曲，散漫無稽，不見得好處(12)；但其聲韵悽惋，竟能銷魂醉魄。因此也不察其原委，問其來歷，就暫以此釋悶而已(13)。

◈脂批、注釋、解密：

(1)警幻道：「就將新製『紅樓夢』十二支演上來」：「紅樓」為藩王府作為「舞榭」的紅色樓房，是一個藩王府招待賓客的宴會場所，而重點在「舞榭」的歌舞表演上。這句是暗寫警幻滿清說：「就將新製作的『紅樓夢』曲十二支演上來，以代表新封的雲南平西藩王一年十二個月，都可以陶醉在紅樓歌舞富貴夢之中。」前面已鋪陳出「群芳髓」的異香、「千紅一窟」的香茗、「萬豔同杯」的美酒、豐盛的餚饌，但這些也只能算是一般的豪華大宴，這裡再補上最主要重點的歌舞表演，才算完全具足藩王府「紅樓」宴的所有條件了，作者又唯恐讀者不能意會到，特別將所唱歌曲標明為「紅樓夢」曲，用意就是更露白地點示這一場警幻仙姑招待寶玉的帶有歌舞的豪華宴會，就是一場豪華的藩王府「紅樓」宴。就內層隱義及文學技巧來看，這是作者將滿清賜封吳三桂為雲南平西藩王事件的平板單調歷史敘述，轉化為將吳三桂封藩後，在藩王府以名貴茶酒、豐盛餚饌、歌舞表演舉行豪宴，日日笙歌，享受藩王奢華歌舞宴會富貴生涯的活生生具體內容、場景，實際鋪陳出來，來暗述滿清賜封吳三桂為雲南藩王的事，及吳三桂陶醉於藩王紅樓歌舞富貴的實況，並套上類似《枕中記》的寶玉夢中接受警幻仙姑歌舞豪宴招待的神話小說色彩，真是神秘而生動有趣，又可掩人耳目，巧妙避過清廷的嚴密文字檢查，實在是妙絕千古。

(2)輕敲檀板，款按銀箏：檀板，檀木製成的短條狀木板，演奏音樂時用來打拍子，又稱「拍板」。款按，緩慢地按彈。箏，古撥弦樂器之一，傳統演奏法用右手大拇指、食指、中指等三指彈弦，用左手食指、中指或中指、無名指等二指按弦。銀箏，銀白色的箏。

(3)開闢鴻濛：鴻濛，亦作鴻蒙，原意為未成形的渾沌元氣，而多指位於東方者。語出《莊子・在宥》：「雲將（雲帥也）東遊，過扶搖（東海神木也）之枝，而適遭鴻蒙。」又《淮南子・道應》：「東開鴻濛之光。」這裏鴻濛二字則是影射位於東方，而文明蒙昧未開的遼東滿清；或明崇禎帝自縊後，李自成、吳三桂、滿清對峙的天下無主的渾沌狀況。開闢鴻濛，原為廓清渾沌而開闢宇宙、天地之意；這裏則是隱喻打破天下無主渾沌狀態，開闢東方蒙昧未開化民族滿清王朝帝業之意。

〔甲戌本夾批〕評注說：「故作頓挫搖擺。」這是針對這裡舞女們唱了「開闢鴻濛」這句，警幻就插話阻斷了她們歌唱的現象，評注說：「這是作者文章故意作出頓挫搖擺的寫法。」至於為什麼要唱了「開闢鴻濛」這四字就中斷，顯然就是為了等一下重新開始時，再唱一次「開闢鴻濛」這四字，藉著重複唱兩次的作法，來特別強調「開闢鴻濛」這四個字的重要性，因為只要讀者能夠悟通「開闢鴻濛」這四字是暗寓開闢東方滿清王朝的意思，則後面整個紅樓夢曲十四支的背後真事就有了大方向，而比較容易悟通了。

(4)此曲不比塵世中所填傳奇之曲，必有生旦淨末之別，又有南北九宮之限：傳奇，一般常指唐代興起的短篇小說，但這裡所說的傳奇是指盛行於明清劇壇，以唱南曲為主的一種多齣的長篇戲曲形式，這種傳奇戲曲形式與雜劇有明顯不同，它是在宋元南戲的基礎發展出來，在明清兩代劇壇上佔著主流的地位④。生旦淨末，為傳奇與南戲的四種主要角色，「生，扮演男子的角色；旦，扮演婦女的角色；淨，扮演性格剛烈或奸險的角色，即『花臉』；末，扮演中年男子的角色⑤」；另外還有一種重要角色「丑」，扮演滑稽詼諧的角色，但這裡未提及。南北九宮，南指南曲（包括傳奇），北指北曲，九宮指戲曲的九個宮調，即正宮、中呂宮、南呂宮、仙呂宮、黃鐘宮、大石調、雙調、商調、越調等五宮四調⑥。南北九宮之限，無論是南曲或北曲，每支曲子前面都標明有曲牌名稱和宮調，曲牌名稱就等於現代流行歌的歌名，宮調就是曲子的調式，等於現代流行歌的調式C調、D調、G調等；每一種曲牌都屬於一定的調式，例如北曲中〈寄生草〉這個曲牌名稱規定屬於仙呂宮，所以〈寄生草〉就必須按照九宮之中的仙呂宮調式來演奏歌唱，這就等於現代流行歌有一首歌歌名叫做〈寄生草〉，規定必須用「升G調」來演唱一樣；此外，每一曲牌名都又規定有一定的字數、句式、平仄、押韻方式等；像這樣南曲北曲每一支曲子都必須遵照它所屬的某種曲牌名稱的字數、句數、平仄、押韻方式來填寫曲詞，並按照所屬的某種九宮調式來演唱，這些限制就是「南北九宮之限」的意思⑦。原文這三句是作者特別明告讀者下面這幾支紅樓夢曲不同於「塵世中所填傳奇之曲」，各支曲所寫的人物並沒有「生旦淨末之別」，各支曲又沒有一般的「南北九宮之限」，所以這些曲子的名稱，如〈終身誤〉、〈枉凝眉〉等，都不是採取塵世既有的現成曲牌名稱，各支曲子的字數、句數、平仄、押韻方式，也沒有按照某個現成曲牌名的格式來填寫，大致上這十四支紅樓夢曲的曲名都是作者對於該曲所述人物或事跡的概括或提示，每支曲的字數、句數、聲韻等格式，也是根據作者該支曲所敘述人物或事跡的內容，依實際需要而自行創作的。

(5) 此或咏嘆一人，或感懷一事，偶成一曲，即可譜入管絃：這是作者進一步明白告訴讀者，這十四支紅樓夢曲的創作原則及其內容特性，是「或咏嘆一人，或感懷一事」，換句話說，並不是死板地一支歌曲詠歎一個人物，有些文詞並不是詠嘆人物，而是感懷一件事。因此，可能某一支歌曲詠嘆一個大事件，但牽涉幾個不同的人物，也可能幾支歌曲詠嘆同屬一個人所做的幾個不同的事件，也或許某一支歌曲看似詠嘆書中某一個名號的人物，但這個名號既代表人也代表事件，如第三曲〈枉凝眉〉詠嘆林黛玉，但林黛玉可能代表某反清復明的實際人物、集團勢力，又代表反清復明的事件。歷來研究者未能破解這十幾支《紅樓夢》歌曲所隱藏的真實內容，其中一個重要的原因就在於死板板地認定每一支歌曲都只詠嘆、描寫一個人物，沒能注意到作者這一重要提示所致。

(6) 若非個中人，不知其中之妙：個中人，「指身處局中、洞悉內情的人。蘇軾〈李頎畫山見寄〉：『平生自是個中人，欲向漁舟便寫真。』⑧」在內層真事上，這兩句是作者假借書中角色警幻仙姑之口，提示讀者說，若非親身經歷過明清對抗，尤其是吳三桂三藩與台灣明鄭聯合反清復漢，終歸失敗而被滿清統治之浩劫這個過程中的局中人，便不知這十四支紅樓夢曲的歌詞所隱藏的明朝漢族無奈敗亡的奧妙滋味。

針對「個中人」三字，〔甲戌本夾批〕等評注說：「三字要緊。不知誰是個中人？寶玉即個中人乎？然則石頭亦個中人乎？作者亦係個中人乎？觀者亦個中人乎？」這是批書人明白地向讀者強調「個中人」三個字非常要緊，並進一步以問句形式，提示其實書中的角色賈寶玉、石頭、作書的作者、觀書的讀者通通都是身處局中的「個中人」，藉此點示讀者這裡所寫十幾支紅樓夢曲的內容就是讀者自己身處局中的事跡，從而期望刺激讀者能夠聯想到就是暗寫明朝漢族滅亡於滿清的人物、事跡。

(7)若不先閱其稿，後聽其歌，翻成嚼蠟矣：稿，未經修改的文章原稿，這裡指紅樓夢曲的文稿歌詞。嚼蠟，咀嚼蠟燭、蠟丸，比喻無味的意思。這三句表面上是提示聽者必須先閱讀這些紅樓夢曲的稿文歌詞，然後再聽舞女所唱的歌，才能聽出趣味來，否則單聽她們咿咿呀呀地歌唱，不知究竟唱些什麼，那就反而像嚼蠟般毫無味道了。在內層真事上，「稿」指這本紅樓夢小說所根據的歷史原稿，也就是明清興亡、吳三桂興亡的歷史原貌。這三句是提示說，如果讀者不先閱讀明清興亡、吳三桂興亡的歷史原稿，然後再去聽賞辨別後面那些歌曲的意義，就會不知所云，越讀越無趣，反而變成味如嚼蠟了。其實，閱讀全書亦然，同樣必須先熟讀明清與吳藩興亡的歷史，才有可能瞭解書中情節的妙義，否則就如脂批人所說的，《紅樓夢》全書盡是「家常老婆舌頭」絮叨的家常人情瑣事，真是味如嚼蠟，有何妙味可品。胡適先生研究《紅樓夢》四、五十年，最後卻一再說「《紅樓夢》毫無價值」⑨，想必是只讀到全書盡是「家常老婆舌頭」的家常人情瑣事，感覺味如嚼蠟的緣故，而其原因就出在「不先閱其稿（明清吳藩史稿）」所致。這裡《紅樓夢》作者親自明白告示的閱讀《紅樓夢》方法：「先閱其稿（歷史稿），後聽（讀）其歌（書）」，真是紅學茫茫苦海中，一聲無限慈悲的覺迷梵唱，二十一新世紀的紅學研究新方向，就是要趕搭上作者這艘苦海慈航，及早回頭是岸，回歸到「先閱其稿（歷史稿），後聽（讀）其歌（書）」的解讀《紅樓夢》正法上，紅學才可能會有突破性進展。

〔甲戌本眉批〕等評注說：「警幻是個極會看戲人。近之大老看戲，必先翻閱角（腳）本，目睹其詞，彼（耳）聽彼歌，却從警幻處學來。」這是提示讀者現在這些清朝大老「先翻閱角（腳）本，目睹其詞，彼（耳）聽彼歌」的看戲方法，是從警幻處學來的，可見警幻就是清朝創造京劇初期就用這種方法看京劇的滿清老前輩，因為其時漢人還不時興看京劇，這是批書人從作者著書的雍正、乾隆時代，清朝大老盛行看京劇的情況及看戲的方法切入，設法提示這裡的警幻仙姑就是影射清初的滿清大官、領袖。

(8) 舞女演唱故作停頓、警幻解說聽曲要領、寶玉照作、再重新起唱一段：〔甲戌本眉批〕等評注說：「作者能處，慣于自站地步，又慣于擅起波瀾，又慣于故為曲折，最是行文秘訣。」自站地步，就是作者藉書中角色的對話，暗露自己這部書是暗寫明清興亡歷史的立場，又知道把握分寸，站得住立場而不至於顯露到被清廷察覺的地步。這真是要大本事才能做得到，如這裡大膽重複寫出兩次「開闢鴻濛」，又藉警幻仙子之口，宣示解讀這裡紅樓夢曲及全書的正法「若不先閱其稿（歷史稿），後聽其歌，翻成嚼蠟矣」，真是既大膽又巧妙的自站暗寫明清興亡歷史之地步的妙筆。這裡批書人又藉機提示《紅樓夢》的行文祕訣是「慣于擅起波瀾，又慣于故為曲折」，所以《紅樓夢》本質上絕對不是胡適所說「《紅樓夢》的真正價值正在這平淡無奇的自然主義的上面⑩」，而是一部充斥波瀾曲折故事情節的神奇之書。

再就以上警幻仙姑攜帶寶玉遊太虛幻境故事情節的文章結構來說。前面第一章第四節警幻仙姑向寶玉說：「此離吾境不遠，別無他物，僅有自採仙茗一盞，親釀美酒一甕，素練魔舞歌姬數人，新填紅樓夢仙曲十二支（按係藩王紅樓宴），試隨吾一遊否？」於是寶玉便隨了仙姑進入她的居處太虛幻境的那一段故事情節，是暗寫山海關事件時，滿清領袖多爾袞（警幻仙姑）以許諾晉封藩王為條件引誘吳三桂（寶玉）歸降，於是吳三桂便投降入大清換形換朝的國境（太虛幻境）的歷史事跡。這一章警幻仙姑又攜帶寶玉來到太虛幻境後面的房室內，警幻落實了前面的邀宴，以異香「群芳髓」、仙茗「千紅一窟」、美酒「萬豔同杯」、豐盛餚饌、及舞女演唱紅樓夢曲十二支（按亦係藩王紅樓宴），宴請寶玉的這一段故事情節，則是暗寫滿清朝廷（警幻仙姑）實現諾言，晉封吳三桂（寶玉）為雲南平西藩王的歷史事跡。以下寶玉一面享用香茗、美酒、餚饌，一面觀賞舞女演唱紅樓夢曲的故事情節，則是一方面暗寫吳三桂陶醉在藩王紅樓富貴夢之中的情況，一方面插述自吳三桂在山海關背明降清事件起，至吳三桂與台灣明鄭延平王朝聯合反清失敗止，這一段反清復漢運動期間的相關重要人物或事件。

(9)　第一支〔紅樓夢引子〕曲文，「開闢鴻蒙，誰為情種？都只為風月情濃。趁着這奈何天，傷懷日，寂寞時，試遣愚衷。因此上，演出這懷金悼玉的紅樓夢」：前文雖然寫說是「紅樓夢仙曲十二支」或「紅樓夢十二支」，但實際上有十四支曲子，因為前後各添加一支，前面添加的是第一支〔紅樓夢引子〕，專門說明引起紅樓夢故事的緣由，後面添加的是第十四支〔收尾・飛鳥各投林〕，專門描繪紅樓夢故事收尾的結局景況，中間第二到第十三等十二支曲才是真正的紅樓夢曲十二支。中間這十二支曲子是分別描述金陵十二正釵的，其排列次序和前面金陵十二正釵命運簿冊的圖畫與判詞一一相對應。而前面十二正釵的命運判詞每人都只有四句，這裡十二正釵的曲子每人少者七、八句，多者達十五、六句，比前面命運判詞詳細好幾倍。前面十二正釵的命運判詞已經預示了十二正釵的身世及命運結局，這裡又再重複描述一次，好像是多此一舉，其實是作者費煞苦心故意更詳細的描寫一次，殷望讀者如果沒能悟通前面的圖畫判詞，可以再有一次機會能夠悟通這些內容詳細好幾倍的紅樓夢曲子。因為十二正釵的事跡是本書的核心重點，她們所影射的真實人物則是以吳三桂降清叛清為主線之明亡清興歷史的核心人物或事件，只要讀者能夠悟出其中一兩個人的真實身分、事跡，就可能一悟百悟，悟出其他十二正釵及寶玉的真實身分、事跡，從而悟知全書的大旨，那麼作者冒險撰作本書以提倡反清復明的目的就達到了。又這十四支紅樓夢曲子的內容份量超過前面的判詞二至四倍，必須專章解析、詮釋才能說得明白透徹，而中間十二支紅樓夢曲子所寫十二正釵所影射的真實人物或事件，又與前面十二正釵的圖畫與判詞相同，只是內容更為詳細而已。且前面筆者已對十二正釵圖畫與判詞一一詳細解析其影射的人物或事件，及可能對應的書中故事情節。所以這裡除了前面所無的第一支和第十四支曲子筆者仍將詳細解析之外，中間十二支曲子筆者的解析詮釋將稍微簡略，其餘較詳細的情況則請讀者自行參閱前面相對應之十二正釵圖畫與判詞的相關破解文字。

紅樓夢引子，這是第一支曲的曲牌名稱，並用於概括、標示這支曲子歌詞所唱述的是引起全部《紅樓夢》故事的緣由與起點。因此，〔紅樓夢引子〕這九句歌詞是我們瞭解《紅樓夢》故事之緣起的最重要、最直接原文資料，非常的寶貴。前面已說過「開闢鴻濛」為廓清渾沌而開闢宇宙、天地之意。情種，情愛的種子，或俗話所謂多情種子，指到處談情留情的賈寶玉。「開闢鴻濛，誰為情種？都只為風月情濃」，這三句是相連一氣的，表面故事上是說：「自從開闢渾沌而有天地以來，誰是多情的種子啊？都只是因為對於男女風月愛情興致太濃厚的緣故。」懷金，「金」字暗點部首為「金」的「釵」字，又第八回寫薛寶釵有金鎖項圈，故這裡「金」字寓指薛寶釵。悼玉，「玉」字暗點林黛玉。懷金悼玉，就是指賈寶玉的愛情結局是哀悼林黛玉，因為林黛玉死了，且又懷念著妻子薛寶釵，因為他離家出走了。演出這懷金悼玉的紅樓夢，由這句話可見這裡或全書這個「紅樓夢」的故事，其核心重點在於「懷金悼玉」，也就是「懷念薛寶釵、哀悼林黛玉」，對應到書中的具體情節，應該就是指書中百年富貴大族賈家本來家業就在逐漸敗落中，後來由於繼承家業的嫡子賈寶玉沉迷於風月情濃之中，遭遇愛情挫折，而演出一場「懷念薛寶釵、哀悼林黛玉」的離家出走事件，因而導致賈家無人繼業，徹底由富貴變貧窮，紅樓富貴夢終於破滅，但這並不符合書中賈家的最後結局，實際上賈家雖然家道中落，嫡子賈寶玉離家出走，但最後賈政恢復世職，嫡孫賈蘭中舉人在朝當官，家道又中興，所以就表面故事來詮釋這第一支曲子，是無法完全暢通的。

若從內層歷史真事來詮釋，這支曲子的意義就可以完全貼切而暢通了。開闢鴻濛，前面已說過內層上是隱喻打破天下無主渾沌狀態，開闢東方蒙昧未開化民族滿清王朝帝業的意思。情種，即多情種子，情痴，寓指痴戀風月美女陳圓圓的情痴吳三桂。「開闢鴻濛，誰為情種？都只為風月情濃」，內層上的意義應是：「誰為開闢鴻濛的情種？都只為風月情濃」，這是作者以諷刺口氣暗寫他的歷史評論說：「那個打破天下無主渾沌狀態，開闢出東方蒙昧未開化民族滿清王朝新天下的情種，究竟是誰啊？他這麼做都只是因為他對風月場中美女太過情濃難捨的緣故呀！」這三句可以說寫得十分露骨，讀者如果有朝著明清歷史的方向去思考，很容易就會聯想到這號「情種」人物就是吳三桂。這樣後面各句所隱藏的真正意義也就很容易豁然貫通了。「趁着這奈何天，傷懷日，寂寞時，試遣愚衷」，這幾句是作者對於當時吳三桂坐困山海關愁城，盤算聯合滿清對抗李自成的無奈情景，描寫道：「趁著這國破君亡、父與愛妾被捕，兵力又嚴重不足的無可奈何之天時，傷懷國仇家恨之日，愛妾陳圓圓無法團聚的寂寞之時，逼不得已試圖遣發一片愛國復明（兼報私仇）的愚衷。」懷金悼玉，其中的「金」字暗點後金滿清，也可詮釋為暗點薛寶釵所代表的後金滿清；「玉」字暗點林黛玉所代表的明朝，「懷金悼玉」就是暗寫吳三桂在山海關時，哀悼明朝亡國而懷想結合後金滿清，以討李復明。紅樓夢，前面已說過是企求藩王歌舞豪宴富貴的夢想。「因此上，演出這懷金悼玉的紅樓夢」，是暗寫說：「因為這個原由上面，那吳三桂才會演出這個懷想結合後金滿清，以悼念、恢復明朝，因而導致企求獲得滿清封藩，一圓藩王歌舞豪宴富貴之夢想的紅樓夢。」

針對「開闢鴻濛，誰為情種？」兩句，〔甲戌本夾批〕等評注說：「非作者為誰？余又曰，亦非作者，乃石頭耳。」這是提示「情種」就是作者，也是第一回所寫青埂峰下的「石頭」。而「情種」實際上是喻指吳三桂，可見所謂作者、石頭其實都是吳三桂。由此可證，所謂作者並不是指著作《紅樓夢》一書的作者，而是指製造出滿清王朝的「創作者」、「興風作浪者」，或「始作俑者」吳三桂。另外，由此也可見「情種」二字，是作者所大膽埋設的一個「直指暗記」，藉以引誘讀者聯想到是喻指喜愛陳圓圓等風月美女的吳三桂。針對「愚」字，〈甲戌本夾批〉等評注說：「愚字自謙得妙！」這是提示文中「愚衷」的「愚」字既是寶玉吳三桂自謙之詞，又兼指寶玉吳三桂引清兵入關之舉實在愚蠢，一語雙關，所以這個是「愚」字真是自謙得妙透了。

針對「懷金悼玉」四字，〈甲戌本眉批〉等評注說：「『懷金悼玉』大有深意。」這是提示「懷金悼玉」四字，除了有字面意義之外，還隱藏有重大的深層意義。因此，若單只詮釋出「懷念薛寶釵、哀悼林黛玉」這樣的意義，是不夠圓滿的，因為這稱不上是「大有深意」，以上筆者所破解「懷想結合後金滿清，以悼念、恢復明朝」的隱義，才真正夠「大」夠「深」。

針對此〔引子〕全文，〈甲戌本特批〉等評注說：「讀此幾句，翻厭近之傳奇中必用開場付（副）末等套，瘰贅太甚。」〈有正本〉「必用開場付末」批作「必用生旦副末開場」。這是提示這裡的紅樓夢曲，是作者所獨創，形式內容、演出方式皆與當時流行的傳奇戲曲不同，讀者不要用一般傳奇戲曲的規矩來理解這些紅樓夢曲子，否則就會「瘰贅太甚」，反而無法正確理解這些曲子的意義。

(10)第二支〔終身誤〕曲文：這是描寫金陵十二正釵的第一支曲子，對應前面金陵十二正釵簿冊的第一幅圖畫與判詞，而第一幅圖畫與判詞是合寫薛寶釵與林黛玉的，這第一支曲子對應的是其中的薛寶釵，而且是以賈寶玉對薛寶釵、林黛玉的愛情感受，來襯托出薛寶釵愛情的悲慘結局。終身誤，這三字是第二支曲子的曲牌名，同時標示這個女子薛寶釵的終身幸福被誤害掉了，因為所嫁的丈夫賈寶玉離家出走，讓她年輕就守寡。金玉良姻，「金」指薛寶釵，因為她有金鎖項圈，「玉」指賈寶玉，這句話是說薛寶釵有癩頭和尚送的金鎖項圈，恰好可以配上賈寶玉項上所掛誕生時口中啣下來的寶玉，所以兩人是有良好婚姻緣份的一對夫妻。俺，我，中國北方人的自稱。木石前盟，「木」指前身為草木之質的絳珠草之林黛玉，「石」指前身為三生石的賈寶玉，第一回描寫了一段神話，說在天界西方靈河岸上三生石畔有一株絳珠草，「木石前盟」就是寓指寶玉前身三生石和黛玉前身絳珠草原是相偶為伴的前世舊情緣；此外，該神話又描寫有一位神瑛侍者曾經以甘露灌溉絳珠草，使它得以久延歲月，後來神瑛侍者下凡化生為賈寶玉，絳珠草為報其灌溉甘露延命之恩，也跟著下凡化生為林黛玉，並說將以一生眼淚還報其甘露之惠，「木石前盟」也寓指寶玉與黛玉這一份前世舊盟誼。山中高士晶瑩雪，明代高啟律詩〈梅花〉中有「雪滿山中高士臥，月明林下美人來」的詩句⑪，這一句是從高啟詩的「雪滿山中高士臥」脫化出來的；「雪」暗點諧音的「薛」字，「晶瑩雪」是暗寫薛寶釵個性素淡冷漠，「山中高士」為集智慧高品德美於一身的高人，比喻薛寶釵具有極高智慧和美好婦德。世外仙姝寂寞林，這句還是稍微有點從高啟詩的「月明林下美人來」脫化出來的痕跡，但是變化較大；姝為美女，「林」字暗點林黛玉，書中描寫林黛玉死後轉化為上界「真如福地」的瀟湘妃子，所以說是「世外仙姝」，即人世之外的神仙姿態的美女，「寂寞林」則是描寫林黛玉失去真愛賈寶玉而心境寂寞。人間美中不足今方信，這句話是與第一回一僧一道對石頭說紅塵中「美中不足」的話遙相呼應的，按第一回開頭寫天界青埂峰下石頭，苦求一僧一道攜帶它進入紅塵人間享受一下富貴溫柔，僧道對石頭說：「那紅塵中有却有些樂事，但不能永遠依恃；況又有『美中不足，好事多磨』八個字緊相連屬」，而那塊石頭後來被一僧一道帶入紅塵人間，化生為「通靈寶玉」的賈寶玉，在賈府享受富貴溫柔，結果卻嘗到愛情苦果，被耍弄與不是真心相愛的薛寶釵結婚，並因而逼使真愛的林黛玉氣得病死，此時寶玉才領悟到從前一僧一道所說「那紅塵中…美中不足」的話不假，所以說「人間美中不足今方信」。齊眉舉案，同「舉案齊眉」，案為有足的托盤，《後漢書·梁鴻傳》記載說：「妻為具食，不敢於鴻前仰視，舉案齊眉（將托盤舉到和眉毛齊高的位置把飯食送過去）」，後世遂以「舉案齊眉」形容妻子對丈夫的恭敬，成為封建婦德的楷模，這裡是描寫寶釵具有恭敬丈夫的美德。「縱然是齊眉舉案，到底意難平」，是描寫縱然寶釵是具有舉案齊眉般恭敬丈夫的美德，但是寶玉到底還是心意難於平衡，因為他真正愛的是林黛玉，不但不能結婚，而且黛玉還因而氣得病死了，所以他覺得人生無味而離家出走了。

在內層真事上，這支曲子裡的「玉」、「石」、「俺」所指的賈寶玉，代表皇帝寶位或登上大周皇帝寶位的吳三桂。「金」、「雪」所指的薛寶釵，代表反清時期的吳三桂或其雲南藩王府政權勢力。「木」、「林」所指的林黛玉，代表與吳三桂聯盟的反清復明勢力，尤其是台灣的鄭經延平王朝勢力。金玉良姻，寓指多金富貴的雲南吳三桂藩王（金），與玉璽所代表的皇帝寶位（玉）具有像婚姻一樣彼此結合的良緣，所以吳三桂反清復漢大聯盟的政權應該由吳三桂登基當皇帝（所以吳三桂就登基為大周皇帝，推翻起兵檄文所告示天下的

「推奉三太子，郊天祭地，恭登大寶」的說法）。木石前盟，寓指從前吳三桂（石）初起兵時，與台灣的鄭經延平王朝所代表的反清復明勢力（木）共同聯盟抗清的約定。「都道是金玉良姻，俺只念木石前盟」，這兩句是作者暗下歷史評論說：「吳、鄭反清聯盟由於吳三桂藩王府勢力人多勢眾，大多數意見都說雲南吳三桂藩王（金），與玉璽所代表的皇帝寶位（玉）具有結合的良緣，應由吳三桂登基為皇帝，但是我這皇帝大寶位（賈寶玉）卻只念念不忘，從前鄭經等反清復明勢力（木）與吳藩（石）聯盟抗清時的約定，說是要擁護三太子所代表的朱明後裔登基為皇帝，以恢復明朝」。「空對着山中高士晶瑩雪，終不忘世外仙姝寂寞林」，這兩句是暗寫說：「我這個皇帝大寶位（賈寶玉）空對著那個像山中高士般具有反清的高度智慧美德，但對恢復明朝卻如一堆晶瑩白雪般冷漠無情的吳三桂（晶瑩雪）登基為皇帝的局面，卻始終忘不了那處於世外之台灣，好像神仙美女般寂寞存在的延平王鄭經反清復明勢力（寂寞林），因為他才是真心要恢復明朝。」嘆人間美中不足今方信，這句是作者暗作歷史評論說：「非常感嘆漢人世間雖然聯合反清了，但是卻由吳三桂自立為皇帝，而不是當初所說的擁護朱明後裔稱帝復明，從前世間就流傳由吳三桂領頭反清復明將會有『美中不足』的遺憾，如今方才相信了」。齊眉舉案，這句在內層上與一般比喻妻子對丈夫恭敬的意思完全不同，案指案件、事件，舉案就是舉事、發起一個事件，齊眉舉案就是不分高下地共同舉事，暗指吳三桂與鄭經等反清復明勢力以平等地位共同舉事反清。「縱然是齊眉舉案，到底意難平」，這是對於吳三桂違背恢復明朝的承諾，而自立為大周皇帝之事，評論說：「縱然是吳三桂與鄭經等反清復明勢力是平等地共同舉事反清，論理吳三桂也有登基稱帝的資格，但是廣大漢族同胞的心願是擁立朱明後裔恢復明朝，所以對於吳三桂自立為皇帝，反清復明勢力這邊的群眾到底還是心意難於平衡（於是復明勢力渙散消亡，導致吳三桂藩王府部眾獨力抗清，終至敗亡，終身幸福被誤害了）。」由此可知，這一支曲子的曲牌名〈終身誤〉，是標示薛寶釵所代表的吳三桂雲南藩王府政權的部眾，在賈寶玉所代表的大周皇帝吳三桂死亡（寶玉出家），林黛玉所代表的復明勢力渙散消亡（黛玉病死）後，只得獨力抗清（守寡），終歸敗亡，而終身幸福被誤害掉了（終身誤）的意思。

針對此曲全文，〔甲戌本眉批〕等評注說：「語句潑撒，不負自創北曲。」潑撒，潑辣而撒放徹底。北曲，「是在隋唐以來的燕樂、北方民間音樂和北方少數民族音樂的基礎上形成的，是金元時期產生於北方地區—淮河以北的曲調」；「明人徐謂在《南詞敘錄》中說：『今之北曲，蓋遼金北鄙殺伐之音，壯偉狠戾，武夫馬上之歌。流入中原，遂為民間之日用。』」⑫；這裡則是以創自遼金的北曲，隱寓北廷的滿清王朝。這兩句脂批是評論並提示說：「〈終身誤〉這支曲子描寫賈寶玉的語句寫得很潑辣而撒放，真不負賈寶玉所影射的吳三桂引清兵入關，自創清朝北廷的潑辣作風。」

(11)第三支〔枉凝眉〕曲文：這是描寫金陵十二正釵的第二支曲子，對應前面金陵十二正釵簿冊的第一幅圖畫與判詞中的林黛玉，是描寫黛玉因與寶玉的愛情幻滅，以致傷心淚盡而亡的悲慘命運。枉凝眉，這三字是這支曲子的曲牌名，凝眉即凝皺著眉頭，蹙眉憂愁的意思，枉凝眉三字同時也標示這個女子林黛玉的愛情命運是枉然凝皺著眉頭地憂愁痛心，不能與相愛的人賈寶玉有成婚的結局。閬，音朗，寬廣明朗的樣子。閬苑，神話中仙人所居住的園林。仙葩，仙花。閬苑仙葩，仙人所住園林的仙花，寓指林黛玉，因為她的前身是天界西方靈河岸上三生石畔的絳珠草。美玉無瑕，「玉」字暗點賈寶玉，描寫寶玉好像沒有瑕疵的美玉。奇緣，奇妙美好的姻緣。虛化，化為虛幻、烏有。心事終虛化，指林黛玉、賈寶玉期盼有情人終成眷屬的心事，最終因遭遇王夫人、王熙鳳、賈母等的阻擾作弄而化為虛幻、烏有。嗟呀，傷感嗟嘆而發出啊呀啊呀的聲音，指黛玉徒然地傷感得啊呀啊呀嗟嘆。一個空勞牽掛，指寶玉空自煩勞牽掛著黛玉，而無能為力。水中月，水中反射的月亮，比喻虛幻不實的形象、事物。鏡中花，鏡中反射的花朵，也是比喻虛幻不實的形象、事物。一個是水中月，指黛玉對於寶玉而言，好像是一個水中反射的美麗月亮，是個看得到摸不著的美麗而得不到的虛幻形象。一個是鏡中花，指寶玉對於黛玉而言，好像是鏡中反射的美麗花朵，是個看得到摸不著的美麗而得不到的虛幻形象。「想眼中能有多少淚珠兒，怎經得秋流到冬盡，春流到夏」，這是描寫黛玉為了與寶玉相愛結婚，受到環境的阻擾，而一年四季眼淚流個不停，最後終於淚盡而亡，實現了第一回所寫絳珠草下凡化生為林黛玉，把一生所有眼淚償還神瑛侍者轉生的賈寶玉，以還報其灌溉甘露之惠的諾言。

在內層真事上，這支曲子裡「閬苑仙葩」、「枉自嗟呀」、「水中月」所指的林黛玉，代表明朝或反清復明勢力。「美玉無瑕」、「空勞牽掛」、「鏡中花」所指的賈寶玉，代表天下皇帝寶位或登上大周皇帝寶位的吳三桂。「若說沒奇緣，今生偏又遇着他；若說有奇緣，如何心事終虛化」，是暗寫吳三桂反清聯盟起義時以「推奉三太子，郊天祭地，恭登大寶」為號召，已覆亡的朱明後裔明明又有奇緣遇著吳三桂所提供登上天下皇帝寶位的機會，如何這個復明勢力期盼朱明後裔登上天下皇帝寶位以恢復明朝的心事，最終還是化為虛幻破滅了呢（因為吳三桂自己登上天下皇帝寶位）？「想眼中能有多少淚珠兒，怎經得秋流到冬盡，春流到夏」，這三句是暗寫明朝北京朝廷覆滅後，林黛玉所代表的天下漢族復明勢力，就痴心地想著獲得賈寶玉所代表的天下皇帝寶位，殷切期盼朱明宗室能與天下皇帝寶位相結合而登基為皇帝，以徹底恢復明朝，但由於滿清及吳三桂勢力的種種阻擾，一再失敗，最後連宣稱要推奉三太子登基稱帝復明的吳三桂都自立為大周皇帝，使得復明勢力徹底絕望，最終都被滿清消滅，所以天下漢族復明勢力的眼淚一年四季流個不停，終於悲哀到淚盡而亡的歷史事實。

(12)寶玉聽了此曲，散漫無稽，不見得好處：其實〈枉凝眉〉這支曲子的曲文，句句都很切合書中林黛玉與賈寶玉愛情悲劇的故事情節，一點也不「散漫無稽，不見得好處」，故以書中表面的寶黛愛情故事情節來詮釋這幾句是說不通的，只有從內層真事來詮釋才說得通。在內層真事上，由於這支曲子所寫林黛玉所代表的明朝或復明勢力，痴心想獲得賈寶玉所代表的天下皇帝寶位的心事之所以虛化幻滅，及明朝或復明勢力之所以一再失敗，淚盡而亡，世人都說就是這裡聆聽此曲之賈寶玉所代表的吳三桂所造成的，所以這裡以奇異筆法暗寫吳三桂聽到世人這麼說，親自批駁世人這種說法是「散漫而無可稽考」的說法，而且把漢族不能恢復明朝的責任推到我吳三桂身上「不見得有好處」，因為最後我吳三桂也與你們聯盟反清，把我惹生氣了，我放棄反清，你們復明勢力也「不見得好處」。

〔甲戌本夾批〕等評注說：「自批駁，妙極！」這是提示原文這幾句是暗寫賈寶玉所代表的吳三桂，親自批駁世人把漢族復明勢力淚盡而亡的責任歸罪於他的說法，真是奇妙之極啊！

(13)因此也不察其原委，問其來歷，就暫以此釋悶而已：這幾句也是要從內層真事來詮釋才有意義。悶，暗通諧音的「滿」字，暗指滿清。釋悶，即「釋滿」，釋開滿清的壓迫束縛，也就是「反清」的意思。這幾句是暗寫賈寶玉所代表的吳三桂，聽到漢人世間流傳著把恢復明朝失敗的責任歸罪於他的說法，除了批駁這種說法是「散漫無稽，不見得好處」之外，他也不深察這種說法的事實原委，也不問這種說法的來歷（按係源自吳三桂引清兵入關），就暫以這種說法的狀況來進行釋開滿清壓迫束縛的反清運動，以實際行動來扭轉世人的刻板成見而已。由此可見，這裡藉著寶玉聆聽紅樓夢曲，作者又暗中插述寶玉吳三桂與復明勢力聯合反清的事跡。

〔甲戌本眉批〕等評注說：「妙！設言世人亦應如此法看此紅樓夢一書，更不必追究其隱寓。」這是藉機向包括滿清文字檢察官在內的世人讀者，放話說紅樓夢一書並無隱藏深層寓意，所以大可不必追究其隱寓的深意，其實是此地無銀三百兩，紅樓夢一書實在是大有隱寓存焉，若不追究其隱寓，就只是家常老太婆閒話家常的一堆繁瑣細碎的兒女戀愛、家族飲宴酬酢等人情故事而已，有何深味可品嚐。

◈真相破譯：

飲酒之間，又有十二個舞女上來，請問演唱什麼詞曲。警幻滿清說：「就將新製作的『紅樓夢』曲十二支演唱上來，以代表新封的雲南平西藩王一年十二個月，都可以陶醉在紅樓歌舞富貴夢之中。」舞女們答應了，便輕輕敲著檀木製的「拍板」，緩緩地按彈銀白色的箏。聽她們歌唱的是：

打破天下無主渾沌狀態（鴻濛），開闢東方蒙昧未開化（鴻濛）民族的滿清王朝……

才歌唱了一句，警幻滿清便說：「這些曲子不比漢人塵世中所填作的傳奇之曲（按係以唱南曲為主的一種多齣的長篇戲曲），必定有生（男主角）、旦（女主角）、淨（花臉）、末（中年男子）的分別，又有南曲、北曲、曲牌名稱格式、及所屬的九宮調式的限制。這些曲子有的是詠歎一個人物，有的是感懷一件事（而不是詠嘆人物），偶發性地（按即不照時間順序）編寫成一曲，就可譜入管絃音樂演唱。若不是親身經歷其事而身處局中、洞悉內情的個中人，便不知這些曲子所唱歌詞的奧妙滋味（按寓指若未實際經歷過明清對抗的事，就不知明朝漢族亡於滿清的奧妙滋味）。料想你吳三桂或讀者也未必深明這些曲調的涵義。如果聽者、讀者不先閱讀明清興亡、吳三桂興亡的歷史原稿（其稿），然後再聽、讀這些歌曲詞句的意義，就會不知所云，越聽、讀越無趣，反而變成味如嚼蠟了。」警幻滿清說完後，回頭命臣屬取了吳三桂沉醉藩王紅樓歌舞富貴溫柔夢（紅樓夢）而降清叛清的歷史原稿來，遞給寶玉吳三桂。寶玉吳三桂揭開這些歷史原稿，一面眼睛看著歷史文稿，一面耳朵聆聽舞女歌唱說：

第一支〔紅樓夢引子〕：（這個曲牌名稱標示這支曲子歌詞所唱述的是引起全部《紅樓夢》故事的緣起。）

那個打破天下無主渾沌狀態（鴻濛），開闢出東方蒙昧未開化民族（鴻濛）滿清王朝新天下的多情種子（按暗喻吳三桂），究竟是誰啊？都只是因為他對風月場中美女太過情濃難捨（按暗指吳三桂痴戀陳圓圓）的緣故呀！趁著這明朝國破君亡的無可奈何的天時，傷懷國亡家破、兵力又嚴重不足的日子，愛妾（陳圓圓）被強佔無法團聚的寂寞時候，逼不得已試圖遣發一片愚蠢的愛國衷曲。因為這個原由上面，那吳三桂便上演出這個懷想結合後金滿清（懷金），共同討伐李自成，以悼念、恢復明朝天下（悼玉），因而導致企求獲得滿清封藩，一圓藩王歌舞豪宴富貴之夢想的紅樓夢。

第二支〔終身誤〕：（這個曲牌名稱標示這支曲子歌詞所唱述的是，薛寶釵所影射的吳三桂雲南藩王府部眾，在吳三桂病亡後，獨力抗清，終歸敗亡，而終身幸福被誤害掉了。）

很多人都說雲南吳三桂藩王（金）與玉璽所代表的皇帝寶位（玉），具有婚姻般互相結合的良緣（金玉良姻），應由吳三桂登基為皇帝，但是我這個皇帝大寶位（俺・賈寶玉）卻只念念不忘從前鄭經等反清復明勢力（木）與吳三桂藩王勢力（石）聯盟抗清時的約定，說是要擁護三太子所代表的朱明後裔登基為皇帝，以恢復明朝（木石前盟）。

我這個皇帝大寶位（賈寶玉）空對著那個像山中高士般具有反清的高度智慧美德，但對恢復明朝卻如一堆晶瑩白雪般冷漠無情的吳三桂（晶瑩雪）登基為皇帝的局面，卻始終忘不了那處於世外的台灣，好像神仙美女般寂寞存在的延平王鄭經反清復明勢力（寂寞林），因為他才是真心要恢復明朝。非常感嘆漢人世間從前就流傳由吳三桂領頭反清復明將會有『美中不足』的遺憾，如今方才相信了，因為吳三桂果然自立為皇帝，而不是當初所說的擁護朱明後裔稱帝復明。縱然是吳三桂勢力與鄭經等反清復明勢力是地位平等地共同舉事反清（齊眉舉案），吳三桂也有登基稱帝的資格，但是廣大漢族同胞復明的心意到底還是難於平衡（於是復明勢力便渙散消亡，導致吳三桂藩王府部眾獨力抗清，終至敗亡，終身幸福被誤害了）。

第三支〔枉凝眉〕：（這個曲牌名稱標示這支曲子歌詞所唱述的是，林黛玉所影射的殘餘明朝或反清復明勢力，枉然凝皺著眉頭地憂愁痛心著，不能與賈寶玉所代表的天下皇帝寶位結合成一體，即不能達成朱明後裔登基稱帝而恢復明朝的結局。）

這一個林黛玉所影射的殘餘明朝或反清復明勢力，高雅出俗得好像仙人所住園林的仙花（閬苑仙葩），另一個賈寶玉所影射的天下皇帝寶位，則寶貴到好像是沒有瑕疵的美玉。若說這兩者沒奇妙美好的緣份，為什麼林黛玉所影射的殘餘明朝今生偏又遇到吳三桂起兵反清時，以「推奉三太子，…恭登大寶」為名義，提供明朝後裔登上天下皇帝寶位的良好機緣；若說兩者有奇妙美好的緣份，如何復明勢力期盼朱明後裔登上天下皇帝寶位以恢復明朝的心事，最終還是化為虛幻破滅了呢（因為吳三桂自己登上天下皇帝寶位了）？這一個林黛玉所影射的復明勢力枉然地獨自傷感得啊呀啊呀嗟嘆，另一個賈寶玉所影射的吳三桂則空自煩勞牽掛著林黛玉復明勢力傷心絕望而渙散消亡，卻無力挽救。這一個林黛玉所代表的恢復明朝理想好像是一個水中反射的美麗月亮，那樣美麗而抓不到的虛幻形象，那一個賈寶玉所影射的天下皇帝寶位好像是鏡中反射的美麗花朵，那樣美麗而得不到的虛幻形象，兩者彼此都可望而不可及。想那林黛玉所影射的天下漢族復明勢力一再失敗，一再失望地傷心流淚，眼中能有多少淚珠兒，怎經得住從秋天流到冬天的盡頭，又從春天流到夏天啊（終於悲哀至淚盡而亡）！

寶玉吳三桂聽了這支〈枉凝眉〉的曲子，隱寓世人把漢族痴心想要復明的心事之所以虛化幻滅，即復明勢力之所以一再失敗，以至於淚盡而亡的事，歸罪於他吳三桂，感覺這種說法是「散漫而無可稽考」的說法，而且把責任推到他吳三桂身上也「不見得有好處」，因為後來他吳三桂也與復明勢力聯盟反清，若他放棄反清，復明勢力更會加速敗亡；但這支曲所寄託復明勢力淚盡而亡的聲韻悽切哀惋，竟能使他有銷魂醉魄的感覺（按因唇亡齒寒，復明勢力若敗亡，他吳三桂勢力亦必亡）。因此也不深察這種說法的事實原委，也不問這種說法的來歷（按係源自他吳三桂引清兵入關），就暫以這種說法的狀況來進行釋開滿清（釋悶通諧音釋滿）壓迫束縛的反清運動，以實際行動來扭轉世人的刻板成見而已。

◈原文：

因又看下面，道：

第四支〔恨無常〕

喜榮華正好，恨無常又到。眼睜睜把萬事全拋，蕩悠悠把芳魂消耗。望家鄉路遠山高，故向爹娘夢裏相尋告：兒命已入黃泉，天倫呵，須要退步抽身早！(14)

第五支〔分骨肉〕

一帆風雨路三千，把骨肉家園齊來拋閃。恐哭損殘年，告爹娘：休把兒懸念，自古窮通皆有定，離合豈無緣？從今分兩地，各自保平安，奴去也，莫牽連。(15)

第六支〔樂中悲〕

襁褓中父母嘆雙亡。縱居那綺羅叢，誰知嬌養？幸生來英豪闊氣寬宏量，從未將兒女私情略縈心上，好一似霽月光風耀玉堂。廝配得才貌仙郎，博得個地久天長，準折得幼年時坎坷形狀。終久是雲散高唐，水涸湘江。這是塵寰中消長數應當，何必枉悲傷！(16)

第七支〔世難容〕

氣質美如蘭，才華馥比仙。天生成孤僻人皆罕。你道是，啖肉食腥膻，視綺羅俗厭；卻不知，太高人愈妒，過潔世同嫌。可嘆這青燈古殿人將老，辜負了紅粉朱樓春色闌。到頭來依舊是風塵骯髒違心願。好一似無瑕白玉遭泥陷，又何須王孫公子嘆無緣。(17)

第八支〔喜冤家〕

中山狼，無情獸，全不念當日根由。一味的驕奢淫蕩貪還搆。覷着那侯門艷質同蒲柳，作踐的公府千金似下流。嘆芳魂艷魄，一載蕩悠悠。(18)

第九支〔虛花悟〕

將那三春看破，桃紅柳綠待如何？把這韶華打滅，覓那清淡天和。說什麼天上天桃盛，雲中杏蕊多。到頭來誰見把秋捱過？則看那白楊村裡人嗚咽，青楓林下鬼吟哦。更兼着連天衰草遮墳墓。這的是昨貧今富人勞碌，春榮秋謝花折磨。似這般生關死劫誰能躲？聞說道西方寶樹喚婆娑，上結着長生果。(19)

◈脂批、注釋、解密：

(14)第四支〔恨無常〕曲文：這是描寫金陵十二正釵的第三支曲子，對應前面金陵十二正釵簿冊的第二幅圖畫與判詞，是描寫賈元春的不幸命運的。無常，佛教用語，佛教認為世間一切事物都處在生、成、壞、滅的輪迴變化過程中，都無恆常不變性，稱為無常；又民間流俗認為無常是勾魂索命的鬼，人死亡時閻羅王會派黑無常和白無常前來把人的魂魄勾攝至地獄，所以無常也有死亡的意思。恨無常，這三字是這支曲子的曲牌名，同時也標示這個女子賈元春之命運的重要特色是「恨無常」，怨恨遭遇到突然的無常變化，而被無常鬼勾魂索命死亡了。「喜榮華正好，恨無常又到」，這兩句是描寫賈元春正在歡喜其身為皇妃的榮華富貴生涯真正好，好怨恨突然的無常變化卻又來到了。蕩悠悠，心意搖蕩飄忽而憂思的樣子。蕩悠悠把芳魂消耗，這句是描寫賈元春離開賈家獨自在宮中為皇妃，可能遭遇到某種困境，但心中憂思搖蕩飄忽不定，在猶豫不決的情況下，把自己的芳魂性命消耗掉；可是書中雖描寫賈元春病亡，但並未描寫她是在「蕩悠悠」的情況下而「把芳魂消耗」喪命的，故這句話是對應不上書中有關賈元春的表面故事情節的。黃泉，即陰間地下，比喻死亡。「望家鄉路遠山高，故向爹娘夢裏相尋告：兒命已入黃泉，天倫呵，須要退步抽身早」，這幾句也是對應不上書中有關賈元春的表面故事情節的。

在內層真事上，這支曲子所描寫的女子賈元春，實際上是影射吳三桂質押在北京的長子吳應熊，他娶順治帝之妹建寧公主，是康熙帝的姑丈，貴為駙馬，並加封親王。「喜榮華正好，恨無常又到」，這兩句是暗寫賈元春所影射的吳應熊正在歡喜他身為駙馬、親王的榮華富貴生涯真正好，好怨恨突然的無常變化卻又來到了，因為康熙十二年十一月二十一日吳三桂起兵反清，十二月下旬康熙就把吳應熊拘捕下獄。「眼睜睜把萬事全拋，蕩悠悠把芳魂消耗」，這兩句是描寫吳應熊在吳三桂起兵反清前後，吳三桂曾派人至北京想盡各種方法要接應他逃出北京回雲南，而吳應熊卻萬事不應地拋棄逃走的念頭，對眼前的榮華富貴等萬種事也全都拋棄，只是搖蕩飄忽不定地憂思，猶豫不決地原地不動，因而導致被囚禁在空蕩蕩的獄中消耗掉生命，於康熙十三年四月十三日，被康熙下令處死。「望家鄉路遠山高，故向爹娘夢裏相尋告：兒命已入黃泉，天倫呵，須要退步抽身早」，這幾句是暗寫吳應熊在北京被處死時的感嘆之詞說：「遙望家鄉雲南的路途遙遠山又高，無法逃出北京回家，所以只有在夢裏追尋著向爹娘相告說：『兒子的命已死歸黃泉陰間了，您們想要與兒子天倫相聚呵，當初就該聽我的勸告，須要退步抽身得早，順從撤藩而不要叛變反清。』」

對於此曲曲文〔甲戌本特批〕等評注說：「悲險之至。」這是提示這支曲子透露出賈元春的處境悲哀險惡至極，但是從表面故事有關賈元春情節的中，只能感受到她身為貴妃的極度高貴榮寵，感受不到她有「悲險之至」的處境，然而從以上吳應熊被捕殺的處境來看，「悲險之至」這四字實在評得真切。

(15) 第五支〔分骨肉〕曲文：這是描寫金陵十二正釵的第四支曲子，對應前面金陵十二正釵簿冊的第三幅圖畫與判詞，是描寫賈探春遠嫁海疆他鄉的命運結局的。分骨肉，這三字是這支曲子的曲牌名，同時也標示這個女子賈探春之命運的主要特色是「分骨肉」，與骨肉親人分離而遠嫁他鄉。「一帆風雨路三千，把骨肉家園齊來拋閃」，這兩句是暗寫賈探春坐船一路風風雨雨地嫁到三千里外的他鄉，把骨肉親人及故鄉家園一齊拋棄閃避掉，這與前面命運簿冊圖畫所畫「一片大海，一隻大船，船中有一女子掩面泣涕之狀」，及判詞「清明涕送江邊望，千里東風一夢遙」遙相呼應，同樣是描寫探春遠嫁遙遠海疆而與骨肉親人分離，至於「三千」或「千里」都是泛指距離遙遠，不是指確定的距離。後面「告爹娘」的那一串話，則對應不到書中有關探春的具體故事情節。

在內層真事上，這支曲子所描寫的女子賈探春，實際上是影射鄭成功，這支曲子是暗寫他離開廈門、金門、閩南等故鄉根據地，渡海遠赴台灣不回的事跡。「一帆風雨路三千，把骨肉家園齊來拋閃」，這兩句是暗寫賈探春所影射的鄭成功，率領舟師冒著風雨東渡千里之外的台灣孤島，把投降滿清的親人骨肉父親鄭芝龍與弟弟們，及閩南、金廈等故國家園，一齊拋棄閃避掉。後面「告爹娘」的那一串話，則是以暗筆模擬鄭成功告別父親鄭芝龍的情形說：「唯恐爹娘受不了兒子離去而哭壞已殘餘晚年的身體，敬告爹娘：『休要把兒子懸心掛念著，自古以來窮困或亨通都有定數（按鄭芝龍認為降清則前途亨通，反清復明則將前途窮困），分離聚合豈會沒有一定的因緣？從今我們各分兩地（按指鄭芝龍降清居大陸，鄭成功反清復明居台灣），各自保平安，我要離去了，彼此立場不同，切莫互相牽連。』」

(16)第六支〔樂中悲〕曲文：這是描寫金陵十二正釵的第五支曲子，對應前面金陵十二正釵簿冊的第四幅圖畫與判詞，是描寫史湘雲的身世和不幸結局的。樂中悲，這三字是這支曲子的曲牌名，同時也標示這個女子史湘雲之命運的主要特色是「樂中悲」，在歡樂之中生出悲哀來。這支曲子中「雲散高唐，水涸湘江」兩句中的「雲」、「湘」二字，暗點史湘雲的名字「湘雲」。襁褓，喻指嬰兒、幼兒。綺羅，綺為繡有花紋的絲織品，羅為質地輕軟稀疏的絲織品，綺和羅都很貴，古時只有富貴人家婦女才穿得起，故常以綺羅喻指富貴婦女。綺羅叢，富貴婦女群，喻指富貴家庭。「襁褓中父母嘆雙亡。縱居那綺羅叢，誰知嬌養」，這三句是描寫史湘雲剛在嬰兒時期父母就很可嘆地雙雙死亡，所以她縱然身居那身穿綺羅華麗衣服的富貴家庭史家，誰知道來愛護嬌養她（按她自幼寄養在叔嬸家，被當作丫頭使喚，很苦命），這三句和前面圖畫判詞的前二句「富貴又何為，襁褓之間父母違」，意思類同。縈迴繞，縈繞迴思。「幸生來英豪闊氣寬宏量，從未將兒女私情略縈心上」，這兩句是說幸而史湘雲生來天性英豪闊氣，肚量寬宏，從未將兒女私情（包括與寶玉的愛情）略微縈迴掛念在心上，所以仍能坦蕩豪邁過日子。霽月，雨過天晴的明月。光風，「《楚辭・招魂》：『光風轉蕙』。王逸注：『光風，謂雨已（止）日出而風，草木有光也。』⑬」玉堂，用玉為材料所建造成的堂屋。好一似霽月光風耀玉堂，就好像雨過天晴的明月或陽光帶清風輝耀在白玉所造堂屋之上一樣，明朗爽淨極了，這是比喻史湘雲心胸極為光明磊落。厮配，相配。才貌仙郎，才華相貌出眾如神仙的男子、郎君。地久天長，比喻夫妻長長久久，白頭偕老。準折，折換、折算、抵償。「厮配得才貌仙郎，博得個地久天長，準折得幼年時坎坷形狀」，這是描寫史湘雲由於天性英豪闊氣、肚量寬宏，心胸光明磊落，所以就相配到一個才華相貌出眾如神仙的郎君，心裡盼望博得個夫妻如天地般長久，這樣就抵償得過幼年時父母雙亡，寄養叔嬸家的坎坷苦命情狀了；按書中確實寫出史湘雲嫁了一個才貌雙全的丈夫，但並未寫出其姓名和家世。高唐，「台館名，在楚國雲夢澤中。《文選》宋玉《高唐賦》，寫楚王與巫山神女幽會於雲夢高唐館事。⑭」因此後世遂用「高唐」一詞來表示男女好合的意思。雲散高唐，比喻男女好合的感情好像雲散去一般地消散掉，寓指史湘雲丈夫的重病而亡。「終久是雲散高唐，水涸湘江」，這兩句是描寫史湘雲雖嫁了個才貌雙全的郎君，但終久是夫妻好合的景況像雲散去般地離散，又像湘江的水乾涸了一般地乾枯掉，因為書中描寫後來她的夫婿得了癆病，拖了四、五年死了，她便立志守寡。塵寰，塵世，人世間。消長，勢消勢長的盛衰興亡。數，注定的運數。

在內層真事上，這支曲子所描寫的女子史湘雲，實際上是影射李自成農民軍大順王朝，或其農民軍餘部勢力。襁褓中父母嘆雙亡，這是寓指李自成的大順王朝剛建立初期，就很可嘆地既喪失如父親般的北京，又喪失如母親般的老巢西安。「縱居那綺羅叢，誰知嬌養」，這兩句是暗寫李自成王朝既失北京、西安之後，軍隊一路狼狽南逃，縱然身居帝王將相的富貴地位，逃命都來不及，還有誰知道嬌養享樂呢？「幸生來英豪闊氣寬宏量，從未將兒女私情略縈心上，好一似霽月光風耀玉堂」，這三句是暗寫幸好李自成農民軍天生具有英豪粗闊的作風氣度，從未將漢人間互相競爭誰當皇帝的兒女私情，略微縈迴掛意在心上，既失天下就臣服在南方朱明王朝底下，以謀共同抵抗滿清，心地好似雨過天晴的明月或陽光清風，輝耀在白玉所造堂屋之上，那樣光明磊落極了。才貌仙郎，寓指南明隆武王朝。「廝配得才貌仙郎，博得個地久天長，準折得幼年時坎坷形狀」，這是暗寫史湘雲所代表的李自成農民軍餘部諸部將，在李自成死後，不計較漢人誰當皇帝的兒女私情，願意臣服於朱明王朝，所以相配到南明隆武王朝，好像配到才貌雙全的好郎君，兩相結合抗清，原指望能打敗滿清，博得個漢族王朝能天長地久，這樣他們在南明王朝仍然能夠維持高爵厚祿，就抵償得過李自成剛建立王朝初期便連失猶如父母的北京、西安，而到處逃竄的苦命情狀。「終久是雲散高唐，水涸湘江」，這裡高唐指楚王與巫山神女幽會於高唐館的雲夢大澤、洞庭湖一帶；這兩句是描寫雖然李自成農民軍餘部相配得南明隆武王朝這樣極佳的對象，相結抗清，但時間一久，也抵抗不過滿清的攻擊，李自成農民軍餘部一部份在楚王與巫山神女幽會之高唐館的雲夢大澤、洞庭湖一帶，像飛雲一般地散滅，一部份在湖南湘江一帶，就像湘江的水乾涸了一般地乾枯敗滅了。「這是塵寰中消長數應當，何必枉悲傷」，這是作者對於李自成農民軍餘部終久都散亡敗滅，作下歷史評論說：「這是漢人世間王朝勢力消長興亡的應當有運數，妳史湘雲所代表的李自成王朝或其餘部，何必枉然地空自悲傷呢！因為當初不就是你們農民軍擊滅明朝北京王朝，重創明朝，才導致後來你李自成王朝、隆武王朝被滿清擊滅嗎？」

針對「襁褓中父母嘆雙亡」，〔甲戌本夾批〕評注說：「意真辭切，過來人見之不免失聲。」這是鄭重提示史湘雲父母雙亡是「意真辭切」的世間真事，而不是虛擬的小說情節，所以凡親身經歷過這個事件的過來人，見到這句話不免痛哭失聲。

對於此曲曲文〔甲戌本眉批〕評注說：「悲壯之極，北曲中不能多得。」北曲，寓指北方勢力。這是提示這支曲子是描寫「悲壯之極」的國家社會大事，而不是寫軟綿綿的兒女愛情故事；這樣「悲壯之極」的事跡是北方勢力中不能多得的，因為滿清既攻佔北京建朝，中原北方勢力絕大多數都投降了滿清，如吳三桂就是最顯著的例子，像李自成農民軍餘部不趨附新興的滿清王朝，求取高官厚祿，反而投入勢力已式微的南明王朝，艱苦備嘗地抗清，實在是不可多得。

(17) 第七支〔世難容〕曲文：這是描寫金陵十二正釵的第六支曲子，對應前面金陵十二正釵簿冊的第五幅圖畫與判詞，是描寫妙玉的心性和不幸結局的。世難容，這三字是這支曲子的曲牌名，同時也標示這個女子妙玉之命運的主要特色是「世難容」，難為世俗所容納。馥，香氣濃厚。比仙，可與神仙相比。「氣質美如蘭，才華馥比仙」，這兩句是讚譽妙玉氣質優美如芬芳的幽蘭，才華出眾有香名可比神仙。罕，納罕，感覺稀罕、驚異。啖，音旦，吃。腥，腥味。羶，音山，羊肉的腥臊氣。「你道是，啖肉食腥羶，視綺羅俗厭」，這三句是以第三者語氣描寫說：「妳說是，吃肉就好比食用有腥味羶氣的東西，看那華貴的綺羅很庸俗可厭。」太高，太過清高。過潔，過份潔淨。「卻不知，太高人愈妒，過潔世同嫌」，這三句是以第三者語氣評論說：「妳卻不知，太過清高人家愈會嫉妒，過份潔淨會惹得世人共同嫌棄。」青燈，指寺廟佛前青熒的海燈。古殿，古老廟宇的古舊殿堂。紅粉，紅色的胭脂和白色的香粉，兩者為古時婦女的最基本化妝品，故紅粉常用來代指貌美的女子、年輕的女子。朱樓，朱紅色的樓閣，指富貴女子的繡樓。闌，盡。春色闌，春天景色將盡，比喻女子的青春將逝去。「可嘆這青燈古殿人將老，辜負了紅粉朱樓春色闌」，這三句是感嘆說：「真是可嘆啊，在這青燈古殿裡持齋修行的美人兒妙玉就將老去，辜負了在朱紅繡樓塗紅抹粉的青春秀色就要完盡。」風塵，風及捲起的灰塵，比喻人世間的紛擾污濁，或烟花娼妓生涯。骯髒，污穢不潔；或「讀如亢臧，又作抗髒，不屈不阿的意思。文天祥《得兒女消息詩》：『骯髒到頭方是漢，娉娉更欲向何人？』一說『風塵』猶云烟花，舊指娼妓的生活；骯髒作齷齪不潔解。⑮」到頭來依舊是風塵骯髒違心願，這一句是描寫妙玉到頭來依舊是在污濁的塵世中掙扎打混，而染得骯髒不潔，違背了當初所抱持清高潔淨的心願；這主要是因為妙玉最後結局是被一夥強盜侵入用悶香熏麻，被抱起輕薄了一會子，並劫持到南海去；又這一句與前面圖畫判詞「欲潔何曾潔，云空未必空」的意義大致相同。王孫，王的孫子。公子，古代稱諸侯的兒子為公子。王孫公子，指王侯貴族的子孫，這裡是指賈寶玉。「好一似無瑕白玉遭泥陷，又何須王孫公子嘆無緣」，這兩句是歸結評論說：「妙玉的遭遇就好像是一塊毫無瑕疵的潔白美玉陷落到泥淖中的情況，那王孫公子的賈寶玉又何須慨嘆與她沒有情緣呢！」按第一百十三回描寫寶玉得知妙玉被劫持的消息後，「寶玉聽得十分納悶，想來必是被強徒搶去，這個人必不肯受，一定不屈而死。但是無下落，心下甚不放心，每日長嘘短嘆。還說：『這樣一個人自稱為檻外人，怎麼遭此結局！』又想到：『⋯我想他一塵不染是保得住的了，豈知風波頓起，比林妹妹死的更奇！』」後來「想到《莊子》上的話，虛無縹緲，人生在世，難免風流雲散，不禁的大哭起來。」又「好一似無瑕白玉遭泥陷」這句，和前面妙玉的圖畫「一塊美玉，落在泥垢之中」，及判詞「可憐金玉質，終陷淖泥中」，前後呼應相通，詞異而義同。

在內層真事上，這支曲子所描寫的女子妙玉，實際上是影射明崇禎帝死後，理應繼承明朝天子帝位的崇禎太子朱慈烺，或眾多反清勢力名義上所尊奉的朱三太子（吳三桂也是擁三太子而起兵反清）。「氣質美如蘭，才華馥比仙」，這兩句是讚譽妙玉所代表的崇禎太子朱慈烺，因為身分是繼承天下帝位的朱明嫡系太子，所以氣質優美如芬芳的蘭草，才華出眾芳香可比神仙。「你道是，啖肉食腥膻，視綺羅俗厭」，這裡的啖肉即食肉當官的意思，腥膻是牛羊肉腥膻氣味，暗寓以牧牛羊游牧民族出身的滿清王朝，食腥膻暗寓在滿清朝廷食肉當官，這三句是暗寫由於崇禎太子認為只有他才是天下帝位的繼承人，所以不但清朝是偽朝，即使是朱明宗室旁系的南京弘光、紹興魯王、福州隆武、廣東肇慶永曆等南明王朝，也都是偽朝，明朝故臣不應擁護他們，而在那些南明朝廷食肉當官，所以作者以小說筆法暗寫其觀點說：「你說是，在弘光等南明朝廷當官食肉，就等同在腥膻的滿清朝廷當官食肉一樣，看那當官富貴者所穿的華貴綺羅很庸俗可厭。」「却不知，太高人愈妬，過潔世同嫌」，這三句是對於當時明朝北京王朝驟然滅亡，南方明朝故臣一時找不到崇禎太子下落，在慌亂中只得先擁護旁系的南京弘光朝廷，後來崇禎太子才南下，在已有弘光南明朝廷的情況下，崇禎太子再堅持只有他才是純正崇禎嫡系血統，才是南方朱明王朝的唯一繼承人，其他都是偽朝，未免太過高潔，與世俗格格不入的情況，以小說筆法評論說：「你却不知道你這樣堅持崇禎純正嫡系血統才能稱帝立朝，實在太過高潔，太過清高人家（指弘光帝等）愈會嫉妒，過份潔淨會惹得世人（指弘光等南明朝廷的群臣）共同嫌棄。」「可嘆這青燈古殿人將老，辜負了紅粉朱樓春色闌」，青燈古殿指朱明老王朝，紅粉朱樓也是暗點朱明王朝，這三句是對於漢人志士們擁護朱三太子反清復明，一再失敗，明朝氣數將盡的情況，感嘆說：「真是可嘆啊，在這青燈古殿的朱明老王朝古殿堂，大家擁護你朱三太子反清復明一再失敗，連你太子人也將老了；真是辜負了這如塗紅抹粉朱紅繡樓的朱明王朝的青春秀色，復活的生機就要完盡了。」「好一似無瑕白玉遭泥陷，又何須王孫公子嘆無緣」，這裡王孫公子指寶玉，而寶玉影射天下皇帝大寶位，這兩句是對於崇禎太子朱慈烺或反清勢力所尊奉的朱三太子，原是繼承皇帝的最純正嫡系血統，後來卻陷入被清朝及南明王朝追捕，最後被海盜劫持往南海的下場，以及大家擁護朱三太子反清復明，始終未能使他登上寶玉所影射的天下皇帝寶位的情況，綜合歸結評論說：「妙玉所影射的崇禎太子朱慈烺或反清勢力所尊奉的朱三太子的不幸遭遇，就好像是一塊毫無瑕疵的潔白美玉陷落到泥淖中的情況一樣；大家又何須慨嘆他與王孫公子賈寶玉所代表的天下皇帝寶位始終沒有緣份呢！」

針對「氣質美如蘭」，〔甲戌本夾批〕評注說：「妙卿實當得起。」蓋妙玉實係影射最有資格繼承天下皇帝寶位的崇禎太子朱慈烺，當然「實當得起」「氣質美如蘭」的讚譽。

針對「你道是，啖肉食腥羶，視綺羅俗厭」，〔甲戌本夾批〕評注說：「絕妙，曲文填詞中不能多見。」這是批書人藉著評論這三句是一般「曲文填詞中不能多見」的「絕妙」詞句，以提示讀者應好好深入追查，以品味這三句究竟「絕妙」在那裏。

(18)第八支〔喜冤家〕曲文：這是描寫金陵十二正釵的第七支曲子，對應前面金陵十二正釵簿冊的第六幅圖畫與判詞，是描寫賈迎春的不幸婚姻結局的。喜冤家，這三字是這支曲子的曲牌名，同時也標示這個女子賈迎春之命運的主要特色是「喜冤家」，她結婚的對象是個歡喜冤家，蓋結婚是人生的大喜事，但對象若猶如報冤的仇家，則這種情況稱為（歡）喜冤家。中山狼，宋．謝良作〈中山狼傳〉所記中山國的狼，比喻忘恩負義、恩將仇報的人，喻指迎春的丈夫孫紹祖。「中山狼，無情獸，全不念當日根由」，這兩句是描寫迎春所嫁的丈夫孫紹祖是恩將仇報的人，忘卻恩情的無情野獸，完全不惦念孫家的發跡是根源於當日其祖上託庇在賈府權勢之下，才得以擺脫困境這個根由。搆，搆陷，設計陷害。一味的驕奢淫蕩貪還搆，這句是描寫孫紹祖驕縱奢侈，淫蕩好色，貪求無厭，還善於設計陷害迎春。覷，音去，看。侯門艷質，出身侯門而本質艷麗的美女，指賈迎春。蒲柳，水楊，易生易凋，常用於比喻本性低賤的人或物。「覷着那侯門艷質同蒲柳，作踐的公府千金似下流」，這兩句是描寫孫紹祖把本質艷麗的侯門美女迎春視同蒲柳一般低賤，凌辱作踐得公府千金迎春好似奴婢一般下流。以上幾句所描寫孫紹祖的情況，就是前面迎春圖畫判詞「子係中山狼，得志便猖狂」的更加具體詳細的描繪。蕩悠悠，飄蕩悠忽的樣子，這裡是喻指死亡。「嘆芳魂艷魄，一載蕩悠悠」，這兩句是慨嘆迎春的芳魂艷魄，結婚一年餘就飄蕩悠忽地離開驅體而逝去。最後這兩句與前面圖畫判詞「金閨花柳質，一載赴黃粱」的意義類同。

在內層真事上，這支曲子所描寫的女子賈迎春，實際上是影射南京弘光王朝、弘光帝或王朝內史可法等東林黨群臣，其夫婿孫紹祖則是影射以馬士英為主的閹黨群臣，整支曲子則是暗寫南京弘光王朝在馬士英為主的閹黨，欺凌弘光帝軟弱並凌虐破害東林黨群臣之下，一年餘王朝就滅亡的事跡。詳細的情形請參閱前面有關迎春圖畫判詞的破解文字。

在此曲文末〔甲戌本特批〕等評注說：「題只十二釵，却無人不有，無事不備。」這裡是批書人根據這支曲子題目雖是描寫賈迎春，內容卻側重描寫其夫婿孫紹祖的情況，藉機提示全體金陵十二釵紅樓夢十二支曲的內容結構特色，就是「題目雖只是金陵十二釵十二人，實際上其曲文所描述涉及的範圍却是無人不有，無事不備。」所以讀者千萬不可以為某一支曲子只是描寫十二釵的某一個女子，實際上每支曲子都描述很多人、很多事，譬如這裡〔喜冤家〕這支曲文，題目是描寫十二釵中的賈迎春，實際上又描寫其夫婿孫紹祖，更重要的是賈迎春、孫紹祖並不只是單獨的影射一個人，而是影射一大群人，如賈迎春實際上是影射南京弘光王朝、弘光帝或王朝內東林黨群臣，孫紹祖則是影射以馬士英為主的閹黨群臣。這一則脂批的提示是解讀金陵十二釵紅樓夢曲十二支的關鍵秘訣。

(19) 第九支〔虛花悟〕曲文：這是描寫金陵十二正釵的第八支曲子，對應前面金陵十二正釵簿冊的第七幅圖畫與判詞，是描寫賈惜春看破世情皈依佛門修行的命運結局的。虛花悟，就是悟虛花，領悟到榮華富貴猶如虛幻的花那樣不實在，虛花悟和鏡中花意義相同。虛花悟，這三字是這支曲子的曲牌名，同時也標示這個女子賈惜春之命運的主要特色是「虛花悟」，領悟到賈家的榮華富貴是虛幻不實的，因而遁入空門清修。三春，春季的第三個月，也就是三月。桃紅柳綠，桃花紅楊柳綠，代表春天草木茂盛，葉綠花紅的繁榮景象，比喻人生的榮華富貴。韶華，美好春光、時光，比喻青春年華。天和，自然界天然的和氣，也就是元氣，

《莊子・知北遊》：「被衣（按係人名）曰：『若正汝形，一汝視，天和將至。』」意思是說你若將你的形體坐正，將你的視線專一凝視一個定點，好好正身凝視打坐，體靜神凝，則你的身體裡雜氣就會沉澱，而你身體本來就具有的先天和氣或元氣就會到來，而周流全身。覓天和，就是尋覓打坐修道養性的意思。「將那三春看破，桃紅柳綠待如何？把這韶華打滅，覓那清淡天和」，這四句是描寫「惜春把那猶如暮春三月繁花盛極將殘的賈家榮華富貴看破，體悟到猶如春天桃花紅楊柳綠的賈家榮華盛況最後又能如何？於是把她青春年華的好時光打消，而去尋覓那使得其內心平和的打坐養性的清淡修行生涯」；這和前面圖畫判詞的頭兩句「勘破三春景不長，緇衣頓改昔年粧」，意義很類同。夭桃，桃子美好豐盛的樣子，語本《詩經・周南・桃夭》：「桃之夭夭，灼灼其華」，夭夭為美艷茂盛的樣子。杏蕊，杏花的花蕊，亦即杏花。「天上夭桃盛，雲中杏蕊多」，唐代高蟾〈下第後上永崇高侍郎〉詩：「天上碧桃和露種，日邊紅杏依雲栽」⑯，以天、日喻稱皇帝，以露、雨（雲）比喻君恩俸祿，而以「天上碧桃」、「日邊紅杏」喻稱皇帝身邊的朝中顯貴大臣，「和露種」、「依雲栽」比喻爵祿甚高、深受皇帝栽培寵信；原文這兩句就是從以上高蟾的詩句衍化出來，故天上夭桃、雲中杏蕊均比喻顯貴騰達的意思。「說什麼天上夭桃盛，雲中杏蕊多。到頭來誰見把秋捱過」，這三句是進一步具體描寫惜春預見賈家的顯貴騰達捱不過秋天的大劫難，說道：「說什麼賈家在朝中的高爵厚祿猶如天上仙桃美艷茂盛，又如雲中紅杏盛多。到頭來有誰能把秋天肅殺的劫難度過」；但是事實上賈家並沒有度不過的秋季大劫難，可見這幾句在表面故事是說不通的，只有在內層真事上才說得通。則看，只見。白楊村，古時人們多在墓地種白楊木，故常以白楊暗喻墳墓，這裡白楊村則是暗喻眾多墳墓聚集的墳場。嗚咽，嗚是發出嗚嗚的聲音，咽是哽咽，嗚咽就是哭泣得哽咽並發出嗚嗚的聲音。青楓林，「李白遭流放，杜甫疑其已死，作《夢李白》詩，說：『魂來楓林青，魂返關塞黑。』這裡青楓林是借用，意同『白楊村』。⑰」鬼吟哦，「鬼魂吟誦詩句。語出李賀〈秋來〉詩：『秋來鬼唱鮑家（按指鮑照）詩，恨血千年土中碧。』⑱」「則看那白楊村裡人嗚咽，青楓林下鬼吟哦。更兼着連天衰草遮墳墓」，這三句是再進一步具體描寫惜春所預見賈家最後將遭逢死亡累累大災禍的景象，說道：「只見那遍植白楊木的墓場裡有人嗚嗚哭泣著，那青楓林下鬼魂吟唱著悲嘆的詩句。再加上，衰草連天遮蔽住無數墳墓」；這在表面故事上是嚴重不符合的。的是，的確是，真是。花折磨，花受到環境季節冷熱變化而榮發枯謝的折磨，比喻女子遭受環境命運的折磨。生關死劫，佛教認為生、死都是大苦難，出生時稍有差錯就會夭折，是個生命的重要關頭，死時可能遭遇種種不可測的痛苦，更是大劫難，所以說生是關口，死是劫難。「這的是昨貧今富人勞碌，春榮秋謝花折磨。似這般生關死劫誰能躲」，這三句是描寫惜春預見賈家將經歷一個春榮秋謝的由盛轉衰的不可避免命運，說道：「這真是昨貧今富使人奔波勞碌，就好像是花兒春榮秋謝受折磨的一段春盛秋衰的命運。像這樣攸關生死的關口劫難誰能躲得過」；這在表面故事上是嚴重不通的，因為書中並沒有賈賈家春盛秋衰的情節。西方寶樹，古時中國所稱的西方多是指印度，寶樹為寶貴的樹，指釋迦牟尼在其下涅槃圓寂，獲得永生成佛境界的樹。喚，叫做。喚婆娑，意思是那棵寶樹名叫做婆娑；不過釋迦牟尼在其下涅槃成佛的寶樹叫做「婆羅」，而不叫「婆娑」；「我國傳說中婆娑樹是有的，與西方佛教無關，也不結什麼果。樂史《太平寰宇記》：『日月石在夔州東鄉，西北岸壁間懸二石，右類日，左類月，月中空隙有娑娑樹一枝。』人有疑『娑娑』二字為作者一時誤寫，其實不誤。它（按指娑娑）作為皈依佛門的象徵至少在清代是人所周知的。如愛新覺羅・晉昌《題阿那尊像冊十二絕》之二『手執金台妙入神，娑娑樹底認前因』，即是（見文雷《紅樓夢卷外編》，遼寧一師《〈紅樓夢〉研究資料選集》第三集第一七四頁）。⑲」長生果，是傳說中一種吃了可以使人延壽長生的果實，《西遊記》第二十四回說：「人參果乃是草還丹，人喫了極能延壽」，又說：「這寶貝（按即人參果），三千年一開花，三千年一結果，再三千年方得成熟。短頭一萬年，只結得三十個。有緣的，聞一聞，就活三百六十歲；喫一個就活四萬七千年。」長生果就是類似人參果，使人吃了可以長生的果實，這裡則又喻指修行有成果，獲致成佛長生的成果。「聞說道西方寶樹喚婆娑，上結着長生果」，這兩句是歸結描寫惜春最後選擇皈依佛門修行的決定，說道：「聽人說，西方印度有一種寶樹名叫做婆娑，上面結著長生果，如果認真修行就可以成佛長生，好像吃了長生果一樣」；這和前面圖畫判詞的後兩句「可憐綉戶侯門女，獨臥青燈古佛旁」，實質意義相同。

在內層真事上，這支曲子所描寫的女子賈惜春，實際上是影射吳三桂的愛妾陳圓圓，整支曲子則是暗寫陳圓圓預見吳三桂於三月間登基稱帝建立大周王朝的好景不長，因而決定遁入佛門修行的事跡。將那三春看破，這句是暗寫陳圓圓將康熙十七年春三月吳三桂登基稱帝建立大周王朝的盛景看破。桃紅柳綠，喻指大周王朝成立，吳三桂登上皇帝寶位及群臣加官晉爵的榮華盛況。「把這韶華打滅，覓那清淡天和」，這兩句是描寫陳圓圓決定把青春年華的好時光打消，而去尋覓那使得其內心平和的打坐養性的清淡修行生涯。「說什麼天上夭桃盛，雲中杏蕊多」，這兩句是喻寫說：「說什麼吳三桂登上天子帝位後，擁護他的朝中顯貴大臣艷盛繁多，猶如天上仙桃美艷茂盛，又如雲中紅杏盛多一般」。到頭來誰見把秋捱過，這一句的「秋」字是暗點吳三桂於康熙十七年秋季八月十八日（或說十七日）病亡的時間點，此後大周王朝就兵敗如山倒，節節敗退至雲南而滅亡，這句就是預示「大周王朝到頭來沒有誰能把秋天吳三桂病亡大敗的劫難度過」。「則看那白楊村裡人嗚咽，青楓林下鬼吟哦。更兼着連天衰草遮墳墓」，這三句是進一步鋪述大周王朝大潰敗，死亡累累，哀鴻遍野的慘狀。春榮秋謝花折磨，春榮喻指康熙十七年春三月大周王朝建立時，吳三桂登基稱帝及群臣加官晉爵的榮華盛況；秋謝喻指康熙十七年秋季八月吳三桂病亡，及其後大周王朝大潰敗的蕭條景象；花折磨則是比喻大周王朝春榮秋謝，好比花兒受到氣候冷熱變化的折磨而春榮秋謝一樣。「似這般生關死劫誰能躲？聞說道西方寶樹喚婆娑，上結着長生果」，這三句是暗寫陳圓圓預見大周王朝躲不過以上這樣攸關生死的關口劫難，所以決定遁入佛門，隱藏起來修行，以期修成正果而成佛長生。

針對末句「上結着長生果」，〔甲戌本特批〕評注說：「末句，開句，收句。」這是評注「上結着長生果」這一句雖是這支曲子的「末句」，但也是貫通開頭的句子，因為曲牌名「虛花悟」及開頭第三、四句「把這韶華打滅，覓那清淡天和」，都有出家修行的意義；又是起到歸結前因、收取後果之效果的收尾句子。

◈真相破譯：

寶玉吳三桂因而又繼續看下面的歷史稿本，寫道：

第四支〔恨無常〕：（這個曲牌名稱標示這支曲子歌詞所唱述的是，賈元春所影射的吳三桂長子吳應熊，怨恨突然遭遇到父親吳三桂叛清，而被康熙拘捕處死的無常變化命運。）

賈元春所影射的吳應熊正在歡喜他身為駙馬、親王的榮華富貴生涯真正好，好怨恨他父親吳三桂反清的無常變化卻又來到了。眼睜睜地把吳三桂想盡方法要接應他逃出北京，及眼前的榮華富貴等萬種事全都拋棄，只是搖蕩飄忽不定地憂思無所作為，因而導致被拘禁在空空蕩蕩的獄中消耗掉芳魂生命（按吳應熊於康熙十二年底被拘禁，至十三年四月十三日被康熙下令處死）。遙望家鄉雲南的路途遙遠山又高，無法逃出北京回家，所以只有在夢裏追尋著向爹娘相告說：「兒子的命已歸入黃泉陰間了，您們想要和兒子天倫相聚啊，當初就該聽我的勸告，須要退步抽身得早，順從撤藩而不要叛變反清啊！」

第五支〔分骨肉〕：（這個曲牌名稱標示這支曲子歌詞所唱述的是，賈探春所影射的鄭成功與骨肉親人分離，從廈門、金門率軍遠赴台灣而不回的事跡。）

賈探春所影射的鄭成功，率領舟師冒著風雨東渡三千里之外的台灣島，把投降滿清的父親鄭芝龍與弟弟們等親人骨肉，及閩南、金廈等故國家園，一齊拋棄閃避掉。唯恐爹娘哭壞已殘餘晚年的身體，敬告爹娘：「休要把兒子懸心掛念著，自古以來命運窮困或亨通都有定數（按鄭芝龍認為降清則前途亨通，反清復明則將前途窮困），分離聚合豈會沒有一定的因緣？從今以後我們各分兩地（按指鄭芝龍降清居大陸，鄭成功反清復明居台灣），各自保平安，我要離去了，彼此立場不同，切莫互相牽連。」

第六支〔樂中悲〕：（這個曲牌名稱標示這支曲子歌詞所唱述的是，史湘雲所影射的李自成大順王朝，在建立王朝的歡樂中，兼含著快速敗逃散亡的悲哀命運。）

史湘雲所影射的李自成大順王朝，在王朝剛建立猶如襁褓的初期，就很可嘆地接連戰敗而喪失兩個都城北京和西安，猶如父母雙亡一樣。此後軍隊一路狼狽南逃，縱然都是身居綺羅叢中的帝王將相富貴地位，但逃命都來不及，還有誰知道嬌養享樂呢？幸好他們天生具有英豪粗闊的寬宏氣度，從未將漢人間互爭誰當皇帝的兒女私情，略微縈迴掛意在心上，既失天下就臣服在南方朱明王朝底下，以謀共同抵抗滿清，心地好似雨過天晴的明月（霽月）或陽光清風（光風），輝耀在白玉所造堂屋（玉堂）之上，那樣光明磊落極了。所以李自成農民軍餘部諸部將（在李自成死後），就歸降而相配到南明隆武王朝那樣才貌雙全似神仙般的好郎君（才貌仙郎），兩相結合抗清，原指望能打敗滿清，博得個漢族王朝能天長地久，這樣他們仍然能夠維持高爵厚祿，就抵償得過李自成王朝剛建立初期（幼年時）便連連戰敗逃竄的苦命情狀。但是時間一久，也抵抗不過滿清的攻擊，終究是或者在楚王與巫山神女幽會之高唐館的雲夢大澤、洞庭湖一帶，像飛雲一般地散亡（雲散高唐），或者在湖南湘江流域一帶，就像湘江的水乾涸了一般地乾枯敗滅了（水涸湘江）。這說起來是漢人世間王朝勢力消長因果報應的應當有運數，你史湘雲所代表的李自成王朝或其餘部，何必枉然地空自悲傷呢（因為就是當初李自成軍擊滅明朝北京王朝種下的因，才產生後來李自成王朝、隆武王朝都被滿清擊滅的果）！

第七支〔世難容〕：（這個曲牌名稱標示這支曲子歌詞所唱述的是，妙玉所影射的崇禎太子朱慈烺，或眾多反清勢力名義上所尊奉的朱三太子，其性行過份高潔，難為世人、世俗所容納的悲哀命運。）

妙玉所影射的崇禎太子朱慈烺，為繼承天下帝位的朱明嫡系太子，其氣質優美如芬芳的蘭草，才華出眾芳香可比神仙。天生成孤高偏僻的個性讓世人都覺得很納罕。你說是，在弘光等南明朝廷當官食肉，就等同在腥膻的滿清朝廷當官食肉一樣，看那當官富貴者所穿的華貴綺羅很庸俗可厭；卻不知你這樣堅持崇禎純正嫡系血統才能稱帝立朝，實在太過高潔，而太過清高人家（指弘光帝等）愈會嫉妒，過份潔淨會惹得世人（指弘光等南明朝廷的群臣）共同嫌棄。真是可嘆啊，在這猶如青燈古殿的朱明老王朝古殿堂，大家擁護你朱三太子反清復明一再失敗，連你三太子人也將老了；真是辜負了這如塗紅抹粉朱紅繡樓的朱明王朝的青春秀色，存活的生機就要完盡了。到了盡頭來，你崇禎太子或朱三太子依舊是被世變風塵沾染得骯髒不堪，被追殺囚禁，被劫往南海，違背了唯有你才能正位為天下皇帝的高潔心願。就好像是一塊毫無瑕疵的潔白美玉陷落到汙穢的泥淖中一樣；世人大家又何須慨嘆他與王孫公子賈寶玉所代表的天下皇帝寶位始終沒有緣份呢！

第八支〔喜冤家〕：（這個曲牌名稱標示這支曲子歌詞所唱述的是，賈迎春所影射的南明南京弘光王朝，與馬士英等閹黨的結合，就好像是歡喜冤家一樣，被恩將仇報地凌虐而亡的事跡。）

馬士英為主的閹黨，就好像一隻恩將仇報的中山狼般的無情野獸，完全不惦念當日明朝朝廷寬赦其大罪，並重新重用，才得以貴極人臣的這個根由（按馬士英任宣大巡撫時，因貽誤戎機而獲大罪，囚禁刑部詔獄，後來崇禎帝寬赦其大罪，而重新起用為兵部左侍郎，提督鳳陽，至弘光帝更重用為首輔大學士、兵部尚書）。一味地驕縱奢侈，淫蕩好權色，貪求無厭，還善於設計陷害忠良朝臣。把那本質如艷麗的侯門美女的弘光帝視同蒲柳一般低賤，凌辱作踐得那猶如公府千金的弘光朝廷大臣好似奴婢一般下流。可嘆那迎春所影射的弘光王朝的芳魂艷魄，一年餘就飄蕩悠忽地離散敗亡了。

第九支〔虛花悟〕：（這個曲牌名稱標示這支曲子歌詞所唱述的是，賈惜春所影射的陳圓圓領悟到吳三桂登基為大周皇帝的榮華富貴，猶如虛幻的花那樣不實在，而出家皈依佛門修行的命運結局。）

賈惜春所影射的陳圓圓將那春三月（康熙十七年）吳三桂登基稱帝建立大周王朝的盛景看破，疑慮猶如春天桃花紅楊柳綠的建朝稱帝，群臣加官晉爵的富貴榮華至極盛況，又能如何保得住？因而決定把她這如春光般的藩王愛妾的青春年華好時光打消，而去尋覓那能使得天性本心平和（天和）的打坐養性的清淡修行生涯。說什麼吳三桂登上天子帝位後，擁護他的朝中顯貴大臣艷盛得猶如天上仙桃美艷茂盛（夭桃盛），又如雲中很多紅杏（杏蕊多）一般。到頭來有誰見過大周王朝君臣有人能把秋天吳三桂病亡大潰敗的劫難度過？只看見那遍植白楊木的墓場（白楊村）裡有人嗚嗚哭泣著，而那青楓林下鬼魂吟唱著悲嘆的詩句（鬼吟哦）。再加上，衰草連天遮蔽住無數墳墓，最後落得大潰敗，死亡累累，哀鴻遍野的慘狀。這的確是從前官小貧窮，如今高升藩王、皇帝富貴發達，人反而勞碌著奔波打仗，春天登基稱帝而榮貴至極，秋天就如花朵凋謝般地病亡（按吳三桂於康熙十七年八月病亡），使得大周王朝大潰敗，好像百花受到惡劣天氣的折磨而凋零一樣。像這樣攸關生死的關口劫難誰能躲得過？聽人說，西方印度有一種寶樹名叫做婆娑（噢婆娑），上面結著長生果，如果認真修行就可以成佛長生，好像吃了長生果一樣，於是陳圓圓決定出家皈依源自西方的佛門，以求修得長生正果。

◈原文：

第十支〔聰明累〕

機關算盡太聰明，反算了卿卿性命。生前心已碎，死後性空靈。家富人寧，終有個家亡人散各奔騰。枉費了意懸懸半世心，好一似蕩悠悠三更夢。忽喇喇似大廈傾，昏慘慘似燈將盡。呀！一場歡喜忽悲辛。嘆人世終難定！(20)

第十一支〔留餘慶〕

留餘慶，留餘慶，忽遇恩人；幸娘親，幸娘親，積得陰功。勸人生濟困扶窮，休似俺那愛銀錢忘骨肉的狠舅奸兄！正是乘除加減，上有蒼穹。(21)

第十二支〔晚韶華〕

鏡裡恩情，更那堪夢裏功名！那美韶華去之何迅！再休提綉帳鴛衾。只這帶珠冠，披鳳襖，也抵不了無常性命。雖說是人生莫受老來貧，也須要陰騭積兒孫。氣昂昂頭帶簪纓，氣昂昂頭帶簪纓；光燦燦胸懸金印。威赫赫爵位高登，威赫赫爵位高登；昏慘慘黃泉路近。問古來將相可還存？也只是虛名兒與後人欽敬！(22)

第十三支〔好事終〕

畫梁春盡落香塵。擅風情，秉月貌，便是敗家的根本。箕裘頹墮皆從敬，家事消亡首罪寧。宿孽總因情。(23)

第十四支〔收尾‧飛鳥各投林〕

為官的家業凋零，富貴的金銀散盡。有恩的死裏逃生，無情的分明報應。欠命的命已還，欠淚的淚已盡。冤冤相報實非輕，分離聚合皆前定。欲知命短問前生，老來富貴也真僥倖。看破的遁入空門，癡迷的枉送了性命。好一似食盡鳥投林，落了片白茫茫大地真乾淨！(24)

◈脂批、注釋、解密：

(20) 第十支〔聰明累〕曲文：這是描寫金陵十二正釵的第九支曲子，對應前面金陵十二正釵簿冊的第八幅圖畫與判詞，是描寫王熙鳳聰明反被聰明誤而喪命的命運結局。聰明累，這三字是這支曲子的曲牌名，同時也標示這個女子王熙鳳之命運的主要特色是「聰明累」，被自己過份聰明算計所拖累而喪命。機關算盡，使盡心機謀劃算計，「黃庭堅《牧童詩》：『騎牛遠遠過前村，短笛橫吹隔壠聞。多少長安名利客，機關用盡不如君。』⑳」卿卿，夫妻、密友間的親暱稱呼，這裡用以稱呼王熙鳳，帶有嘲弄的意味。「機關算盡太聰明，反算了卿卿性命」，這兩句是概括描寫王熙鳳的命運說：「王熙鳳使盡心機謀劃算計，太過聰明，反而把她自己的性命給算計掉了」。死後性空靈，死後心性空自機靈，人既死再怎麼樣機靈也沒有用了。各奔騰，各自飛奔逃命找生路。「家富人寧，終有個家亡人散各奔騰」，這兩句是描寫王熙鳳在世時，她掌權當家的榮國府還能家富人寧，她死亡後，榮國府終將敗落到各自飛奔逃命找生路的結局。意懸懸，心意時刻懸念記掛著，放心不下。蕩悠悠，心意搖蕩飄忽不定，憂思猶豫不決的樣子。三更，一夜共有五更，七至九點為一更，十一至凌晨一點為三更，故三更本意是更深半夜時分；不過這裡是指三個變更的階段而言，也就是指前面圖畫判詞「一從二令三人木」的三個階段。三更夢，指王熙鳳人生經歷三個如夢幻般的變更階段，即「一從二令三人木」，其中「人木」隱「休」字，命休死亡的意思，第一階段是「（順）從」，第一階段是「（發）令」，最後是「人木（休）」而命休死亡，但這在表面故事上找不到適當的對應情節，只有在內層真事上才能切合。「枉費了意懸懸半世心，好一似蕩悠悠三更夢」，這兩句是描寫說：「枉費了她半輩子時刻記掛懸心地謀劃經營，就好像心意飄忽不定地經歷三階段變更的大夢一樣」。忽喇喇，建築物倒塌的響聲。「忽喇喇似大厦傾，昏慘慘似燈將盡」，這兩句是描寫說：「王熙鳳的生命及榮國府的敗落，一時之間忽喇喇地好像大厦傾倒下來，又落到昏慘慘好似將油盡燈滅的地步。」「一場歡喜忽悲辛。嘆人世終難定」，這兩句似乎是由於榮國府在王熙鳳掌權當家之下得以有一場榮華富貴的歡喜場面，但忽然間卻敗落而轉為悲慘，而感嘆人世間的事終究捉摸難定；但書中表面故事並沒有王熙鳳或榮國府「一場歡喜忽悲辛」的具體對應情節。

在內層真事上，這支曲子所描寫的女子王熙鳳，實際上是影射吳三桂，整支曲子則是暗寫吳三桂聰明反被聰明誤而喪命的悲慘命運。「機關算盡太聰明，反算了卿卿性命」，這兩句是概括描寫王熙鳳所代表的吳三桂用盡心機謀劃算計，聰明過了頭，反而算計掉了自己的性命。按吳三桂個性「沉鷙多謀」，每臨大事，一再反覆計算，因而常常打勝戰，但也因此常招來大禍，最後反把自己的性命算計掉了。例如山海關事件時他反覆計算，認為引清兵入關應可以趕走李自成出北京，搶回愛妾陳圓圓，又可與滿清隔黃河而治，恢復明朝半壁江山㉑，結果由於與李自成大戰，軍力耗損過甚，遂被滿清操控，淪為滿清滅亡祖國明朝的頭號劊子手，背負世人漢奸、賣國賊的罵名。再如清康熙帝要實施撤藩時，吳三桂自恃軍力強盛無比，且估計康熙只是未滿二十歲的青年，必不敢冒然撤他，所以就自作聰明上書稱老告病，自請撤藩養老，結果康熙順勢批准了他的請求，弄得他騎虎難下，而走上起兵反清的冒險之路。尤其嚴重的例子是吳三桂反清初期，由於滿清措手不及，及各地反清復明勢力群起響應，他大獲勝利，三、四個月之間就由雲南挺進到長江，部將們都建議他乘勝北上進搗中原，吳三桂卻按兵不動，在長江上飲酒作樂，原來他又自作聰明計算清廷這下子應該被自己的連戰大捷所嚇住，可以趁機向清廷要脅，所以他就秘密修書派人向康熙請求釋放被質押在北京的兒子吳應熊一家，並與清朝分長江而治，則他便可以擁有半壁江山，結果康熙不但不准，還迅速下令處死吳應熊，吳三桂得訊傷痛至極，而延誤軍機二、三個月，滿清軍隊已佈署完成，以後他從未能突破滿清的長江防線，最後終於潰亡，所以「機關算盡太聰明，反算了卿卿性命」這兩句話，實在是吳三桂悲慘命運的最佳寫照。「家富人寧，終有個家亡人散各奔騰」，這兩句是暗寫吳三桂當雲南藩王時家富人寧，到了起兵反清潰敗後，大周王朝終於落到家亡人散，各自飛奔逃命找生路的結局。好一似蕩悠悠三更夢，這句一方面是描寫吳三桂的藩王榮華富貴生涯就好像搖蕩飄忽不定的三更半夜一場大夢般地虛幻短暫，一方面是暗寫吳三桂的人生經歷了三個變更的階段，即「一從二令三人木」，也就是第一階段是投降清朝，聽命順從，而受封為雲南平西藩王；第二階段是被滿清撤藩，憤而起兵反清，建立大周王朝，自己發號施令；第三階段是最後反清失敗，其本人與王朝命休敗亡。「忽喇喇似大厦傾，昏慘慘似燈將盡」，這兩句是暗寫本來很壯盛的吳三桂大周王朝反清大聯盟，後來卻好像一棟大厦忽喇喇地傾倒下來，落到昏慘慘好似將油盡燈滅的地步。「一場歡喜忽悲辛。嘆人世終難定」，這兩句是作者站在漢族立場感嘆說：「一場以吳三桂為首的反清復漢運動，波瀾壯闊，眼看就要成就推翻滿清的歡喜場面，沒想到卻忽然間一敗塗地而轉為悲慘下場。真可嘆圖謀恢復漢人統治世界的事，終究是難於確定。」

針對「反算了卿卿性命」，〔甲戌本夾批〕等評注說：「警拔之句。」這是提示「反算了卿卿性命」這句話，是很拔俗特出的警惕語句，讀者應仔細深入體會其深意。

針對末尾「一場歡喜忽悲辛。嘆人世終難定」，〔甲戌本特批〕等評注說：「見得到。」這是提示原文這兩句話是確實「見得到」的歷史真事，而不是虛構無稽的小說言詞。

針對此曲全文，〔甲戌本眉批〕等評注說：「過來人睹此，寧不放聲一哭。」這是提示凡是經歷過這件事的過來人，看了這支曲子，那有人不放聲一哭的，也就是提示這是很多人都經歷過的歷史真事。

(21) 第十一支〔留餘慶〕曲文：這是描寫金陵十二正釵的第十支曲子，對應前面金陵十二正釵簿冊的第九幅圖畫與判詞，是描寫賈巧姐的命運結局的。留餘慶，這三字是這支曲子的曲牌名，同時也標示這個女子賈巧姐之命運的主要特色是「留餘慶」，由於前輩留下的善德，而獲得善報。留餘慶，意思是前人積善，而使後人獲得善報，語出《易經・坤卦》：「積善之家，必有餘慶」。恩人，指劉姥姥。忽遇恩人，指巧姐在鳳姐死後，遭逢其舅舅王仁及族兄賈芸設計要將她出賣給外藩郡王作偏房，忽遇劉姥姥來訪，將她救回自己的農莊而逃過一劫，又作媒使她嫁給農莊富紳，是對巧姐有雙重恩惠的人。娘親，即親娘、母親，指巧姐的母親鳳姐。陰功，即陰德，暗中施功德於人。「幸娘親，幸娘親，積得陰功」，這三句是描寫巧姐幸好有她母親鳳姐，從前曾濟助劉姥姥二十兩銀，而積得有陰德在。「留餘慶，留餘慶，忽遇恩人；幸娘親，幸娘親，積得陰功」，這幾句話的意義和前面圖畫判詞的後兩句「偶因濟劉氏，巧得遇恩人」，意義雷同。狠舅奸兄，狠舅指巧姐的舅舅王仁，奸兄指巧姐的族兄賈芸，因為這兩人為了獲得錢財，勾結起來要將巧姐出賣給外藩郡王作偏房，所以稱之為狠舅奸兄。乘除加減，本是計算數字的四種方法，這裡是用於比喻人生榮枯禍福的消長增損。蒼穹，即蒼天。「正是乘除加減，上有蒼穹」，這是對於巧姐由於母親鳳姐的陰德，而獲得劉姥姥營救並媒介幸福婚姻的善報，評論說：「這正是人生榮枯禍福的消長增損，上面自有蒼天在監視衡量，作乘除加減的調整安排，皆有定數。」

在內層真事上，這支曲子所描寫的女子賈巧姐，實際上是影射台灣延平王朝的末代主，鄭成功之孫鄭克塽，整支曲子則是暗諷鄭克塽受到劉國軒呵護降清，僥倖封公歸入八旗，做個樂不思蜀的阿斗，安享餘年的事跡。忽遇恩人，暗寫鄭克塽忽遇劉國軒阻止馮錫范等遷往外邦呂宋之議，並扭轉為投降清朝，致使他得以封漢軍公享餘福的恩惠。「幸娘親，幸娘親，積得陰功」，這三句是暗寫鄭克塽幸好有她祖父鄭成功、父親鄭經救助、重用過劉國軒，積有陰德。狠舅奸兄，可能是暗指計議要將鄭克塽王朝遷往外邦呂宋的鄭克塽岳父馮錫范，及年齡、輩份等同鄭克塽兄輩的鎮將黃良驥、洪邦柱等。

(22)

第十二支〔晚韶華〕曲文：這是描寫金陵十二正釵的第十一支曲子，對應前面金陵十二正釵簿冊的第十幅圖畫與判詞，是描寫李紈的命運結局的。晚韶華，這三字是這支曲子的曲牌名，同時也標示這個女子李紈之命運的主要特色是「晚韶華」，直到晚年才有一段好時光，但也為時已晚，轉眼即逝。鏡裡恩情，如鏡裡幻影般的夫妻恩情，喻指李紈因丈夫賈珠早死而守寡，夫妻恩情如鏡裡幻影般虛幻。夢裏功名，如夢裏虛幻短暫的功名，喻指李紈的兒子賈蘭獲得功名後不久就死亡，但書中並未描寫賈蘭在考中舉人不久後就死去，故這句與書中表面故事情節是相違背的。「鏡裡恩情，更那堪夢裏功名」，這兩句是描寫李紈丈夫賈珠早死而守寡已是不堪，更那堪得住兒子賈蘭獲得功名不久又死亡的悲慘打擊。繡帳鴛衾，繡有花紋圖像的蚊帳，及繡有鴛鴦圖案的大被，喻指夫妻床第恩愛生活。珠冠，有圓形花朵裝飾的婦女冠帽，古時為誥命夫人的禮冠。襖，上身短衣。鳳襖，綉有鳳凰的短襖，古時為誥命夫人的服飾。「只這帶珠冠，披鳳襖，也抵不了無常性命」，這三句是描寫李紈因兒子賈蘭功名高登，而成為「帶珠冠，披鳳襖」的誥命夫人，但也抵擋不了兒子不久就丟掉性命的無常變故的嚴重打擊，她自己不久也去世了；這與書中表面故事情節也是相違背的。陰騭，騭音陟，即職入聲；陰騭「本為默定之義，後衍為陰德之義，即暗中施德於人。陰，默；騭，定。《尚書・洪範》：『惟天陰騭下民。』傳：『騭，定也，天不言而默定下民。』謂天雖不言，但於冥冥中監督人之善惡行為而降賞罰，勸人行善積德。㉒」「雖說是人生莫受老來貧，也須要陰騭積兒孫」，這是描寫李紈的一生志行，說她認為雖說是人生不要受老來貧窮的苦，但也須要積陰德給兒孫有福報，所以她寧可冒老來貧窮的風險，而立志守寡，獨力一心教養兒子賈蘭，如此積福給賈蘭。簪纓，簪是用於橫插髮髻或連結冠帽與髮髻的長針，纓為帽帶，簪纓為古時達官貴人的冠飾，故頭帶簪纓乃喻指做大官。金印，古時當高官則皇帝頒予金印以作憑據，故胸懸金印乃喻指當高官。「氣昂昂頭帶簪纓，氣昂昂頭帶簪纓；光燦燦胸懸金印」，這三句是接著描寫由於李紈守寡教子所積的陰德，她的兒子賈蘭果然得到福報而當了大官，頭上帶著氣昂昂的簪冠帽帶，胸前懸掛著光閃燦耀的金印。威赫赫，聲威顯赫。「威赫赫爵位高登，威赫赫爵位高登；昏慘慘黃泉路近」，這三句是描寫賈蘭達到爵位高登，聲威顯赫之地步的時刻，就遭遇昏慘慘的不幸變故，而黃泉路近將死了，呼應了前面「抵不了無常性命」的話，則是李紈抵擋不了這個沉痛打擊不久也死了；這也是和書中表面故事情節相違背的。問古來將相可還存，從這句話可見賈蘭或李紈是一個爵位高到出將入相級的大人物，這也是和書中表面故事情節相違背的，只有就內層歷史真事來說，才能切合。也只是虛名兒與後人欽敬，從這句話可知賈蘭或李紈是個死後讓後人欽敬的將相級大人物，不過因為最後是屬於失敗的一方，所以只留得一個「虛名兒」，而不是可以享有當世主政者歌頌肯定之實質名利的勝利者。

在內層真事上，這支曲子所描寫的女子李紈，實際上是影射農民軍餘勢中的李定國，或以李定國為主力的雲南永曆王朝，整支曲子則是暗寫李定國或永曆王朝後期，在雲南王朝階段有一段輝煌的好時光，但不久就敗亡的事跡。鏡裡恩情，這句中所隱含的李紈與賈珠如鏡裡恩情，賈珠早死，是暗寓禎皇帝嫡系的正統朱明王朝或南明較正統的弘光、隆武王朝早就滅亡，李紈守寡而獨力教子是暗寓以李定國為主力的農民軍獨力撐持著雲南永曆王朝。夢裏功名，這句裡所隱含的李紈兒子賈蘭，實際上也同樣是影射李定國農民軍或雲南永曆王朝，他的功名是暗寓李定國農民軍或雲南永曆王朝大敗清軍，兩蹶名王的輝煌功績，夢裏功名則是指這樣的輝煌功績，也只是如夢般虛幻短暫，不就便又敗亡了。「只這帶珠冠，披鳳襖，也抵不了無常性命」，這三句是暗寫李紈所影射的李定國或雲南永曆王朝，雖然戰功輝煌，但也抵擋不了無常變故，後來又被清軍打敗而丟掉性命或敗亡了。「雖說是人生莫受老來貧，也須要陰騭積兒孫」，這是暗寫李紈所代表之李定國的志氣，寧可冒著老來貧窮的風險，也要盡力奉獻，冀使賈蘭所代表的雲南永曆王朝能夠得到福報，而國運昌隆。「氣昂昂頭帶簪纓，氣昂昂頭帶簪纓；光燦燦胸懸金印」，這三句是描寫賈蘭所代表的李定國在永曆王朝當到晉王的高官，氣昂昂、光燦燦的景象。「威赫赫爵位高登，威赫赫爵位高登；昏慘慘黃泉路近」，這三句是描寫賈蘭所代表的李定國當到晉王的至高爵位，到處打勝仗，聲威赫赫，但此時也遭遇昏慘慘的不幸變故，而黃泉路近將死了，因為永曆王朝的秦王孫可望被李定國打敗後投降了清朝，協助清朝籌劃進攻永曆王朝的策略，不久吳三桂等三路大軍攻入雲南，李定國逃到中緬邊境，再過不久就死亡了；這裡由「威赫赫爵位高登」突變為「昏慘慘黃泉路近」的無常變故，就是前面圖畫判詞後面二句「如冰水好空相妒，枉與他人作笑談」所暗述的內容，詳情請參閱前文。問古來將相可還存，句中的「古」字寓指古朝明朝，從這句話可見賈蘭或李紈所代表的是一個古朝明朝爵位高到出將入相級的大人物，而李定國高居晉王爵位，是雲南永曆王朝的第一號實權人物，出外則為大將軍，入朝則是超過宰相的決策者，完全合乎古來將相的說法。也只是虛名兒與後人欽敬，這句話是慨嘆賈蘭或李紈所代表的李定國，雖然是個死後讓後世人欽敬的將相級大人物，但是因為最後還是被清朝消滅，清朝不但不會褒揚他，還要稱呼他為賊寇，所以他也只留得一個「虛名兒」讓後世漢人暗中欽敬罷了。這一支曲子比較特殊而容易混淆的是，作者以李紈和她兒子賈蘭兩個角色名號，共同寓指同一個歷史對象李定國或永曆王朝，這就是前面筆者一再提及的「一人多名」的筆法，是作者慣用瞞人眼目的烟雲模糊筆法之一。

針對首句「鏡裡恩情」，〔甲戌本特批〕評注說：「起得妙！」這是評注這支曲子以「鏡裡恩情」為起頭第一句，開啟得很妙，因為這支曲子主要是描寫李紈晚年有短暫的好時光（晚韶華），而作者起頭便先以「鏡裡恩情」極簡短的四字，描寫其夫妻恩情如鏡裡幻影般虛幻短暫，以交代李紈丈夫賈珠早死，長期守寡教子的前因，以致於得以有後面「晚韶華」的結果，所以說「鏡裡恩情」這四字「起得妙」。

(23) 第十三支〔好事終〕曲文：這是描寫金陵十二正釵的第十二支曲子，對應前面金陵十二正釵簿冊的第十一幅圖畫與判詞，是描寫秦可卿的命運結局的。好事，既指美貌富貴等好事，又喻指男女兩情相好的美好情事。好事終，這三字是這支曲子的曲牌名，同時也標示這個女子秦可卿之命運的主要特色是「好事終」，她一死了之，於是美好愛情富貴等好事就終了。畫梁，指富貴人家畫有圖畫的屋樑，點示秦可卿死亡的方式是懸梁自縊。春盡，春天完盡的時候，點示秦可卿死亡的時間是春天即將完盡時的暮春三月。落香塵，香花落地成為塵土，比喻美人死亡，而香消玉殞。畫梁春盡落香塵，這句是描寫秦可卿於春天將盡的三月，在華麗屋宇畫有圖畫的屋樑上自縊，而香消玉殞；這句和前面秦可卿命運圖畫「畫着高樓大廈，有一美人懸梁自縊」的意義相同。擅風情，擅長賣弄風情。秉月貌，秉持、依賴花容月貌般的美麗容貌。「擅風情，秉月貌，便是敗家的根本」，這三句是描寫秦可卿秉持自己具有花容月貌般的美麗容貌，而擅長賣弄風情，便是破敗賈家家業的根本原因；但這是與表面故事情節不相符合的，因為書中並沒有秦可卿擅長賣弄風情的情節，而且秦可卿早死，她死後賈家還有元春被選為皇妃，蓋造大觀園，元妃省親慶元宵的更進一步大榮景，賈家家業並未因秦可卿賣弄風情死亡而敗落。箕裘，音基求，簸箕和裘袍，比喻祖先的事業；箕裘的典故是出自《禮記‧學記》：「良冶之子，必學為裘；良弓之子，必學為箕」，意思是良好冶鐵製補器械人家的子弟，必先學習補皮裘為冶補器械作準備；良好造弓人家的子弟，必先學習編造箴箕為造弓作準備。敬，指賈敬。箕裘頹墮皆從敬，這句是描寫賈家祖業頹廢墮落都從賈敬開始；這一點倒是合乎事實的，賈敬以賈家長房族長身分，竟不理家務，而一味好道，只愛燒丹煉汞，長住在城外和道士們胡羼，而將世襲官位及族長讓給兒子賈珍繼承，放任賈珍、賈蓉父子淫邪胡為，因此說賈家祖業頹廢墮落起始自賈敬，是很有道理的。家事消亡首罪寧，這是描寫賈家事業消亡首先應該歸罪於寧國府；這從寧國府賈敬長住城外煉丹修道，不理家務，兒子賈珍又以賈家族長身分帶頭淫邪敗德的事實來看，寧國府確實是首該擔起罪責的；這一句與前面圖畫判詞的後二句「漫言不肖皆榮出，造衅開端實在寧」，意義相同。宿孽，宿是宿昔、往昔，孽是罪孽、災禍，佛教說法稱延禍到今生的前世罪過為宿孽，故宿孽也就是前世的禍根或從前的禍根。情，情愛，另外秦可卿的「秦」字隱寓有「情」字的意義，故這一「情」字係暗點秦可卿及其情愛、淫情。宿孽總因情，這句是描寫導致賈家今世事業消亡的從前禍根總因一個情字，也就是說發生在前面的秦可卿「擅風情」的事，這一句與前面圖畫判詞的前二句「情天情海幻情身，情既相逢必主淫」，意義相雷同；不過秦可卿究竟發生什麼淫情，除了在夢幻中與叔叔寶玉發生淫情之外，書中並未有其他具體的描寫，所以就表面故事來說，「宿孽總因情」這一句話是不容易解釋得清楚的。

在內層真事上，這支曲子所描寫的女子秦可卿這個名號，其基本意義暗通諧音「秦可傾」或「情可傾」，實際上是影射秦人李自成可以傾覆之對象，或吳三桂愛情、滿清親情因素可以傾覆之對象的明朝崇禎末朝與殘朝，而其中心人物是明崇禎帝。整支曲子則是暗寫秦可卿所代表的中心人物明崇禎帝，在北京皇宮大廈地區的煤山自縊而死，及整個崇禎末朝與殘朝滅亡的原因。畫梁春盡落香塵，香字除了代表美人、君王外，又代表王朝香火，這一句是暗寫秦可卿所代表的中心人物明崇禎帝於春天將盡的三月（十九日），在彩繪有圖畫之屋樑的北京華麗皇宮地區（的煤山）自縊殉國，而香消玉殞，同時朱明王朝宮殿蒙塵，香火成灰，墜落塵土而消滅了。擅風情，風代表滿情，擅風情是寓指擅長賣弄手段與滿情攀交情，一方面是暗指明崇禎在松錦大戰敗給滿清之後，與滿清作戰的同時，又暗中採取議和政策，秘密派遣使節團前去瀋陽與滿清攀交情議和的事，此事後來因主事的兵部尚書陳新甲不慎洩密，讓朝廷官員知悉，崇禎帝憤而下令將陳新甲處斬，和議因而告吹㉓；另一方面又暗指吳三桂與滿情攀交情，而引清兵入關的事。秉月貌，月代表明朝，秉月貌就是秉持明朝形貌、尊嚴，暗指明崇禎另一方面又為維持明朝尊嚴形象，而與滿清交戰；另外又暗指吳三桂與滿清聯兵的同時，又秉持明朝的尊嚴形象，宣稱要驅逐李自成，以恢復明朝。「擅風情，秉月貌，便是敗家的根本」，這三句是暗寫明崇禎一面擅長賣弄手段與滿情攀交情議和，一面又秉持明朝尊嚴形象而與滿清交戰；或者是吳三桂一面擅長賣弄手段與滿情攀交情聯兵入關，一面又秉持明朝尊嚴形象而聲稱要恢復明朝；這樣和戰或敵友立場不一的作風，便是明朝敗家的根本原因。敬，暗通諧音的「淨」字，隱指「淨身之人」，也就是閹割淨身過的太監或宦官。箕裘頹墮皆從敬，這句是歸結評論說朱明王朝祖傳帝業頹廢墮落，都是從「淨身」的太監亂政開始的；按明末自從天啟皇帝（崇禎之兄）時的大太監魏忠賢以來，太監集團結成勢力強大的閹黨，更成立一支由宦官組成的「淨軍」，多達數萬人，掌控京城皇宮禁區，及東廠特務機構，閹黨不但專擅朝廷內政，脅制文臣，而且掌控內廷軍權，更派遣太監赴各地監軍，權凌武將，既跋扈又貪污枉法，於是部份廷臣士大夫乃結成東林黨與之抗衡，形成嚴重黨爭，朝政大壞，兩黨相鬥一直延續到南明王朝滅亡為止，當李自成進軍北京時，就是這些崇禎帝所寵信的監軍太監帶頭向李自成投降，最後並打開城門迎接李自成入城的㉔，眾多歷史學家都論定明朝是由於淨身的太監專權干政干軍，以致朝政腐敗，基業步步頹墮而敗亡的，故原文「箕裘頹墮皆從敬」實是極為客觀公正的史評。寧，寧國府，這裡是寓指在中國東邊的北京之明崇禎王朝。家事消亡首罪寧，這句是歸結評論說朱明王朝帝王事業最後消敗滅亡，首先必須歸罪於北京的崇禎王朝；一般人說到明朝的滅亡，首先就想到都是因為賣國求榮的吳三桂引清兵入關所致，所以都歸罪於吳三桂，其實吳三桂是在北京崇禎王朝被李自成消滅之後才引清兵入關的，因此冷靜觀察明朝滅亡的原因，其實是崇禎王朝種種腐敗失政所造成，因此是首先必須歸罪的，其次才是吳三桂，因為他的引清兵入關導致後來連南方的朱明王朝也滅亡了。宿孽總因情，這句是再往前探討明朝滅亡的禍根，說往昔遺留下的罪禍根源總是導因於情的因素，也就是萬曆十一年明朝遼東邊兵，造下誤殺努兒哈赤的祖父覺昌安與父親塔克世之罪孽的親情因素，才引起滿清努兒哈赤起兵報仇，最終導致明朝滅亡的；或者也可以說是由於吳三桂痴戀陳圓圓的愛情因素，為要向李自成報仇，才導致他引清兵入關，而使得明朝滅亡的。

針對「畫梁春盡落香塵」，〔甲戌本夾批〕等評注說：「六朝妙句。」「六朝」是指東吳、東晉、宋、齊、梁、陳六個朝代，其共同特點是這六個朝代都建都於金陵、南京。這裡批者是曲折地以「六朝」點出「金陵」。而《紅樓夢》書中的「金陵」是代表原本建都金陵、南京起家的「明朝」之意。故「六朝妙句」這句批語，等於說「金陵妙句」，也等於「明朝妙句」，也就是提示說：「『畫粱春盡落香塵』這一句話，是描寫明朝滅亡的妙句。』」因為「畫粱」點出了明崇禎帝自縊的地點是在彩繪華麗的宮殿地區，「春盡」點出了自縊的時間是在春天將盡的三月之時，「落香塵」點出了明朝香火墜落塵土消滅了，真是妙得太具體了。

針對「箕裘頹墮皆從敬」，〔甲戌本夾批〕等評注說：「深意他人不解。」這是提示說：「原文『箕裘頹墮皆從敬』這句話，隱藏有很深的意義，作者以外的其他人極不易瞭解。」言外之意是，正因為這句話隱藏有深意，故讀者必須仔細思索，才能了悟這句話所隱藏的深意。這句話的深意確實極難理解，其癥結在於句中的「敬」字，不知是何意。筆者花了好幾年工夫，才好不容易悟出原來「敬」字暗通諧音的「淨」字，隱指「淨身之人」，也就是閹割淨身過的太監或宦官。從而再悟通這句話所隱藏的深意就是：「明朝祖先留傳的帝業（箕裘）頹廢墮落，都是從閹割淨身的太監（敬）亂政開始的。」

針對末句「宿孽總因情」，〔甲戌本特批〕等評注說：「是作者具菩薩之心，秉刀斧之筆，撰成此書，一字不可更，一語不可少。」這是批書人有鑑於作者對於滅亡明朝漢族的滿清，在記述到明、清爭端的根源時，居然能夠不像一般人將責任歸咎於敵對的滿清，並極力為自己人明朝漢族文過飾非，而以「宿孽總因情」之句，據實點出明、清的爭端是根源於往昔明朝遼東邊兵犯下誤殺滿清先祖覺昌安與塔克世的親情宿孽，明朝曾理虧在先，這樣的寫法對滿清真是太慈悲了，歷史立場客觀公正無比，全書亦皆秉筆直書，絕不歪曲事實，實在令人崇敬，因而肅然評點說：「對於明、清爭端的根源，作者竟能據實寫出『宿孽總因情』這樣公正的語句，可見得『這是作者具有敵我一視同仁的菩薩慈悲的心懷，秉持如刀斧般删削嚴明的史筆，而撰寫成《紅樓夢》這本書，書中文詞就像『宿孽總因情』這句話一樣，一個字都不可更改，一句話都不可減少。』」這是批書人借「宿孽總因情」這句實例，強調《紅樓夢》這本書是摒除敵我成見的鏗鏘信史，所以「一字不可更，一語不可少」，而不像滿清官方站在「勝者為王，敗者為寇」立場，純為勝者滿清妝點偽飾，而隨意竄改、歪曲事實的不實歷史。

(24)

第十四支〔收尾・飛鳥各投林〕曲文：這是紅樓夢曲的第十四支曲子，也是最後一支曲子，是專門描繪紅樓夢故事收尾的結局情況的曲子。這支曲子的曲牌名〈收尾・飛鳥各投林〉，其下有〔甲戌本特批〕評注說：「收尾愈覺悲慘可畏。」可見這個曲牌名是標示紅樓夢故事收尾的結局情況，是賈家及賈家人物，尤其是主人公賈寶玉與金陵十二正釵，就像一群飛鳥各自飛投入林間消失一樣地，落入家破人散而消失的悲慘可畏下場。

「為官的家業凋零，富貴的金銀散盡」，針對這兩句〔甲戌本夾批〕等評注說：「二句先總寧榮。」可見這兩句是總結寧國府與榮國府的最後下場，是「做官的人丟官，而家業凋零破敗了；富貴的人金銀散盡，而變貧窮了。」

「有恩的死裏逃生：…癡迷的枉送了性命」一段十句。寃寃相報，寃即寃仇，寃寃相報意思是有寃仇的人不停地互相報仇。前定，前生或事前就注定的。空門，即佛教，佛教教義宣揚物質名利情色等「諸法皆空」，以修行「悟空」為進入涅槃成佛的門戶，所以佛教又稱空門。針對這一段十句原文，〔甲戌本夾批〕等評注說：「將通部女子一總。」可見這一段十句是總結整部書所有女子的命運結局的。有恩的死裏逃生，譬如巧姐就是其母鳳姐對劉姥姥有恩而逃過被出賣到外藩的劫難，但並不完全符合從臨死險境裏逃生的情況。無情的分明報應，譬如寶釵表面上守禮圓融，骨子裡藏奸功利，本質特性是「無情也動人」，百般爭取到與貴公子寶玉結婚後，不久寶玉便出家，寶釵便落得年青守寡的報應。欠命的命已還，譬如鳳姐作威作福，害死尤二姐等好多人命，最後她自己也病死還命。欠淚的淚已盡，這句最合乎黛玉的狀況，小說一開頭就寫黛玉由天界轉生凡間，是為了將一生眼淚還報前世對她有恩的賈寶玉，所以她在與寶玉戀愛過程中，受盡委屈，不停地流淚，最後當寶玉與寶釵結婚，確定不能與她結合，她便在重病中淚盡而亡。寃寃相報實非輕，這句是說書中某些女子遭遇到寃寃相報的嚴重果報，例如迎春被夫婿孫紹祖凌虐而死，就是因為迎春父親賈赦欠了孫家五千銀子不還，孫紹祖著意報仇所致。分離聚合皆前定，這句是說這些女子的分離聚合，都是以她們事前或前生的行為所種下的前因，而早就注定的果報，例如探春與骨肉分離而遠嫁海疆；以上「寃寃相報實非輕，分離聚合皆前定」兩句都是佛教因果報應的說法，這裡是借用佛教的說法來說明書中某些女子的命運正應合了佛教這種因果報應的理論。欲知命短問前生，這句是鑒於因果報應都是前生注定的，所以想要知道書中某些女子今生何以短命，就得追問其前生行為有何不當而種下了前因；譬如秦可卿自縊短命，就得追問其前生行為，原來早有個「宿孽總因情」的前因存在著。老來富貴也真僥倖，這句是說書中某些女子老來富貴也真是僥倖，例如能享有一段「晚韶華」的李紈。看破的遁入空門，這句是說書中某些女子因為看破世情而遁入空門，例如惜春。癡迷的枉送了性命，這句是說書中某些女子因為癡迷情愛不悟，而枉送了性命，例如晴雯暗中迷戀寶玉，被王夫人攆出賈府，又病又氣而枉死。

「好一似食盡鳥投林，落了片白茫茫大地真乾淨」，這兩句是說就好像一群鳥已吃盡了地面上的食物，就紛紛飛投入樹林之間消失了，這時地面上不再有食物，也不再有鳥隻，便落得一片白茫茫大地，真是乾淨極了。這兩句顯然是以「鳥」來比喻賈府的人，以「食」來比喻賈府所賴以為生之物質基礎的官位俸祿、金銀錢財等，以「大地」來比喻賈府之人的府第生活場景，而比喻賈府最後徹底破敗，喪失所有官位財富，一貧如洗，所有人無以為生，而各自分散到各處去謀求生路，賈府富貴家業也在世間消失得乾乾淨淨。

在內層真事上，這支曲子是暗寫明朝及吳三桂大周王朝最後完全被滿清消滅，相關的反清人物，死亡離散，各自遁逃求生路，王朝徹底潰滅而從大地消失的淒涼景況。「為官的家業凋零，富貴的金銀散盡」，這兩句是暗寫漢族明朝的東西兩邊的王朝，包括西邊的雲南吳三桂大周王朝，最後都敗滅，原來做官的人丟官，而家業凋零破敗了，原來富貴的人金銀散盡，而變貧窮了。至於脂批評注：「二句先總寧榮」，提示這兩句是總結寧國府與榮國府最後潰敗的下場，其中的寧國府是寓指建都在東邊之北京、南京（江寧）、福州的朱明王朝，或在東寧（台灣台南）的明鄭延平王朝，榮國府則是寓指建基在西邊雲南昆明的吳三桂大周王朝。中間「有恩的死裏逃生……癡迷的枉送了性命」一段十句，所總結「通部女子」的命運結局情況，則是概括暗寫明朝或大周王朝各相關人物，在這場對抗滿清之大運動的各種不同遭遇及命運結局。「有恩的死裏逃生，無情的分明報應」，這兩句是暗寫有人適時投靠滿清，對滿清滅亡明朝有貢獻、恩惠，就死裏逃生；有人對滿清無情而反抗，那就一定會獲得滿清或死或誅殺全家的明白報應。「欠命的命已還，欠淚的淚已盡」，這是作者根據最後天下是屬於滿清天下的歷史結果，設定天下本就將屬於滿清，所以有人想反抗就是欠滿清，有人反清喪命就是「欠命的命已還」，有人反清失敗而傷心淚盡就是「欠淚的淚已盡」。「寃寃相報實非輕，分離聚合皆前定」，這兩句是暗寫最先是明朝遼東邊兵誤殺滿清努兒哈赤的父祖，努兒哈赤起兵報復這個殺父祖的寃仇，明清雙方互相報復爭戰不停，最後終於導致明朝被滿清滅亡的後果，這樣寃寃相報的後果實在很嚴重；而明朝群臣或戰敗而與家人分離，或投降滿清而得與家人聚合，都是從前面明清不斷互相爭戰就預先埋定後果的。「欲知命短問前生，老來富貴也真僥倖」，這裡前生寓指清朝尚未一統天下前的明清相爭時期，這兩句是暗寫你想知道為何命短，就得追問前代明清相爭時期你是否反清，你反清當然就命短早死；即使有人老來富貴也真是僥倖，因為普遍都在反清，這些人能見機得快而及早降清，逃過滿清的殺戮，還受滿清重用，又未在明清爭戰中喪生，才得以老來富貴，可真僥倖之至。「看破的遁入空門，癡迷的枉送了性命」，這兩句是暗寫有人在反清復漢過程中看破反清必敗，而遁入佛教，剃頭當和尚、尼姑，以逃避滿清的殺戮；癡迷盡忠明朝漢族而堅決反清的人，則枉送了性命。

末尾兩句「好一似食盡鳥投林，落了片白茫茫大地真乾淨」，其中的「白茫茫」三字暗寓滿清，按滿清即後金，而在五行顏色上，金屬白色，故以「白」來暗寓後金滿清。這兩句是總結明清爭戰的最後結局，也是本書紅樓夢故事的結局，是明朝及吳三桂大周王朝最後完全被滿清擊滅而潰散消失，全天下都歸屬於滿清。好一似食盡鳥投林，這句是描寫明朝及大周王朝既滅，所屬朝臣吃光了朝廷俸祿，失去依靠，為逃避滿清的捕殺，紛紛各自遁逃隱藏求生路，就好像一群鳥已吃盡了地面上的食物，就紛紛飛投入樹林之間隱藏消失了一樣。落了片白茫茫大地真乾淨，這句是描寫此後全天下都落到歸屬於後金滿清以白色為象徵的一片白茫茫大地，再也沒有其他競爭對手，也沒有爭戰紛亂，真是乾淨極了。

針對末尾這兩句，〔甲戌本特批〕評注說：「又照看葫蘆廟。與樹倒猢猻散反照。」所謂葫蘆廟是指第一回葫蘆廟於三月十五日炸供，不慎引發火災，延及隔壁甄士隱家被燒成一片瓦礫場的故事，那是暗寫崇禎十七年三月十五日至十九日，李自成一路燒殺，攻陷北京滅亡明朝的事件。這裡提示「好一似食盡鳥投林，落了片白茫茫大地真乾淨」這兩句，「又照看葫蘆廟」，就是提示這兩句的意義和第一回葫蘆廟故事所暗寫的北京明朝滅亡的事件有關係，兩件事可以對照來看，也就是提示讀者這末尾的兩句同樣是暗寫明朝滅亡的事件，只是這裡暗寫的是後來明朝被滿清徹底滅亡的事。所謂「樹倒猢猻散」是指第十三回秦可卿臨死前，交代鳳姐賈家兩件常保永全之後事的故事，當時秦可卿曾向鳳姐說：「如今我們家赫赫揚揚已將百載，一日倘使樂極悲生，若應了那句『樹倒猢猻散』的俗語，豈不虛稱了一世的詩書舊族了。」這段故事是暗寫明崇禎帝（秦可卿）在前赴皇宮後苑煤山自縊前，囑咐內閣（鳳姐）要設法擁護太子逃離北京，至南京登基正位，以永保明朝基業的事件。這裡脂批提示末尾這兩句「與樹倒猢猻散反照」，就是提示這兩句的意義應該與第十三回秦可卿所說

「樹倒猢猻散」的話互相反映對照來看，也就是提示「好一似食盡鳥投林，落了片白茫茫大地真乾淨」這兩句，就是暗寫賈家明朝最後徹底敗亡，「樹倒猢猻散」的淒涼景況。

這支紅樓夢故事收尾的曲子起首兩句「為官的家業凋零，富貴的金銀散盡」，及末尾兩句「好一似食盡鳥投林，落了片白茫茫大地真乾淨」，意思很明顯是預示紅樓夢故事的結局是賈家最後徹底破敗，喪失所有官位財富，一貧如洗，子孫流散各處自謀生路，賈府富貴家業也在世間消失得乾乾淨淨。這在內層真事上，雖然完全合乎明朝及大周王朝最後徹底敗亡，像飛鳥各投林般散失在大地上的淒涼景況，然而在外表故事上，卻完全不合故事結尾所描寫「沐皇恩賈家延世澤」，「將來蘭桂齊芳，家道復初」的結局情節。因此，絕大部份的紅學家都根據這種前後情節的歧異情況，判定《紅樓夢》後四十回是他人所改寫或續作，因而違背了原作者的原意。當然據此而判定《紅樓夢》後四十回有改寫過，確實是不錯的，但說有人續作則不見得。至於說後四十回改寫得違背了原作者的原意，更是不見得。筆者以為《紅樓夢》確實是一部曾經修改過的書，尤其是後四十回改動更大，但是修改者應是原著作集團之中的人，而不是著作集團之外的其他後人如高鶚等所改寫或續作的。全書修改的目的應是將全書重心從吳三桂降清叛清事跡，調整至意義較為重大的反清復明上，為此而對原書情節內容作相當幅度的變更，而要修改變更得既合乎內層歷史真事，又合乎外表的虛構小說故事實在極為困難，故只得犧牲外表虛構故事，因而產生全書外表虛構小說故事前後情節甚多矛盾不合的現象。至於將故事結局從賈家徹底破敗，子孫流散，改變為賈家沐皇恩延世澤，將來蘭桂齊芳，家道復初，其原因大概是修改者認為將結局寫成明朝或反清復明政權最後徹底破敗消失，似乎令世人對於反清復明運動太過絕望，也不盡合乎事實，因為南明王朝、明鄭延平王朝徹底滅亡後，仍有一些零星反清復明運動轉入地下，而且洪門天地會的反清復明地下組織又應運而生，還有很多人雖然在清朝任官，但仍暗懷復明之心。因之，乃將結局修改為如今的狀況，而修改為「沐皇恩賈家延世澤」是暗寫明朝朝臣有些人投歸滿清，仍受到清朝的寬赦並繼續延用，但仍暗抱復明之心。修改為「將來蘭桂齊芳，家道復初」，則是暗寓明朝漢族子孫將來會好像蘭草桂花齊芳一樣地很有出息，得以推翻滿清統治，而使得明朝漢族家道復初。這樣修改之後，有關「沐皇恩賈家延世澤」的部份，不但很合乎大量明朝漢族官員獲滿清招撫繼續在清朝任官的歷史事實，有關「將來蘭桂齊芳，家道復初」的部份，更給予反清復明、漢族復興極大的樂觀期待及鼓舞，實在改得非常的好。只可惜後來洪門天地會等反清復明運動成效並不顯著，直到《紅樓夢》成書一百年以後的清道光末年，才由洪門天地會掀起波瀾壯闊，撼動滿清半壁江山的太平天國反清復漢運動，但終歸失敗。再過數十年才又出現孫中山繼承洪門天地會遺志，並借助該會黨龐大勢力為基礎，發動歷時數十年的國民革命，反清復漢運動乃終告成功。

從以上金陵十二釵圖畫判詞及紅樓夢十四支曲，可以觀察到作者使用幾種明顯的特殊寫作方法。先就金陵十二釵圖畫及判詞來觀察。從晴雯的圖畫判詞「霽日難逢，彩雲易散」，其中「霽日」義通「晴」字，「彩雲」義通「雯」字，合起來暗點「晴雯」，使用的是通義法。從花襲人的圖畫「一簇鮮花，一床破蓆」，鮮花的「花」點示花襲人的「花」姓，是以相同的字來直接點示，可稱為同字點示法；而破蓆的「蓆」字暗點花襲人的「襲」字，使用的是諧音法。香菱的圖畫判詞「根並荷花一莖香」，句中的「香」字是直接點示香菱的「香」字，使用的是同字點示法；而荷花即蓮花，荷花的「荷」字，是以義通「蓮」字，暗點甄英蓮的「蓮」字，使用的是通義法。另一句「自從兩地生孤木」，脂批提示說：「折（拆）字法」，可見這一句是用拆字法構成的字謎，「兩地」與「孤木」合起來就是「桂」字，是寓指夏金桂，使用的是拆字法。金陵十二釵正冊第一幅有關林黛玉與薛寶釵的合圖「兩株枯木，木上懸著一圍玉帶，又有一堆雪，雪下一股金簪」，其中「兩株枯木」，是暗點姓為雙木「林」的林黛玉之「林」字，使用的是拆字法；玉帶的「玉」字，明點黛玉，使用的是同字點示法，玉帶的「帶」字，暗點諧音的「黛」字，使用的是諧音法；一堆雪的「雪」字，暗點諧音的薛寶釵之「薛」姓，使用的是諧音法；金簪，金質的髮簪，而髮簪的功用與髮釵類同，故金簪是以拆字法及字義類同法暗點「釵」字，使用的是拆字法兼通義法。而這幅圖畫的判詞「玉帶林中掛，金簪雪裏埋」，其中「林」明點林黛玉的「林」姓，使用的是同字點示法；「帶」字暗點「黛」字，及「雪」字暗點「薛」字，使用的都是諧音法；「金簪」二字暗點「釵」字，使用的是拆字法兼通義法。有關史湘雲圖畫的判詞「湘江水逝楚雲飛」，其中「湘」字和「雲」字分別明點史湘雲的「湘」字「雲」字，使用的都是同字點示法。有關賈迎春圖畫的判詞「子係中山狼」，其中「子係」二字合起來是一個「孫」字，暗點迎春的夫婿孫紹祖的「孫」姓，使用的是拆字法。有關王熙鳳的圖畫「一片冰山，上有一隻雌鳳」，其中的「鳳」字，直接明點王熙鳳的「鳳」字，使用的是同字點示法。這一幅圖畫的判詞「凡鳥偏從末世來」及「一從二令三人木」，其中「凡鳥」二字套合起來是一個「鳳」字，暗點王熙鳳的「鳳」字，使用的是拆字法；其中「人木」二字，脂批評注說：「折（拆）字法」，合起來是一個「休」字，使用的也是拆字法。有關李紈圖畫的判詞「桃李春風結子完，倒頭誰似一盆蘭」，其中桃李的「李」字，明點李紈的「李」姓，使用的是同字點示法；結子完的「完」字暗點李紈的「紈」字，使用的是同音法；一盆蘭的「蘭」字，明點李紈的兒子賈蘭的「蘭」字，使用的是同字點示法。

再就紅樓夢十四支曲的部份來觀察其特殊寫作方法。第一支曲〔紅樓夢引子〕的曲文「懷金悼玉」，其中懷金的「金」字暗點部首為「金」的「釵」字，又第八回寫薛寶釵有金鎖項圈，而暗點薛寶釵，使用的是部首相同法（可歸入廣義的拆字法）兼特徵相同法（可歸入廣義的通義法）；其中悼玉的「玉」字明點林黛玉，使用的是同字點示法。第二支曲〔終身誤〕的曲文「都道是金玉良姻，俺只念木石前盟。空對著山中高士晶瑩雪，終不忘世外仙姝寂寞林」，其中金玉良姻的「金」字，暗點薛寶釵，使用的是拆字法兼通義法，其中的「玉」字明點賈寶玉，使用的是同字點示法；其中木石前盟的「木」字暗點絳珠草，再暗點林黛玉，而「木」與「草」為類同的植物，故使用的是品物類同法（可歸入廣義的通義法），其中的「石」字暗點賈寶玉的前生「三生石」，再暗點賈寶玉，使用的是同字點示法；其中晶瑩雪的「雪」字，暗點薛寶釵的「薛」姓，使用的是諧音法；其中寂寞林的「林」字，明點林黛玉的「林」姓，使用的是同字點示法。第六支曲〔樂中悲〕的曲文「終久是雲散高唐，水涸湘江」，兩句中的「雲」、「湘」二字，明點史湘雲的名字「湘雲」，使用的都是同字點示法。第十三支曲〔好事終〕的曲文「箕裘頹墮皆從敬，家事消亡首罪寧。宿孽總因情」，其中皆從敬的「敬」字，明點賈敬，使用的是同字點示法；其中總因情的「情」字，暗點秦可卿的「秦」姓，使用的是諧音法。

歸納以上金陵十二釵圖畫判詞及紅樓夢十四支曲，作者所使用的特殊寫作方法，有同字點示法、諧音法（含同音法）、拆字法、通義法（含同義法）四大類方法。既然作者採用這四大類特殊方法來寫作，以建構《紅樓夢》神秘如謎團的文章，那麼想要讀通《紅樓夢》這些神秘如謎團的文章，自然必須採用這四種特殊方法來破解、還原出這些謎團似的文章的原來真相。由此更可見筆者前面一再強調諧音法（含同音法）、拆字法、通義法（含同義法）三種方法（同字點示法，由於太明白易懂而未予強調），是解讀紅樓夢的首要秘訣，從以上金陵十二釵圖畫判詞及紅樓夢十四支曲，又得到堅強有力的印證。

◈真相破譯：

第十支〔聰明累〕：（這個曲牌名稱標示這支曲子歌詞所唱述的是王熙鳳所影射的吳三桂，天生聰明卻反被聰明所誤而喪命的命運結局。）

王熙鳳所影射的吳三桂用盡心機謀劃算計他的私人權位富貴，太過聰明，反而算計掉了自己的性命。他生前反清作戰節節敗退，獨子長孫等被清廷殺害，已使他心碎痛絕，中途病死後心性再怎麼機靈也是空無作用了。他從前擔任雲南藩王的家富人寧狀況，到最終其大周王朝反清潰敗後，終於落到家亡人散，各自飛奔逃命找生路的結局。枉費了他半輩子時刻記掛懸心地謀劃爭取藩王永世富貴；到頭來就好像心頭飄忽不定地，經歷了「順從滿清滅漢而封藩（一從）」、「遭撤藩反清而自己建朝稱帝發號施令（二令）」、及「反清失敗而朝亡命休（三人木）」等三個階段變更（三更）的一場大夢（三更夢）一樣。那本來很壯盛的大周王朝反清大聯盟，後來卻好像一棟大廈忽喇喇地傾倒下來，落到昏慘慘好像將要油盡燈滅的地步。哎呀！一場以吳三桂為首的反清復漢運動，波瀾壯闊，眼看就要成就推翻滿清的歡喜場面，沒想到卻忽然間一敗塗地而轉為悲慘下場，真可嘆圖謀恢復漢人統治世界的事，終究是難於確定。

第十一支〔留餘慶〕：（這個曲牌名稱標示這支曲子歌詞所唱述的是，賈巧姐所影射的台灣延平王朝末代主鄭克塽，由於其父祖留下的善德，而獲得善報的事跡。）

賈巧姐所影射的台灣延平王朝末代主鄭克塽（鄭成功之孫），由於祖先留有善德的善報，由於祖先留有善德的善報，而忽然遇到恩人劉國軒（劉姥姥）的救助。幸好祖父鄭成功、父親鄭經救助、重用過劉國軒，而積有陰德，鄭克塽才能得到劉國軒的呵護降清，僥倖免死，又受封漢軍公歸入八旗，安享餘年。勸告人生中要濟助扶持窮困的人，才能有好報；休要像我鄭克塽那奸狠的岳父馮錫范，及輩份等同兄輩的相關鎮將，竟設計要將我遷往外邦呂宋！這正是人生榮枯禍福的消長增損，上面自有蒼天在監視衡量，作乘除加減的調整安排。

第十二支〔晚韶華〕：（這個曲牌名稱標示這支曲子歌詞所唱述的是，李紈所影射的農民軍餘勢李定國，或以李定國為主力的永曆王朝，在晚年雲南王朝時期有一段輝煌的好時光，但不久就敗亡的不幸事跡。）

李紈所影射的李定國或其農民軍餘勢，其猶如夫婿般共同抗清的朱明南方王朝（賈珠）早就滅亡了，彼此庇護協力的恩情猶如鏡裡幻影般短暫（鏡裡恩情），更那堪他大敗清軍而封王的輝煌功名，也只是如夢中般地虛幻短暫（夢裏功名）！那晚期由李定國農民軍所扶持的雲南永曆王朝，如美好春光般的壯盛時光去得何等迅速啊！再休要提及早先農民軍與南明剛結合初期，猶如夫妻恩愛同臥綉花蚊帳、鴛鴦大被一般地共同抗清時的壯盛美好情景了。只是李定國這些贏得升任大官，使其夫人得以帶珠冠、披鳳襖的輝煌戰功，也抵擋不了同朝中秦王孫可望叛變內鬨，戰敗而降清，協助清軍攻破雲南，因而朝滅人亡的無常性命變故。雖說是人人都希望人生莫要受到老來貧窮的折磨，李定國卻寧可冒著老來貧窮的風險，也要竭心盡力奉獻，冀能積累陰德，使他所締造如兒孫般的雲南永曆王朝能夠得到福報，而國運昌隆。李定國在永曆王朝中忠勇冠群臣，真是氣昂昂頭帶簪冠纓帶，氣昂昂頭帶簪冠纓帶，胸前懸掛著光閃燦耀金印的正氣凜然高官。他抗清戰功彪炳，兩蹶名王，聲威赫赫而爵位高升，聲威赫赫而爵位高升（按晉升為晉王），但是不久永曆王朝被吳三桂等清軍攻破雲南，他便陷入昏慘慘潰逃至滇緬邊界的末路，而黃泉路近將死了。借問那古朝明朝以來難得一見的出將入相（古來將相）的氣節凜然名王李定國，如今可還存在？也只是留得一個至忠至勇的虛名兒，讓後世漢人暗中讚歎欽敬罷了！

第十三支〔好事終〕：（這個曲牌名稱標示這支曲子歌詞所唱述的是，秦可卿所影射的明崇禎皇帝自縊殉國，明朝滅亡於滿清，於是漢族所有美好事情都終了的悲慘事跡。）

秦可卿所影射的明崇禎皇帝於春天將盡的時候（三月十九日），在彩繪有圖畫之屋樑的北京華麗皇宮地區（的煤山）自縊殉國，而香消玉殞，使得朱明王朝香火墜落塵土（落香塵），而國事蒙塵塗炭。崇禎帝一面擅長賣弄手段與滿情攀交情議和（擅風情），一面又秉持明朝尊嚴形象（秉月貌）而與滿清交戰，這樣和戰立場不一的作風，便是明朝敗家的根本原因。明朝祖傳帝業（箕裘）頹廢墮落，都是從「淨身之人（敬通諧音淨）」的太監亂政開始的；而其帝王家業最後消敗滅亡，首先必須歸罪於位在東邊之北京崇禎王朝政府（寧，寧國府）的腐敗失政。再上推往昔遺留下的罪禍根源，總是導因於從前（萬曆十一年）明朝遼東邊兵，誤殺努兒哈赤之父、祖的親情因素，而引起滿清起兵報仇的這個緣故。

第十四支〔收尾・飛鳥各投林〕：（這個曲牌名稱標示這支曲子歌詞所唱述的是，書中賈家所影射的明朝，或吳三桂大周王朝反清勢力聯盟之收尾的結局情況，是完全被滿清消滅，就像一群飛鳥各自飛投入林間隱沒一樣地，落入朝滅人散而從大地消失的淒涼下場。）

賈家寧國府、榮國府所影射的漢族明朝的東西兩邊的王朝（包括雲南吳三桂大周王朝），最後都被滿清消滅，原來做官的人丟官，而家業凋零破敗了，原來富貴的人金銀散盡，而變貧窮了。有人適時投靠滿清，對滿清滅亡明朝有貢獻、恩惠，就死裏逃生；有人對滿清無情地反抗，就分明會遭受滿清誅殺的報應。上天不仁，注定最後天下本該屬於滿清的天下，反抗滿清就是欠滿清，因此有人反清喪命，就得了「欠命的命已還」的果報；有人反清失敗而傷心淚盡，就得了「欠淚的淚已盡」的果報。從最先滿清努兒哈赤起兵報復其父祖被明朝遼東邊兵誤殺的冤仇起，明、清雙方互相報復爭戰不停，最後終於導致明朝被滿清滅亡，這樣冤冤相報的後果實在不輕；而明朝群臣或戰敗而與家人分離，或投降滿清而得與家人聚合，都是在從前的明、清爭戰過程中就預先埋定好後果的。若想知道為何命短，就得追問前代明清相爭時期你是反清或降清，反清就命短早死；若有人老來富貴也真是僥倖之至，因為要能躲過長年戰亂而不死，又得及早背叛祖國降清，受到滿清重用才有可能。有人及早看破反清必敗，而遁入佛教空門當和尚、尼姑保命；癡迷盡忠明朝漢族而堅決反清的人，反而枉送了性命。最後明朝及大周王朝既滅，所屬朝臣吃光了俸祿，失去依靠，紛紛遁逃隱藏求生路，就好像一群鳥已吃盡了地面上的食物，就紛紛飛投入樹林中隱藏消失了一樣，此後全天下都落到歸屬於後金滿清以白色為象徵的一片白茫茫大地，再也沒有滿漢的爭戰，真是乾淨極了！

附註：

①引錄自以上《紅樓夢（上）》，馮其庸編注，第一二七頁注二二。
②引錄自以上《紅樓夢（上）》，馮其庸編注，第一二七頁注二三。
③引錄自以上《紅樓夢（上）》，馮其庸編注，第一二七頁注二七。
④參述自《讀曲常識》，劉致中、侯鏡昶著，原出版者，上海古籍出版社，中華書局出版發行，一九八四年四月，第一版；台北，萬卷樓圖書公司發行，二〇〇三年九月，初版五刷，第八〇至八一頁。
⑤引錄自以上《紅樓夢注釋（上）》，第九五頁。
⑥參述自以上《讀曲常識》，第一〇二至一〇三頁。
⑦綜合參述自以上《讀曲常識》，第九〇至一〇四、一一四至一一九、一三三至一四二頁。
⑧引錄自以上《紅樓夢（上）》，馮其庸編注，第一二八頁注三一。
⑨引錄自《紅樓夢案》，周策縱著，香港，中文大學出版社，二〇〇〇出版，第六二頁。
⑩引錄自《紅樓夢考證》，胡適著，台北，遠東圖書公司印行，民國七十四年九月初版，第三一頁。
⑪引錄自以上《詩論紅樓夢》，第三四二頁。
⑫引錄自以上《讀曲常識》，第四、二〇頁。
⑬引錄自以上《紅樓夢校注（一）》，第一〇五頁注六六。
⑭引錄自以上《紅樓夢注釋（上）》，第一〇一頁。
⑮引錄自以上《紅樓夢校注（一）》，第一〇五至一〇六頁注六七。
⑯轉引自以上《紅樓夢校注（一）》，第一〇六頁注六九。
⑰引錄自以上《紅樓夢詩詞曲賦鑒賞》，第九〇頁注九。
⑱引錄自《紅樓夢詩詞解析》，劉耕路編著，台北，建宏出版社印行，大陸吉林出版社授權，一九九五年二月，初版一刷，第五九頁注七。
⑲引錄自以上《紅樓夢詩詞曲賦鑒賞》，第九〇至九一頁注一二；並參考以上《紅樓夢校注（一）》，第一〇六頁注六九。

⑳引錄自以上《紅樓夢校注（一）》，第一〇六頁注七〇。

㉑引述自以上《吳三桂大傳》上冊第一五七至一五九頁。

㉒引錄自以上《紅樓夢（上）》，馮其庸編注，第一二九頁注四一。

㉓引述自《崇禎傳》，晁中辰著，臺灣商務印書館發行，一九九九年七月，臺灣初版第一次印刷，第三二八至三三三頁。

㉔引述自以上《崇禎傳》第二九至四二、六一至一六七、三九〇至四〇四頁。

第四章 賈寶玉夢中與秦可卿成姻及同遊至迷津遇襲而夢醒故事的真相

第一節 賈寶玉夢中由警幻仙姑許配與秦可卿成姻故事的真相

◈原文：

歌畢，還又歌副曲(1)。警幻見寶玉甚無趣味，因嘆：「癡兒竟尚未悟！」那寶玉忙止歌姬不必再唱，自覺朦朧恍惚，告醉求臥(2)。警幻便命撤去殘席(3)，送寶玉至一香閨綉閣之中，其間鋪陳之盛，乃素所未見之物(4)。更可駭者，早有一位女子在內，其鮮艷嫵媚有似乎寶釵，風流嬝娜則又如黛玉(5)。正不知何意，忽警幻道：「塵世中多少富貴之家，那些綠窗風月，綉閣烟霞，皆被淫污紈褲與那些流蕩女子悉皆玷辱(6)。更可恨者，自古來多少輕薄浪子，皆以好色不淫為飾，又以情而不淫作案，此皆飾非掩醜之語也(7)。好色即淫，知情更淫(8)。是以巫山之會，雲雨之歡，皆由既悅其色，復戀其情所致也(9)。吾所愛汝者，乃天下古今第一淫人也(10)。」

寶玉聽了，唬的忙答道：「仙姑錯了。我因懶於讀書，家父母尚每垂訓飭，豈敢再冒淫字。況且年紀尚小，不知淫字為何物。(11)」警幻道：「非也。淫雖一理，意則有別。如世之好淫者，不過悅容貌，喜歌舞，調笑無厭，雲雨無時，恨不能盡天下之美女供我片時之趣興，此皆皮膚濫淫之蠢物耳(12)。如爾則天分中生成一段癡情，吾輩推之為意淫(13)。意淫二字，惟心會而不可言傳，可神通而不能語達(14)。汝今獨得此二字，在閨閣中，固可為良友。然於世道中，未免迂濶怪詭，百口嘲謗，萬目睚眦(15)。今既遇令祖寧榮二公剖腹深囑，吾不忍君獨為我閨閣增光，見棄於世道，故特引前來，醉以靈酒，沁以仙茗，警以妙曲(16)，再將吾妹一人，乳名兼美，字可卿者，許配與汝。今夕良時，即可成姻(17)。不過令汝領略此仙閨幻境風光尚然如此，何況塵境之情景哉？而今後萬萬解釋，改悟前情。將謹勤有用的工夫，置身於經濟之道(18)。」說畢，便秘授以雲雨之事，推寶玉入帳(19)。

那寶玉恍恍惚惚，依警幻所囑之言，未免有陽台巫峽之會。數日來，柔情繾綣，軟語溫存，與可卿難解難分(20)。

◈脂批、注釋、解密：

(1)歌畢，還又歌副曲：〔甲戌本夾批〕等評注說：「是極。香菱、晴雯輩豈可無，亦不必再。」這是評論舞女歌姬歌唱完黛玉、寶釵等金陵十二正釵命運的紅樓夢曲之後，接著還又歌唱副曲的十二副釵命運的紅樓夢曲，這樣按順序唱下去「極是」，極正確，因為香菱等副冊十二釵、晴雯等又副冊十二釵豈可無紅樓夢曲來詠嘆，然而也不必再唱下去了，否則文章就太累贅了。這在內層真事上，是說金陵十二正釵所代表與反清復漢運動相關的最重要人物，既有紅樓夢曲來詠嘆他們的犧牲薄命事跡，則次要人物的副冊十二釵及又次要人物的又副冊十二釵，照理也應當有紅樓夢曲來加以詠嘆，但是在這場反清復漢運動中犧牲薄命的人物實在太多了，也不必長篇累牘地一一加以詠嘆。

(2)那寶玉忙止歌姬不必再唱，自覺朦朧恍惚，告醉求臥：表面故事上，這是描寫賈寶玉觀賞足了舞女歌姬的歌唱，享用足了美酒佳餚，酒喝多了自己覺得朦朧恍惚，於是告醉而要求睡臥休息。在內層真事上，告醉暗通諧音「告罪」，以上賈寶玉享用美酒佳餚，及觀賞舞女歌姬歌唱，是寓寫寶玉吳三桂受封雲南平西藩王，享受著美酒佳餚及觀賞歌舞的藩王富貴生涯，這裡三句則是接著寓寫寶玉吳三桂享受多年藩王富貴生涯之後，因為權勢過大，花費過高，受到清廷的疑忌，於是吳三桂便忙著停止歌舞享樂，且自己朦朦朧朧感覺清廷有撤藩的意圖，但又恍惚不能確定，為求試探清廷真意，因而自行上書向清廷告罪（告醉），自請裁軍縮權，減少開支，以求安臥保住藩王之位（求臥），不被撤藩。按清朝一統天下後，就感覺手握重兵的吳三桂等三位漢姓藩王是個潛在的威脅，尤以吳三桂為最，康熙朝廷於是便採取將吳三桂心腹將領調離雲南，削弱吳三桂親信部隊忠勇營、義勇營的員額實力等措施，來削弱吳三桂的軍事實力。吳三桂查覺清廷的疑忌，便於康熙四年主動上疏朝廷，請求裁減其雲南兵員五千餘人及數員將官，並要求把他的「忠勇」等五營全部裁去，結果清廷都照准。又「於康熙六（一六六七）年五月上疏朝廷，自感『兩目昏瞀，精力日減』，請求辭去總管雲貴兩省事務」，結果清廷也照准。「三桂辭總管雲貴事，交回用人權，所剩權力無幾，僅剩個高貴的親王名號。他失去了大權，就成了食君祿無所事事的『閒王』了。①」吳三桂採取這些類似告罪求饒的措施，以求安臥保住藩王之位，作者就以小說筆法寫成賈寶玉「告辭求臥」的妙句。

(3) 警幻便命撤去殘席：表面故事上是指警幻仙姑便命人將吃剩的殘餘酒席撤去。在內層真事上，殘席則是寓指以上已經失去大權的吳三桂藩王權位；這句是暗寫警幻仙姑所代表的滿清朝廷便下令撤去只剩殘餘權力的吳三桂平西藩王之位。

(4) （警幻）送寶玉至一香閨綉閣之中，其間鋪陳之盛，乃素所未見之物：在內層真事上，閨閣暗寓朝閣。這幾句是暗寫警幻仙姑所代表的滿清朝廷既撤銷吳三桂藩王之位，那麼滿清就把吳三桂推送到一個新的境地，也就是逼得吳三桂起兵反清，成立一個周王政權的朝閣，這個新政權的朝閣殿閣華麗，朝官冠冕堂皇，有如一個香閨綉閣，而兵力鋪陳展示得極為壯盛，乃素來所未見過的一個性質特殊的朝閣政權。這樣的情節是根據滿清「撤藩逼反」的歷史觀，而鋪陳為小說情節的一種奇妙筆法。

(5) 更可駭者，早有一位女子在內，其鮮艷嫵媚有似乎寶釵，風流嫋娜則又如黛玉：這幾句表面上是描寫秦可卿「鮮艷嫵媚有似乎寶釵，風流嫋娜則又如黛玉」。在內層真事上，則是暗寫吳三桂反清周王政權的特色。有一位女子（秦可卿）在內，「女子」二字是仿傚離騷「美人」筆法，暗寓國君、君王，這句是暗寫在吳三桂反清周王政權之內擁立了一個君王；這個君王兼指吳三桂反清文告名義上所擁立的「三太子」，及自稱周王的吳三桂本人。這裡寶釵是影射吳三桂雲南藩王勢力，黛玉則是影射復明勢力。由於吳三桂反清周政權包括周王吳三桂所代表的雲南藩王勢力（寶釵），及「三太子」所代表的復明勢力（黛玉）兩大勢力，所以說「有似乎寶釵」、「又如黛玉」。其鮮艷嫵媚有似乎寶釵，這是以鮮艷嫵媚來喻寫吳藩兵力壯盛，盔甲旗幟亮麗鮮艷，非常引人注目。風流裊娜則又如黛玉，這是以風流裊娜來喻寫復明勢力流動散佈在各地，響應動員起來搖曳多姿，很動人心魄。而吳三柱反清周政權結合實力堅強的吳藩勢力和散佈廣大的復明勢力，真是一股可怕的勢力，所以說是「更可駭者」。由此可見，秦可卿這個女子演變到這裡，是影射兼擁有吳三桂雲南藩王勢力（寶釵）及復明勢力（黛玉）的吳三桂周政權反清勢力集團。

〔甲戌本夾批〕等評注說：「難得双兼，妙極！」這是評論吳三桂反清周政權很難得能夠兼有實力堅強的吳藩勢力，及散佈廣闊的復明勢力這双方面勢力，如此雙方協力來反清才有得拼，真是妙極了！

(6) 塵世中多少富貴之家，那些綠窗風月，綉閣烟霞，皆被淫污紈褲與那些流蕩女子悉皆玷辱：風月，清風明月，形容夜景幽美，例《南史・張克傳》：「獨浪烟霞，高臥風月」；後來風月常比喻男女間情愛的事，又引申為色情嫖妓的事；烟霞也有類似含義。在內層真事上，這幾句是暗寫警幻所代表的滿清朝廷不滿吳三桂、尚可喜、耿精忠這三位漢姓藩王的富貴之家，建造華麗宮殿，後宮妻妾甚多，又蓄養許多優伶美女，窮奢極侈，縱情聲色無度，玷辱高貴的藩王之家的名聲。

〔甲戌本夾批〕等評注說：「真極。」這是評注這裡所描寫吳、尚、耿三藩縱情聲色無度，而玷辱其藩王名聲的情況，真實極了（因而給予清廷撤藩的好藉口）。

(7)更可恨者，自古來多少輕薄浪子，皆以好色不淫為飾，又以情而不淫作案，此皆飾非掩醜之語也：好色不淫，意思是喜好美色而不淫亂，語出《史記・屈原列傳》：「《國風》好色而不淫」，這是漢朝人（首先是劉安）因襲孔子「《關雎》樂而不淫」的觀點來解釋《國風》，而把《國風》當作「厚人倫，美教化」的教材②。情而不淫，只是情意相投，而不流於淫亂。這幾句是說更可恨的是，自古以來很多輕薄浪子，縱情美色、情愛，而假借儒家素來「好色而不淫」的說法來掩飾，又以「只是情意相投而不流於淫亂」的說法來作論定，其實這些都是飾非掩醜的話語。在內層真事上，這裡的淫字是淫亂忠君的禮法，即不忠君，有背叛之心的意思；這幾句是暗寫警幻所代表的清廷痛恨吳、尚、耿三藩假借縱情聲色，來掩飾其懷有淫亂禮法不忠君的異志。按康熙七年，甘肅慶陽府知府傅弘烈參劾吳三桂，直言三桂「必有異志，宜早為防備」，接著中城御史李棠也參劾三桂，引起三桂的嚴重不安。「三桂手下有個浙江人，叫呂黍子，他獻策說：『親王權尊勢重，致使傅（弘烈）、李（棠）敢於參劾。何不營造園、亭，多買歌童舞女，日夜歡娛，使朝廷勿疑。』呂黍子用的是古人的韜晦之計。就拿劉備來說吧，當年他寄籬曹操之下，惟恐志向被曹操識破，便裝得整天無所事事，以蒔弄園田自娛。呂黍子讓三桂追歡逐樂，既符合他的願望，又避去朝廷的懷疑，何樂而不為！三桂感到此策甚好，欣然接受。③」這裡原文「更可恨者：此皆飾非掩醜之語也」幾句話，等於是暗寫清廷看破了吳三桂以追逐美女歡樂作為掩飾，使清廷不懷疑其異志的策略。

(8) 好色即淫，知情更淫：表面意思是喜好美色就是淫亂，進一步知道追求情愛更是淫亂。按古代封建禮法男女婚姻都遵從「父母之命，媒妁之言」，不准男女私自去喜好美色，追求情愛，若如此則是淫亂正軌禮法，所以警幻有這種「好色即淫，知情更淫」的說法。在內層真事上，這兩句是暗寫警幻清廷認為吳、尚、耿三藩因喜好美色而蓄養優伶美女，追歡逐樂，浪費公帑時間，就是淫亂不忠；若再進一步追求情愛，像吳三桂沉溺於「八面觀音」、「四面觀音」的情愛之中，則是心有旁騖，不專心政務，更是淫亂不忠。

(9) 是以巫山之會，雲雨之歡，皆由既悅其色，復戀其情所致也：巫山之會，《昭明文選》宋玉《高唐賦》，描寫楚懷王與巫山神女幽會於雲夢高唐館的故事，後世遂以巫山之會寓指男女幽會的事。雲雨，翻雲覆雨，比喻男女性交，雲雨之歡則是比喻男女性愛的歡娛。這四句是說男女之間所以會發生「巫山之會，雲雨之歡」的幽會性愛淫亂行為，都是起因於「既悅其色，復戀其情」所致，所以「好色即淫，知情更淫」。在內層真事上，這兩句是暗寫警幻清廷強烈認為三藩，尤其是吳三桂，會發生有如男女間「巫山之會，雲雨之歡」的淫亂不忠行為，都是起因於既喜悅優伶美色，復迷戀於美女情愛，因而浪費公帑時間，荒疏政務所致。

〔甲戌本夾批〕等評注說：「色而不淫，今翻案，奇甚！」這是提示說向來儒家傳統都說「（好）色而不淫」，即單純喜好美女姿色不算是涉入淫亂，如今卻翻案說「好色即淫」、「知情更淫」，而歸結出以上原文這四句話，真是奇怪得很！所以讀者應該深入去探究它可能隱含另外的深意，也就是說讀者應該領悟，這裡警幻滿清將吳三桂等三藩因喜好美色而蓄養優伶美女，以觀賞美女跳舞歌唱美色作為娛樂的「好色而不淫」行為，翻案說成「好色即淫」，真是奇怪得很，其實就是暗寫滿清有意歪曲事實，拿吳三桂等三藩喜好美女歌舞之美色的小瑕疵，當作是荒廢政務，不忠於清廷的行為，將此拿來當作撤藩的藉口。

(10)吾所愛汝者，乃天下古今第一淫人也：就表面故事說，這兩句話簡直是荒唐之至，未婚男女淫亂在封建時代是一種邪惡的行為，警幻仙姑是一個神仙，神仙本身是戒除男女性愛行為的，又是勸戒世人不可以有男女淫亂行為的，怎麼可能去喜愛一個淫人，尤其是天下古今第一的淫人呢？所以就表面故事來說這兩句話是說不通的，即使後面警幻解釋寶玉的淫是「意淫」，但意淫也是意念不清淨，還是不適合意念清淨的仙姑去欣賞喜愛的。在內層真事上，這裡「淫人」二字的意義是指淫亂忠君愛國禮法，背叛君王國家的人；另外「淫人」又暗通諧音「引人」，指引導、引路的人。警幻仙姑說賈寶玉是天下古今第一淫人，具有雙重含義，第一層是作者假借警幻之口來痛罵寶玉吳三桂是天下古今第一淫亂忠君愛國禮法、背叛君王國家的人，因為他先是叛明降清，引清兵入關滅亡自己的祖國明朝，既事清後復又叛清，確實是天下古今第一淫亂背叛君王的人；第二層是暗寓寶玉吳三桂是天下古今第一引導敵人滿清入關，滅亡自己祖國的人。由此可知原文這兩句是暗寫警幻仙姑滿清，所以愛寶玉吳三桂者，乃是因為吳三桂是天下古今第一的勇於淫亂忠君愛國禮法，背叛自己祖國明朝，而引導清兵入關的人；但是既敢背叛自己祖國明朝，豈會不敢背叛異族的清朝。

針對「乃天下古今第一淫人也」句，〔甲戌本夾批〕等評注說：「多大膽量，敢作如此之文？」這是評論說作者多大膽量，敢於寫作出「（賈寶玉）乃天下古今第一淫人也」這樣露骨的文字，難道不怕清朝文字檢查人員悟出「淫人」暗通諧音「引人」，而查覺這是暗寫吳三桂為天下古今第一背叛祖國，而引清兵入關之人的明清歷史，而罹犯文字獄的大禍嗎？

(11)「寶玉聽了，唬的忙答道：『仙姑錯了。我因懶於讀書，家父母尚每垂訓飭，豈敢再冒淫字。況且年紀尚小，不知淫字為何物。』」：在內層真事上，「寶玉聽了，唬的忙答道」兩句，是暗寫寶玉吳三桂聽到滿清朝廷議論說他是天下古今第一淫亂背叛君王的人，「必有異志」而叛清，便嚇唬害怕得不得了，而趕忙上書自清，答辯一番。懶於讀書，「讀書」二字是暗寓唸讀、遵守王朝曆法書，即盡忠王朝、君王的意思，故懶於讀書就是疏懶而不盡忠王朝、君王的意思，暗指吳三桂背明降清，引清兵入關事。家父母，暗寓寶玉吳三桂的祖國明朝漢族的同胞。「我因懶於讀書，家父母尚每垂訓飭，豈敢再冒淫字」這三句，是暗寫說我吳三桂（寶玉）過去因為疏懶不盡忠明朝，而背明降清，猶如我父母的明朝漢族同胞們還每每給予訓斥申飭，如今既已歸降清朝豈敢再冒淫字，淫亂禮法而不忠於清朝。年紀尚小，這是暗寓吳三桂封藩雲南的年數尚少的意思；按吳三桂於順治十六年（一六五九年）三月封藩雲南，至康熙十二年（一六七三年）八月遭清廷下令撤藩時④，共是十四年多，換算為寶玉年齡為十四歲多，故這裡將之描寫為寶玉「年紀尚小」。「年紀尚小，不知淫字為何物」，這兩句是暗寫寶玉所代表的吳三桂辯白說，我封藩雲南年數不多，才只十餘年，藩王富貴還沒享受夠，還不知道淫亂忠君禮法背叛君王是什麼東西，所以我是不會背叛的。

〔甲戌本眉批〕等評注說：「絳芸軒中諸事情景，由此而生。」「絳芸軒中諸事情景」是指第三十六回上半回「繡鴛鴦夢兆絳芸軒」的故事，或第五十九回下半回「絳雲（芸）軒裡召將飛符」的故事。既然這條脂批提示「絳芸軒中諸事情景」是由這裡所寫吳三桂與清廷對於撤藩之事的爭執而發生的，可見後面「繡鴛鴦夢兆絳芸軒」或「絳雲（芸）軒裡召將飛符」的故事，可能與吳三桂撤藩的事有關，這等於提供破解該兩處故事之歷史真相的一條線索。

(12)「如世之好淫者，不過悅容貌，喜歌舞，調笑無厭，雲雨無時，恨不能盡天下之美女供我片時之趣興，此皆皮膚濫淫之蠢物耳」：在內層真事上，蠢物，通第一回蠢物石頭，同是暗諷吳三桂。這幾句正是實寫吳三桂等三藩，蓄養數十優伶美女，不時歌舞調笑，後宮藏嬌數百近千，縱情美色肉慾的景況。

〔甲戌本夾批〕評注說：「說得懇切恰當之至。」這是評注這幾句將吳三桂等三藩縱情美色肉慾的情況，述說得懇切恰當之至。

(13)如爾則天分中生成一段癡情，吾輩推之為意淫：意淫，意念中的淫慾，或情意的氾濫，如書中寶玉對於美女，見一個愛一個，但只是體貼關愛，並不見得要與之發生性愛關係的情況。在內層真事上，天分中生成一段癡情，是暗指吳三桂天分中生成一段癡戀歌妓陳圓圓，而背叛故國明朝君王的癡傻情意。意淫則是指意念、思想上的淫亂忠君禮法，也就是具有背叛君王的意念、思想。這兩句是暗寫寶玉所代表的吳三桂天分中生成一段癡戀美女（陳圓圓），而背叛國家（明朝）君王的癡傻情意，我們將這種情況推稱為意念、思想的淫亂叛君，引申而說，就是說吳三桂天生有反骨，意念中深埋有淫亂叛君的思想，以前既因癡情於美女陳圓圓而背叛明朝，今日就可能因為癡情於藩王美女享樂而背叛清朝。

針對「意淫」二字，〔甲戌本夾批〕等評注說：「二字新雅。」這是提示「意淫」二字並不是指一般所謂意念中的淫慾的老舊而低俗的說法，而是具有新奇而典雅的意義的，即暗含意念中的淫亂叛君的意義。

(14) 意淫二字，惟心會而不可言傳，可神通而不能語達：因為意淫是秘密存在意念中的淫慾，不能用言語說出讓別人知悉，故說「惟心會而不可言傳，可神通而不能語達」。就內層真事來說，意淫是意念、思想淫亂不忠君的意思，心中想背叛君王的人，一定是暗中秘密進行，絕不會輕易用言語表露出來，故說「惟心會而不可言傳，可神通而不能語達」。

〔甲戌本夾批〕等評注說：「按寶玉一生心性，只不過是『體貼』二字，故曰『意淫』。」這是說寶玉所代表的吳三桂一生心性，就好像書中賈寶玉體貼各美女一樣，性喜惹東惹西，意念、意識不忠於一個王朝、君王，故說是「意淫」，即意念、思想淫亂不忠君。

(15) 汝今獨得此二字，在閨閣中，固可為良友。然於世道中，未免迂濶怪詭，百口嘲謗，萬目睚眦」：睚眦，音崖自，瞪眼怒視而怨怪的意思。在內層真事上，閨閣寓指朝閣。世道中，寓指漢族世道中。這幾句是作者假借警幻之口，暗中撻伐吳三桂背明降清而致使親痛仇快，即暗寫寶玉吳三桂如今獨得此「意淫」二字的意念、思想淫亂不忠，而背叛明朝，投降於我清朝，在我清朝朝閣中，固然可以為良友，然而在漢族世道中，未免迂濶怪詭，百口嘲諷怨謗，萬目瞪視怨怪，嘲謗怨怪你的背明降清。

(16)「今既遇令祖寧榮二公剖腹深囑，吾不忍君獨為我閨閣增光，見棄於世道，故特引前來，醉以靈酒，沁以仙茗，警以妙曲」：在內層真事上，寧榮二公影射已滅亡的明朝東西王朝，或已亡國的東西方漢族人復明的心思。我閨閣，暗寓我警幻滿清朝閣、朝廷。見棄於世道，暗指見棄於漢族世道。「醉以靈酒，沁以仙茗，警以妙曲」三句，是以美酒香茗及美女歌舞場面，寓指滿清賜封吳三桂為藩王。這幾句是暗寫說，如今我警幻滿清既然遇到你寶玉吳三桂故國明朝已滅亡之東西王朝的亡靈剖腹深囑（亦即東西方漢族人深深期盼復明），我滿清不忍你吳三桂只為我滿清朝廷賣力增光，而見棄於漢族世道，故特賜封你為藩王，引你前來雲南藩王之位，以靈酒讓你醉飲，以仙茗讓你沁心，以美女演唱妙曲讓你警悟，讓你享盡藩王美酒歌舞富貴生涯。按這一大段故事的文章大結構，是作者把吳三桂在山海關事件背明降清，引清兵入主中原，並助滿清擊滅南明，遭漢人世間怨謗唾棄的歷史事跡，轉化描寫成賈寶玉（吳三桂）「稟性乖張，生情詭譎」，誤入歧途，見棄於世道，「無人規引入正」的小說情節。而把滿清晉封吳三桂為雲南藩王，讓他享受美酒佳餚美女歌舞藩王富貴生涯，再予以撤藩，逼得吳三桂不甘失去藩王富貴，因而醒悟當初背明降清之非，而起兵反清，歸入反清復漢正路的事跡，轉化描寫成賈府先祖寧榮二公的亡靈（即明朝亡靈）囑咐警幻仙姑（滿清），以美酒佳餚美女歌舞（藩王富貴）等飲饌情色之事，警醒賈寶玉（吳三桂）的癡頑，使他跳出飲饌情色（藩王富貴）的迷人圈子，然後歸入致力仕途經濟之世道（反清復漢）正路的小說情節。

(17)「再將吾妹一人，乳名兼美，字可卿者，許配與汝。今夕良時，即可成姻」：在表面故事上，前面警幻仙姑對寶玉「醉以靈酒，沁以仙茗，警以妙曲」，及這裡幾句將其妹可卿許配與寶玉成姻，用意是趁寶玉還是青少年時，先以美酒仙茗美女歌舞及美女情慾，讓寶玉經歷滿足，以改正他只陶醉於沒有實際行動的意淫之中，及預防他日後長大好奇而沉迷於美酒歌舞及美女情慾之中，如此以便趁早讓他歸入仕途經濟之道的正路。但是這樣實在是荒謬不通的，一方面世間沒有人在子弟十三四歲青少年時期，就刻意安排讓他先經歷美酒歌舞及美女性愛諸事，來藉以改正其單相思似的意淫，及預防他長大後沉迷於美酒歌舞及美女情慾歧途的這種事。第二方面警幻仙姑是神仙，神仙本身是修道戒色的，也是勸化世人要戒除男女情色淫亂的，何況在封建時代那有不經過訂婚結婚等隆重儀式，就草草將親妹妹許配給初見面的人，並當日晚上就立即成婚的，簡直淫亂之至，一個仙姑絕對不可能這麼做的。在內層真事上，吾妹，即警幻仙姑之妹，是寓指勢力次於滿清的吳三桂反清周政權。兼美，指秦可卿兼有薛寶釵、林黛玉之美，是寓指吳三桂反清周政權兼擁有吳三桂雲南藩王勢力（寶釵），及復明勢力（黛玉）這兩大美好優勢。許配與汝，寓指滿清撤藩而逼使寶玉吳三桂建立兼含復明勢力的反清周政權（秦可卿），等於像男女婚配般地把兼含復明勢力的周政權許配給吳三桂。這幾句是暗寫警幻仙姑清朝撤銷了吳三桂雲南藩王之位，迫使吳三桂急切尋求建立一個次於清朝（警幻之妹）的周政權，這個政權兼有吳藩勢力（寶釵）及復明勢力（黛玉）這兩大美好優勢，所以乳名叫兼美，但是後來這個政權是可以被傾覆的，所以給它取個與「可傾」諧音的字叫「可卿」，吳三桂（寶玉）就和代表兼含吳藩勢力（寶釵）及復明勢力（黛玉）這兩大勢力的秦可卿相配，而且就在清朝撤藩的當時，立即就好像結婚般地合成一體，而成立反清周政權了。這裡警幻將其妹秦可卿許配給寶玉成姻的故事，是作者根據滿清「撤藩逼反」（即滿清故意以撤藩為手段逼使吳三桂造反）的歷史觀，而鋪陳為小說情節的，所以將秦可卿所代表的包含復明勢力的反清周政權，寫成是警幻滿清許配給寶玉吳三桂成姻的。

針對「吾妹一人，乳名兼美」，〔甲戌本夾批〕等評注說：「妙！蓋指薛、林而言也。」這是提示兼美的含義是指兼具薛寶釵、林黛玉之美的意思，也就是指吳三桂周政權反清集團兼有吳藩勢力（寶釵）及復明勢力（黛玉）這兩大美好優勢。

(18)「而今後萬萬解釋，改悟前情。將謹勤有用的工夫，置身於經濟之道」：經濟之道，經世濟民之道。在表面故事上，這幾句是描寫警幻仙姑在讓寶玉實際滿足了美酒歌舞及美女性愛之後，勸告寶玉今後萬萬要解悟釋放青澀閉塞的心胸，改悟以前只知一味將時間花費在意淫的癡情上，獨為閨閣增光，卻見棄於世道的情況，而改變為謹勤用功於科舉仕途的經世濟民之道。在內層真事上，這幾句是暗寫清朝讓吳三桂享盡藩王富貴溫柔之後，再予撤藩，使得寶玉吳三桂此後萬萬解悟釋放掉忠清的內心束縛，迫使他改悟以前只知在意念上淫亂不忠於故國明朝，而獨為清朝朝閣賣力增光的情況，轉而反清，將謹勤有用的工夫，致力於反清復漢的經世濟民之道。

(19)說畢，便秘授以雲雨之事，推寶玉入帳：在表面故事上，這裡警幻仙姑秘授寶玉以男女性愛雲雨之事，並將寶玉推入其妹秦可卿的帳床，讓寶玉實際經歷男女性愛情色的事，是要寶玉嘗過情色滋味之後，不再好奇而沉陷入情色之中，而能翻然跳出情色的迷人圈子，從而歸入仕途經濟的大道，就是要藉此促使寶玉因色悟空，看空情色而悟道，也就是說這是一種以情悟道的手段。但這實在是非常荒唐的，世間那有人會請託一個仙姑安排一個十三四歲的子弟，去經歷男女性愛之事，藉此讓他看空情色，轉而好好用功讀書，考取功名做官的這種事。尤其是一個修道戒色的仙姑，竟然對一個剛見面的青少年秘密授以男女性愛雲雨的事，並將他推入自己妹妹的帳床內，讓他們立即發生性愛關係，這簡直是離經叛道，不合情理之至。在內層真事上，這幾句是暗寫警幻仙姑所代表的清朝對吳三桂實施撤藩逼反的手段之後，吳三桂在清朝撤藩的逼迫導引下，便迅速秘密建立兼含復明勢力的反清周政權，這樣等於寶玉所代表的吳三桂被警幻仙姑所代表的清朝，推入兼含復明勢力的反清周政權（秦可卿）的帳幕、陣營之中。

(20)

「那寶玉恍恍惚惚，依警幻所囑之言，未免有陽台巫峽之會。數日來，柔情繾綣，軟語溫存，與可卿難解難分」：陽台巫峽之會，指男女幽會。繾綣，音遣犬，「猶言纏綿。《詩‧大雅‧民勞》：『無縱詭隨，以謹繾綣。』本為固結不解之意，後多用以形容情意相投、難捨難分。⑤」在表面故事上，這幾句是描寫寶玉於是與警幻仙姑之妹秦可卿成姻，而發生性愛關係，以後數日，兩人纏綿柔情，難分難捨。在內層真事上，這幾句是暗寫那寶玉所代表的吳三桂被清廷撤藩之舉驚嚇得神魂不寧，恍恍惚惚，於是依據警幻清廷撤藩命令的導引，未免猶如男女陽台巫峽相會親蜜一般地，順勢偷偷會集群眾，互相結合建立了兼含復明勢力的反清周政權。此後吳三桂（寶玉）就好像新婚夫妻柔情纏綿、軟語溫存一般地，與兼含復明勢力的反清周政權（可卿）關係極度親密，難分難解了。

◈真相破譯：

舞女歌姬歌唱正曲完畢，還又歌唱副曲的十二副釵命運的紅樓夢曲。警幻滿清見寶玉吳三桂對於紅樓夢曲所暗示的他引清兵入關消滅明朝，明朝漢族犧牲薄命的慘狀，感覺很沒有趣味，無動於衷，只沉醉於藩王歌舞富貴中，因而感嘆道：「這癡呆兒竟然尚未醒悟叛清！」那寶玉吳三桂警覺滿清對他雲南藩王權勢富貴過大，產生疑忌，於是便忙著停止歌舞享樂，他自己朦朦朧朧感覺清廷有撤藩的意圖，但又恍惚不能確定，為求試探清廷真意，因而自行上書向清廷告罪（按告醉通諧音告罪），自請裁軍縮權（按清廷都照准），減少開支，以求安臥保住藩王之位（求臥）。警幻仙姑所代表的滿清朝廷便趁機下令撤去只剩殘餘權力的吳三桂平西藩王席位（撤去殘席），這一撤藩舉動就把吳三桂推送到一個新的境地，逼使吳三桂起兵反清，成立一個周王政權的朝閣，其殿閣華麗，朝官冠冕堂皇，有如一個香閨綉閣，而兵力鋪陳展示得極為壯盛，乃素來所未見過的一個性質特殊的朝閣政權。更令人驚駭的是，這個反清周政權朝閣中早有一位君王（女子）在內，其盔甲旗幟之鮮艷亮麗，兵力之壯盛嫵媚，有似乎薛寶釵所影射的以吳三桂為代表的雲南藩王勢力，且其散佈廣闊，隨風潮響應流動（風流），動員起來搖曳多姿（嬝娜），又有如林黛玉所影射的以「三太子」為代表的復明勢力。正不知滿清突然撤藩逼反是什麼意思，忽聽警幻清廷數落道：「你們漢人塵世中多少富貴之家（按指吳三桂、尚可喜、耿精忠三位漢姓藩王），那些綠窗下的清風明月，綉閣外的煙雲彩霞，都被那些淫亂污穢的富貴紈絝子弟，與那些風流淫蕩優伶美女、後宮佳麗，互相勾搭淫亂，縱情聲色無度，而完全玷辱了。更可恨的是，自古以來多少玩忽禮法叛君的輕薄浪子，都以喜好美色歌舞而不淫亂叛君為掩飾，又以追求美女情愛而不淫亂叛君作論定，這些全是掩飾過錯醜行的話語（按這幾句是暗寫警幻清廷痛恨吳、尚、耿三藩假借縱情聲色，來掩飾其懷有淫亂禮法不忠君的異志）。喜好美色（按如蓄養優伶美女）追歡逐樂，浪費公帑時間，就是淫亂不忠（好色即淫）；若再進一步追求情愛（按如吳三桂沉溺於『八面觀音』、『四面觀音』的情愛之中），則是心有旁騖，不專心政務，更是淫亂不忠（知情更淫）。是以發生有如男女間「巫山之會，雲雨之歡」的淫亂不忠行為，都是起因於既喜悅優伶美色，復迷戀於美女情愛，浪費公帑時間，荒疏政務所致。我警幻仙姑滿清所以喜愛你寶玉吳三桂者，乃是因為你是天下古今第一的勇於淫亂忠君愛國禮法，背叛自己祖國明朝，而引導我清兵入關的人（按淫人通諧音引人，又這裡言外之意是你吳三桂昔日既敢淫亂禮法背叛自己祖國明朝，如今豈會不敢背叛我異族的清朝）。」

寶玉吳三桂聽了警幻清廷這番責怪的議論，嚇唬害怕得趕忙上書自清，答辯說：「你警幻仙姑清廷錯了。我吳三桂過去因為疏懶於唸讀、遵守朱明王朝曆書，而背明降清，以致猶如我父母的明朝漢族同胞們還每每給予訓斥申飭，如今既已歸降清朝豈敢再冒淫字，淫亂禮法而不忠於清朝。況且我封藩雲南年數還少（年紀尚小），藩王富貴還沒享受夠，還不知道淫亂忠君禮法背叛君王是什麼東西。」警幻清廷說道：「不是這樣。淫亂禮法雖是同一道理，但是對各個不同的人意思則有差別。如你們漢人世間那些好淫的人（按暗指吳三桂等三藩），不過喜悅美女容貌，喜歡歌舞，而蓄養優伶美女及後宮佳麗，時常調笑不厭倦，雲雨性愛無時，恨不能搜盡天下的美女供我一時片刻的興趣享樂，這些都是皮膚濫淫的愚笨蠢物而已，還不大關緊要。像你寶玉吳三桂就不同了，你天分中生成一段癡戀美女（陳圓圓），而背叛國家（明朝）君王的癡傻情意，我們滿清將這種情況推稱為意念、思想的淫亂（意淫；言外之意是你吳三桂以前既因癡情於美女陳圓圓而背叛明朝，今日就可能因為癡情於藩王美女享樂而背叛清朝）。意淫這兩字所指的意念淫亂叛君的核心意義，就是只能用心意去秘密會通而不可輕易用言語傳揚出來，可用神靈去秘密會通而不能用語言傳達。你寶玉吳三桂如今獨得這意淫二字所代表的意念淫亂叛君的神髓，在我清朝朝闈（閨閣）中，固然可以為良友，然而在漢族世道中，未免迂濶詭怪，百口嘲諷怨謗，萬目瞪視怨怪，嘲謗怨怪你的背明降清。如今我警幻滿清既然遇到你寶玉吳三桂故國明朝已滅亡的東西王朝老祖宗（令祖寧榮二公），剖明心腹深深囑咐（按亦即東西方漢族人深深期盼復明），我滿清不忍你吳三桂只為我滿清朝闈賣力增光，而見棄於漢族世道，故特賜封你為藩王，引你前來這雲南藩王之位，以靈酒讓你醉飲，以仙茗讓你沁心，以美女演唱妙曲讓你警悟，讓你享盡藩王美酒歌舞富貴生涯，然後再撤銷你的藩王之位，迫使你建立一個實力次於我清朝（吾妹）的周政權，這個政權兼有吳藩勢力（寶釵）及復明勢力（黛玉）這兩大美好優勢（兼美），而這個政權將來是可以被我清軍傾覆的（可卿，通諧音可傾），我就把這個周政權許配給你寶玉吳三桂。今夜是良好時機，你吳三桂就可以和這個反清周政權好像結婚般地結合成一體了。我警幻滿清這樣將你寶玉吳三桂撤藩逼反，不過是讓你領略在我如仙閨般的清朝換髮型國境（幻境）的作風光景，尚然如此厭惡你的意淫叛君行徑，何況塵世漢人國境是如何痛恨你意淫叛君而背明降清的情景了？從今而後你寶玉吳三桂萬萬要解悟釋放掉忠清的內心束縛，切實改悟你以前意念上淫亂禮法而背明降清的錯誤，將謹勤有用的工夫，致力於反清復漢的經世濟民之道。」警幻滿清話說完畢後，便對吳三桂採取撤藩逼反的秘密策略，授予他做起有如男女雲雨性愛的淫亂叛清的事來，將寶玉吳三桂推入兼含復明勢力的反清周政權（秦可卿）的帳幕、陣營之中（按亦即逼得吳三桂迅速建立反清周政權）。

那寶玉吳三桂被清廷撤藩之舉驚嚇得神魂不寧，恍恍惚惚，於是依據警幻清廷撤藩命令的導引，未免猶如男女陽台巫峽相會親蜜一般地，順勢偷偷會集群眾，互相結合建立了兼含復明勢力的反清周政權。數日以來，吳三桂（寶玉）就好像新婚夫妻柔情纏綿、軟語溫存一般地，與兼含復明勢力的反清周政權（可卿）關係極度親密，難分難解了。

第二節　賈寶玉與秦可卿閒遊至黑水迷津遇夜叉撲擊而夢醒故事的真相

◈原文：

那日，警幻攜寶玉、可卿閒遊至一個所在，但見荊榛遍地，狼虎同群(1)。忽而大河阻路，黑水淌洋，又無橋梁可通(2)。寶玉正自徬徨，只聽警幻道：「寶玉！再休前進，作速回頭要緊！⑶」寶玉忙止步問道：「此係何處？」警幻道：「此即迷津也。深有萬丈，遙亙千里⑷，中無舟楫可通。只有一個木筏，乃木居士掌舵，灰侍者撐篙，不受金銀之謝，但遇有緣者渡之⑸。爾今偶遊至此，如墮落其中，則深負我從前一番以情悟道、守理衷情之言。」寶玉方欲回言，只聽迷津內水响（響）如雷，竟有一夜叉般怪物攛出，直撲而來⑹。唬得寶玉汗下如雨，一面失聲喊叫：「可卿救我！可卿救我！」慌得襲人、媚人等上來扶起，拉手說：「寶玉別怕！我們在這裏。⑺」

秦氏在外聽見，連忙進來。一面說：「丫嬛們，好生看着貓兒狗兒打架！⑻」又聞寶玉口中連叫「可卿救我⑼」，因納悶道：「我的小名這裡沒人知道，他如何從夢裏叫出來？」

却說秦氏因聽見寶玉從夢中喚他的乳名，心中自是納悶，又不好細問。彼時寶玉迷迷惑惑，若有所失。眾人忙端上桂圓湯來，呷了兩口，遂起身整衣⑽。

◈脂批、注釋、解密：

⑴那日，警幻携寶玉、可卿閒遊至一個所在，但見荊榛遍地，狼虎同群：荊，多刺的灌木，多叢生。榛，音同臻，落葉灌木或小喬木，葉互生而闊，葉緣有不齊鋸齒；榛字又有草木叢生的意思，如榛榛、榛莽。荊榛遍地，多刺的荊及帶鋸的榛叢生，又比喻違逆的困難、障礙。狼虎同群，狼與虎相聚同群，又比喻險惡之人相結同群。在內層真事上，這裡賈寶玉寓指吳三桂，秦可卿寓指兼含復明勢力的周政權反清聯盟，但其實到這裡吳三桂與其兼含復明勢力

的周政權已是兩者合為一體了，因為前面寶玉與秦可卿發生性愛關係，婚配結合一體，兩人難解難分，就是代表此後吳三桂（寶玉）與兼含復明勢力的周政權反清聯盟（可卿）結合成一體，難分彼此了，所以到這裡賈寶玉與秦可卿已幾乎沒有差別，賈寶玉可以寓指吳三桂，也可以寓指以吳三桂為首的周政權反清聯盟，而秦可卿也是寓指以吳三桂為首的周政權反清聯盟，不過秦可卿尚有「兼美」的含義，還有一層兼含吳藩勢力與復明勢力聯合反清的概念。荊榛遍地，暗喻吳三桂周政權反清復漢運動遭遇清兵的攻擊，到處受到阻礙，戰況嚴重惡化。狼虎同群，暗喻吳三桂周政權反清復漢聯盟雜混有一群險惡如狼虎的人在內，這主要是寓指另外兩位漢人藩王廣東平南王尚之信、福建靖南王耿精忠，及廣西將軍孫延齡，先是響應吳三桂而共同反清，到後來都紛紛反幟降清，倒戈相向，好像狼虎成群般地猛烈攻擊吳三桂反清陣營。原文這幾句是暗寫說，吳三桂建立周政權反清聯盟，進行反清復漢運動之後，到了有那麼一天，警幻仙姑所代表的清朝勢力，進行征剿，將吳三桂（寶玉）為首的兼含復明勢力的周政權反清聯盟（可卿），攔帶、牽引得到處交戰遊走，逼帶到了一個境地，只見其反清聯盟猶如荊榛遍地般到處遭遇清兵的攻擊阻礙，戰況嚴重惡化，而且聯盟裡面雜混有一群險惡如狼虎的人在內（如尚之信、耿精忠、孫延齡等），隨時可能倒戈攻擊這個周政權反清聯盟。

(2)忽而大河阻路，黑水淌洋，又無橋梁可通：淌洋，水波滾流盛大的樣子。在內層真事上，這裡的大河是指台灣海峽。黑水，指澎湖附近的黑水溝。按黑水溝是一條比海底更凹陷得很深的既長又寬的海溝，所以海溝兩邊的海水便向中間海溝凹陷滾流，舟船航行在海溝上凹陷翻滾的海流非常危險。從前台民祖先從大陸唐山乘帆船過台灣時，很多人都在黑水溝翻船，而葬身大海。清「康熙三十九年來臺的郁永河所撰的《裨海紀遊》」，記載他來臺橫渡黑水溝時的險狀說：

平旦，渡黑水溝。臺灣海道，惟黑水溝最險。自北流南，不知源出何所。海水正碧，溝水獨黑如墨，勢又稍窳（按窳音窪，意同窊，為凹陷之意），故謂之溝。廣約百里，湍流迅駛，時覺腥穢襲人。又有紅黑間道蛇，及兩頭蛇（按這或許是驚慌眼花而誤判）繞船游泳，舟師以楮鏹投之，屏息惴惴，懼或順流而南，不知所之耳。⑥

這裡文章寫到寶玉、可卿閒遊到這個荊榛遍地、狼虎同群的地方，「忽而大河阻路，黑水淌洋，又無橋梁可通」，是暗寫吳三桂反清聯盟復漢戰爭的「荊榛遍地，狼虎同群」不利戰況，擴延到聯盟之一的台灣鄭經在福建沿海一帶的反清情勢也遇到阻礙，因為同屬聯盟之一的耿精忠如虎狼般對鄭經進行攻擊。

〔甲戌本夾批〕等評注說：「若有橋梁可通，則世路人情猶不算艱難。」這或許是說如果台灣與大陸有橋梁可通，則大陸上吳三桂的勢力與台灣鄭經延平王朝的勢力便能夠連通結合，產生更大的力量，則反清復漢運動的漢人世界之路，及漢人人情的殷切期盼，要達成還不算很艱難。

(3) 只聽警幻道：「寶玉！再休前進，作速回頭要緊！」：在內層真事上，這裡的寶玉不是專指吳三桂周政權，而是延伸寓指同屬反清復漢大聯盟之分支勢力的福建沿海、台灣鄭經延平王朝勢力。這幾句是暗寫說，只聽警幻仙姑滿清說道：「你這反清復漢聯盟的鄭經延平王朝勢力（寶玉）啊！再休前進往台灣海峽而退回台灣去，迅速回頭到福建沿海地區作戰要緊啊！」這實際上是大陸上廣大漢族的心聲，他們認為鄭經勢力放棄福建沿海而退回台灣，反清復漢勢力就會大大減弱，同時一旦退回台灣就難有大作為，這裡卻藉由警幻仙姑所代表的滿清之口說出漢人的心聲，這是因為這篇文章的大結構，作者已經設定整個吳三桂悔悟而發起這場反清復漢運動（包括台灣鄭經在內），是明朝亡靈囑咐警幻仙姑所代表的滿清，以封藩撤藩的手段，促使吳三桂悔悟，帶引他歸入反清復漢的經世濟民正道，在這樣的大結構之下，以吳三桂為首的反清復漢運動（包括鄭經），都是在警幻滿清的教導或帶引下的行為，所以這篇文章中，有些本該是吳三桂、鄭經或反清復漢集團所說或所做的事，作者都藉由警幻滿清之口或動作來寫出。這樣的情形猛然一看實在不合實際，也不合理，不過想到這場反清復漢戰爭的最後勝利者是滿清，滿清是這場戰爭的主宰者這個歷史事實，則反清復漢運動的吳三桂、鄭經等各方勢力，無不是在滿清的主宰下而行動，無不受滿清的影響、帶動，則作者這樣設定由警幻滿清來代吳三桂、鄭經等反清復漢集團發言，也還算相當合理。

針對原文「作速回頭要緊」，〔甲戌本夾批〕等評注說：「機鋒。」機鋒是佛教禪宗用語，禪師以一種不落跡象，無從捉摸的言語，促使學禪者起疑思考，以啟發其領悟禪理，叫做機鋒語或機鋒。這句脂批是提示原文「作速回頭要緊」這句話，不單是叫寶玉趕快轉頭走回來這樣的動作而已，而且是要寶玉在思想行動上，不要再沉迷酒饌美色，而要趕快回頭是岸，回頭歸入仕途經濟的正道，而內層上所謂要寶玉回歸仕途經濟的正道，是寓指要寶玉所代表的吳三桂集團回歸至反清復漢運動之正路的意思，在這裡則寓指要反清復漢之一支的台灣鄭經勢力再休前進退縮回台灣，而要作速回頭留在大陸沿海從事反清作戰要緊。

〔甲辰本〕評注說：「點醒世人。」這是比較直接一點地提示原文「作速回頭要緊」，是暗含點醒世間漢人要趕緊回頭是岸，從歸降滿清回頭轉而歸入反清復漢之正路的意思。

(4)「此即迷津也。深有萬丈，遙亙千里」：津，江河的渡口。迷津，照字義原本是迷濛而會讓人迷失方向的渡口；又「佛家謂三界（欲界、色界、無色界）、六道（天道、人道、阿修羅道、畜生道、餓鬼道、地獄道）都是迷誤虛妄的境界，故稱迷津。世間眾生，都沉溺於『迷津』之中，須賴佛家教義，覺迷情海，慈航普渡。後用『迷津』比喻人沉溺於迷途之中。⑦」在內層真事上，迷津是寓指台灣海峽。「深有萬丈，遙亙千里」，這正合乎黑水溝、台灣海峽的實況。這幾句是暗寫這個台灣海峽就是會讓人迷失反清復漢方向的津渡，黑水溝深有萬丈，台灣海峽橫亙千里，一旦寶玉所代表的台灣鄭經勢力渡過台灣海峽，退回台灣，想要再回頭反清復漢可就困難重重，自然就迷誤掉反清復漢的正途了。

(5)只有一個木筏，乃木居士掌舵，灰侍者撐篙，不受金銀之謝，但遇有緣者渡之：木筏，「這裡意為『寶筏』。佛教把『佛法』喻為『寶筏』，說它能超度人的生死災難到達彼岸（所謂的佛性天國），如同木筏渡河一樣。⑧」木居士，「居士，指不出家的佛教徒。隋・慧遠《維摩義記》：『在家修道，居家道士，名為居士。』後來專稱在家奉佛之人。木居士，指木製的神像。信徒奉之以乞靈。唐・韓愈《韓昌黎集》卷九《題木居士》：『火透波穿不計春，根如頭面乾（幹）如身。偶然題作木居士，便有無窮求福人。』⑨」灰侍者，「侍者，佛教僧職。指在寺院住持（方丈）左右為其服務的執事僧。…灰侍者，指泥製的和尚（侍者）。⑩」。在表面故事上，這幾句是作者故作佛家語，描寫說世人在面臨迷失人生方向的迷津時，只有一個代表佛法的寶筏，由木製的佛像（喻佛祖）掌舵，及泥製的和尚侍者（喻僧人）撐篙，不受金銀之謝，但遇禮敬佛祖僧人，虔信佛法的有緣人，便可憑藉佛法，猶如搭乘寶筏一般地，渡過人生的迷津苦厄，到達彼岸的極樂世界。在內層真事上，這裡木居士的「木」字，暗點鄭大木的「木」字，而鄭成功本名森，字大木，故木居士就是暗點鄭成功，這裡是暗寓鄭成功延平王朝的繼承人其子鄭經。木筏，寓指鄭經延平王朝的木製船艦。灰侍者，寓指隨侍鄭經左右的將士。這幾句是暗寫說在這個很容易迷失反清復漢正途的台灣海峽迷津中，只有一支木製舟船艦隊，是由鄭大木之子鄭經掌舵總管，由隨侍其左右的官兵們撐篙行駛，不受一般以金銀請託搭船的謝禮，只遇有志於反清復漢的有緣人，才會搭載他們在台灣海峽上渡航行駛，渡到反清復漢的人生正途上。

(6) 寶玉方欲回言，只聽迷津內水响（響）如雷，竟有一夜叉般怪物攛出，直撲而來：夜叉，為梵文 yaksa 的音譯，意譯為「能啖鬼」、「捷急鬼」，佛教指會吃人、傷人的惡鬼，後來中國民間習俗借用來形容相貌醜陋、性情兇惡的人⑪。攛出，拋擲出來，意略同竄出。在內層真事上，這裡夜叉是寓指相貌醜陋而性情兇險的清朝福建靖南王耿精忠。康熙間洪若皐所著《閩難記》記載說：

精忠生而醜陋、性兇險，立為世子。……庚戌（按係康熙九年），**（耿）繼茂卒，精忠嗣。**⑫

可見耿精忠相貌醜陋、性情兇險，正符合中國民間習俗所稱夜叉的意義。這幾句原文是暗寫說，寶玉所代表的台灣鄭經勢力正要回話，只聽迷津所代表的台灣海峽之西岸福建水域勢力發出如雷響聲，竟有一個相貌醜陋、性情兇險有如夜叉怪物的耿精忠跳出來，派兵直撲攻擊寶玉鄭經勢力而來。按福建耿精忠與台灣鄭經原都響應吳三桂號召，共同聯盟反清復漢，及至康熙十三年年中鄭軍佔領泉州漳州一帶，耿精忠見鄭經佔去他原有的一大片地盤，乃於該年九月派兵五萬欲奪回泉州，掀起一場耿、鄭間的激戰，結果鄭軍大勝。十一月，吳三桂恐耿、鄭交惡事態擴大，派使者前來勸和，耿、鄭於次年元月簽約和解，雙方以惠安、仙遊交界的楓亭為界，北邊屬耿，南邊屬鄭，於是雙方又和好而共同反清復漢⑬，不過到康熙十五年九月耿精忠又降清，聯合清兵攻擊鄭經，迫得鄭經退回台灣。

(7)「慌得襲人、媚人等上來扶起，拉手說：『寶玉別怕！我們在這裏。』」：在內層真事上，這裡襲人就是襲擊人的意思，媚人則暗通諧音「滅人」，是消滅人的意思。這幾句是暗寫鄭經軍隊看到醜惡如夜叉的耿精忠派兵直撲攻擊泉州鄭軍而來，於是慌忙得趕快拿出襲擊敵人（襲人）、消滅敵人（媚人）等等的手段，一齊擁上來奮勇將耿軍打敗，把鄭軍從驚險狀況之中扶掖起來，並以好像拉手般忠心護衛的態度，向鄭經回報說：「藩主（寶玉）請別擔心害怕！我們眾將兵都團結在這裏維護著你。」

(8)「秦氏在外聽見，連忙進來。一面說：『丫嬛們，好生看着貓兒狗兒打架！』」：在內層真事上，秦氏，即秦可卿，寓指兼含吳藩勢力與復明勢力的周政權反清大聯盟。貓兒狗兒，貓狗都是家裡自已飼養顧家的家畜，這裡是比喻反清復漢陣營內的兩股自家勢力，即台灣鄭經勢力和福建耿精忠勢力。這幾句是暗寫以吳三桂周政權為首的反清大聯盟在外面聽見耿、鄭內鬥的報告，吳三桂趕忙派使者進入福建來，一面勸告說：「你們耿、鄭雙方官兵們，要好好看著管束住好像貓兒狗兒打架般的自家人互相內鬥的事啊！」

(9)又聞寶玉口中連叫「可卿救我」：在內層真事上，這個寶玉是寓指以吳三桂周政權為首的反清大聯盟，而可卿則是寓指兼含吳藩勢力與復明勢力聯合反清復漢的概念或戰略。這一句是暗寫又聽到福建地區期盼反清復明成功的軍民同胞（寶玉）口中的議論，都連連呼叫說「大家務必遵守吳藩勢力（含三藩）與復明勢力（含鄭經）要聯合同心反清的大戰略（可卿），來拯救這個反清復漢大聯盟（救我寶玉）的艱難命運。」

(10)「彼時寶玉迷迷惑惑，若有所失。眾人忙端上桂圓湯來，呷了兩口，遂起身整衣」：在表面故事上，這幾句是描寫寶玉剛從夢中醒來之初，還迷迷惑惑地尚未完全清醒，隨後眾人端上桂圓湯讓他喝了兩口，他才完全清醒過來，而起身整理衣服。在內層真事上，桂圓湯的「桂」字，暗點吳三桂，「圓」字則是打圓場的意思，桂圓湯就是暗寓吳三桂出面派人來搓圓仔湯、打圓場，調解鄭、耿雙方重歸和好的意思。這幾句是暗寫那時候由於鄭、耿內鬥，反清復漢大聯盟（寶玉）感到前途很迷惑，悵然若有所失，眾人見輿論呼籲團結抗清自救（可卿救我），於是趕忙端請吳三桂出面派人來搓圓仔湯、打圓場，鄭、耿兩口子都吃吳三桂搓圓仔湯調解這一套，而達成和解，於是因鄭、耿內鬥而幾乎分裂的反清大聯盟（寶玉），又重新整合戎衣陣容，聯合一致抗清。

總括以上賈寶玉入夢至出夢的情節，起初寶玉在秦可卿的帶引下而入夢的情節，是寓寫吳三桂因與李自成反目成仇，而在陳圓圓的愛情因素（秦可卿）及復明思想（秦可卿）的帶引下而向滿清借兵，進入接觸滿清（夢通諧音滿）的境界中（入夢）。接著寶玉夢中遇見警幻仙姑，受其邀請享用仙茗、美酒及觀賞魔舞歌姬演唱紅樓夢仙曲的誘惑，而隨她進入太虛幻境的情節，是寓寫吳三桂在山海關遇見以多爾袞為代表的滿清（警幻仙姑），受到多爾袞許諾封藩享受藩王紅樓歌舞富貴的引誘，而歸降入大清國境（太虛幻境）。其後警幻仙姑携帶寶玉進入太虛幻境後面的一個房室，警幻盛大宴請寶玉享用香茶「千紅一窟（哭）」、美酒「萬艷同杯（悲）」、豐盛餚饌，及觀賞舞女演唱紅樓夢曲的情節，是寓寫吳三桂在滿清帶領下擊滅李自成王朝、南明王朝，以萬千漢族志士抗清一同犧牲的悲哭、血淚、艷魄為代價，獲得滿清實現晉封他為雲南藩王。接下來寶玉一面享用香茗美酒佳餚，一面觀賞舞女演唱紅樓夢曲十二支的情節，是寓寫吳三桂沉醉於安享雲南藩王紅樓歌舞富貴生涯的美夢之中。到後面警幻仙姑命人撤去殘席，送寶玉至其妹秦可卿的香閨綉閣之中，她兼有寶釵與黛玉之美，將秦可卿許配給寶玉，並強推寶玉入帳，使他與可卿成姻，要他領略過與可卿的性愛情景之後，澈底改悟從前意淫、天下古今第一淫人的前情，而置身於經濟之道的這一段情節，則是寓寫滿清下令撤除吳三桂雲南藩王的職位（撤去殘席），逼迫得吳三桂情急造反，建立了兼含吳三桂雲南藩王勢力

（寶釵）及反清復明勢力（黛玉）兩大美好優勢（秦可卿）的周政權反清大聯盟（寶玉與秦可卿成婚的結合體），從此吳三桂便改悟從前意念思想淫亂（意淫）不忠於明朝漢族，而充當滿清入主華夏中國第一大引導人（淫人）的前情之非，轉而歸入反清復漢的經世濟民正道（經濟之道）。到最後寶玉與可卿結伴閒遊至迷津，寶玉遭受迷津水中夜叉攛出撲擊，嚇唬得寶玉口中連叫「可卿救我」，而從夢中醒來的情節，則是寓寫這個吳藩勢力與復明勢力雙併結合的反清大聯盟，將反清復漢運動擴展來到福建沿海、台灣海峽一帶（迷津）時，爆發了台灣鄭經勢力（寶玉）遭遇到耿精忠勢力（夜叉）突然撲擊的自家內鬥事件，經此自相內鬥危機的嚇唬，使得反清大聯盟（寶玉）口中連連呼籲，吳等三藩勢力（含耿精忠）與復明勢力（含鄭經）務必聯合同心（可卿）反清，以自救圖存（救我寶玉），由此促使這個反清大聯盟（寶玉）從睡夢中清醒過來，醒悟了今後吳等三藩勢力與復明勢力（含鄭經）雙方結合同心（可卿）反清，以拯救我反清復漢大業（救我）的經世濟民大道。由此可以簡單歸納出《紅樓夢》的旨義，就是吳三桂在山海關事件中，因為追求藩王紅樓歌舞富貴溫柔的美夢，而背明降清滅漢，蒙滿清賜封雲南藩王圓了夢之後，又遭撤藩，藩王紅樓富貴夢破碎，於是聯合台灣鄭經等復明勢力反清，夢想恢復朱明王朝紅色樓閣殿堂天下的意思。

另外，由此亦可知，寶玉經過警幻仙姑安排「以情欲聲色等事警其癡頑」，尤其是經歷與秦可卿的性愛之後，確實達到了寧榮二公所囑咐警幻仙姑代為教育，引導寶玉「跳出迷人圈子，然後入於正路」，「改悟前情，將謹勤有用的工夫，置身於經濟之道」的效果。所以本書後四十回描寫寶玉最後改悟前非，參加科舉考試，考中舉人，是完全合乎這裡第五回所描寫警幻仙姑改造寶玉的情節的。許多紅學家都根據前八十回描寫寶玉只偏愛詩詞等雜學，不喜讀科舉的正經書，反對科舉，批評讀書上進的人為「祿蠹」，而後四十回卻描寫最後寶玉突然致力讀科舉的書，又參加科舉考試，考中舉人，批評這是嚴重違背前八十回原作者的原意，因而判斷後四十回是其他後人（如高鶚等）所偽作或續作的。這樣的觀點其實是與本第五回所描寫警幻仙姑改造寶玉的情節相違背的，寶玉最後的情況本該就是「改悟前情，將謹勤有用的工夫，置身於（仕途）經濟之道」的。如果說後四十回是其他後人所續作的，則續作者續寫寶玉最後致力仕途，參加科舉考中舉人，實在續得很合乎原作者的原意，就這一點來說，可以說續得很好。

◈真相破譯：

到了有那麼一天，警幻仙姑所代表的清朝勢力，進行征剿，將吳三桂（寶玉）及他那親密如新婚妻子的兼含復明勢力的周政權反清聯盟（可卿），攜帶、牽引得到處交戰遊走（閒遊），而逼帶到了一個境地，只見猶如荊榛遍地般到處遭遇清兵的攻擊阻礙，戰況嚴重惡化，而且陣營裡面雜混有一群隨時可能倒戈反咬的險惡如狼虎的人在內（按如廣東尚之信、福建耿精忠、廣西孫延齡等）。忽然間這種反清聯盟的不利戰況擴延到福建地區，聯盟之一的台灣鄭經勢力在福建的反清情勢也遇到阻礙（按因同屬聯盟之一的耿精忠對鄭軍進行攻擊），在這個地區台灣海峽猶如大河阻路一般，而澎湖附近的黑水溝凹陷極深，藍色海水變成黑色，黑水向中間凹陷滾流極為洶湧，又沒有橋樑可通。寶玉所影射的吳三桂反清聯盟之一的台灣鄭經延平王朝勢力，遭受耿精忠攻擊，正自猶疑徬徨是否要退回台灣之際，只聽警幻滿清代表作者說道：「你這鄭經延平王朝勢力（寶玉）啊！再休要前進往台灣海峽而退回台灣去，迅速回頭到福建沿海地區作戰要緊啊！（按這幾句實係作者借警幻滿清之口說出大陸漢人的心聲）」寶玉鄭經勢力趕忙止步問說：「我想要退回台灣這條路是個什麼地方、前景啊？」警幻滿清代表作者說：「這個台灣海峽就是會讓人迷失反清復漢方向的津渡。因為澎湖附近的黑水溝深有萬丈，海峽橫亙千里，中間不是一般渡河的舟楫可以通過的，一旦你渡過而退回台灣，想要再回頭反清復漢可就難了。在這個台灣海峽迷津中，只有一支猶如佛法寶筏的木製舟船艦隊（木筏），乃是由猶如木製救世佛像之木居士的鄭大木之子鄭經掌舵總管，由那些猶如和尚灰侍者般隨侍其左右的官兵們撐篙行駛，不受一般以金銀請託搭船的謝禮，只遇有志氣的有緣人，才會搭載他們在台灣海峽上渡航行駛，渡他們到反清復漢的人生正途上。你寶玉鄭經復明勢力如今好不容易由台灣偶然渡遊到福建沿海這個反清復漢的地方來，如果墮落入那渡過台灣海峽退回台灣的迷津之中，那就深深辜負了我滿清從前將寶玉吳三桂先予封藩享樂，再予撤藩逼反，期望他藉由藩王情色享樂而醒悟回歸反清復漢正道，遵守明臣忠明朝、漢人愛漢族的衷心情理（按因而建立起周政權反清大聯盟，並牽引鄭經勢力前來福建共襄盛舉），那一番言論的教導了。」

寶玉鄭經勢力正要回話，只聽迷津所代表的台灣海峽之西岸福建的水域勢力發出如雷響聲，竟有一個相貌醜陋、性情兇惡有如夜叉怪物的耿精忠（按據《閩難記》記載：「精忠生而醜陋、性兇險」），突然竄跳出來，派兵直撲攻擊寶玉鄭經勢力而來（按康熙十三年九月，耿精忠派兵五萬攻擊泉州鄭軍）。嚇唬得寶玉鄭經勢力汗如雨下，一面反清軍民緊張得失聲喊叫呼籲說：「周政權反清大聯盟大家務必遵守吳藩勢力（含三藩）與復明勢力（含鄭經）聯合同心反清的大戰略（可卿），以團結自救啊！要聯合同心反清以自救啊！」鄭經軍隊見狀，慌忙得趕快拿出襲擊敵人（襲人）、消滅敵人（媚人通諧音滅人）等等的手段，一齊擁上來奮勇將耿軍打敗，把鄭軍從驚險中扶掖起來，並以好像拉手般忠心護衛的態度，向鄭經回報說：「藩主（寶玉）請別擔心害怕！我們眾將士都在這裏維護著你。」

吳三桂周政權反清大聯盟（秦氏）在外面聽見鄭、耿內鬥的報告，吳三桂連忙派使者進入福建來。一面勸告說：「你們鄭、耿雙方官兵們（丫嬛們），要好好看著管束住類似貓兒狗兒打架的自家人互相內鬥的事啊！」又聽到福建復明軍民（寶玉）口中的議論，都連連呼叫說「周政權反清大聯盟務必要聯合同心反清以自救（可卿救我）」，因而納悶道：「我吳三桂周政權反清大聯盟（秦氏）的名氣很小（小名），在福建這裡沒人知道（按因福建地區一向只知鄭成功父子的復明運動，而甚鄙視曾叛國的吳三桂），他們福建復明軍民如何從鄭、耿內鬥的惡夢裏喊叫出來？」

却說秦氏所代表的以吳三桂周政權為首的反清大聯盟，因為聽見福建復明軍民（寶玉）從鄭、耿內鬥的惡夢中呼喚他的名號，要他居中協調，心中自然是很納悶，又不好細問究責。當時由於鄭、耿內鬥，反清復漢大聯盟（寶玉）感到前途很迷惑，悵然若有所失，眾人見輿論呼籲雙方團結反清自救（可卿救我），於是趕忙端請吳三桂出面派人來搓圓仔湯（端出桂圓湯）、打圓場，鄭、耿兩口子都吃吳三桂搓圓仔湯（桂圓湯）調解這一套，而達成和解，於是因鄭、耿內鬥而幾乎分裂的反清大聯盟（寶玉），又重新整合戎衣陣容（整衣），聯合一致抗清。

附註：

①引述或引錄自以上《吳三桂大傳》下冊，第四六五至四七四頁。
②參引自以上《紅樓夢注釋（上）》，第一〇九頁。
③引述或引錄自以上《吳三桂大傳》下冊，第四六八至四六九頁。
④引述或引錄自以上《吳三桂大傳》上冊，第三三〇頁，及下冊，第五〇五頁。
⑤引錄自以上《紅樓夢（上）》，馮其庸編注，第一三〇頁注四六。
⑥引錄自《裨海紀遊》，清康熙時郁永河著，臺灣銀行經濟研究所編輯，民國四十八年四月出版，臺灣省文獻委員會重新勘印出版，民國八十八年六月二版，弁言第一頁，及正文卷上第五至六頁。
⑦引錄自以上《紅樓夢辭典》，第三九五頁。
⑧引錄自以上《紅樓夢注釋（上）》，第一一〇頁。
⑨引錄自以上《紅樓夢（上）》，馮其庸編注，第一三〇頁注四八。
⑩節錄自以上《紅樓夢（上）》，馮其庸編注，第一三〇至一三一頁注四九。
⑪參述自以上《紅樓夢（上）》，馮其庸編注，第一三一頁注六〇；及以上《紅樓夢校注（一）》，第一〇八頁注八一。
⑫引錄自《閩中紀略》所收錄之附錄（一）《閩難記》，清康熙洪若皐著，第二九頁，《閩中紀略》係清康熙許旭著，臺灣銀行經濟研究所編輯，臺灣省文獻委員會重新重刊，民國八十四年八月出版。
⑬參述自以上《臺灣史》，第二一四至二一七頁。

國家圖書館出版品預行編目

紅樓夢真相大發現. 三, 紅樓夢的真相 / 南佳人著. -- 一版. -- 臺北市：秀威資訊科技, 2008. 08
面； 公分. --（語言文學類；PG0195）
BOD 版
ISBN 978-986-221-049-9（平裝）

1.紅樓夢 2.研究考訂

857.49 97013197

語言文學類 PG0195

紅樓夢真相大發現（三）
——紅樓夢的真相

作　　者 / 南佳人
發 行 人 / 宋政坤
執行編輯 / 黃姣潔
圖文排版 / 鄭維心
封面設計 / 蔣緒慧
數位轉譯 / 徐真玉　沈裕閔
圖書銷售 / 林怡君
法律顧問 / 毛國樑　律師
出版印製 / 秀威資訊科技股份有限公司
台北市內湖區瑞光路 583 巷 25 號 1 樓
電話：02-2657-9211　傳真：02-2657-9106
E-mail：service@showwe.com.tw
經 銷 商 / 紅螞蟻圖書有限公司
台北市內湖區舊宗路二段 121 巷 28、32 號 4 樓
電話：02-2795-3656　傳真：02-2795-4100
http://www.e-redant.com

2008 年 8 月 BOD 一版
定價：400 元

讀　者　回　函　卡

感謝您購買本書，為提升服務品質，煩請填寫以下問卷，收到您的寶貴意見後，我們會仔細收藏記錄並回贈紀念品，謝謝！

1.您購買的書名：＿＿＿＿＿＿＿＿＿＿＿＿＿＿

2.您從何得知本書的消息？

☐網路書店　☐部落格　☐資料庫搜尋　☐書訊　☐電子報　☐書店

☐平面媒體　☐ 朋友推薦　☐網站推薦　☐其他＿＿＿＿＿

3.您對本書的評價：(請填代號　1.非常滿意 2.滿意 3.尚可 4.再改進)

封面設計＿＿　版面編排＿＿　內容＿＿　文/譯筆＿＿　價格＿＿

4.讀完書後您覺得：

☐很有收穫　☐有收獲　☐收獲不多　☐沒收獲

5.您會推薦本書給朋友嗎？

☐會　☐不會，為什麼？＿＿＿＿＿＿＿＿＿＿＿＿＿＿＿＿

6.其他寶貴的意見：＿＿＿＿＿＿＿＿＿＿＿＿＿＿＿＿＿＿

＿＿＿＿＿＿＿＿＿＿＿＿＿＿＿＿＿＿＿＿＿＿＿＿＿＿

＿＿＿＿＿＿＿＿＿＿＿＿＿＿＿＿＿＿＿＿＿＿＿＿＿＿

＿＿＿＿＿＿＿＿＿＿＿＿＿＿＿＿＿＿＿＿＿＿＿＿＿＿

讀者基本資料

姓名：＿＿＿＿＿＿＿＿＿＿　年齡：＿＿＿　性別：☐女　☐男

聯絡電話：＿＿＿＿＿＿＿＿　E-mail：＿＿＿＿＿＿＿＿＿＿

地址：＿＿＿＿＿＿＿＿＿＿＿＿＿＿＿＿＿＿＿＿＿＿＿

學歷：☐高中(含)以下　☐高中　☐專科學校　☐大學

☐研究所(含)以上　☐其他＿＿＿＿＿＿＿

職業：☐製造業　☐金融業　☐資訊業　☐軍警　☐傳播業　☐自由業

☐服務業　☐公務員　☐教職　☐學生　☐其他＿＿＿＿＿

請貼
郵票

To：114

台北市內湖區瑞光路 583 巷 25 號 1 樓

秀威資訊科技股份有限公司　　　收

寄件人姓名：

寄件人地址：□□□

(請沿線對摺寄回,謝謝!)